中公文庫

新装版

熱　欲

刑事・鳴沢了

堂場瞬一

中央公論新社

目次

熱欲

刑事・鳴沢了

第一部　蠕動《ぜんどう》

1

　一階の警務課に書類を届けに行くと、ちょっとした騒ぎが持ち上がっていた。地域課の受付に群がった十数人の老人たちが、数時間後にこの世の終わりが来るとでもいうような切羽詰った様子で、応対する若い署員に詰め寄っている。他の課員は、急に重要な書類を見つけ出したようで、視線をデスクに落としたままだ。切れ切れに声が聞こえてくる。「いいから取り次いでくれ」「あんたじゃ話にならん」「こっちは真剣なんだ」

　何事かと足を止めると、若い署員が私に気づいた。絶体絶命の危機に現れた救世主にすがるような視線を送ってくる。仕方なくそちらに向かい、カウンターに押しかけた人たちと対峙《たいじ》した。平均年齢六十歳といったところで、数えると十二人いた。うち女性が二人。一番前にいた、芥子《からし》色のジャケットを着た男性が、カウンターに両手をついて身を乗り出した。

「あんたが責任者?」

「はい?」

「あんたが責任者かと聞いてるんだ」

今度は私が助けを求めて若い署員を見やった。

「あの、騙されたとかそういうお話で」しどろもどろの説明を聞いてから、私は芥子色のジャケットの男に向き直った。

「騙されたんですか? つまり詐欺とかそういう意味で?」

「そうだ」

「警察に相談したいんですね」

「とにかく話を聞いてくれんか」

「それはかまいませんが――」

「おいおい、話を聞くだけでどうしてそんなに手間がかかるんだ? 署長に会わせなさい。ここの署員はちゃんとした応対もできないって抗議してやる」

冗談じゃない。まともに話ができない状態にしているのはそちらではないか。全員が頭から湯気を噴き出さんばかりで、しかも口々にぶつぶつと文句をつぶやいている。

「鳴沢《なるさわ》、どうかしたか」

声のした方を振り向くと、生活安全課の先輩刑事、横山浩輔《よこやまこうすけ》が不審そうにこちらをうかがっていた。私は押しかけた老人たちに気取《けど》られないよう、そっと息を吐いた。

「こちらの皆さんが『騙された』と言ってるんですが」

銀縁の眼鏡の奥で、横山の目が鈍く光った。

「二階の会議室が空いてるはずだ。そこへご案内しろ」

ちょっと話を整理してからの方がいいんじゃないですかと言いかけたのだが、横山はさっさと二階に上がってしまった。彼は、私が見逃していた何かに気づいたようだが、それがどうにも気に食わない。まったく、警察は悩み事相談所じゃないんだ――小声で文句をつぶやきながら、私は一行を二階の会議室に案内した。

それが、長く暑い夏の始まりだった。


赤色灯がマンションの壁を赤くまだらに照らし出す。私は、先乗りしていたパトカーのバンパーぎりぎりに車を停め、フロントガラス越しにマンションを見上げた。五階建てで、外壁はベージュのタイル張り。窓の数を数え、一フロアあたり五部屋ぐらいだろ

う と見当をつける。だとすると、それぞれの部屋はかなり広い。バブル期には軽く億を超える値段がついたのではないだろうか。

集まり始めた野次馬が、何事かが起きるのを期待するように目を輝かせながらマンションの周囲を取り巻いている。車のドアを開け、「失礼」と声をかけながら野次馬をかき分けて玄関ホールに向かった。一緒に来た池澤良樹《いけざわよしき》が欠伸《あくび》を嚙み殺す。睨みつけると、目に涙を溜めたまま慌てて弁解した。

「すんません、昨夜《ゆうべ》ほとんど寝てないんですよ」

「現場に来たらそんなことは関係ない」

池澤に警告を与えてから、エレベーターのボタンを押した。通報があったのは四階の四〇二号室である。

「鳴沢さん、例の件はどうなってるんですか」エレベーターの扉が閉まると、階数表示を睨みつけながら池澤が訊ねた。

「例の件って」

「とぼけないで下さいよ」池澤がやけに馴れ馴れしい口調で続ける。「K社の件に決まってるじゃないですか」

「さあね」視線を逸らしたまま、私は答えを濁した。同じ署の同僚と言っても池澤は刑事課、私は生活安全課であり、たまに当直で一緒になるだけの仲である。捜査の状況をぺらぺら喋るわけにはいかない。

「捜査の秘密ってやつですか」私の心の内を見透かしたように池澤が言った。

「そう」

「隠すことないじゃないですか。署内の人間は誰だって知ってますよ。あんなに大騒ぎしてたんだから。しかし、あのジイサンたちも物を知らないよなあ。弁護士でも立てた方が早いのに」

「まあな」適当に相槌を打ってから、私は口をつぐんだ。

私たちがK社と略して呼ぶ「木村《きむら》商事インターナショナル」の本社は、青山署の管内、西麻布にある。署に押しかけてきた老人たちは、この会社に騙されたと訴えたのだ。

「商品に出資すれば、売上の何パーセントかを配当する」という約束で金を出したらしいが、配当の約束がしばしば反故《ほご》にされているうえ、出資金も返ってこない、解約にも応じてもらえないというのが老人たちの言い分だった。しかも出資金を払えない、あるいは解約したいと申し出ると、急に脅しをかけてくる。

行きがかり上、私はこの件の下調べを担当することになった。胡散臭い気配がぷんぷん漂っているが、事件化できるかどうかはまだ微妙な段階である。

「しかし、今日の事件は何なんですかね」

「そもそも、本当に事件なのかね」池澤の質問に、私は独り言のような小声で応じた。通報を聞いただけでは何とも判断できない。だからこそ、先乗りした交番の連中は自分たちで判断せず、当直の私たちに応援を要請してきたのだろう。

それにしても暑い。もう夜の十時近いのだが、昼間の熱気が今も居座っていた。当直でもなければジムに通って汗を流している時間なのにと恨めしく思う。運動で流す汗と、冷房も効かないエレベーターの中でかく汗とはまったく異質なものだ。前者はストレスを発散させ、後者は苛々を募らせる。

「まあ、何だか分からないけどさっと片づけましょうか」

「真面目にやれよ」

「分かってますって」池澤がそっぽを向いて肩をすくめる。

エレベーターを降りると、廊下の先、一番奥の部屋のドアが開き、灯りが漏れ出ているのが見えた。現場は、家庭内暴力の被害者救済のためのNPO「青山家庭相談センター」の事務所だと聞いていたのだが、表札や看板の類は一切見当たらない。一応インタフォンを鳴らしてから部屋を覗きこんだ。

狭い玄関には靴が散乱していた。履き古した合皮の靴が二足、これは先乗りしていた交番の二人のものだろう。その他は全て女性用の靴だった。私は黒いUチップを、丁寧に揃えてから部屋に上がった。玄関を入るとすぐ十二畳ほどのリビングルームで、四人の人間がそれぞれ「自分には関係ない」とでも言いたそうな素っ気ない態度で、距離を置いたまま沈黙を貫いている。

部屋の中は静まり返っていた。ほんの数分前までは怒号と泣き声が飛び交っていたのかもしれないが、今は微妙な安定感を保っているようである。自分という異分子が入りこんだことでその均衡が破れるのではないかと私は密かに恐れた。

制服の二人が私に気づいて振り向き、かすかに表情を緩めた。二人にうなずきかけ、「通報した人は」と訊ねる。部屋の一番奥、窓際に立っていた女性がさっと手を上げた。

「私です」

私は手帳を取り出した。途端に、通報者だという女性が唇をきゅっと引き結ぶ。

「何か」

「何回同じことを繰り返させるんですか」

自分が被害者でもないのに、この女性の反応はあまりにも過敏だった。

「必要だと思えば何度でも訊きますよ」

「そんなことより、早くあの男を追いかけて下さい。絶対また来ます」

　私は制服の二人の方に目をやった。通報の内容は、ここにかくまわれている女性の夫が押しかけてきて騒いだというものだった。

「見つかったのか」

「いえ」制服警官のうち、がっしりした方が答える。「一応近所を探しましたが、それらしい人はいませんでした」

　私はボールペンを構え直し、無表情を装って「あなたのお名前は」と訊ねた。即座にやり返される。

「そちらが先に名乗るのが筋じゃないんですか」

　女性は胸の前で腕組みをし、壁に預けた体を斜めにして私を凝視している。非難しているわけではないようだが、こちらの真意を読み取ろうという強い意志が感じられた。小さく溜息をついて、私は折れた。

「鳴沢了《りょう》。青山署の生活安全課です」

「あら」女性の右の眉がぴくりと跳ね上がった。「じゃあ、ちょうどおあつらえ向きじゃないですか」

「生活安全課と言っても、家庭内暴力は専門じゃありません」私は言葉を切り、再びボールペンの先を手帳に突きたてた。「で、そちらのお名前は？」

「内藤優美《ないとうゆみ》です」私が名乗ったことで、彼女も少しだけ緊張を解いたようだった。組んでいた腕を下ろし、表情を緩《ゆる》める。今までずいぶん突っ張って自分を大きく見せていたのだと気づいた。実際には百五十センチを超えるか超えないかというぐらいのごく小柄な女性である。綺麗なハート型の顔で、目が大きい。丸い鼻と大きめの口は、笑ったらかなり魅力的に見えるかもしれないが、私がそれを拝む機会はなさそうだった。

「こちらに住んでいる女性のご主人が押しかけてきたと聞いてますが――」

「今の言葉だけでも正確じゃない部分があります」優美が私の言葉を途中で遮り、傍らに立っていた女性――優美より優に十五センチほど背が高く、すっきりとした顔立ちの女性だった――の肩に手を置いた。まるで重石を載せられたように、女性がソファにへたりこむ。呆然と口を開け、右手で自分の左腕を抱くようにした。しばらくすると、左右の手に合計で四つはめた指輪を順番にくるくると回し始める。

「内藤さん」私はボールペンの先で手帳のページを叩いた。黒い点が白紙のページを汚した。「とにかく何が起きたのか、話して下さい」

「ちょっと待って下さい。彼女は――河村沙織《かわむらさおり》さんはここに住んでるわけじゃないんですよ」優美は、あくまで私の言葉の誤りを訂正しようとこだわった。「ここには一時的に身を寄せているだけです」

「それは分かっています」私もとっさに言い返した。「とにかく、今ここにいるのは間違いないでしょう」

まだ不満そうだったが優美がうなずき、次の質問をする機会を与えてくれた。

「最初からいきますよ。河村さんのご主人が押しかけてきたんですね」

「ええ」

「それが三十分ほど前ですか」

優美が壁の時計をちらりと見て「ええ」と認める。

「具体的に何かしたんですか」

「ドアを叩きました」優美の言葉に、沙織が肩を強張《こわば》らせる。

「それだけ?」池澤が気軽な調子で口を挟んだ。途端に優美の表情が凍りつく。唇を引き結んだまま私の脇を通り過ぎて玄関に向かうと、振り返って厳しい視線を投げつけてきた。私はゆっくり首を振りながら、彼女の後に続いた。

優美がサンダルを突っかけて外に出る。私も彼女の後から外廊下に出て、ドアとキッチンの窓を改めた。ドアには靴底の跡がはっきりと残っているし、キッチンの窓にはまった金属製の格子はわずかに歪《ゆが》んでいる。「ドアを叩いた」という表現は控えめだった。

「その辺りを叩きまくったわけですね」

「ドアを蹴破ろうとしたんじゃないかしら。酔ってるみたいだったし」優美がまた胸の前で腕を組むと、体格に比べて豊かな胸が押し潰された。私はそっと目を逸らして、どうするべきか思案した。

「告訴しますか？　その方が、こっちも捜査がしやすい」

優美の表情が微妙に歪んだ。困ったように顎を撫で、首を振る。

「それは私じゃなくて彼女に聞いてみて……でも、駄目かもしれない」

「河村さんは告訴する気はないということですか」

「大事《おおごと》にしたくないいんじゃないかしら」

私は彼女の顔を覗きこんだ。何歳ぐらいなのだろう。少なくとも私よりは年下に見えるが、こういう修羅場には慣れている感じもした。かといって、まだ磨り減って何も感じなくなるほどではないようだった。

「河村さんはいつからここに？」

「二日前です」

「ご主人は、彼女がここにいることは知ってるんですね」

「ここへ来たってことはそうなんでしょうね」優美が皮肉っぽく唇を歪めた。「隠しておけるわけじゃないし。うちは秘密結社じゃないんですから」

「逃げ出さなくちゃいけないほど、ご主人の暴力はひどかったんですね」私は沙織の姿を思い浮かべた。半袖のブラウスに膝丈のスカート。目に見えるところに怪我はなかった。

「ひどいかどうかは本人の感じ方次第だと思います」

「告訴する気がないなら、どうして警察を呼んだんですか」

「追い払うためよ」当然だとでも言いたげな口調で優美が言った。「警察を呼べば、向こうだって逃げるでしょう」

「体よく警察を利用したわけだ」

優美がきっと顔を上げた。

「それぐらいしか役にたたないんじゃないですか、警察は」

「心外ですね」むっとして私は言い返した。

「家庭のことだから手を出しにくいのは分かるけど、警察が動くのはいつも手遅れになってからなのよね」

何か反論しようかと思ったが、適当な言葉が思い浮かばない。実際、優美の言うことはある程度は正しいのだ。手帳を閉じ、小さく彼女にうなずきかける。

「反論しないの？」私の心を見透かしたように優美が挑発した。「警察の立場とかそういうことを説明しなくていいの？」

「今まで何回警察を呼びましたか」

優美が首を傾《かし》げた。そうすると、まだ幼いと言っていいような顔つきになる。

「好きなだけ呼んで下さい。それぐらいしか役にたたないっていうなら、どんどん利用するといいですよ。呼ばれて出動するのは警察の仕事ですから。それで文句を言う奴がいたら、私がケツを蹴飛ばしてやる」

「開き直るつもり？」

私は肩をすくめて彼女の挑発をやり過ごした。被害者と議論するのは私の仕事ではないし、とにかく今夜の一件を処理しなければならない。

「率直に申し上げて、河村さんが暴力を振るわれているところを現認していない限り、警察としてはどうにもできないんですよ。告訴となれば別ですけど」

「警察としてはそう言うしかないんでしょうね」優美の声に皮肉が戻ってきた。

「申し訳ありませんが」

たぶん沙織は告訴しないだろうと私は踏んだ。暴力を恐れて家を飛び出し、配偶者に対して憎しみを抱いていると言っても、実際に警察の手に引き渡すとなると、とまどうのが自然な感情だろう。何年も一緒に過ごした相手は、自分の過去として心に刻みこまれてしまっているのだ。

過去を簡単に捨てることはできない。それは私にはよく分かっている。

昨年、多摩署にいた時に、私は年上の友人を殺した。かつて恋人を過激派の内ゲバで殺されたその友人は、次々と復讐を実行して、私もその渦に巻きこまれた。私も、一緒に捜査をしていた同僚の小野寺冴《おのでらさえ》も傷ついた。殺さなければ私も殺されていただろう。しかしそういう事情があっても、全てを簡単に割り切り、過去の出来事として封印してしまうことはできないのだ。


池澤が辛抱の足りない男だということはすぐに分かった。沙織は当然答えられるような質問にも答えられず、時に口にする言葉は必ずもう一度聞き返さなければならないほど小さい。池澤は最初の一分で質問を出し尽くし、むっつりと黙りこんでしまった。助けを求めるように私を見たので、仕方なく事情聴取を交代する。

「ここに来てからは、実際にご主人に暴力をふるわれたことはないんですね？　今日初めてご主人が押しかけてきた、そういうことでいいですね」

ええ、とかすれた声で沙織が認める。

「ご主人の身長は？」

ソファに座ったままの沙織が、力なく顔を上げる。目がぼんやりと濁っていた。

「身長はどれぐらいですか」繰り返すと、エアコンの音にかき消されそうな声でようやく「百六十五センチ」と答えた。

「体重は？」

「知りません」大変な罪を告白するかのように言って、沙織がまた下を向く。

「正確じゃなくていいんです。どんな体型の人か知りたいだけですから」

「……六十キロぐらいです」

「どちらかと言えば小柄ですね。何か、顔に特徴はありますか。ホクロとか傷跡とか……写真があれば一番いいんですけど」

沙織が首を振り、優美が怖い顔で私を睨んだ。どちらにともなく私は説明した。

「ここの警戒を強化するようにします。そのためにも、ご主人の特徴が分かった方がいいんですが」

優美がわずかに表情を緩めた。体を屈めて沙織の肩に手をかける。

「どうしますか」

私が少し口調を強めて促すと、沙織がすがるように優美の顔を見上げた。どう見ても優美の方が年下なのだが、年上の友人に慰められているのは沙織の方に見える。

優美は、霧の向こうに霞んだような沙織の瞳の中に何かを見出したようだった。

「写真は私が何とかします。それで警戒を強化してもらえるんですね」

「そうします」実際は私がこの周辺をパトロールするわけではなく、地域課の連中がどこまで気を配ってくれるかにかかっている。しかし今は、そう言って沙織を安心させる必要があった。いずれにせよ、今夜はもう沙織の夫は来ないだろう。警察が来たことは分かっているはずで、いくら頭に血が昇っていたといっても、同じことを繰り返すとは考えられない。その点、すぐに一一〇番通報した優美の判断は正しかったと言える。

「告訴してもらえば動きやすくなるんですがねえ」池澤が苛々した口調で畳みかける。

「どうなんですか」

沙織が小さく首を振った。私は池澤の肩に手をかけて黙らせ、何とか彼女を安心させようと小さな笑みを浮かべた。

「心配いりませんよ。いくらなんでもドアをぶち破ってここに入ってくることはできませんから。鍵をちゃんと閉めて、何かあったらすぐに一一〇番通報して下さい」

「今夜は私もここに泊まりますから」私に向かってというより沙織を安心させようとするように、優美が言い添えた。

「そうですね」私は彼女にうなずきかけ、良いアイディアだと認めたことを教えるために少しだけ笑顔を大きくしてやった。しかし返ってきたのは、「あなたには関係ない」という台詞《せりふ》代わりの冷ややかな視線だった。

結局沙織は告訴を見送った。別れ際に捨て台詞のように発した「よくあることだから」という優美の一言には、警察に対する抗議の意がはっきりとこめられていた。攻撃的になるのも分からないではないが、あまりにも極端である。沙織の夫、河村和郎《かずお》の写真をもらうために、優美にはもう一度会わなければならないのに、早くも気が重くなってきた。

車に乗りこんだ途端、池澤が長々と息を吐き出した。

「何だよ」私が訊ねると、池澤がフロントガラスを睨みながら答える。

「何だか変な感じでしたね、あの被害者」

「そうかな。ショックもあるだろうし、実際に告訴なんてことを言われるとびびっちまうんじゃないか」

「そうじゃなくて、格好がね」

「そうか？　別に普通だったと思うけど」

池澤は、私が見逃していたものをしっかり目に焼きつけたようだ。

「まず、時計ですね」

「時計がどうした」

「フランク・ミューラーでした」

「それが？」

ちらりと横を見ると、池澤がぽかりと口を開けていた。

「知らないんですか」

「知らない」私が使っている腕時計は、死んだ祖父の形見のオメガだ。もう何十年も前の手巻きで、風防ガラスはすっかり曇って見にくくなっている。

「今一番人気の時計ですよ。水商売とか業界人の間で流行ってましてね。それで高いんだな、これが」

「高いって、幾らぐらい」

「まあ、百万ぐらいかな」池澤がにやりと笑った。「高いのは一千万」

「確かに高いな」

「あと、指輪もすごかったですね。あんなにたくさんしてると、普通は趣味が悪い感じになるけど、あの人はふだんからつけ慣れてる感じでしたね。それにしても、家庭内暴力で家を出てきた人って惨めなイメージがあるんだけど、あの人は何か違うな」

私は池澤とは違う印象をもった。身につけているのは高価なものかもしれないが、私にはどこか地味な女性に思える。

「金目の物をかき集めて飛び出してきたのかもしれないぜ」

「しかし、フランク・ミューラーね」池澤が小声で繰り返す。そのしつこさは鬱陶《うっとう》しかったが、彼の言うことも分からないではなかった。確かに沙織は、夫の暴力に怯え、着の身着のままで家を飛び出したという感じではない。態度はともかく、池澤の言う通りなら彼女は間違いなく金持ちだ。それと家庭内暴力がうまく結びつかない。

「あっちの彼女はどうでした」池澤が急に明るい声で言った。

「あっちって」

「優美さん。内藤優美さん。けっこう可愛い娘《こ》でしたよねえ」

私は何も答えず、アクセルを強く踏みつけた。覆面パトカーはタイヤを鳴らして青山三丁目の交差点から青山通りに入り、助手席で池澤の体が軽く跳ねた。

「鳴沢さん、タイヤが減りますよ」

「余計なことを言うな」

「余計なことって？」

「彼女は事件の関係者だぞ。お前の個人的な感想なんか関係ない」

「硬いなあ、鳴沢さん」思わず横を向くと、池澤がいやらしく口を歪めて笑っていた。
「可愛い娘は可愛い、それは誰が見ても分かることでしょう」
「そろそろ黙らないと殴るぞ」
「はいはい」池澤が大人しく腿の上に両手を置いた。しかし、人を馬鹿にしたような笑みは、署に帰り着くまでずっと顔に張りついたままだった。

青山署の管轄は港区の北側である。管内のほとんどがビジネス街と繁華街であり、その谷間に超がつく高級マンションや、見ているだけで相続税の心配をしたくなるような民家が点在しているだけで、当然昼間人口が夜間人口を大きく上回る。多摩署から転勤してきた時は、赤坂や六本木の繁華街に気をつけていればいいだけで、住宅街にある所轄署よりもかえって仕事は楽だろうと思っていた。その想像はだいたい当たっていた——K社の一件が持ちこまれてくるまでは。

青山通り沿いにある署に戻った時には十一時を回っていた。池澤と別れ、私は生活安全課の部屋に入って灯りをつけた。エアコンは止まっており、むっとするような空気が淀んでいる。

背広を脱いで椅子の背にかけ、汗で濡れたシャツの背中を椅子につけないよう、慎重に腰を下ろす。今日の一件の報告書は池澤に押しつけたので、途中まで読んでいたK社の事件の調書を読み返すことにした。K社は次々に新しい商品を紹介して、出資金の増額を求める。配当金の高さに引かれて、被害者も新規に契約を繰り返したようだが、期日までに支払わないと会社側の態度が急変し、取り立てが始まる。借金をさせてまで金を払わせたケースもあったようだ。

「私の自宅に取り立て屋が来たのは、二度目の出資金百万円の払いこみが一週間ほど遅れた時のことでした。ヤクザっぽい若い二人組で、朝七時に家に押しかけてきて、いきなり『二日以内に出資金を用意しろ』と切り出してきました。私が『金の都合がつかないので一週間ほど待ってくれ』と言うと何も言わずに帰ったのですが、その直後から電話が頻繁にかかってくるようになりました。家に来た男たちかどうかは分かりませんが、三十分おきに電話がかかってきて『金を払え』『払わなければ親戚や近所の連中に代わりに払ってもらう』と責めたてるのです。電話は夜中にも明け方にもかかってきました。何日かそんなことが続いた後、家のドアや壁に張り紙が張られるようになりました。『嘘つきだ』『金を踏み倒すな』などと書かれており、近所にも同じような内容の書かれたビラが撒かれるようになりました。私はすっかり怖くなり、何日かして二人組が来た時には言われるままに向こうが勧める金融会社に出向いて金を借り、出資金として渡しました。その間、何度か会社に電話もしてみたのですが、契約なので金は払って下さいの一点張りでした。二人組のことや脅迫電話については関知しないとのことでした」

別の調書にはこうある。

「私が出資金二百万円を払わないでいると、二人組の男に跡をつけ回されるようになりました。何をするでもなく、話しかけるでもなく、ただ跡をつけてくるのです。それが二日ほど続いた後、地下鉄のホームでいきなり誰かに足をかけられました。電車がいない時でしたから何でもありませんでしたが、私をつけ回していた二人組がにやにや笑いながら『危ないなあ、気をつけないと駄目だよ』と言うのです。やったのは絶対にあの二人だと思います。

数日後、頼んでもいないのに銀行口座に金が振りこまれました。電話がかかってきて初めて気づいたのです。お困りのようですので優先的に融資しましたということでしたが、あまりにも胡散臭い話だったので、すぐに金は返しました。それで何とか親戚中を回って金を工面して、出資金を払った次第です」

何なのだ、この連中は。K社のやり口は、ヤミ金融と同じようなものだ。出資金を集める時は巧みなセールストークを繰り広げ、いざ金を払えないとなったらこの始末である。それに、「取り立て屋」が積極的にヤミ金融の利用を勧めているのも何かおかしい。

被害者たちへの事情聴取は断続的に続いていたが、この捜査で私は、言いようのないやりにくさを感じていた。警察官になってほぼ十年、そのうち半分を捜査一課、刑事課で過ごした私にとって、捜査といえば発生した事件への対処であり、こういう内偵捜査にはまったく縁がなかったからである。被害者の受けた恐怖や痛みを頭では理解できても、すんなりと感情移入ができない。

これまで私が係わった事件の被害者と言えば、すでに死んでいるか死にかけていた。命は重い。たぶん、何よりも重い。だからこそ、それを奪った人間には相応の苦しみを与えてやりたい。そう考えることで自分に多少の無理を強いることもできた。しかし今回の事件は違う。事情を聴いてみて、うっすらと浮かび上がってきたのは老人たちの欲である。いろいろな事情はあるのだろうが、結局は金に釣られて騙されたということに尽きるのだ。生活していくだけの金はある。それ以上のものを求めたくなった時にうまい儲け話を目の前にちらつかされて飛びついた、それだけのことではないか。

そっと溜息をつき、私は頭の後ろで両手を組んだ。そのまま体を椅子の背に預け、天井を見上げる。新潟県警から警視庁に身を寄せ、流れてきた末に回ってきた仕事は老人たちの繰言《くりごと》に耳を傾けることか――それでも仕事がないよりはいい。多摩署ではろくな仕事を回してもらえなかった。ずっとローギアで走っているうちにエンジンやトランスミッションに無理な負担がかかるように、あのころの私は壊れかけていた。もちろん今も完全に治ったとは言いきれないのだが、それでもあのころに比べればいくらかはましだろう。自ら進んで事件の中に飛びこんだわけではないが、少なくとも頭と体を動かしている限り、余計なことを考えなくても済む。

K社の捜査は緒についたばかりであり、まだ長くかかるだろう。もしもうまくまとまりそうになったら、あるいは大規模な事件になりそうだったら、すかさず本庁の連中が乗りこんでくるに違いない。そうして手柄だけを持って帰る。それはそれで仕方のないことだ。仮に私が本庁の刑事だったら、やはりそれが当然だと考えるだろう。

立ち上がり、窓の外を見やる。青山通りの渋滞はすでに解消され、車はスムースに流れていた。自分の人生もこのようであれば、とふと思う。どんな渋滞も、いつか時が解決してくれるのだから。

2

当直明けの眠い目を何度もこすりながら、青山一丁目駅まで足早に歩く。もう汗が吹き出てシャツを濡らしていた。暑いばかりではなく気が急《せ》く。今日は、もう一度都心に出てこなければならないのだ。

　古い友人と何年ぶりかで会って、つい先日亡くなった彼の祖父の仏壇に線香を上げに行く約束をしている。その後でもう一度署に戻り、優美から写真を受け取らなくてはいけない。それを考えると余計に家に帰るのが面倒になった。半蔵門線から千代田線、小田急線と乗り継いで、多摩センター駅の近くにある家にたどり着くには一時間以上かかる。かといって、二十四時間分の汗と埃をシャワーで洗い流さないわけにもいかない。

　青山一丁目駅のホームは、朝のラッシュが一段落したばかりだった。欠伸を嚙み殺しながら、ふと足元を見下ろす。靴の汚れに気づいて少しばかり憂鬱になった。このUチップもそろそろ限界のようだ。新しい靴を探して、署に近い骨董通りに並ぶ高級な靴屋を冷やかしてみたこともあるが、自分の給料を考えてすごすごと引き返すことしかできなかった。そして、趣味とも言える靴磨きも最近は何だか面倒になっている。

　ざわついたホームの雰囲気を切り裂くように、下品な声が鳴り響く。耳を澄まし、声の主を探した。

「ふざけんなよ」人ごみに隠れて姿は見えないが、声の主はすぐ近くにいるようだった。

「そっちがぶつかってきたんじゃないか」もう一方の声は怯えたように震えている。

「ぶつかったのはそっちだろう」怒気を含んだ声がホームの空気を緊張させた。

私は一歩下がり、やりあう二人の姿を探した。どうするか。今のところは単なる口喧嘩である。「警察だ」と言って割って入るのはいかにも大袈裟に思えた。

迷っているうちに、急にホームの人ごみが割れた。短い悲鳴が上がり、それに被さるように「やめろ、この野郎」という悪態が続く。さらに肉を打つ鈍い音が響いた。私は慌てて人ごみをかき分け、騒ぎの只中に飛びこんだ。

「やめろ、警察だ」叫びながら、つかみ合う二人を分けようとしたが、それより先に周囲から頭一つほど抜き出た大柄な男が二人を止めに入った。四十歳ぐらいのスーツ姿の男を右手一本で突き飛ばし、学生風の若い男の胸倉をつかむと、腹に軽くパンチを叩きこむ。軽々とやっているように見えたが、若者の体は二つに折れ曲がり、一瞬足が宙に浮いた。今にも二発目のパンチを見舞おうとしたところで、私は慌てて男の腕をつかんだ。

「離せよ」案外冷静な声が返ってきた。私の手を振り払おうと振り返った途端、若者が体を捻る。シャツが破けてボタンが弾け飛んだが、若者はそれにも気づかない様子で、転びそうになりながら後ろ向きでその場を離れた。

「ちょっと待て」声をかけたが、若者はぱっと身を翻すと、ステップを切るようにホームを駆け抜けて行った。男が振り向いて私を睨みつける。

「何で止めた」

「ふざけるな」

一瞬、私は言葉を失った。向こうも私に気づき、険しい表情を一瞬で吹き飛ばすと、特大の笑みを浮かべて私に手を差し出した。

内藤七海《ないとうななみ》。数時間後に会うはずだった旧友との、ほんの少し早い再会だった。


内藤は、私がアメリカの中西部にある大学に一年間留学していた時のルームメイトである。日系二世だが完璧な日本語を話すのは、両親が家で日本語しか使わせなかったせいだという。

全ての歯車が嚙み合い、そこにほんの少しの運が加わっていれば、彼は今ごろ大リーガーとして全盛期を迎えていたかもしれない。大学では強肩強打の遊撃手として鳴らし、実際に幾つかのチームのスカウトが彼の出場する試合を追いかけていたほどだった。私も彼の試合を何度も見に行ったが、プレイの一つ一つは今でも鮮明に脳裏に焼きついている。三遊間の痛烈な当たりに飛びついてグラブの先で辛うじて押さえ、膝をついたまま体を捻って一塁で打者走者を刺した強肩。内角球を上手く巻きこんでレフトのポール際に運んだホームラン。併殺を阻止するために、相手のセカンドを外野まで弾き飛ばそうとする強烈なスライディング。私は野球に関しては素人も同然だが、彼の実力が大学レベルをはるかに超えていることぐらいは、はっきりと分かった。

本人もプロに進むつもりで、常々そのことを公言していた。そもそもニューヨークで生まれ育った彼が中西部の片田舎にやって来たのも、その大学の野球チームが、当時全米で一、二を争う強豪だったからである。そのチームで彼は、入学してすぐにショートのレギュラーポジションを取り、三番を任せられた。私が留学していた年のシーズンには、四割五分を超す打率を残したはずである。

順調に回っていた歯車の動きが止まったのは、私が留学を終えて帰国した直後だった。膝の故障を押してしばらくプレイを続けていた内藤は、ある試合で強烈なスライディングを受けて靭帯を損傷したのだ。それを知らせてくれたのは別の友人であり、内藤からは何の連絡もなかった。

自分はもう、かつての自分には戻れない。野球は諦めた——怪我は思ったより重傷だったということをようやく彼が打ち明けてくれたのは、それから一年も経ってからのことだった。帰国してから一度も連絡を取り合っていなかったのに、よりによって彼からの初めての手紙は、進路を絶たれた男の苦悩を書き綴った内容になっていた。

その手紙を書くまでの一年間、彼が何をしていたのかを私は知らない。自暴自棄になって時の流れをやり過ごしていたのか、復帰を信じて治療とリハビリに励んでいたのか。もう野球は諦めたという彼からの手紙には、故郷のニューヨークに戻って警察官になるつもりだ、という一言が記してあった。私が警察官になることを知っていた彼は、「海のこっちと向こうで相棒というわけだ」という言葉で手紙を締めくくっていた。

ニューヨーク市警刑事、内藤七海。

連絡は再び途絶えた。その彼から突然電話がかかってきたのは一週間ほど前のことである。東京にいる祖父が死んだ、休暇を取って線香を上げに行くから会おう、と。その時は互いの近況を語り合う時間もなく――彼は時差をすっかり無視して、夜中の三時に電話してきた――私は辛うじて、何でうちの電話番号が分かった、と訊ねた。彼の答えは、逆の立場なら私が言ったであろうものだった。「俺は刑事なんだぜ」

十数年ぶりに会った内藤は、少なくとも見た目はあまり変わっていなかった。体は学生時代と同様に引き締まったままだし、日に焼けた顔も昔と同じだった。コーヒー好きも相変わらずである。私たちは駅を出て逃げこむようにスターバックスに入ったのだが、内藤は迷わず「本日のコーヒー」の一番大きいサイズを頼んだ。ここのコーヒーは私には濃すぎるのだが、内藤は嬉々としてカップを口に運んでいる。

「ありがたいね、日本でもスターバックスのコーヒーが飲めて。中毒なんだ」内藤が、乾杯するようにカップを目の高さに上げる。

「ああ」

「さっき、何で止めたんだ」内藤がいきなり核心に切りこんできた。私はことさら大きく目を見開き、彼の顔を覗きこむ。

「当たり前じゃないか。あれは喧嘩だぜ。どっちが悪いわけじゃない。お前がしゃしゃり出て殴るのは筋違いだろう」先ほどは二人でホームから逃げ出すように地上に出てきたのだが、今になって、犯人をかくまっているような気分になってきた。

「へえ」私の非難を軽くかわしながら内藤がコーヒーを啜る。「お前の目は節穴か？」

「何だと」むっとして言い返すと、彼は薄い笑みを浮かべて折畳式のナイフをジーンズのポケットから取り出し、刃を広げてテーブルに置いた。

「あの若い奴、こんなものを持ってたんだぜ。ナイフなんか使われたら、ただの喧嘩じゃ済まなかっただろう」

私は黙って、鈍い光を放つナイフの刃を指先で撫でた。内藤がもう少し遅かったら、たっぷり血を吸っていたかもしれない。

「どうするよ。今からあの若い奴を追いかけるか」にやにや笑いながら内藤が身を乗り出した。

「もう無理だよ」

「じゃあ、ナイフは俺が処分しておく」内藤がうなずき、ナイフの刃を閉じてジーンズのポケットに落としこんだ。何だかこれは内藤のイメージではない。ニューヨークで刑事として過ごした歳月が、彼を乱暴者に変えてしまったのかもしれない。

「しかし、東京も物騒だな。驚いたよ。それに、周りの人間はなんで見て見ぬふりをしてるんだ」

「巻きこまれるのが怖いんだよ。最近は地下鉄も安全じゃないからね。触らぬ神に祟りなしってやつだ。でも、ニューヨークの方がもっと危険じゃないのか」

「そんなことはない。お前が想像してるニューヨークってのは、要するに『地獄のキッチン』みたいな場所だろう？　それは十年前のイメージだよ。この十年、俺たちはずいぶん頑張ったんだ。『破れ窓理論』って知ってるか」

私は右手の人差し指をピンと立てて答えてやった。

「ビルの壊れた窓をそのままにしておくと、街はもっと荒れる」

「そうそう」内藤が浅黒い顔に笑みを浮かべる。「悪い奴らは片っ端から捕まえる。破れた窓はすぐに塞ぐ。何度やられても地下鉄の落書きは消す。犯罪をなくすには結局それが一番なんだよ」

言いたいことはいくらでもあったが、ひとまず棚上げにすることにした。久し振りに会ったのだ、何もいきなり正面衝突する必要はない。私は表情を緩め、にやりと笑いかけてやった。

「それにしても、まさかあんなところで会うとはね。すごい偶然だ」

内藤が照れ笑いを浮かべて頭を掻いた。

「実は迷ってたんだ」足元に置いたリモワのスーツケースを指差す。「大荷物を持ってあちこちうろうろしたよ。まったく、東京の地下鉄ってのは迷路だね」

「そうかね」

「ニューヨークの地下鉄なら目を瞑っていても間違えないんだが」

「でも、東京の方が安全だ」

「だから、それはお前の思いこみだよ」内藤が真顔に戻る。「少なくともニューヨークじゃ、地下鉄に毒を撒くような奴はいない。ニューヨークは、世間で思われてるほど危険な街じゃないんだぜ」

「ああ」私は顔をしかめた。オウムの事件は私が新潟県警にいた時期のことであり、今になってはどこか他人事のようにも思えるのだが、あの事件は間違いなくこの時代、この国で起こった出来事なのだ。小さく頭を振り、私は話題を元に戻した。

「いつ着いたんだ？」

「今朝。成田から直接ジイサンの家に行こうと思ったんだけど、迷ってね」

「家は麻布だったよな」

内藤がジーンズの尻から手帳を抜き出してページをめくる。住所を殴り書きしたページを私の前に差し出した。

「これがそうだろう？」

私は「呆れた」と言う代わりに両腕を広げてやった。

「お前、どうやって行くかも分からないで地下鉄に乗ったのか？」

「まあ、誰かに聞けば分かったと思うよ」私は偶然の幸運を密かに喜んだ。家で落ちあう約束をしていたのだが、内藤が一人で無事にたどり着けた確率は極めて低い。

「麻布か。いいところだな」

「そうなのか」

「ニューヨークで言えばマンハッタンのど真ん中だよ」

「そうか」巨体に似合わぬ器用さで内藤が肩をすくめる。「ということは、うちのジイサンは金持ちだったわけだ」

「そうなんだろうな。で、どうする？　これからすぐ行ってみるか」

「おう」内藤が喉を鳴らしてコーヒーを飲み干し、そそくさと立ち上がった。「ちょっと早いけど、まあいいだろう」

「じゃ、行くか」私はワイシャツの二の腕を鼻先に持っていって顔をしかめた。「だけど、俺は泊まり明けなんだよ。シャワーぐらい浴びたいんだけどな」

「そんなもの、ジイサンの家で借りればいいじゃないか」

「初めて行く家でそんな図々しいことはできない」

「何言ってるんだよ、俺の家でもあるんだぜ。遠慮するなって」内藤が私の肩に手を置く。グラブなしでショートを守れそうな巨大な手だった。

「じゃあ、そうするか」半ば無意識のうちに私は応じた。今から家に帰ってまた麻布まで戻ってくるとなると、午後も遅くなってしまう。彼の家に行って線香を上げ、すぐ優美から写真を借りることにすれば、昼過ぎにはまた自由になれる。汗臭いのは我慢することにしよう。

「よし、決まりだ。案内してくれよ」内藤がスーツケースを軽々と持ち上げる。十数時間のフライトの直後だというのに、ちょっと暑苦しいぐらいのエネルギーを発散している彼が、少しばかり羨ましくもあった。

内藤の祖父の家は、麻布十番の住宅街の奥まった一角にあった。こんな場所に、と驚かされるような巨大な門を構えた家である。背の高い生垣と庭一面を覆うように生えた巨大な松の木が目隠しになり、敷地内の様子は一切うかがえない。私が呆然と家を眺めていると、内藤が薄い笑みを浮かべて私の表情をうかがった。

「どうした」

「いや、お前の実家、本当に金持ちなんだな」

「そうか?」

「この辺にこんなでかい家を買ったら、一億や二億じゃ済まない」実際敷地は、マンションを一棟建てられそうなほど広い。

「一億円っていうと、八十万? 九十万ドルぐらいか」ようやく事情が呑みこめたようで、内藤も目を見開いた。「ニューメキシコあたりだったら、小さな町をそのまま一つ買えそうだ」

「売り物があれば」

内藤が声を上げて笑う。ふと心配になった。内藤や彼の両親が日本に戻って来るとは思えないし、他に親戚がいるという話を聞いたこともない。いったい誰がこの家を相続するのだろう。

「それにしても、ずいぶん金持ちだったんだな」

「何か貿易関係の仕事をしてたそうだよ。俺はよく知らないんだけど、戦後すぐに商売を始めて大儲けしたらしい。それでこの家も買ったんだろう」

「内藤家の人間は商才があるんだな。家系ってやつかね」わざとかそうでないのか、内藤は私の言葉に反応しなかった。何か悪いことを言ってしまったのだろうか。内藤の父親は二十代でニューヨークに渡り、貿易の仕事で成功した人物だと聞いていた。それは別に恥ずべきことではなく、万人に成功のチャンスがあるというアメリカの伝統を証明するものである。内藤も常々、父親の成功を自慢気に話していた。しかし今日の内藤は、その話題が出た途端に不機嫌に黙りこんだ。両足に順番に体重をかけて体を揺らしながら、私の言葉が記憶の片隅に流れて消えるのを待っているようだった。

表札を確認し、内藤がインタフォンを鳴らす。家のどこかでかすかに途切れ途切れの音が鳴ったようだったが、反応はなかった。

「留守かな」つぶやき、内藤がもう一度インタフォンを鳴らす。やはり反応はなく、その音は深い緑の中に消えていった。

「出直すか？」

「出直すって言ってもなあ……バアサン、今日俺が来ることは知ってるはずなんだが」

内藤がぶつぶつと文句を言った。

「ここには誰が住んでるんだ」

「バアサン。それと妹がいる」

「妹って、お前の妹さんか？」私は大袈裟に目を見開いてやった。

「言わなかったっけ」

「ああ」

「二年前から日本に来てるんだ。あいつもいろいろあってさ」内藤は何となくその事情を喋りたそうな様子であったが、私は遠慮して顔をそむけた。十年以上の空白を埋める情報が一気に流れこんできたら、頭が混乱しそうだったから。

「家が広いから、玄関に出てくるまで時間がかかるんじゃないか」

「そうかもしれん」私の冗談に、内藤が真顔でうなずいた。「しかし、こんな広い家も東京じゃ無駄だよな」

「だったらお前もこっちに帰ってきたらどうだ。無用心だから男が一人いた方がいいだろう」

「冗談言うな」内藤の表情が険しくなる。「俺が住む街はニューヨークしかないんだよ。ブルックリンの狭いコンドミニアムが性に合ってるんだ。そこで警官をやってる以外の自分は想像もできない」

「へえ」私は彼に気取られないよう唾を呑んだ。警官である以外の自分は想像できない。新潟県警にいたころなら、私も彼のように自信を持って言いきれたはずだが、今は曖昧に笑って答えを誤魔化すしかない。

突然門が開いた。内藤の腹ぐらいまでしかないような小柄な老女が姿を見せる。内藤が呆気に取られたように口を開け、「バアサン」の「バ」まで言った後で「お婆さん」と言い直した。

「七海」老女が予想外に力強い声で彼の名を呼ぶ。表情に変化は見られなかった。そのまま私に目線を向ける。上品に皺が刻まれた顔の中で、目だけが妙に鋭い。その目は内藤によく似ていた。

「こちらは」

「友だち。ジイサンに線香を上げにきてくれたんだよ。ああ、悪いけど、風呂に入れてやってくれないかな。昨夜泊まりだったんだってさ」

七海に向かって小さくうなずきかけた後、内藤の祖母が私に対して深々と頭を下げる。頭一つ下げるだけで、何か儀式ばった雰囲気を漂わせた。顔を上げると「内藤タカでございます」と丁寧な声で告げる。私は慌てて頭を下げた。どうもこの老女は、私が今まで会ったことのないタイプの女性のようである。それだけでなく、知り合いになりたくないタイプであるような予感がしていた。

通された部屋は十二畳ほどの広い和室で、仏壇もそこにあった。タカはどこかへ姿を消し、私は内藤と二人きりでその場に残された。内藤が仏壇の前で何とか正座しようと四苦八苦する。

「膝が痛いなら無理に正座しなくてもいいんだぜ」

忠告すると、内藤は無理に怖い顔を作って私を睨んだ。

「膝なんかどうでもいいさ。正座の仕方が分からないんだよ。どうやるんだ？」

「そんなこと教えてもしょうがないだろう。とにかく線香を上げろよ」

「線香って、どうやるんだ」

「練習してこなかったのか？」

「どこで練習するんだよ、そんなこと」

軽口を叩き合いながら、私は学生時代を思い出していた。内藤は外見は完全な日本人で日本語も達者だが、日本的な習慣に関しては知らないことの方が多く、暇な時は私にあれこれ質問をぶつけてきたものである。一方で私は、彼を英語の教師として利用していた。お互いさまだが、何でも知りたがる彼の好奇心には少しばかり辟易《へきえき》したものである。今考えてみると、彼は元々刑事に向いた男だったのかもしれない。好奇心の強さは、事件を追いかける情熱につながる。

一方で、私の好奇心も刺激されていた。彼の両親はどうしたのだろう。内藤よりも先に来日して葬儀に出席したのだろうか。その疑問は次第に大きく膨れ上がったが、実際に質問するのはなぜか躊躇《ためら》われた。

一通りの手順を教えてやった。内藤が危なっかしい手つきで線香をロウソクに近づけ、火を点ける。手で払って火を消すと、慎重に線香を立てた。神妙な面持ちで手を合わせ、頭を下げる。目を開けると両手を打ち合わせようとしたので、慌てて止めた。

「こうやるんじゃなかったか?」内藤が怪訝そうな表情で訊ねる。

「それは神社だよ」

「そうか。よく分からないな、日本の宗教は」

「俺だって分からん」私も線香を上げ、内藤の祖父の写真を目に焼きつけた。薄い髭を鼻の下にたくわえた、細身の顔である。

用事を済ませると、私たちは巨大な座卓を挟んで向かい合った。扇風機もエアコンも見当たらないが、部屋全体が薄暗く、ひんやりとした空気が満ちている。庭の巨大な松の木が、湿っぽい暑さを吸収してしまっているのだろう。

「何歳だったんだ」

「八十二。心臓の発作でぽっくり逝っちまったらしい。苦しまなくてかえって良かったんじゃないかな」

「そうかもしれない。八十二まで生きれば天寿をまっとうしたことになるよ」

「天寿？」

「だいたい平均寿命まで生きたってことだよ」

「ああ、なるほど。メモしておいた方がいいか？」

私は思わず微笑んで首を振った。ルームメイトだったころ、私たちは二人ともメモ帳を枕元に用意していた。辞書に載っていない言葉を教え合う度に、二人とも笑いながらそこに書きつけたものである。私のメモ帳はどこにいってしまったのだろう。内藤のメモ帳は何かの役にたったのだろうか。

「そう言えばお前のジイサン、どうした」

内藤の質問に、私は唇を引き結んだ。祖父の死をめぐる状況を説明する気にはなれない。お前のジイサンが貿易で金儲けを始めていたころ、俺のジイサンはある殺人事件を揉み消すのに必死になっていたのだ、とは。

「二年前に亡くなった」

内藤の目が大きく見開かれ、ほんの少し瞳の色が暗くなった。

「刑事だったんだよな」

「ああ」

「ジイサンもオヤジさんも刑事だったから、お前も刑事になった」

「ああ」

「残念だったな」

「誰だっていつかは死ぬんだよ。永遠に生き続ける人間はいない」

「そうだな」納得したように内藤がうなずき、長いフライトの後でよれよれになったカーキ色のジャケットを脱ぐ。Tシャツ一枚になると、筋肉質の上半身が強調された。

「鍛えてるな」

私の言葉に内藤がにやりと笑う。

「自分を守るためさ」

「気に食わない奴をぶちのめすためじゃないのか?」

「ああ、分かった、分かった」面倒臭そうに内藤が顔の前で手を振る。「確かにさっきは少しかっとなった。それは認めるよ。俺は、ああいう奴を見てると自分が抑えられなくなるんだ」

「俺だってあんな奴がいたら頭に来るけど、あそこまではやらないぜ」

「当たり前だ」真顔で内藤がうなずく。「お前があんなことをやったら変だよ。それはお前らしくない」

　私は肩をすくめるだけにした。タイミングがずれていたら、私があの場で若い男を殴り倒していたかもしれない。暴力に対する抑え難い憧憬とも言うべき感情を、最近の私は持て余している。どうしてそうなってしまったのかは分かっているつもりだが、抑える術《すべ》は知らない。頭に血が昇るような状況に出くわさないよう、祈ることしかできなかった。

「十……二年ぶりか？」脚を崩しながら内藤が言った。「何だかそんな感じがしないけどな。昨日会ったばかりみたいだ」

「ああ」

「あれからいろいろあったんだよな」内藤が身を乗り出して私の顔を覗きこむ。昔から好奇心を抑えることのできない男だったが、さらに輪がかかったようだ。刑事としての職業病と言ってもいい。否応なく人の生き死にに巻きこまれ、昨日まで自分とは関係のなかった第三者の人生に踏みこむような生活を続けていくうちには、どうしようもない詮索好きになるか、感覚を失って全てに無関心になるかのどちらかだ。「ところでお前、何で東京にいるんだ？　新潟で警察官になるって言ってたじゃないか」

「実際なったんだよ」

「捜すの、大変だったんだぜ。最初に新潟県警に電話して『辞めた』って聞いてさ。あちこち電話をかけまくって調べたんで、ずいぶん電話代がかかったよ」

「すまん」

私が頭を下げると、内藤が声を上げて笑った。

「署の電話だ。俺が払うわけじゃないから気にするな。で、どうして新潟県警から警視庁に移ったんだ？　日本じゃよくあることなのか」

「いや」そのことについて詳しく説明する気になれなかった。罪を恥じて自殺した祖父を見殺しにし、そのことが原因で、やはり警察官である父親との確執が耐えきれないほど高まったからだ、とは。曖昧に笑ってみせると、内藤はそれ以上の追及を諦めた。私は自分の話題が出ないようにと、さらに予防線を張った。

「俺も不思議に思ってたんだ」

「何が」

「お前こそ、どうして刑事になったんだ」

「野球ができなくなったからさ」何千回も同じ質問を受けたせいかもしれない、内藤の答えには淀みがない。まるで頭で考える必要はなく、この質問を受けると自動的に答えが出てくるようなプログラムが動いているようでもあった。

「大リーガーから刑事か。ずいぶん極端だな」

「ガキのころ、『マイアミ・ヴァイス』のファンだったんだ」内藤がにやりと笑う。その笑みの奥に潜むものを私は読み取ろうとしたが、表層をどこまではがしても、出てくるのはとってつけたような笑顔だけであるような気がして諦めた。留学していた一年間、誰よりも濃密につき合っていたはずなのに、どうしても本音を読ませないような一面があったのを思い出す。急に表情を消し、内藤が暗い声で「まあ、いいじゃないか」と言った。私の疑問を全て封じこめようとするように。

「しかし、惜しいよな」私は大袈裟に溜息をついて話題を変えた。「怪我さえなければ、今ごろ大リーグの選手だったのに」

「そうだな」さも当然だというように、内藤があっさりと同意した。「だけど、怪我だけは仕方ない。怪我を怖がってたら何もできないしな。俺には全てがあった。だけど運だけがなかったってわけだよ」

笑っていいものかどうか分からず、私は硬い表情を浮かべたままうなずくだけにした。

このままこの話題を続ければ、いつか二人とも壁に突き当たってしまいそうだった。

「それで？　これで線香を上げる用事は終わったわけだけど、これからどうするんだ」

「しばらく日本にいるつもりなんだ」内藤が頰杖をついた。急に眠気が襲ってきたようで、半分目を閉じる。「十年警察で働いてきて、今回が初めてのまとまった休みなんだよ。我がルーツ、日本を見て回るんだ」

「いつまでいるんだ」

「一か月」

「ここに寝泊りして？」

「いや、あちこちうろうろしてみる。お前の家にも行っていいかな」

「もちろん」何の約束もしていなかったが、そのつもりで二日前から家の大掃除を始めていた。「こっちはいつでもいいぜ。今はそんなに忙しくないから」

「仕事の邪魔はしないようにするよ。そうだ、まずは一緒に野球でも観に行かないか？　日本の野球って観たことないからさ」

「何とかする」

「了解」

内藤が大欠伸をしたところへ、タカが戻ってきた。だらしなく膝を崩した内藤を見て、険しい表情を浮かべる。

「何ですか、この子は。お客様の前で」

「ああ、こいつはいいんだよ。同じ釜の――釜の何だっけ？」

「同じ釜の飯を食った仲」私はすかさず助け舟を出した。

「そうそう、それだから」

「寝るなら布団で寝なさい」タカがぴしゃりと言う。

「分かったよ」伸びをしながら内藤が立ち上がった。「後で連絡するけど、今夜飯でも食わないか」

「そうだな」私は腕時計を見下ろした。それは、これからの用事がいつ終わるかによる。

「俺の方から連絡するよ。これからちょっと仕事なんでね」

「刑事の仕事はどこでも同じだな。夜中でも泊まり明けでも関係ない。そうだろう？」

内藤が、それまで私に見せたことのない笑みを浮かべた。話している相手が同業者だと分かった途端に見せる、気安い笑みである。

「じゃ、出かける前に風呂でも入ってくれよ。遠慮しないでさ」

「分かった」私はタカに視線を移した。驚いたことに、柔和な笑みが浮かんでいる。かなり複雑な状況――生まれて初めて親の実家を訪ねてきた孫が、十数年ぶりに再会した友人をいきなり連れてきた——なのに、全ては自分の掌の中でコントロールできると信じきっているようであった。

「お風呂の用意ができましたから、こちらへどうぞ」

「すいません、図々しくて」

「結構ですよ」タカの唇が横に大きく割れる。「若い人は遠慮しないで」

「そうそう。特に俺の家では遠慮しなくていいんだぜ」

内藤が調子に乗って言うと、タカが厳しい目線を送って黙らせた。

「あなたの家じゃないんですよ」

内藤が諦めたように首を振った。スーツケースを軽々と持ち上げ「俺、どこの部屋を使えばいいかな」とタカに訊ねる。

「二階の一番奥」そう答えてから、タカが私を風呂場に案内してくれた。廊下が軋む。昔通っていた新潟の小学校の木造校舎を思い出した。市の歴史的建造物か何かに指定されていたその校舎の廊下は、長い歳月を吸いこんで黒光りし、歩くとぎしぎしと大きな音をたてたものである。五年生になるとそこを雑巾で乾拭《からぶ》きさせられたのだが、長い廊下を一直線に雑巾がけしていくのはかなりの重労働だった。この家の廊下はそれほど長くはないものの、鈍く光るほど磨きこまれている。タカが自分一人で掃除をこなしてい

ると は思えなかった。となると、同居しているという内藤の妹がその重労働を受け持っているのだろうか。鬼のような形相で、アメリカで生まれ育った若い女性に雑巾の絞り方を無理矢理教えこもうとしているタカの姿を想像しているうちに、自然と笑いがこぼれてきた。

「何か」突然タカが振り向いた。私は慌てて真顔を取り繕い、「何でもありません」と答えた。老人は時に妙に鋭くなるものだが、その理由は今もって私には分からない。

全体に古びた家の中で、風呂場だけが真新しかった。ゆったり脚が伸ばせる湯船につかって欠伸を噛み殺しながら、風呂場はたぶんこの一年か二年ほどの間にリフォームされたものだろうと見積もった。内藤の妹のためではないだろうか。だとすれば、彼女は日本に永くいるつもりかもしれない。

湯船の縁に黄色いアヒルの玩具が置いてあった。誰のものだろう。あるいは内藤の妹はずいぶん年下で、アヒルの玩具は入浴の友なのかもしれない。そう考えると、自分はあの男のことを何も分かっていないのだと改めて痛感する。妹がいることは知っていたが、名前は何というのか、何歳なのかということさえ知らないのだから。

たっぷり二十分ほど湯につかり、頭がくらくらしてきたところで風呂を出た。長い間体の奥に溜まっていた老廃物が一気に溶け出し、眠気まで消えてしまったようだった。

Tシャツにスーツのズボンだけという間抜けな格好で、バスタオルで髪をごしごし擦りながら廊下に出た。その辺にタカがいるのではないかと思い、「いいお湯でした」と声をかける。バスタオルを頭から外した途端、私の目に飛びこんできたのは、呆然と口を開けた優美の顔だった。

3

タカの困惑、内藤の寝ぼけ、優美の不機嫌が一気に襲いかかってきて、私は自分の居場所を失った。

今考えてみれば、昨夜相談センターで衝突した女性の苗字も内藤だった。あるいは内藤が妹のことを話し出した時に名前を聞いておけば良かった。そうすれば、彼女に会わないようにさっさと退散するとか、気のきいた再会の挨拶を用意するとか、少しはまともな対応ができたはずである。

タカが全員を仏壇のある部屋に集めた。テーブルの上には、人数分の冷たい麦茶のコップと水羊羹が並んでいる。それだけならいかにものどかな夏の光景だが、その場を支配しているのは、とぐろを巻くような優美の怒りだった。

「ずいぶん呑気なんですね」座って口を開くやいなや、優美が攻撃をしかけてきた。

「こんな時間にお風呂ですか」

「まあまあ」内藤が仲介に入ったが、その口調はどこかおどおどしていた。「こいつは昨夜《さくや》泊まりで、今朝は疲れてるんだからさ。風呂ぐらいいいじゃないか」

「お兄さん」優美が両手でテーブルをぴしゃりと叩く。「こっちは大変なのよ。のんびりしてる場合じゃないの」

「分かってるって」急に声を小さくして、内藤がうつむいた。見ると懸命に欠伸を噛み殺している。

「この後であなたに会いに行こうと思っていました。写真をもらいに」言い訳に聞こえないようにと願いながら私は言った。

「だったら、朝一番で電話をかけてくれれば良かったんです。私は昨夜、あそこに泊まるって言ったはずですよ」

「優美」まくしたてる優美を、タカが厳然とした口調で抑えつけた。「それぐらいにしておきなさい。警察の人だってお疲れなんだから。それに七海のお客様なのよ」

「でもお婆ちゃま」子どものように優美が口を尖らせる。「昨夜は大変だったのよ」

だったら被害届を出すなりすればよかったではないかと、私は彼女に聞こえないくらいの小声でぶつぶつと文句を言った。実際の被害者である沙織があまり協力的でない以上、頼りになるのは優美なのだ。それなのに彼女は人を急き立てるだけで、本当に切羽詰った危機感を抱いているとは思えない。

内藤が助け舟を出してくれた。

「優美、こいつは俺の古い友だちなんだからさ、あまりきついこと言うなよ」

「あら、お兄さん、いつも『刑事の仕事は二十四時間三百六十五日営業だ』って言ってるじゃない」

私は無意識のうちににやりとしてしまった。優美が目を細めて、厳しい視線を突き刺してくる。

「どうして笑ってるんですか」

「いや、どこの国でも刑事は同じだな、と思って」私の声は、自分でも驚くほどしどろもどろになっていた。

内藤が声を上げて笑い「なあ、そうだよな」とわざとらしく同意する。私たちの間を行き交う笑いを打ち消そうとするように、優美がむっつりと腕組みをした。

「さあ、この辺にしますよ」一方的に話を打ち切って、タカが立ち上がった。「少し早いけどお昼にしましょう。お素麺《そうめん》でいいわね。優美、手伝ってちょうだい」

　渋い表情を顔に張りつけたまま、優美が立ち上がる。私は小さく息を吐いて肩の力を抜いた。今は一時休戦だが、食事が済めば彼女がまた攻撃を仕かけてくるのは目に見えている。とっさに、このまま逃げ出してしまおうかと思った。

「素麺って何だっけ」内藤が上半身を倒して私の方に体を寄せ、小声で訊ねる。

「細いうどんみたいな麺だ。冷やして、醬油味のつゆにつけて食べる」

「美味《うま》いのか？」

「日本の夏の定番だよ。それはともかく、飯までご馳走になっちゃ悪い」

「気にするなって」内藤が私の背中を大きな手で叩く。「しかし驚いたな、まさか妹が事件に巻きこまれてるとはね」

「彼女が、じゃないよ。彼女が係わっている女性が面倒なことになってるんだ」私は昨夜の出来事を簡単に説明した。本当は部外者である彼に喋るべきではないのだが、これは刑事同士の日常的な会話なのだと自分に言い聞かせた。自分が手がける事件のさわりの部分を打ち明けるのは、初対面の刑事同士が打ち解けるための一番手っ取り早い手段である。十年以上の歳月を経て再会した内藤に対して、私は旧友というよりも同じ刑事として接したかった。

「なるほど」内藤がうなずく。「家庭内暴力ね。日本でもそんなことがあるんだ」

「アメリカだともっとすごいんだろうな」沙織の事件の参考になるのではないかと期待しながら私は訊ねた。

「そうだな。まあ、日常茶飯事って言っていいと思う。もちろん、暴力を振るうのは旦那に限らないけどな。でも、俺はそんなに詳しくは知らないよ。ずっと殺人課だから」

私は頬が緩むのを感じた。今はたまたま生活安全課にいるが、自分の意識の中では、私は今も捜査一課の人間である。警察官としての仕事はそのまま殺人事件の捜査であった。海を隔てたアメリカで友人が同じような仕事をしていることを考えると、頼もしいようなくすぐったいような感じがする。

しばらくして料理が運ばれてきた。涼しげなガラスの器の中で泳ぐ素麺に、大皿一杯の野菜の天ぷら。薬味に添えられた茗荷の淡い紫色が清々しい。

「その茗荷と天ぷらの紫蘇はうちの庭で取れたんですよ」淡々とした口調でタカが説明する。私はうなずき、箸を手にした。素麺など何年ぶりだろう。一人暮らしの人間は素麺など食べないものだ。四人で囲む食卓は、私に欠けているもの、家族を強く意識させた。

「へえ、これは美味いね」内藤が感心したように言った。「暑い時にはちょうどいいや。

いくらでも食えそうだな」

「お兄さん、食べてる時は喋らないで」

優美の忠告に、内藤が不満そうに顔を上げた。

「何で」

「それが日本のマナーだから」

「お前、すっかり日本人になったんだな」内藤が顔をしかめる。

「生まれた時から日本人よ」なぜか寂しそうな表情を浮かべ、優美がぽつりとつぶやく。

気詰まりな雰囲気を打ち消そうと私は咳払いをしてみせたが、一度降りた沈黙の幕が上がる気配はなかった。

「まあ、何でしょうかね」沈黙のまま食事を終えると、タカがつぶやくように言った。

「この子たちが来てくれるのはありがたいんですけど、賑やか過ぎていけません」

「婆ちゃん、それはないんじゃないか」麦茶を飲み干した内藤が口を尖らせた。「せっかく、生まれて初めて里帰りしたのにさ」

「里帰りっていうのは、親の家に帰ることです」タカがぴしゃりと決めつける。「ここはあなたの家じゃないんですよ」

「そんな難しいこと言わないでさ」

「何ですかね、やっぱり日本語の細かいことは分からないんですかね」

　私は笑いながら二人のやり取りを聞いていたが、ふと気づいて腕時計に目を落とした。

間もなく正午だ。そろそろ仕事に戻らなければならない。

「じゃあ、俺は行くから」内藤に声をかけ、立ち上がる。タカも立ち上がり、天ぷらの
残った皿に視線を落とした。

「もうよろしいんですか？」

「はい。図々しく食事までいただいて。どうもすいませんでした」

「近くにお勤めだったら、いつでもお寄り下さいね」

「お婆ちゃま」険しい表情で優美が祖母を戒めた。

　タカが「これだからアメリカ育ちは」とでも言い出しそうな渋い表情で首を振る。

「こういう時はちゃんとお誘いするものですよ。それが昔からの東京の人間の礼儀です。

あなたもずっと日本にいるつもりなら、そういうことはきちんとしておきなさい」

　優美が子どものように頰を膨らませた。

「これからどうするかなんて、まだ分からないわよ」

「もう二年になるのよ。このまま日本にいるのかアメリカに帰るのか、そろそろ決めな
いと」

「その話は後でね」優美の声が急に上ずった。「鳴沢さん、行きましょう。写真を用意しますから」

「ええ」さっさと玄関に向かって歩いて行く彼女の背中を追いかけながら、私はこの家に満ちている奇妙な緊張関係に首を傾げた。詮索すべきではない、という忠告がどこからか聞こえてくる。いくら親しくとも、友人の家庭の問題に首を突っこむべきではない。それに、女性のことであれこれ思い悩みたくなかった。ろくな結果にならないことは、自分の経験から分かっている。

もしかしたら私は、逆の意味でミダス王のようなものかもしれない。ミダス王は触れるもの全てを黄金に変えたという。私は手に入れようとした愛を朽ち果てさせてしまう人間なのだろうか。

優美の運転で、私たちは裏道を抜けて南へ向かった。ひどくぎくしゃくしたハンドルさばきである。彼女はまだ日本の道路事情に慣れていないのではないかと思って、ついからかった。

「カーナビでもつけた方がいいんじゃないですか」

「そうね。本当に、東京の道路って迷路みたい。でも、大通りも運転しにくいのよね」

真っ直ぐ前を向いたまま、彼女が答えた。ハンドルを握る時は眼鏡をかけている。

「あなたもニューヨーク育ちなんでしょう。だったら、東京なんかよりずっと道路事情の悪い場所の運転にも慣れてるんじゃないですか」

「タクシーの運転手以外で、ニューヨークで車を運転している人間は、見栄っ張りか麻薬の売人ぐらいよ。それに私は、十八でニューヨークを出たから」

「その後は?」

「ロス」

「あそここそ、車がないと生きていけないでしょう」

「ずいぶん詳しいのね」

留学中は、休みを利用してできるだけあちこちに足を運ぶようにしてきた。もちろん一年でアメリカ中を踏破できるわけはないが、ロスやニューヨークも含め、大きな街は訪れている。

「ロスは一度行ったことがあります」

「そうか、鳴沢さんは昔アメリカにいたのよね」

「あなたのお兄さんと一年間ルームメイトだった」

「聞いてたけど、忘れてたわ」優美があっさりと言った。私は苦笑を押し殺しながら小さくうなずく。彼女とはごく普通の会話をすることすら難しい。

住居表示が白金《しろかね》に変わり、ほどなく彼女は一軒のマンションの前で車を停めた。車から降りて建物を見上げる。ふとどこかで話がねじ曲がってしまったような気がして、優美を見た。彼女は少し慌てた様子で眼鏡を外してコーチのハンドバッグにしまい、目を細めて私を見返す。

「何か？」

「沙織さんのご主人、サラリーマンだって言ってましたよね」

「ええ」

「サラリーマン、ね」もう一度マンションを見上げる。オートロックのガラス越しに見えるホールの床は大理石、地下の駐車場へ続く入り口には、頑丈そうなシャッターが降りていた。防犯カメラは飾りではないだろう。セキュリティがしっかりした駐車場にメルツェデスやジャガーが並んでいる様は、私には容易に想像できた。

「この辺のマンション、幾らぐらいするか知ってますか？」

「あいにく、東京の不動産事情には興味がなくて」本当に興味なさそうに、優美が冷めた声で答える。

「億は下らないでしょうね」

「だから？」

「一介のサラリーマンには手が出ないはずです」

「そうかしら」車のルーフ越しに私と向き合い、優美が挑発するように言葉を並べ立てた。「外資系のエリートサラリーマンだったら？　それとも自分で会社を興して一山当てたのかもしれない。親の遺産っていう可能性もあるわよね」

「了解」何だか彼女は、意地になって私に言葉を投げつけているだけのような気がしてきた。

「でも、本当言うと私もよく知らないの。沙織さん、家のことはあまり話してくれないから。普通、ああいうところに逃げこんでくる人は、自分のことを誰かに聞いて欲しくて、訊いてもいないことまで喋ってくれるんだけど」

「そもそもあなたは、どうしてあそこで働いてるんですか？　働いているというより、ボランティアか。お金になるわけじゃないでしょう」

優美が肩をすくめる。

「お婆ちゃまの家でお世話になっていて、そんなにお金が必要なわけでもないし……私、大学では心理学を専攻したのよ。本当はセラピストになりたかった。アメリカではその夢は叶わなかったけど、日本で何とかしたいの。今の仕事はその第一歩ね」

優美がまた肩をすくめる。意味するところは「余計なことを喋り過ぎた」だ。

「とにかく行ってみましょう」私は彼女を促した。「と言っても、中に入るのはあなたですよ」

「あなたは行かないの？」

私はことさら重々しい表情を作ってうなずいてやった。

「明らかに事件でない限り、警察が手を出すと後でうるさいことになります」

「こんなの、アメリカだったら――」

「アメリカだって同じだと思いますよ。家の前まで行っても、『何もなかった』と言われたら黙って引き返すしかないんです。沙織さんがもう少し気持ちを固めてくれない限り、この件に関してはどうしようもないですね」私は息を継いだ。「とにかく、あなたが写真を持ってきて下さい。私はそれをお借りして、警戒を強めるように指示する。今のところできるのはそれぐらいです」

「昨夜から同じことばかり聞かされてるような気がするんだけど」

「申し訳ありませんが」自分の対応はあまりにも機械的過ぎるかもしれないと意識しながら言ったが、今の状態では仕方のないことなのだ。「とにかく、一緒に部屋の前まで行きましょう。その前に、ご主人がいないかどうか確認しておいた方がいい」

渋い表情で優美がうなずき、インタフォンのボタンを押した。そのまま一分ほど待ち、もう一度押す。反応はない。優美が沙織から預かっていた鍵でオートロックを解除し、エレベーターで七階まで一緒に上がったが、私は優美に宣告した通りに部屋の前で待つことにした。ドアが閉まり、一人取り残されると妙に落ち着かない気分になる。壁には深い茶色の腰板、床には染み一つない淡いグレイの絨毯も敷いてあり、マンションというよりもホテルの廊下という感じだ。玄関ホールに「ゲストルーム」「エクササイズルーム」「キッズルーム」と様々な付帯設備の案内があったのを思い出す。世間がいくら不況だと溜息をついていても、金はあるところにはあるものだ。

十分ほどして優美がドアを開けた。「ごめんなさい、遅くなって」と素直に頭を下げ、私に一枚の写真を手渡す。

誰かの結婚式にでも出席した時の写真だろうか、沙織と夫の河村が並んで写っている。沙織は肩を露《あらわ》にした薄いパープルのドレスにチョーカーで着飾っていた。自分の美しさがよく分かっていて、堂々とそれを表現している。ヒールの高いパンプスを履いているであろう沙織の横に並んだ河村は、彼女よりも数センチ背が低い。タキシードに無理に体を合わせたようで、本人もそれは十分分かっているかのように居心地悪そうにしている。一目見た感想は「貧相」だった。どことなく顔に陰があり、何かに追われているように落ち着かない雰囲気を漂わせている。いつも胃薬を手放せないタイプではないかと思った。

河村という男が、この豪華なマンションとも家庭内暴力とも結びつかない。

「これでいいかしら」

「十分です」私は写真を背広の内ポケットに落としこんだ。「どうもありがとうございました。ところで部屋の様子はどうでした」

優美が鼻に皺を寄せる。

「服がお酒臭くなっちゃった」

「ずいぶん荒れたんでしょうね」

「昨夜も暴れたんじゃないかしら。カーペットにお酒が染みこんでたから、後始末が大変ね……それより、これからどうするんですか」

「署に戻りますよ。この写真を手配しなくちゃいけない」

「じゃあ」優美がちらりと腕時計に目を落とす。華奢な細い腕に合った、ごく小さな時計だった。「途中まで送りましょうか」

「いや、いいですよ。申し訳ないから」

「どうせ途中に用事があるんです」

　私たちはしばらく無言で視線を交わし合った。結局私が折れ、「お願いします」と小さく頭を下げることになった。これはあくまで彼女のちょっとした好意なのだと自分に言い聞かせながら。


「センターの責任者は誰なんですか」車が走り出してすぐに私は優美に訊ねた。

「江藤《えとう》聖美《きよみ》さん」相変わらず神経質にハンドルを細かく操作しながら優美が答える。

「昨日はいなかったですよね」

「神戸に行ってるわ。同じようなＮＰＯの会議があって」

「忙しいんだ」

「あなたが想像できないぐらいにね」

　皮肉な一言をやり過ごし、私は助手席の中で何とか体を伸ばそうとした。どうにも狭苦しく、息がつまるような感じがする。窓を開けようとすると「冷房が無駄になるわ」と優美に釘を刺された。その冷房は私の膝の辺りに吹きつけ、そのうち神経痛でも引き起こしそうなのに。

「江藤さんはどんな人なんですか」

「彼女自身がＤＶの被害者なのよ。今年六十歳になるんだけど、二十年近くずっと家庭内暴力を我慢してきたの。五年前にようやく決心して離婚して、それから、同じような立場の人のためにあのセンターを立ち上げたのよ」

「あの部屋は……」

優美がかすかに笑みを漏らした。

「江藤さんのご主人、会社の役員だったの」彼女が、製薬業界で五本の指に入る会社の名前を挙げる。私は目をむき、狭い車内で両手を広げてみせた。

「それは大変なスキャンダルじゃないですか」会社役員、家庭内暴力で逮捕。だが、少なくとも私はそのようなニュースに接した記憶はなかった。

「江藤さんのご主人は逮捕されたわけじゃないわ」私の気持ちを見透かしたように優美が説明した。

「告訴したんじゃないんですか」

「しなかったの」

「せっかく決心したのに？」

「警察じゃどうしようもないって気づいたから。警察に駆けこむ代わりに、弁護士を使って会社に揺さぶりをかけたの。仮にも一流の製薬会社の役員として社会的にも地位のある人間が家庭内暴力をふるっている。これでいいのかって」

「それで？」

「会社は慌てて、彼女の夫に交渉の席に着くように説得したわ。会社には全然関係ない話なんだけど、日本の会社ってまず世間体を気にするのね。結局裁判にもならないで離婚が成立して、江藤さんはかなりの額のお金を分捕ったのよ」

「慰謝料みたいなものですね」一種の恐喝ではないかと思ったが、そんなことを口に出すわけにはいかなかった。

「そうね。でも彼女はそれを自分のために遣わないで、相談センターに注ぎこんだのよ。それが新しい生きがいになったのね。全国に同じようなNPOがあるけど、連絡役も引き受けてるし」

「センターはどんなふうに運営されているんですか」

「スタッフは私と江藤さんを含めて五人。みんなボランティアよ。昼間は必ず誰かがあそこに詰めて、相談の電話を受けたり面談したりしてるの」

「夜は？」

「電話がそのまま江藤さんの携帯に転送されるようになってるわ。夜中でも明け方でも関係なくね。よほどのことがないと私たちには連絡してこないけど、泣きついてくる人は結構多いみたいで、江藤さんはいつも寝不足ね。話して落ち着くこともあるんだけど、実際に会いに行ったりすることもあるし」

「二十四時間、三百六十五日気が抜けないわけだ」刑事と一緒だ、という台詞を私は呑みこんだ。

「そうね」優美がすっと髪に手を伸ばす。「誰かが『助けてくれ』って駆けこんで来て、しばらくあそこにいてもらう時には、一緒にいなくちゃいけないし」

「ボディガードみたいなものだ。それで昨夜も泊まりこみだったんですね」

「そういうこと」優美が欠伸を嚙み殺し、次いで照れ臭そうに笑った。

「身の危険を感じることはないですか」

「昨夜みたいなことは滅多にないから。警察がもっと積極的に助けてくれれば、私たちも安心できるんだけど」

そのまま昨夜の議論を蒸し返しても良かったが、口を閉ざしていることにした。警察の立場をいちいち説明するのも面倒臭いし、たとえそうしても彼女が納得してくれるとは思えない。

「あなたはどうしてあそこで働くことになったんですか。夢を叶えるためっていっても、民間のNPOじゃ、なかなかその機会もないでしょう」

話題を変えようと持ち出した質問が、彼女を石に変えた。

「内藤さん？」

「その辺で降りた方が早いんじゃないかしら」

目の前の信号が赤に変わるところだった。優美が乱暴にブレーキを踏みつけ、サイドブレーキを引く。勝手に話を打ち切られたことに文句を言おうと彼女の方を向いたが、優美は「抗議は受けつけない」とばかりに私を睨みつけるだけだった。彼女の方で一度持ち出した話題なのに、この変わりようはどうにもおかしい。あいつもいろいろあって、という内藤の言葉が頭に浮かぶ。それはそうかもしれない。しかし、いろいろあったのはアメリカでのことだったはずだ。それが彼女の攻撃的な性格を生み出したとでもいうのだろうか。


「何だ、鳴沢、今日は明けじゃないのか」生活安全課長の安東《あんどう》が書類から顔を上げる。

「ちょっとやり残しがありまして」デスクに写真を置くと、安東が眼鏡を外して写真を取り上げ、顔に近づけた。

「何だい、これ」

「昨夜のDV騒ぎ。被害者の旦那の顔写真です」

「横に写ってるのが嫁さんかい」

「そうです」

「なるほど。なかなか美人じゃないか」一瞥しただけで、安東は写真を私につき返した。

「警戒強化ってわけだな」

「そうお願いするつもりです」

「直接行ってその旦那に話してきたらどうだ？　お前が顔を出せば、向こうもびびるかもしれんよ」

「被害届も出てないんだし、そんなことはできませんよ」仮に被害届が出ていても、そんなことをしたら警察の仕事を逸脱することになる。丁寧に言い聞かせて署にお越しいただき、淡々と事情を聴くのが精一杯だ。脅しなどもってのほかである。

「じゃあ、お前が自分で地域課に頭を下げておけよ。でも、パトロールを強化するっていっても限界はあるぜ。被害者もその辺は分かってるんだろうな。後で文句をつけられたらかなわんからね」

「大丈夫でしょう」自分を納得させようと、私はことさら強い調子で請け合った。本当に、沙織が告訴でもしてくれれば話は簡単なのに。彼女は、江藤聖美ほどには吹っ切れていないのかもしれない。まだやり直せると心のどこかで信じているからこそ、夫を警察に突き出す気になれないのではないだろうか。

席につき、地域課に電話をかけて交渉する。写真を渡してしまえば、この件に関して私にできることはもうほとんどない。安堵なのか後悔なのか自分でも判然としない溜息をつき、くしゃくしゃになったハンカチで額の汗を拭った。せっかく風呂に入ったのに、また全身が汗にまみれている。

隣の席に座った横山が顔を上げる。眼鏡をかけ直すと、「いたのか」と短くつぶやいた。どうにも扱いにくい男である。次に何を言い出すか予想がつかないのだ。警視庁に入って十五年の巡査部長で、防犯畑でキャリアを積んでいる。防犯は「刑事部が扱わない事件の全てを扱う」と言われるほどで、守備範囲は薬物から少年事件、拳銃、K社の問題のような経済事犯まで幅広いのだが、横山はまさに経済事犯のエキスパートだった。

K社に騙されたと老人たちが泣きついてきた後で、私と横山が事件の基礎的な捜査を任された。二人だけというのはいかにも心もとなかったが、横山は気にする様子もなく、「最初はこんなものだ」と簡単に言ったものである。お前は殺ししか経験してないから、事件発生と同時に砂糖に群がる蟻みたいに刑事たちが集まってくる捜査しか知らないかもしれないが、俺たちの仕事はそうじゃないんだからと淡々と説明した。「だから気にするなよ」というのが彼の話の締めくくりだった。「やり方は違うかもしれんが、たどり着く結果は同じだ。警察の仕事であることに変わりはないんだから」

確かにそうかもしれないが、せっかく事件を抱えているのに躁状態になれないのは少しばかり寂しかった。一課で扱う突発的な事件には、言葉は悪いがお祭り騒ぎのような側面がある。その高揚感は、一度味わったらなかなか忘れられるものではない。

「これから関係者に会いに行くけど、お前もつき合うか?」私が泊まり明けだということを知ってか知らずか、横山が誘いかけた。

「いいですよ」ちらりと壁の時計を見た。内藤との夕食の約束があるが、まあ、大丈夫だろう。ここ二週間、毎日のように被害者から事情聴取をしているが、夜中までかかるようなことはほとんどない。少し物足りない感もあったが、内偵捜査というのはこんなものなのだろう。ある日堤防が決壊したように情報が溢れ出し、一気に勝負をつけなくてはならない時が来る。それまでは、毎日こつこつと仕事を続けていくしかないのだ。

横山が荷物をまとめて席を立った。細かい杉綾の模様が入ったグレイのスーツにアルミのアタッシュケース、ちょっと押せば倒れてしまいそうな細い体は、刑事というより銀行の出納係のような印象を与える。周囲の人間から聞いた話では剣道四段だというのだが、とてもそうは見えない。

「どうした、行くぞ」言われて私も、脱いだばかりの背広を着こんだ。汗の臭いが消えない。あそこで内藤にさえ会わなければ、今ごろは綺麗な服に着替えてさっぱりしていたのに。しかし、彼を恨む気にはなれなかった。ゆるゆるとした速度で進んでいるし、経験したことのない種類ではあったが、私が事件の只中にいるのは間違いないのだから。それは何よりも歓迎すべきことなのだ。

立ち上がった途端に、私のデスクの電話が鳴り出した。

「生活安全課、鳴沢です」

「木村商事インターナショナル」

「はい?」

「木村商事インターナショナルの件を担当している人を頼む」私は椅子を引いて座り直した。すでにドアのところまで脚を運んでいた横山が、厳しい目つきで私を睨む。私はうなずいて、ちょっと待つよう彼に合図した。

「私ですが、どういうことでしょう」

「話したいことがある」

何かおかしい。K社の件は、まだ表沙汰になっていないはずだ。もちろん被害者が騒いでいるのだから、どこかから情報が漏れる可能性はあるが、それにしても電話の相手の思わせぶりな話し方は不自然だ。

「どういったことですか」私が質問を繰り返すと、相手は「電話では話せない」と押し殺した声で告げた。いつの間にか横山が私の背後に回って立ち、聞き耳をたてている。

「何か情報をお持ちなんですね」

「……そういうことだ」

「直接会ったら話していただけますか」

「そのつもりだ」

「いつ？」

「今夜でも」

「結構ですよ」内藤との食事は諦めなくてはならない。しかし彼なら文句は言わないだろう。

「だったら、今夜九時」

「場所はどうしますか」

「青山墓地。青山陸橋下の交差点の近くにいる」相手はとんとんと話を進めた。

「どうやってあなたを見つければいいんですか」

一瞬躊躇った後、電話の相手が答えた。

「あんたが乗ってくる車のナンバーを教えてくれ。俺の方があんたを見つける」

今度は私が躊躇った。警察への悪戯《いたずら》電話は珍しいものではない。いちいち目くじらをたてることもないのだが、無駄足を踏みたくはなかった。

「あなたが木村商事インターナショナルに関する情報を持っているという証拠はあるんですか」

「会うのか、会わないのか？」ほとんど叫ぶような声で電話の相手が私に迫った。私は受話器を握り締め、しばし思案した。

「いいでしょう」いつも使っている覆面パトカーのナンバーを告げる。無駄足になるかもしれないが、もしもこの情報が当たりだったら、何らかの形で事件の突破口になるかもしれない。藁《わら》にもすがるような状況というわけではなかったが、一気に事件の全容を解明する手がかりがあるなら、それをむざむざ逃すことはない。

4

木村商事インターナショナルの出資者の一人である斎藤稔《さいとうみのる》は、むっつりと押し黙って腕を組んだまま、私と横山を順番にねめつけた。ちらりと横山の様子をうかがうと、無表情で手帳に視線を這わせている。斎藤が煙草に火を点けてせわしなく灰皿の縁で叩き、ぞんざいに言葉をぶつけてきた。

「しつこいね、おたくらも」

横山が斎藤の言葉を聞き流し、質問を始めた。

「前もお聞きしたんですが、斎藤さんは誰も勧誘してないんですね」

「そう言ったでしょうが」斎藤がまだ長い煙草を灰皿に押しつける。汗をかいた麦茶のグラスを取り上げ、一口ごくりと飲んだ。「何度聞いても同じ。私は知り合いが少ないもんでね」

「斎藤さん」横山が眼鏡を押し上げ、斎藤の顔を正面から見据える。「今の時点でお話しいただければ、それは単なる参考ということになります。後からいろいろなことが分かると、あなたにとって不利になるかもしれませんよ」

「脅すつもりなら帰って下さい」嘲笑うように言って、斎藤は口にチャックを閉める真似をしてみせた。この男に面会するのは三回目だが、こうなってしまうと、もうまともな会話は期待できない。

K社は、金《きん》や健康食品など様々な商品に対する出資者を集めた。その中で、新規に出資者を勧誘するなど功績のあった会員を「格上げ」してピラミッド型の組織を作ってきた。「格上げ」された出資者には、ある程度のキックバックもあるらしい。ところが署に押しかけてきた老人たちは、ほとんどが最下層に位置する「一般会員」であり、彼らに事情を聴いても組織の実態は見えてこない。そこで私たちは、彼らを勧誘した会員をたどり、階段を一歩ずつ上がっていくことにした。斎藤も、別の出資者を勧誘した人間として名前が挙がっていた。

初めて会った時から、斎藤は警戒心を隠そうともしなかった。自分がK社の作った組織に組みこまれていたこと、事件が顕在化すれば責任を問われるだろうということを敏感に察知したようである。「自分は勧誘していない」「何も知らない」と、会う度に同じ台詞を繰り返すばかりだった。

無言の行が続く中、私は自分の手帳を見返した。斎藤稔、六十五歳。長年都庁に勤め、最後は都市計画局の課長で退職している。二人の子どもはすでに独立し、目黒の外れにあるマンションで妻と二人暮らしだ。

「斎藤さん」横山が冷静な調子を崩さず続けた。「あなたに出資話を持ちかけられたと言っている人がいるんですよ」

「どこの誰だか知りませんが、そいつこそ嘘をついてるんじゃないんですか。私はその、木村何とかなんて名前の会社は聞いたこともありません」

「あくまで関係ないとおっしゃるわけですね」と横山。

「何度も同じことを申し上げてるんですがねえ。困りますよ、私も」斎藤がまた煙草に火をつける。家に入って五分で、私は早くも不快感が膨れ上がるのを感じ始めた。煙草のせいではない。ソファの座面が異常に柔らかく、しかも低過ぎるのだ。百八十センチの私が座ると腰が沈みこみ、膝が九十度以下に折れ曲がってしまう。何だか柔軟体操をしているような気分になってきた。泊まり明けの眠気も襲ってくる。もやもやが爆発しそうになって、私は斎藤に声をかけた。

「もしもあなたが嘘をついていることが分かると、ここではなく署で話を聴くことになるんですよ」

「脅しは駄目ですよ、刑事さん」斎藤が鼻を鳴らす。四十年近くも真面目に役所勤めをしていたはずの男が、いつの間にこんな鉄面皮になったのだろう。

「しかし、あなたの名前を挙げている人がいるんですよ」私はなおも追及したが、斎藤は「知らんね」とそっぽを向いた。

「どうしてそこまで意固地になるんですか、斎藤さん」横山が身を乗り出し、組み合わせた両手に顎を乗せる。

「じゃあ、俺からその何とかいう会社を紹介されたって人の名前を言って下さいよ。そうすれば関係ないって証明できるから」

そんなことはできないと分かっていて挑発している。私は身を乗り出して揺さ振りをかけた。

「今から署に来てもらってもいいんですよ。場所が変われば思い出すこともあるんじゃないですか」

「脅しは通用しないよ」斎藤が私を睨みつける。その目には怯えも困惑もなく、ただ純粋な怒りしか見えなかった。「さ、帰って下さい。こんなところで時間を潰していても税金の無駄遣いですよ。もっと他にやることがあるでしょう」

「それじゃ行こうかね、鳴沢」あっさり言って横山が立ち上がった。

「横山さん」

「まあ、いいじゃないか」呑気な声で横山が私に言ったが、次の瞬間には一転して冷徹な台詞を斎藤にぶつけた。「また来ますよ」

「冗談じゃない。二度と会いたくないですね」

「今度は署でお会いするかもしれませんね」私も捨て台詞を残して立ち上がり、斎藤を睨んだ。斎藤が馬鹿にしたようにひらひらと掌を振る。この野郎、という言葉が喉元まで出かかった。そのうち自分も損したことが分かって、警察に泣きつくことになる。その時に頭を下げられても、あんただけは絶対に助けてやらない。

しかし今は、心持ち乱暴にリビングルームのドアを閉めてやるぐらいしかできなかった。

「あんなにあっさり引き下がってよかったんですか、横山さん」

「あそこでいくら粘っても、奴《やっこ》さんは一言も喋らんよ。時間の無駄だ。それぐらい、お前にも分かるだろう」

　横山が助手席の窓を小さく開ける。エアコンの冷気が逃げていき、代わりにアスファルトの熱気と排ガスの臭いをはらんだ外気が入りこんで来る。私は思わず顔をしかめてネクタイを緩めたが、横山は気にならないようだった。

　横山が眼鏡を外し、ハンカチで丁寧にレンズを拭った。何度も光に透かしてから、ようやく満足してかけ直す。膝の上でアタッシュケースを置き直した。

「奴さんも馬鹿じゃない」

「馬鹿じゃないかもしれないけど、ただの頑固者ですよ。突っ張って虚勢を張ってるだけだ」

「いや、慎重にタイミングを計ってるんだと思う。警察が動いているんだから、K社の商売が違法だということも十分分かっているはずだ。それで、捜査がどこまで伸びるか様子を見てるんじゃないかな。もしもこの件が民事で裁判沙汰になるとか、新聞に出るとかすれば、掌を返したようにぺらぺら喋り出すと思う」

「今喋っても同じじゃないですか」

「鳴沢、もう少し物事の裏側を見ろ」

どういうことですかと問い返すと、横山が眉根に皺を寄せて鼻を鳴らした。

「あの男はうまく儲けてるんだよ。これからも金が入ってくる当てがあるんだろう。それをみすみす手放すのはもったいないと思うのは自然だ。だから何も話さない。考えてみれば悪質だがな」

「奴さんが勧誘した人間と面談させてみますか」

「駄目だ」一言の下に横山が私の提案を却下した。「じっくりやるんだ、鳴沢。これは殺しの捜査とは違う。でかい絵を描くみたいなもので、ほんの小さな個所でもどこかで手を抜いたら、全体のデッサンが狂っちまう。一つ一つのパーツを確実に集めることが大事なんだ。駄目な時は後回しにして、別の適当なパーツを探せばいい」

「じゃあ、斎藤はどうするんですか」

「後回しだ」

後回し。この件に関してはこんなことばかりだ。いつになったら事件の全体像が見えてくるのだろう。

「これからどうしますか」

横山がちらりと腕時計を見る。まだ午後も半ばであり、電話をかけてきた男と面会するまでにはたっぷり時間がある。男の正体について私があれこれと思いをめぐらせているのに気づいたのか、横山は自分からその話題を持ち出してきた。

「今夜会う男、信用できそうなのか」

「何とも言えません」

「電話で話した感触はどうなんだ」

「どうですかね」私はハンドルに添えた手を下に滑らせた。情報提供者が出てくるのは珍しい話ではないし、警察としては歓迎すべきことである。だが、実際に使える情報提供者に当たる確率はきわめて低い。「正直言ってよく分かりません」

「だったら、会ってみてからだな」

「いいんですか」

「何が」横山がシートの上で座り直した。

「無駄になるかもしれませんよ」

「警察の仕事は九十パーセントまで無駄だ。だけど、無駄を嫌がってたら十パーセントの真実がつかめない」

私は拳で口を押さえて笑いを嚙み殺した。以前、後輩に向かって同じような台詞を吐いたことがある。今考えるとひどく突っ張った若僧の強がりとしか思えないが、自分と同じようなことを考え、平然と口にしてしまう刑事がいるのだと思うと不思議な気分になった。依然として私にはこの男の本心が読めなかったが、それでも自分とのわずかな共通点を見いだして少しばかりほっとしていた。

一度署に戻ってから出直すことにした。横山が書類をまとめている間に、内藤に電話をかける。タカが出てきたので丁寧に礼を言ったが、彼女は「どういたしまして」と素っ気なく言っただけで、すぐに内藤を呼びに行ってしまった。内藤はたっぷり二分ほど待たせてから電話口に出てきた。

「起きてたか？」

「ああ」自信たっぷりに言い切ったそのすぐ後に欠伸が飛び出す。

「時差ぼけが抜けないみたいだな」

「そんな簡単には無理だよ」欠伸を嚙み殺しながら内藤が言い訳した。「ふだんは徹夜続きでも平気なんだけど、さすがに調子が狂ってるな。で、どうした？」

「今日はもう会えそうにない。それを連絡しておこうと思って」

はよくあることだ」
「だったら気にするな」内藤があっさり言った。「お互い様だよ。急に事件が起きるの
はよくあることだ」
　まどろみに強制的に割りこんでくる緊急の電話、これからという時の切羽詰った呼び
出し。それは日本でもアメリカでも、警察という組織に籍を置く限り変わらないはずだ。
「実際、俺もずいぶん痛い目に遭ってる」くすくす笑いながら内藤が打ち明けた。
「だろうな」
「急な呼び出しの電話は、だいたい女の子と一緒にいる時にかかってくるんだよな。そ
れで何回チャンスを潰したか」
　私はわざとらしく声を上げて笑ってやった。こと女性の問題になると素直に笑えない
のだが、自分の事情を内藤に押しつけることはできない。内藤のぼやきが続いた。
「どうも、この仕事は早く結婚しないとどんどんチャンスが少なくなるみたいだな。も
う手遅れかもしれないが」
　私はつい彼をからかいたくなった。
「もてないのを仕事のせいにしてるんじゃないのか」

「馬鹿言うな。時間さえあれば、何とでもなるんだよ」内藤がむきになって反論した。

「それにお前だって、そういう経験はあるだろう」

「まあな」何人かの女性。しかし私の場合、緊急電話で呼び出されたから駄目になったわけではない。「だけど、お前がそんなに結婚願望が強いとは思わなかったよ」

「さっさと結婚して、ロングアイランドに小さな家を建てて、子どもは女の子二人かな。それで、でかいラブラドルでも飼うのが夢なんだ」

「そういうの、お前のイメージに合わないぞ」

「いや、イメージの問題じゃなくてさ」内藤が照れを隠すように小さく咳払いした。「別に一人暮らしに飽きたわけじゃないんだ。そうじゃなくて、毎日物騒な事件ばかり見てると、それが当たり前になっちまうだろう。気持ちが磨り減っていくのが怖いんだよ。せめて結婚でもすれば、少しは人間らしい生活ができるんじゃないかと思ってさ」

「それがいいことかどうかは分からないけどな」

「まあな」

　何だか意外だった。学生時代の内藤は、明日のことを気にするような人間ではなかった。彼にとっての未来とは「次の試合」と同義であり、ふだんは退屈な講義や興奮した試合が終わった後に飲むビールさえあれば何もいらないという男だったのだから。その彼が「人間らしい生活」とか「子どもは女の子二人」などと言い出すとは。

「ところで、優美の用事は済んだのか」

「ああ」

「あいつは役にたったのかね」

「もちろん」頭の中で質問が次々と生まれた。彼女はどうして日本にやってきたのか。どうして金にもならない仕事をしているのか。それを言えば、内藤についても分からないことばかりだ。そもそもどうして刑事になったのかということについても、納得できる答えはない。ぶつけるべき質問は無数にあったが、今この時間、電話でというのはいかにも不適切であるような気がした。

それでも、一つだけは確認しておきたかった。

「彼女、何で日本に来たんだ」

「ああ」内藤が言葉を濁す。これが仕事なら、渋る相手を説得し、脅してでも口を割らせる自信はある。しかしそういう尋問技術は、友だちに対して行使されるべきではない。

私は黙って答えを待った。

「プライヴェートな問題なんだよ。俺が勝手に喋るわけにもいかない」消えそうな声で内藤が答える。

「プライヴェートって言っても、お前の妹じゃないか」

「家族にだってプライヴァシーはあるだろう。まあ、兄弟がいないお前には分からないかもしれないが」

「それもそうだな」じゃあ、と言って電話を切ろうとした時、内藤の慌てた声が耳に飛びこんで来る。

「お前に隠しておいても仕方ないか」

「何が?」

「これからまたあいつと会うかもしれないよな」

「ああ、まあ、事件の展開によっては」できるだけ避けたいとは願っているが、そういう時に限ってうまくいかないものだ。

「そうだよな……次にあいつと会った時に真相を聞かされて驚くよりは、俺の口から聞いておいた方がいいんじゃないか」

「おいおい、大袈裟だよ」私は苦笑を漏らした。「彼女自身が何かの事件に関係してるわけじゃないだろう」

内藤が乾いた笑い声を上げた。

「もちろん。あいつには逮捕歴もないし、俺が知ってる限りドラッグをやったこともない。酒も飲まないしな。交通違反ぐらいはあるかもしれないが……ただ、あいつは離婚してる」

「結婚してたのか？」意識して声を低く抑えながら私は訊ねた。

「やっぱり驚いたな」

「驚いてないよ」次の言葉を考える間に、私は突然肋骨を激しく叩き始めた心臓を何となだめた。「よくある話じゃないか」

「まあな」内藤が鼻に皺を寄せて顔をしかめる様が脳裏に浮かんだ。「あいつも結婚生活では苦しんだんだ。わざわざ日本まで来たのも、過去を全部清算するぐらいの覚悟があったからじゃないかな」

「そうか」どうしてニューヨークの実家に帰らなかったのかという疑問が浮かぶ。しかしなぜか、それを口にするのは躊躇われた。

「ま、そういうことだ。あいつの口からいきなり聞かされてびっくりするよりはましだろう」

「別に関係ないよ」あるわけがない。彼女は単なる事件の関係者なのだ。私はさっさと話題を切り替えた。「また連絡するけど、お前、これからどうするんだ」

「落ち着いたら旅に出る」

「ああ、そう言ってたな」

「あちこちを回ってみるよ。お前には連絡を絶やさないようにするけど」

「うちに来ないか？　とりあえず明日の土曜日と日曜日は休みだから」

「そうだな。ま、改めて連絡するよ。だけど、仕事だったら俺のことはいちいち気にしなくていいから」

「悪いな」

「気にするな」

電話を切って、私は妙な胸騒ぎを感じた。優美の攻撃的な態度は、破綻した結婚生活に起因するものかもしれない。いずれ私には関係なくなることだと分かっていても、湧き上がってくる好奇心を抑えることができるかどうか、自信はなかった。


「そうですか、斎藤さんはそんな風に言ってたんですか」

古びたマンションの一室で、浦沢敏夫《うらさわとしお》が溜息をついた。パジャマ姿のままで、ベッドの上で胡坐《あぐら》をかいている。命に関わるわけではないが、何か難しい名前の病気で長患いしているということで、彼との対面はいつも寝室でだった。二つ並んだベッドの片方――二年前に妻を亡くしてから一人暮らしなのだという――に、折り畳まれた洗濯物や薬が雑然と置かれている。

「浦沢さんの名前を出すわけにはいきませんからね」言い訳するでもなく、淡々とした口調で横山が答える。

「私たちに対しては妙につっけんどんなんですけど、斎藤さんは昔からあんな感じだったんですか」私が訊ねると、浦沢が力なく首を振った。

「そんなことないですよ。面倒見のいい、楽しい人でね。だからこそ私も誘いに乗ったんですよ」

浦沢は都庁で斎藤の二年後輩だった。何度か同じ職場で働いたことがあり、現役時代から顔見知りだったという。退職して数年経っても、現役時代の人間関係は引きずるものなのだろう。

「斎藤さんはいきなり誘ってきたんですか」私は訊ねた。

「ええ、急に電話がかかってきましてね」浦沢が隣のベッドに手を伸ばしてタオルを取り、うっすらと額に浮かんだ汗を拭った。西日が射しこみ、夕方のこの時間だと座っているだけでも汗をかくほどなのだが、寝室にはエアコンも扇風機もない。タオルを丁寧に畳んで膝に置いてから、浦沢が続けた。

「退職してからご無沙汰してたんですけど、久し振りに会わないかっていうお誘いでしてね。昔よく行ってた四谷の居酒屋で落ち合ったんですよ」浦沢が小さく笑った。「退職してからは滅多に飲みに行くこともなくなっちまいましてね。先輩から声がかかったんで喜んで出て行ったんですけど、それが間違いの元だったんですね」

「木村商事インターナショナルの話はすぐに出てきたんですか」私は質問を続けた。

「そう、『酔っ払う前に話そうか』って感じで始まりましてね。代理店商売なんだっていう説明でした」

「そうですね」人差し指で眼鏡を押し上げながら横山が相槌を打った。スーツをきちんと着こみ、汗一つかいていない。何度か繰り返して互いにすっかり分かっている話なのに、面倒臭がる様子も見せなかった。

「私が勧められたのは金《きん》だったんですよ。小さなインゴットですね。写真を見せられて、こいつに出資してもらいたいって持ちかけられて」

「それが五百万ですか」手帳に目を落としながら私は訊ねた。

「インゴットは一本一キロで、だいたい百万円という計算でした。そいつを五本ですね。実際に販売した後で利益を還元するっていう話だったんですが……」自分の言葉で嫌な記憶を思い出してしまったように、浦沢が唇を嚙む。

「それは、相場に比べると結構安いんじゃないですか」横山が質問を挟む。「だいたい今の相場だと、一キロ百四十万円ぐらいするでしょう」

「そうですね。でもそのころは金の相場がどれぐらいかも知らなかったし、私も軽率でした。先輩の誘いだからって、何の知識もなしに、簡単に話に乗っちまったんだから」

「浦沢さん、遠慮したり恥ずかしがったりすることはないんですよ」私は彼を励ますように言った。「いろいろな人が騙されているんです。それに、そもそも浦沢さんは被害者なんだから、負い目を感じる必要はないんですよ」

「そうですかねえ」浦沢が胸の前で細い腕を組んだ。「何だかみっともないお話で……年寄りが金に目が眩んでって思われるんじゃないですかね」

「浦沢さんにとっては金儲けというよりおつき合いだったんですよね」横山が柔らかい声で慰める。「先輩の誘いだから断れなかったんじゃないですか」

「まあ、そうですがね」気を持ち直したように浦沢が顔を上げた。「本当はね、少しは色気もあったんですよ。病気のこともありますからね」

私は頭の中で、これまでに聞いた話を反芻した。K社に出資金を出した人間はまず「一般会員」になる。この金でK社が商品を購入、さらに販売まで担当して、利益の一部が出資者にキックバックされる仕組みだ。商品は金だけではなく健康食品などもあったようだが、浦沢が出資したのは単価の高い金だけだった。ただし、浦沢は自分が出資した金の実物は見ていない。

「ペイオフのこととか言われると気持ちもぐらつきましてねえ。金は、自分の名義で持っていてもいいんです。もしかしたら、現金よりもインゴットの方が信用される時代になるかもしれない、なんて言われて急に不安になりましてね。私は販売利益を配当してもらうつもりだったんですが」

「配当はなかった、と」横山が静かに相槌を打つと、浦沢がまたタオルで顔を拭った。

「私も一人暮らしでしょう？　息子は一人いるけど、今は海外勤務で夫婦揃ってシンガポールで暮らしてましてね。いつ帰ってくるか分からないし、何かあっても面倒を見てもらえる保証はないでしょう。将来的に老人ホームのお世話になるにしても、やっぱり先立つものは金ですからね」

「分かりますよ」ベッドの脇で胡坐をかいていた横山が身を乗り出す。「浦沢さん、斎藤さんと会ってみますか」

「え？」途端に浦沢の目が不安で曇った。

「斎藤さんは何も知らないと言ってます。もちろん、私はあなたの証言を信じていますけどね。警察にまで押しかけてきたぐらいなんだから」病気を押して無理に警察に行ったのでさらに体調を崩してしまったのだ、と以前に聞いたことがある。浦沢が照れ臭そうに笑うと、横山がうなずき返して続ける。「あなたを目の前にしても、斎藤さんは白《しら》を切り通せますかね」

「いや、それは……」浦沢の表情が曇る。

「まあ、無理ですよね」横山があっさり引き下がった。「斎藤さん、なかなか頑固なんですよ。あなたが出て行けば決め手になるんじゃないかと思うんですが」

「うん……その、一応私にとっては先輩ですからね。ちょっと、正面切って対決なんてのは……」

「分かってますよ」横山が体を乗り出し、浦沢の手を軽く叩いた。「斎藤さんだって、最初は浦沢さんのように誰かに誘われて始めただけのはずです。本当に悪い奴は他にいるんですよ」

「そうですよねえ」浦沢の顔がぱっと明るくなった。「斎藤さんだって被害者かもしれないですよね。本当に悪いのはあの会社の連中なんだから」


　約束の青山墓地に向かう車の中で、横山はずっと黙りこくっていたが、急に思いついたように低い声で私に忠告した。

「簡単にはいかんぞ」

「何がですか」

「仮にK社の社長を捕まえても、それで全てが明らかになるとは思えない」

「どうしてですか」

横山が耳の上を指で叩いた。

「勘だ」

「勘、ですか」溜息を漏らすと、横山が一瞬だけ横を向いて私を睨みつける。

「勘を馬鹿にしたものじゃないぞ。たぶん社長もダミーだろう。本当に悪い奴は陰に隠れてるんじゃないかな……おい、その辺りに停めろ」

言われるままに私は道路脇に車を寄せ、タクシー二台の隙間に縦列駐車した。ダッシュボードの時計にちらりと目をやる。約束の時間まであと五分。

「静かですね」

「墓地だからな。死人に口なしだ」

冗談なのだろうかと横山の顔を見たが、表情は読めなかった。眼鏡をかけ直すとフロントガラスを真っ直ぐ見つめる。その顔がふと私の方を向いた。

「何か」

「窓を開けろ」

「どうして」と言いかけると、横山が私の背後に向かって顎をしゃくる。見ると、ワイシャツ姿のタクシーの運転手が申し訳なさそうな顔つきでこちらを覗きこんでいた。

「開けろ」もう一度横山が命じる。私は窓を巻き下ろし、「何か」と運転手に訊ねた。

「これを届けるように頼まれまして」運転手が、開いた窓から封筒を差し出す。A4判の何の変哲もない茶封筒で、誰かが長い間持っていたせいか皺が寄っていた。念のため手袋をはめようとすると、横山が「必要ないだろう」と短く言って首を振る。

封は開いていた。中の紙片を取り出し、車内灯をつけて改める。

一枚の紙だった。一番上に「東京第二支部」とあり、後は名前がずらりと並んでいる。しかしそれが何を意味するのか、私にはすぐに分かった。窓から顔を突き出して運転手を問い詰める。

「誰に頼まれたんですか」

「いや、すぐそこで……」運転手が体を捻って覆面パトカーの後ろを指差す。「車の中で休んでたら声をかけられて」

「どんな男でした」

「それが暗かったし、向こうはサングラスもしてたもので、よく分からんのですよ」申し訳なさそうに運転手が言い訳する。「そんなに特徴のある男でもなかったし……あ、腰ぐらいまであるコートを着てましたね。黒いやつ」

「この暑いのに？」

運転手が首を傾げる。横山が「行け」と命じるより一瞬早く、私はドアを開けて飛び出した。驚いた運転手が後ろへ飛び下がった拍子に帽子を取り落とす。叩きつけるようにドアを閉め、私はタクシーが停まっていた方へ向かって走り出した。緩い坂を駆け下り、街灯の暗い灯りだけを頼りに黒いコート姿の男を捜す。私たちの前に直接顔を出すのは避けたようだが、潜在的に目立ちたいという気持ちを抱いているのではないかと思えた。この陽気に黒いコートを着ているのは、見つけ出して欲しいという気持ちの逆説的な現れではないだろうか。

墓地を左手に見ながら走り続ける。この辺りはマンションや高級ブティックの多い通りで、この時間になると人通りはあまりない。すれ違う人はみな軽装で、長袖の服を着ている人間など一人もいなかった。

結局、根津美術館の角まで走ったところで追跡を諦めた。もしかしたら男はコートを脱ぎ捨ててサングラスを外しているかもしれないし、そもそも車で立ち去った可能性の方が高い。

ネクタイを緩め、ワイシャツの襟に指を入れて空気を導き入れた。周囲をぐるりと見回し、一呼吸置いてから踵《きびす》を返して歩き出す。ふざけた話である。タクシーの運転手に託すなどというやり方で資料を渡し、自分は闇の中に姿を消してしまう。匿名の情報提供者というのは、どうにも信用できないものだ。以前にも情報屋と称する人間とつき合って痛い目に遭ったことがある。文句を言えばきりがないが、後で今夜の情報提供者と会うことになったらどうしてやろう。にこやかに「あの時はどうも」と挨拶できるとは思えない。

しかし私は、苛つく気分を心の中で握り潰すことに成功した。ようやく突破口らしきものを手に入れたのだから。

5

「こいつはえらく正確だ」と横山が唸った。「俺たちが作ったリストとかなりの部分が一致する」

「そうですね」えらく正確。私には控えめな評価に思えた。

私たちは人気のない生活安全課の部屋の片隅にある応接セットに陣取り、先ほど手に入れた名簿と、これまでに作った被害者のリストをつき合わせていた。私たちのリストに載っている十五人のうち、九人の名前がコピーにある。

今夜手に入れた名簿のヘッダ部分には「東京第二支部」と書かれている。記載されているのは出資者の名前と住所、電話番号だけだったが、名前を記した字の大きさが異なっている。どうやら字が大きな人間ほど、ピラミッド型の組織の中でランクが上らしい。いつの時点のものかは分からないが、すでに古くなっているのは間違いないだろう。こういう名簿は日々更新されていくはずだ。

「鳴沢」横山が顔を上げ、眼鏡を外す。鼻梁を揉みながらゆっくりと息を吐き出すと、天井を見上げた。

「こいつは、そろそろ本部に報告した方がいいかもしれん」

「持っていかれますよ」

「お前はこれを自分一人の手柄にしたいのか」

皮肉な一言に、私は思わず声を荒げた。

「こっちが下準備だけしてやって、手柄を本部の連中に持っていかれるのは悔しいじゃないですか」

横山が顔の前で眼鏡を振った。

「つまらんことを気にするな」

「気にしてません」

「多摩署の事件のことは聞いてる」突然、一番触れて欲しくない話題を横山が持ち出す。私は唾を呑み、ソファに背中を預けた。反論するな。いや、一言も喋るな。自分に言い聞かせながら彼の次の言葉を待った。横山が長い脚を組み、眼鏡をかけ直す。

「俺は詳しいことは知らんし、知りたくもない。ただ、お前があの事件を自分の失敗だと思っていて、失点を取り返すために焦って手柄をたてようとしてるなら、賛成はできないな」

「そんなつもりはありません」

横山が目を細め、眼鏡の奥から私を睨んだ。やがて納得したように小さくうなずくと、「それならいい」と短く言って話を打ち切る。私は細く息を吐いて、メモに意識を集中した。横山が「本部に報告すべきだ」と言っていた意味はすぐに分かった。

「被害者はかなりの人数になるみたいですね」

横山が、メモの一番下にある数字をボールペンの尻で叩いた。

「東京第二支部の名簿が十ページ目か」

「この前には少なくとも九ページ分あるわけですよね」

「このページに載っているのは……」横山がボールペンで指し示すようにして人数を数

え、一番下までたどり着いて唸った。「二十五人か」

「仮にこれが最後のページだったとしても、二百五十人程度にはなる計算ですね。一人一人の被害額が五百万円だったとすると」私は、頭の中で弾《はじ》いた数字をもう一度確認した。「十二億五千万ですか」

「それに、このページが最後というわけじゃないだろう」横山がゆっくりとこめかみを揉む。「でかい事件だな」

「そうですね」

「一割を立件するだけでも十分だ」

「で、どうしますか」

横山がゆっくりとソファに背中を預ける。天井を見上げ、首の後ろを手刀でリズミカルに叩いた。煙草に火を点け、ゆっくりと一服してから灰皿に置く。

「もう少し詰めよう。被害者の調書をきっちり巻いて、ある程度固めてから本部に持っていった方がいいな。それより、この情報提供者にもう一度接触しないと。たぶん、これは見本のつもりなんだろう。完全な名簿がそいつの手元にあるはずだ」

「何者でしょう」

「会社の関係者なんだろうが、お前の方で心当たりはないのか」

私は首を捻った。電話で聞いた、さほど特徴のない声が耳の底にかすかに残っているだけである。今夜顔を見ていさえすれば、何とか接点を持つこともできたのだが。

「仕方ないな。とにかく、いつでも会える準備だけはしておこう。これだけ正確な名簿を持っているのは内部の人間に間違いない。逃がしちゃいけないな」

「内部告発ですね」

「そうだな。だいたい、K社みたいな会社は寄せ集めのいい加減な集団だ。金の問題で不満が出てくれば、下の方からぼろぼろ崩れていく。そうなったら、警察にタレこんでやろうとする奴が出てきてもおかしくない。狙いはいろいろだろうがな」

「正義感か、保身か――」

「それはどっちでもいいんだ。さて、今夜はこれぐらいにしようか。お前、どうする？今から帰るのか」

私は壁の時計を見上げた。祖父の形見のオメガは、最近夜になると狂うようになってきた。

「終電ぎりぎりか。どうしようかな」

「俺は帰るぞ」さっさと荷物を片づけて横山が立ち上がる。私は書類を整理しながら彼を見送った。どうするか。明日は土曜で休みだが、これから慌てて帰るのも面倒臭い。

ふと、内藤の家を思い出した。あそこでもう一度風呂を借り、ついでに夜食をご馳走してもらうのはどうだろう。涼しいから良く眠れそうだし。

馬鹿な。頭を振って想像を追い出すと、私は荷物をまとめた。大丈夫、走れば終電には十分間に合う。私は家に帰るべきなのだ。誰一人待つ者もいない、借り物の家に。

多摩市の丘陵地帯の外れにある私の家には、昼間の熱気がまだそのまま居座っていた。エアコンが部屋を冷やすのを待つ間、ガレージに降りてオートバイの面倒を見てやることにした。長年乗り続けてきたⅢ型のゴルフは青山署に異動した時に処分してしまい、代わりにヤマハのSRを手にいれたのだ。通勤時間が長くなるのでふだんは車に乗る時間もないだろうと手放したのだが、オートバイなら乗る時間があるというわけではなかった。トリップメーターは三か月でやっと五百キロを超えたばかりである。

裸電球の弱々しい光を受けて、銀色のタンクが鈍く光る。もう四半世紀も基本設計が同じまま作られているマシンなので、乗り味は新潟にいたころ乗っていた一世代前のモデルと変わらない。最新のモデルではフロントブレーキがディスク化されたのが大きな変更点だが、効き味は穏やかで、乗り換えても戸惑うことはなかった。

タンクを丁寧に磨き、シートの埃を掃《はら》う。ミラーの曇りを拭ってからシートに跨《また》がり、つま先で圧死点を探って一気にキックペダルを踏み下ろした。エンジンに火が入り、マフラーから叩き出される歯切れよい排気音がガレージの空気を震わせる。しばらくシートに腰かけたまま、エンジンの回転が安定するのを待った。

いっそこのまま走り出してしまおうか、と思った。少し走れば峠もある。澱《おり》のように溜まっている疲れや、もやもやとした気持ちを吹き飛ばすには、このオートバイをスムースに、素早く走らせることに集中するのが一番だ。

エンジンを止め、キーを抜く。痺れたような感触だけが腿の辺りに残った。

私はどこへも行かない。行けはしない。

ぼんやりとオートバイを見下ろしながら、自分はいったい何をしたいのだろうと自問した。

携帯電話の耳障りな呼び出し音で起こされた。とっさに壁の時計を見上げると、まだ午前六時である。寝室代わりに使っている書斎のソファに横になってから、四時間しか経っていない。

「はい」自分の声がざらつくのを感じながら、私は電話に出た。

「鳴沢さん？」

「はい？」

「内藤です。内藤優美です」

「ああ」反射的に毛布をはねのけ、ソファから立ち上がる。電話を持ったまま洗面所に向かい、鏡を覗きこんだ。二日分の髭が頰と顎を汚している。

「どうしました」落ち着けよ、と自分に言い聞かせながら彼女に声をかける。

「沙織さんがいなくなったんです」

「何ですって？」

「だから、彼女がセンターからいなくなったんです」

優美の声が一気に緊迫した。何ですぐに分かってくれないんだとでも言いたげに苛ついている。

「ちょっと待って下さい」私は右手を広げてこめかみを揉んだ。きつく目を閉じ、開けても、鏡には依然として疲れた三十男の顔が映っているだけである。「順番に行きましょう。彼女は昨夜もセンターに泊まったんですね」

「もちろん」

「あなたはどこにいました？　昨夜も泊まりこんだんですか」

「私は家にいました」優美の声が急に落ち着いた。「昨夜当番で泊まっていた人から、今朝になって連絡があったんです」

「どうしてあなたに？」

「私が沙織さんの担当だから」

「担当がいるんですか」

「最初に相談を受けた人間が担当になるんです。ちゃんと決着がつくまで、一人の人間が責任を持って面倒を見たほうがいいんですよ」

「分かりました。それで、状況はどんな具合ですか」顔を撫でる。ざらっとした髭が不愉快に掌を刺した。

「泊まっていた人が一時間ほど前に目を覚ましたら、沙織さんの布団が綺麗に片づけてあったんです。荷物もなくなっていたそうです。荷物って言ってもバッグだけですけど」

「書き置きは」

「ありません」

夫とよりを戻す気にでもなったのだろうか。しかしそれなら、何も夜逃げするようにあの部屋を出て行かなくてもいいはずだ。もしかしたら一種の照れ隠しなのだろうか。思い詰めて逃げ出してはみたものの、冷静になってみるとそれほど大事ではないと悟って、こそこそと家に戻ったのかもしれない。

「彼女の家に電話しましたか」

「ええ。誰も出ないんです」

「携帯は？」

「つながりません」優美の声に不安が増した。

「昨夜は何かありましたか？　またご主人が来たとか、しつこく電話がかかってきたとか」

「そういうことはなかったようです。一昨日《おととい》警察が来たんで、用心しているのかもしれませんね」

「しばらく様子をみてみたらどうですか」

「何とかしてもらえないんですか」優美の口調は、私にすがって同情を引き出そうとするものではなく、当然の権利を主張するような強さだった。

「事件が起きたと決まったわけじゃないでしょう」出て行くのが面倒なわけではない。ただ、優美があまりにも神経質になっているのが引っかかった。

「警察はいつもそうですね」優美が冷たく言い放つ。「そうやって『事件が起きていない』って言って、何かあった時には手遅れになるんですよ」

「内藤さん」もう一度こめかみを揉む。睡眠不足のせいで鈍い頭痛が忍び寄ってきた。洗面台の戸棚を探って頭痛薬を探し出し、二粒を水なしで飲み下した。「あなた、警察に何か恨みでもあるんですか」

一瞬、優美が言葉を呑む。不機嫌になったのではなく、痛いところを突かれて反射的に言葉を失ってしまったようだった。

「そんなこと、あなたには何の関係もないでしょう」

「そうですね。関係ありませんね」

「どうするんですか」

彼女に気取られないよう、小さく溜息をついた。電話を耳に押しつけたまま、水を流して順番に手を濡らす。生ぬるい水だったが、それでも少しだけ眠気が遠のいた。

「これから行きますよ。ただ、すぐには無理です。今自宅ですから」

「何もあなたに来てくれって言ってるんじゃないんです」優美がぼそぼそと言い訳した。「署の誰かに連絡してもらえれば、それで済むじゃないですか」

「内藤さん、今日は土曜日なんです。署にも人は少ない。それに、こんなことで出動させるのは難しいですよ」

「でも」

「私が行った方がいいんですか？　それともこれからまた一眠りしていいんですか」

「……お願いします」優美はたぶん唇を噛んでいるだろう。

「じゃあ、相談センターで会いましょう。八時には行けます」

「二時間もかかるんですか」

「私の家は遠いんですよ」

分かりました、と答えて優美が電話を切った。私は携帯電話を洗面台に置き、盛大に水を流し始めた。勢いよく顔を洗い、髪にたっぷり水をつけて寝癖を押さえつける。濡れた髪をかき上げながら、ふと違和感を感じた。どうして彼女は、署にではなく私に電話してきたのだろう。


ちょうどいい機会だと思い、オートバイに乗って行くことにした。今日も立っているだけで汗ばむ陽気になりそうだが、念のため薄いライディングジャケットを羽織る。多摩ニュータウン通りを東へ進み、鎌倉街道を北上して関戸橋で多摩川を渡ってさらに北へ向かい、この時間でも混んでいるはずの甲州街道を避け、裏道を抜けて中央道に乗った。きっちり百キロを保ったまま、左端の車線を淡々と走る。ジャケットが風をはらみ、ともすると体が後ろへ持っていかれそうになった。ジェット型のヘルメットは顎の辺りで風が渦巻くばかりで、たちまち頭が蒸れ、髪の間を汗が流れる。

　中央道から首都高四号線を都心に向かい、環状線経由で三号線に入る。途中二か所のジャンクションではかなりスピードを上げて高速コーナーをクリアした。高樹町《たかぎちょう》で降りると、街全体がまだ眠ったままの西麻布を走り抜ける。先に沙織のマンションに立ち寄った。インタフォンを鳴らしても反応はない。電話をかけてみたが、やはり誰も出なかった。嫌な胸騒ぎを何とか抑えつけて、相談センターに向かう。

　約束の時間よりずいぶん早かったが、優美はマンションの前で待っていてくれた。ほっそりした黒いジーンズに、胸のところにビーズをあしらった白いTシャツ姿で、この前会った時より少し背が高いように見えたが、ヒールのあるパンプスを履いているせいだとすぐに気づいた。

　エンジンを止め、ヘルメットを脱ぐ。ジャケットの袖で額の汗を拭ってから、ヘルメットをシートのホルダーに引っかけた。彼女は腕を組んだまま、私が一連の儀式を終えるのを我慢強く待っていた。

「何か連絡は？」

　優美が無言で首を振った。

「今、沙織さんのマンションまで行ってきましたけど、いないみたいですね」

「本当に?」彼女が何を想像しているかはすぐに分かった。血塗《ちまみ》れになって床に倒れ、遠のく意識の中で電話の呼び出し音をぼんやりと聞く沙織の姿だ。あるいはすでに何も聞こえなくなっているのか。

「大丈夫ですよ」私はわざと力強い声で告げた。「そんな簡単に悪いことは起きないものです」

「ええ」優美が乾いた唇を舐め、両手で自分の体を抱きしめた。

「今、部屋には誰がいますか」

「江藤さんが」

「江藤さんも来てるんですか」

優美が何も言わずにうなずき、そのまま踵を返してホールに歩いて行く。三歩ほど遅れて私もその後に続いた。無言のまま二人でエレベーターに乗りこむ。気詰まりな空気が流れ、私は余計なことを考えないようにと無理矢理別の話題を持ち出した。

「七海はどうしてますか」

「寝てますよ」やっと優美の声が柔らかくなる。笑顔を浮かべるまであと三歩というところだ。「時差ぼけが抜けないみたいですね。滅多に海外なんか行かないからだと思うけど」

「いつもニューヨークでべたべた歩いてるわけだ」

「刑事ですから」

私は、内藤から引き出せなかった回答を彼女から得ようとして質問をぶつけた。

「ところであいつ、どうして刑事になったんですか」

「それは――」彼女が言いかけたが、その前にエレベーターの扉が開いた。一つ咳払いをして表情を引き締めてから、彼女が先にエレベーターを降りる。私は言葉を呑みこんだまま、不自然に早足で歩く優美の背中を追いかけた。

相談センターのドアの前に立ち、優美がインタフォンを鳴らす。すぐにドアが開き、半ば白くなった髪をひっつめにした女性が顔を見せて硬い笑みを浮かべた。優美がうなずき返す。

「センターの代表の江藤さんです」優美が一歩引いて、私を江藤聖美に引き合わせた。聖美が小さく頭を下げる。袖なしのダンガリーのブラウスにベージュのパンツという格好で、警戒するような表情を崩さない。細身の顔の中で、男性的な力強い鼻が目立った。

「お上がり下さい」落ち着いた低い声で言って聖美が身を引く。優美がうなずいたので、私は彼女の横をすり抜けるようにして部屋に入った。

先日沙織と面会した部屋でソファを勧められたが、断った。

「先に、沙織さんが寝ていた部屋を見せて下さい」

無言でうなずき、聖美が隣室に通じる引き戸を開ける。カーテンが閉まったままで、埃っぽい空気が淀んでいた。私はカーテンを開けずに照明をつけ、部屋の中を見回した。六畳の和室だが、家具の類と言えば小さな箪笥があるぐらいで、妙に広く見える。長い間借り手がついていない賃貸アパートの一室という感じだった。

「河村さんは、昨夜は何時ごろ寝たんですか」振り返り、聖美に訊ねた。

「どうでしょう。何もなければ日付けが変わるころには寝てるはずですけどね」

私は下を向いたまま部屋の中を調べ始めた。まだ新しい畳の匂いがかすかに立ち上ってくる。部屋の片隅に折り畳んであった布団を思い切って広げてみたが、何も出てこない。沙織はここにいた形跡を完全に消してしまったようだった。押入れの中にも変わった様子はない。

首を振りながらリビングルームに戻った。絶望的な視線で私を見て、優美が力なくソファに腰を落とす。聖美は立ったまま腕組みをしていたが、ようやく緊張を解いて柔らかい声で話し始めた。

「すいませんね。わざわざ来ていただくようなことじゃないと思ったんですけど、優美さんは心配性だから」

優美が顔を真っ赤にしたが、抗議の言葉は口にしなかった。聖美が優美に笑いかけながら言った。

「何もないとは思うんですけどね」

「用心に越したことはありません」

私の言葉に、聖美が顔を引き締める。力強い顎に皺が寄った。

「どういうことですか」

「何が何だか分からないということですよ。まさか夜中のうちにご主人に拉致されたとは思えないけど、もしかしたらあなたたちが知らない間に誰かと連絡を取り合っていたかもしれない」

「誰かって誰ですか」挑発するように硬い声で優美が訊ねる。

「それこそご主人とか」

「それはそれで構わないんですよ」聖美が穏やかな声で言った。「どんなに話を聞いてみても、夫婦の間のことは他人には分からないものなんです。引き返せないところまで行ってしまったかどうかは、本人たちだけにしか判断できないでしょう。私たちは、手助けが欲しいという人に手を貸しているだけです。もしも思い直して家族のところに帰るというなら、止める権利も義務もないんですよ」

「しかし、今、彼女が家でご主人に暴力を振るわれていたら?」

「私はけっこうたくさんのケースを見てるけど」聖美が自信たっぷりに言った。「今回は、そういうことはないと思うわ。勘だけどね。たぶん、どこかで時間を潰しているんじゃないかしら。ここにはいられないけど、家に帰る決心も固められない。東京だったら、一晩中時間を潰せる場所はいくらでもありますからね」

深夜のファミリーレストランに一人座り、目の前のコーヒーカップだけを話し相手に時が過ぎ行くのを待っている沙織の姿を想像してみた。そういう光景が、彼女に対する「地味だ」という私の印象と重なり合う。

「私がここに来たのも無駄足だったらいいんですが……でも、念のため、後でもう一度家に行ってみます」私は優美に向き直った。「もしかしたら、まだ家の鍵を預かっていませんか?」

優美が不安気にうなずく。

「あります。彼女、忘れていったみたい」

「どうしても心配だったら、家に入って確認してみればいい」

「お手数をおかけします」聖美が丁寧に頭を下げた。「わざわざ来ていただいて」

「いや、いいんです。おかげで久し振りにオートバイに乗れましたから。ふだんはなかなか乗る時間がないんですけど、ここへ来るのはちょうどいい言い訳になりました」

「あら、あなたもオートバイに乗るんですか」聖美の表情が一気に緩む。人懐こい笑みが浮かんだ。

「ええ」

「私もオートバイ乗りなんですよ」

「そうなんですか」

「離婚してから何か楽しいこともしなくちゃいけないと思ってね。それまで原付バイクにも乗ったことがなかったんですけど、思い切って限定解除したんです」

「それはすごい」私は素直に賞賛の言葉を口にした。まったくオートバイに乗った経験がなく、筋力も衰えてくる年齢になってからの限定解除は並大抵の努力ではできない。

「何に乗ってるんですか」

「もちろん、ハーレーよ」聖美の顔が自信で輝いた。ハーレーに乗る自分は誰よりも素敵だ、とでも言いだしそうだった。なるほど、彼女はハーレー信奉者なのか。限定解除している日本のライダーの三分の一はすでにハーレーに乗っているか、いつかは乗りたいと思っている。後の三分の二は、大排気量の日本製マシンか、高速性能に優れたヨーロッパのオートバイのファンだ。聖美が嬉々として教えてくれた。「最初はスポーツスター。今年からV－RODに乗り換えたわ」

思わず口笛を吹きそうになった。聖美は中肉中背、さほど力があるようにも見えない。一方ハーレーはどのモデルも、重心は低いが乾燥重量は二百キロを軽く超える。倒れたのを起こすだけでも一苦労だ。

「あなたは？」

「SRです」何だか恥ずかしくなって私は小声で答えた。単気筒で構造も単純なSRは、四百ccという排気量にしては軽いオートバイである。セルスターターも省いた潔さは、ある意味男らしいと言えるのだが、重量感に欠けるのは間違いない。

「SRね、いいオートバイじゃない」聖美は明るい笑顔を崩さなかった。

「中型の免許しか持ってないんですよ」私は罪を告白するように言った。

「そのうちゆっくりとオートバイのお話でもしたいわね。それよりあなた、朝食は食べたの？」

「いえ。慌てて飛んできましたから」

優美がまた顔を赤らめる。聖美が優美の方を向いて母親のように柔らかな笑みを浮かべる。

「ご迷惑おかけしたお詫びに食事でもしていきませんか？」

「だけど、沙織さんの家に行かないと」

「少しぐらい遅れても大丈夫よ。食事の用意はすぐにできるから。それに、今日は本当はお休みなんでしょう」

「ええ」

「だったら、ますます申し訳ないわ。食事ぐらいしていって下さい」

ほんの少し迷ったが、私は聖美の申し出をありがたく受けることにした。一瞬沙織は無事だろうかと考えたが、聖美の妙な自信はいつの間にか私にも乗り移っていた。大丈夫、彼女が命を落とすようなことはない。


久し振りのまともな朝食で、貪《むさぼ》っているように見られないためにはかなりの自制心を発揮しなければならなかった。手作りのブルーベリージャムを添えた全粒粉のトースト二枚。ごく小さい賽の目に切ったトマトを混ぜこんだスクランブルエッグにハッシュドポテト。つけ合せのベイクドビーンズは優美が自分で作ったものだという。私にとっては懐かしい味で、一年間を過ごした中西部の大学の食堂を思い出した。

「家庭の味ですね」ハッシュドポテトをフォークで切り分けながら私は思わず漏らした。

「そう」ダイニングテーブルの向こう側で、聖美が顎の下に拳をあてがう。「ここへ逃げこんでくる人は、みんな家庭の味を忘れちゃってるのよ。家族が駄目になる時って、まず食事からだから。適当に済ませたり、食べなくなっちゃったりして、会話もなくなるわけよ。だからここに泊まってもらう時は、必ず朝ご飯を食べてもらうようにしてるの。そうすると、いろいろなことを思い出したりするものだから」

「自分の家族のこととか?」

「そう」聖美がうなずく。「それで家に戻る気になる人は戻ればいいいし、そうじゃない人はこれから先のことをゆっくり考えればいいし。道は何本もあるのよ」

「そうですね」何となく説教されているような気分になってきた。道は何本もある。それは確かだろう。問題は、それを見つける気になれるかどうかだ。

「沙織さんのことは心配しないでいいわ」聖美があっさりと言った。

「ずいぶん自信があるんですね」

「これが初めてじゃないのよ。こんな風にふらりと出て行った人は何人もいたけど、それでひどい目に遭った人は一人もいないから」

「そういう時はどうするんですか」

「しばらく時間を置くの。急に電話したり会ったりしても、頑《かたく》なになってることも多いし。そのうち向こうから電話を入れてくることもあるわ。それに沙織さんのケースは、今まで最悪ってわけでもないから。ここに押しかけてきた人だって、彼女のご主人が初めてじゃないのよ」

フォークを置き、オレンジジュースを一口飲んだ後、「そろそろ出かけます」と聖美に告げる。彼女がやんわりと忠告した。

「仮に沙織さんに会えても、彼女があなたに話をするかどうかは分からないわよ。それに、かえって気持ちが不安定になるかもしれないし。本当言うと、あまりお勧めできないわね。放っておいても心配ないと思うけど」

「気をつけます。余計なことは言いません。ただ、彼女が家にいるのか、無事なのかを確認しておきたいだけです」

「どうして」聖美が首を傾げる。少女のような仕草だった。

答えに詰まった。明確な理由があってのことではない。ただ、沙織の存在は喉に引っかかった小骨のようなもので、放っておくわけにはいかなかった。

「呼び出しておいてこんなことを言うのは変だけど、あなた、今日はお休みなんでしょう？　勝手にこんなことをしたらいけないんじゃないの」

「それはそうです」オレンジジュースをもう一口。氷を浮かべてあるので、歯に凍みるような冷たさだった。「だから、これは仕事じゃないということで」

「ボランティア？」

私は小さく肩をすくめて「何とでも」と答えた。それで納得したように聖美がうなずいたが、私は少しだけ説明をつけ加えた。

「気になったことをそのままにしておくのは苦手なんですよ」

「私も行きます」それまで黙っていた優美が突然口を挟んだ。

「いいの？」聖美が顔をしかめる。

「いいんです」優美が自分を鼓舞するように強い口調で言った。「私は沙織さんの担当ですから」

「どうしてもって言うならいいけど」聖美はなおも不満そうにしていたが、優美はそれを無視して立ち上がり、汚れた食器を流しに運んだ。私も食器を運び、自分で洗おうとしたが優美に拒否された。

「余計なことしないで下さい」

「自分で食べた食器ぐらい自分で片づけますよ」

「けっこうです」優美が頑強に言い張る。

「いいんですよ、鳴沢さん」聖美がダイニングテーブルから声をかけてきた。「洗い物はそれぞれの家のやり方があるんですから」

「食べ散らかしたままじゃ気分が悪い」

「いいから」聖美が立ち上がり、腰に両手を当てて私を睨んだ。「そんなことより、もっと大事なことがあるんじゃないですか」

それはそうだ。私は彼女に軽く頭を下げ、ソファに置いてあったヘルメットとライディングジャケットを取り上げた。優美が、「あ」と困ったような声を上げる。私は口をすぼめながら振り向いた。

「どうかしましたか？」

優美が、濡れた手をエプロンで拭きながらもじもじしている。

「鳴沢さん、オートバイでしたよね」

「ええ」

「私、今日は車の調子が悪くてタクシーで来たから……オートバイは置いて、タクシーで行きますか？」

「そうですね」

「ヘルメットぐらい貸してあげるわよ。私のがあるから。二人で一緒に行けばいいじゃない」聖美が気さくな調子で言って、ソファの後ろの籠に入れてあったヘルメットを取り上げる。ガンメタリックのフルフェイスだった。私は優美と顔を見合わせ、目線でどうする、と訊ねた。優美は一瞬顔をしかめたが、結局聖美の手からヘルメットを受け取った。

「あなたもそろそろ――」

「江藤さん」優美が顔を赤くして聖美の言葉を封じこめた。聖美が柔らかく笑って優美の頭を軽く叩く。

何だか妙なことになってしまった。沙織の家まではほんの数キロである。タクシーでも十分ほどだろうし、地下鉄を乗り継いで行ってもいい。それなのに私たちは――いや、優美は――オートバイの二人乗りを選んだ。聖美の顔から妙に悪戯っぽい笑みが消えないのも気になった。

6

「どうすればいいの」シールドの奥から優美が不安げに訊ねる。私はすでにシートにまたがり、エンジンに火を入れていた。股の間から熱気が立ち上り、ヘルメットの中では髪が汗で湿り始めている。シールドを跳ね上げて風を通しながら答えた。

「取りあえず座ってみて下さい」

言われるまま、彼女が危なっかしくシートに跨った——正確に言うとよじ登ったが、自分の体を安定させることよりも、私に触れないことに全神経を集中しているようであった。両足をしっかり地面につけて踏ん張ったが、それでも彼女が何とか尻を落ち着けようと体を動かす度に、ＳＲはふらふらと頼りなく揺れる。

「それで？」依然として私の背中から少し離れた位置に座ったまま、硬い声で優美が訊ねる。

「くっついてもらわないと」

「どうして」怒ったように優美が質問をぶつける。

「そうじゃないとオートバイは真っ直ぐ走れないんですよ」

「だけど、それはちょっと」

「どうしても嫌なら後ろのバーをつかんで下さい」

彼女がタンデムバーに手を伸ばしたのを確認して、そろそろとクラッチをつなぐ。途端に優美が悲鳴を上げ、私はレバーを握り潰さんばかりの力でブレーキをかけた。シートから転げ落ちそうになったのだろう。乗り慣れている人間ならタンデムバーをつかんだ状態でも何とかなるのだが、彼女には無理だ。

「ええと」クラッチレバーを握ったまま、遠慮がちに声をかける。「申し訳ないけど、やっぱり腰に手を回してもらった方がいいみたいですね」

不承不承といった感じだったが、今度は優美も私の指示に従った。慎重にアクセルを開け、風に逆らって走り出す。優美の体重は、オートバイの操安性にほとんど影響を与えなかった。

ほどなく、必死で私にしがみついていた優美の腕から力が抜けた。いつの間にか体重移動のコツを覚えたようで、運転がずっと楽になる。おかげで一人で乗っている時と同じペースで走ることができ、十分ほどで沙織のマンションに着いた。優美が降りるのを待ってから、ヘルメットを脱いで汗を拭う。優美の顔には笑顔こそ浮かんでいなかったものの、心持ち頰が紅潮していた。

「案外気持ちいいんですね」

「だから人はバイクに乗るんですよ」

「江藤さんが乗るのも分かるわ」

「彼女の場合、気持ちいいからってことだけが理由じゃないと思うけど」

言い過ぎだとでも言いたそうに優美が私を睨みつけたが、それも長くは続かなかった。出し惜しみするように笑うと、形の良い歯が露になる。

「私でも乗れるかしら」

「運動神経の問題？　それとも身長のことを言ってるんですか」

「身長がコンプレックスになってることは認めます」

「何センチなんですか」

「五フィート……百五十二センチね」

「あなたより背の低い人でも、限定解除して大きなオートバイを乗り回している人を知ってますよ。江藤さんもそんなに大きい方じゃないでしょう。中型までだったら教習所で簡単に練習できるから、やってみたらどうですか」

「そのうちね」急に優美が声を硬くする。そんなことを楽しむ資格など自分にはないとでも言いたげな、妙に禁欲的な態度だった。「行きましょう」

「部屋の鍵は？」

「ありますよ」優美はバッグを漁《あさ》って鍵を取り出した。「もしかしたら彼女、スペアキーを持ってないのかもしれないわね。それで家に帰れないで、どこかをうろうろしているのかも。でも、鍵が必要なの？」

「いや」私は即座に否定したが、優美が私と同じことを想像しているのは明らかだった。不機嫌に顔をしかめて、手の中で鍵をこね回す。

「まさか沙織さん、部屋で……」

「それは考え過ぎです」

「何でもないわよね」

「たぶん。江藤さんもそう言ってたじゃないですか」

今朝は私が先になってロビーに入った。鍵があるのでオートロックは解除できるが、まずはインタフォンで声をかけてみることにした。やはり反応はない。優美と顔を見合わせてからもう一度鳴らしてみたが、結果は同じだった。

優美が鍵穴にキーを差しこもうとした時、ようやく沙織の声が聞こえてきた。

「はい……」

あまりにも力ない声は、今にも死にそうな人間のそれのようだった。私は慌ててインタフォンに飛びついた。

「河村さん、大丈夫ですか？　警察です。先日お会いした鳴沢です」

「ああ、はい」私の言っていることが理解できているのだろうか。沙織の声は半ば眠っているようにも聞こえた。

優美が私を押しのけてインタフォンの前に立った。不安を隠そうともせず、掌で壁を叩きながら、泣き出しそうな声で訊ねる。

「沙織さん？　内藤です。優美です。大丈夫なの？」

「優美さん」沙織の声が一気にくずおれた。優美が目を見開き、インタフォンに口を押しつけるようにして叫ぶ。

「沙織さん、開けてくれる？　今そっちに行くから」

沙織の声が途切れる。優美はほとんどパニックになりかけながら、インタフォンに向かって怒鳴った。

「沙織さん、鍵開けるわよ」

優美がオートロックの鍵を解除しようとした瞬間、軽い電子音が響いて私たちの目の前のドアが開いた。優美が駆け出し、エレベーターに向かう。彼女に追いつき、エレベーターの扉が閉まるのを待って私は忠告した。

「あなたは、この仕事には慣れてるんじゃないですか」

「何が言いたいの」優美が荒い息を吐きながら私の顔を見上げ、険しい表情を作った。

「沙織さんが今どんな状況か分からないでしょう。あんな風に叫んだら、かえって相手はパニックになるんじゃないかな」

「今はそんなこと言ってる場合じゃないでしょう」

「あなたが取り乱してどうするんですか」

「私が取り乱してる？」優美が大袈裟に自分の胸に両手を当てた。「あなたこそ、どうしてそんなに冷静でいられるの？　結局、自分のことじゃないからよね」

「そんなことはない」むっとして言い返したが、その言葉にさほど説得力がないことは自分でも分かっていた。

「あなたには分からないわ、何も」背筋が寒くなるような口調で優美が答える。エレベーターの扉が開ききらないうちに優美が走り出す。大丈夫、大したことはないと自分に言い聞かせながら、私はことさらゆっくり彼女を追った。沙織は生きているし、ドアは目の前だ。もちろん私はある出来事——彼女の夫が暴力をふるっている最中に出くわすことを想像していたが、それならそれでむしろやりやすくなる。張り倒してやれば、話もしやすくなるだろう。

　優美がインタフォンのチャイムを立て続けに何度も鳴らす。反応がないのに苛つき、ドアの取っ手を乱暴に引っ張った。それでも沙織がドアを開けようとしないので、鍵穴にキーを差しこみ、がちゃがちゃと音をたてて回す。引きちぎるようにドアを開けた瞬間、優美は右手を口に当ててその場に立ち尽くした。鍵が外に落ちたが、その音は分厚いカーペットに吸いこまれてしまった。

　優美の肩越しに家の中を覗きこむ。玄関まで一メートル。そこで力尽きたように、沙織が廊下にへたりこんでいた。両膝をくっつけた格好でぺたりと座りこみ、両手を体の脇に垂らしている。虚ろな目で優美を見上げ、何かを告げようと口をぽかんと開けた。口の右側、それに右目が腫れ上がり始めている。もうしばらくすると瞼が塞がり、醜い痣《あざ》ができるだろう。歯が折れていないといいが、と私は祈った。

「沙織さん！」靴を脱ぐのも忘れて優美が廊下に上がりこみ、沙織の傍らに腰を下ろして肩を抱く。沙織はされるがままで何の反応も示さず、優美が肩を揺さ振っても呆然としたままだった。

座りこんだまま、優美が私の方を振り返った。厳しい顔つきだったが、目の端には涙が溜まっている。沙織が体だけでなく心にも傷を負ってしまったのは私のせいだと、無言で非難しているようだった。

いわれのない因縁であることは分かっていたが、私は何一つ言い訳することができなかった。

「警察を呼びますか」私はソファに座った二人の正面に立ったまま、何度目かとなる同じ質問を繰り返した。沙織は無言を貫き、優美が用意した濡れタオルを口に押し当てている。優美は沙織の手を握ったまま、険しい表情を崩さなかった。彼女に対する同情を、私に向けた怒りに転換したのだろう。

「河村さん」私が名前を呼んでも、沙織は顔を上げようとしない。小さく溜息をついて、私は部屋の中を見回した。二十畳ほどもあるリビングルームには南からの陽光がたっぷりと射しこみ、立っているだけで汗が滲み出すほど暑くなっていた。会話の糸口がつかめないまま、私は視線をリビングルームの中に走らせた。最初に食器棚に目が行く。バカラのグラスにマイセンのプレート。使うためではなく、人に見せつけるために置いてあるようであった。

「河村さん」低い声でもう一度呼ぶと、ようやく沙織が顔を上げる。目は虚ろで、目の前にいる私の姿にも気づいていない様子だ。「ご主人に殴られたんですね」

沙織の目に涙が浮かび、あっという間に溢れだしたが、頬を伝う涙は、顔の下半分を覆うタオルに吸いこまれてしまった。

「どうして何も言わずに相談センターを出たんですか」

私の質問に非難がましい調子を感じ取ったのか、優美が目を細めて睨みつけてきた。それを無視して続ける。

「ご主人とやり直す気になったんですね？　だけど昨日の今日で相談センターの人にそんなことを喋るのはみっともないから、黙って出てきた。そういうことじゃないですか」

辛うじてそれと分かる程度に沙織がうなずく。優美が肩に手を回して彼女の体を支えたが、沙織は体を硬くしたまま、決して優美に寄りかかろうとはしない。

「ご主人は一昨日センターに押しかけてきたばかりなんですよ。家に帰ったら危ないとは思わなかったんですか」

「これ以上ご迷惑をおかけするわけにはいきませんから」消え入りそうな声で沙織がつぶやく。

「迷惑なんかじゃないのよ、沙織さん」優美がすかさず口添えしたが、沙織は突然目が覚めたように激しく首を振った。

「うちの人は……外では大人しいんです。それがセンターにまで押しかけてきたのは、よほどのことなんですよ。もしかしたら、キレてしまったのかもしれない。いつまでもお世話になっていたら、センターの皆さんにもご迷惑をかけることになるから」

「私たちはちっとも迷惑じゃないのよ」励ますように優美が繰り返したが、沙織は力なく首を振るだけだった。優美が力を入れて沙織の手を握る。「よくあることなの。苦しんでるのはあなただけじゃないのよ」

「迷惑をかけたくないからここに戻ってきたんですね。それでご主人に殴られた」

私の問いかけに、沙織が力なく首を横に振る。否定の仕草ではなかった。彼女が呑みこんだ台詞を私は容易に想像できる——どうしようもないのだから、と。

「痛みますか」

「大丈夫です」消え入りそうな声で沙織が答えた。

「ちゃんと治療した方がいい。それで医者の診断を受けて、正式に被害届を出したらどうですか」

今度はもう少しはっきりと沙織が首を振る。私は駄目押しをした。

「それじゃあ、埒《らち》があきませんよ。また同じことの繰り返しになるかもしれない」

沙織の目から涙がどっと溢れ出す。慌ててタオルを目に押し当て、肩を震わせた。優美が彼女の背中に手を当てたまま、助けを求めるように私を見る。視線がかち合わないようにかすかに目を逸らして、沙織に訊ねる。

「今日は、ご主人はどうしました」

「会社に行きました」

私はわざとらしく腕時計を覗きこんだ。曜日の表示はついていないのだが、こちらが不審に思っている様子は十分沙織に伝わったようである。

「休日出勤なんです」

「ご主人の会社はどちらですか」

タオルを顔から離し、沙織が何かを恐れるような表情で私を見た。私は質問を繰り返した。

「会社はどこなんですか」

「JRプランニング……です」

「JRの関連会社？」

「いいえ。だけど、それが何か関係あるんですか」沙織がようやく質問を搾り出した。

「私は今日、非番なんです。本当はここにいる理由もない。でも、非番ですから、警察官としてではなく男として話をつけにいってもいいですよ。少し暴れて締め上げれば大人しくなるかもしれない」小柄な河村の姿を思い浮かべながら私は言った。ちょっと力を入れたら体がへし折れてしまうかもしれない。

「やめて下さい」沙織がほとんど叫ぶような声を上げた。私は黙って彼女の顔を見つめ、その言葉が心の底からのものだと確信できると、黙って首を振った。

沙織をではなく自分を落ち着かせるために細く息を吸い、ゆっくりと吐き出した。優美に提案する。

「とりあえず彼女には、センターに行ってもらったらどうですか。ここにいても仕方ないでしょう」

「そうね」優美があっさりと同意して携帯電話をハンドバッグから取り出す。聖美に電話すると、すぐに迎えに来てくれるように頼みこんだ。

「あなたがタクシーで送っていけばいいじゃないですか」

優美の顔から表情が消える。立ち上がると、小さな体を大きく見せようとするように胸を張った。

「あなたに話があるの」

聖美には独特の包容力がある。沙織とは初対面だという話だったが、沙織は彼女の言うことはすぐに受け入れた。センターには行きたくないと渋っていたのだが、「しばらくうちにいてもらった方がいいわ」と聖美が説得すると素直に従った。タクシーに乗りこむ瞬間、聖美が私を見て苦笑する。自分の楽観論が外れたことを悔いたような表情だった。

二人が走り去った後、私と優美はSRを間に挟んで向かい合った。

「話って」軽めのサーブを打つと、優美がいきなり強烈なリターンを返してきた。

「あなた、無神経過ぎるわ」

肩をすくめてやり過ごす。優美は遠慮せず、さらに強いボールを叩きこんできた。

「沙織さんは被害者なのよ。殴られて、精神的にも参っているの。あんなにきつく言わなくてもいいでしょう。あれじゃ、追い詰めてるみたいなものよ」

「優しい言葉をかけるのは、給料を貰ってする仕事なんですよ。非番の日はそういうことはしないようにしている」

「仕事なんか関係ないでしょう」怒りのためか、優美の目にうっすらと涙の膜が張っている。「あなたは、人を人として見てないのよ。被害者なんて、書類の上だけの存在だと思ってるんだわ」

「そんなことはない」即座に否定したが、自分の言葉に自信が持てなかった。私が今まで相手にしてきた被害者というのは、ほとんどが死人だった。死人は、反論も抗議もしない。

「もう、あなたには係わってほしくないわ」優美は追及の手を緩めようとしなかった。

「好きでやってるんじゃない」私もつい声を荒らげた。「この件に係わったのだって、たまたま当直で署にいて連絡を受けたからだし、今日はあなたが私を呼び出したんですよ。それも個人的にね。こっちは、休みを潰して出てきてるんですよ」

　優美が口を閉ざす。口の脇の皺が深くなった。

「そもそも今日だって、あなたたちが彼女をちゃんと見張っておかないからこんなことになったんじゃないですか。沙織さんが精神的に不安定になっているのは誰が見ても分かるでしょう。落ち着くまでちゃんと監視しておくべきだったんですよ」

「監視なんてしないわ。私たちは手助けするだけ」

「それじゃ、甘い」

「警察にそんなこと言われたくないわ」優美が一瞬目を逸らしたが、すぐに正面から睨み返してくる。「とにかく、あなたの言葉は彼女を傷つけたのよ」

「冗談じゃない。緊急事態なんですよ。こんな時にいちいち言葉に気を遣ってなんかいられない」

「あなたには分からないわ、絶対に」優美が激しい口調で吐き捨てた。「暴力をふるわれた女っていうのは、自分が最低の人間であるような気持ちになるのよ。自分が悪くなくても、まるでこっちに責任があるように感じてしまうの。それなのにあなたは、彼女に追い打ちをかけた。本当はゆっくり時間をかけて、彼女自身に気持ちを決めてもらわなくちゃいけないのに」

「ずいぶんよくご存知だ」私は思わず皮肉を吐いた。「あなたもそういう経験があるみたいですね」

一瞬、優美の顔が真っ赤になった。しかし一言も反論せずに踵を返す。立ち去る彼女の小さな背中を眺めながら、私は自分が吐いた皮肉が真実にぶつかってしまったのだろうと確信した。結婚している時、彼女も同じような家庭内暴力を経験していたに違いない。「あいつもいろいろあって」という内藤の言葉が、私の想像で醜く膨らんでいく。いろいろあって。そうだろう。いや、その一言では片づけられないような経験を彼女はしてきたのかもしれない。俺には関係のないことだと思いながら、なぜか気持ちが揺らいでしまう。

そのまま全てを放り出してしまってもよかった。もしも沙織が被害届を出す気になれば、署にいる誰かが受けるだろう。その気がないならこのまま放っておくしかない。

しかし何かが引っかかり、私は署に顔を出して、河村が勤務するＪＲプランニングという会社について調べ始めた。会社便覧には記載なし。インターネットで探してもなかなかヒットしない。結局一時間ほどもあれこれひっくり返して、会社の住所と代表番号が分かっただけだった。はっきりとは分からないが、何か変だ。何か胡散臭いものを感じはしたが、結局途中で放り出した。こんなことをしていても何にもならないのだ、と自分に言い聞かせながら。沙織に聴けばすぐに分かるだろうが、とても電話はできない。

内藤に電話しようかと思ったが、それも気が進まない。話すことは幾らでもあるのだが、もしもあいつの家に電話して優美が出たら困る。クソ、あいつも携帯ぐらい用意しておけばいいのに。悪態をついて、私は資料を片づけ始めた。土曜日の午前中、生活安全課の部屋に人気はない。こんなところにいること自体が馬鹿馬鹿しく思えてきた。

「何してるんだ、お前」声に振り向くと、横山が胡散臭そうに私を見ていた。ジーンズにTシャツという私の格好がいかにも場違いであるように、非難するような視線を突き刺してくる。横山本人はきちんとスーツを着こんでいた。

「ちょっと用事がありまして」気圧《けお》されないように、強い調子で説明した。非番の時に服装のことであれこれ言われたくない。「もう帰ります」

「出てきたついでに、少し仕事しないか」冗談とも本気ともつかない口調で横山が言ったが、冗談ではないということはすぐに分かった。

「いいですよ。だけど、こんな格好でいいんですか」

「まあ、いいだろう」内心の不満を隠そうともせず、渋面を浮かべて横山が言った。

「初対面の人間じゃないからな」

「誰ですか」

「井川聡《いがわさとる》だ」

「ああ」最初に署に押しかけてきた一人で、昨夜手に入れたコピーにも名前は載っている。「どうして井川なんですか」

「午前中、片っ端から電話をかけてみたんだ。それで井川の名前がひっかかった」

「どういうことですか」

「それは、本人に直接聴いてみよう。奴さん、間もなくここに来るんだ」

私は首を傾げた。相手は被害者である。本来ならこちらから訪ねて話を聞くべきであり、わざわざ呼び出すというのは、何か事態に変化があったということなのだろうか。

電話が鳴り、横山が素早く受話器を取り上げた。一言二言話すとすぐに受話器を置き、硬い表情で私を見た。

「受付からだ。井川がおいでだよ」

反射的に私は立ち上がり、部屋を出て階段に向かった。

「調べ室に案内してくれ」横山の声が追いかけてくる。まるで容疑者扱いではないかと思ったが、ここは黙って横山のやり方を見せてもらうことにした。

井川は椅子に座ったものの、その視線は狭い調べ室のあちこちを彷徨《さまよ》った。組み合わせた両手の指を、痙攣《けいれん》でもしたようにぴくぴくと動かす。

「すいませんね、暑くて」さほど申し訳なさそうでない口調で言って、横山が上着を脱いだ。青いワイシャツの背中に大きな染みができている。

井川は半袖のポロシャツ一枚だが、濃い萌黄色が汗で黒くなりかけていた。禿げ上がった頭をハンカチで拭うと、それがお守りでもあるかのようにしっかりと握り締める。

「今日おいでいただいたのはですね」机を挟んで井川の正面に座った横山が眼鏡を指で押し上げる。私は離れた机の前に座ったまま、二人のやり取りを見守った。

「はい」緊迫した声で井川が答える。

「あなた、地区リーダーでしたね」

返事は返ってこなかった。地区リーダー。今までの捜査で、K社では何人かを勧誘すると、一般会員からワンランク上の地区リーダーに昇格するシステムを取っていることが分かっている。例えば斎藤稔がそうだ。そう言えば、井川の名前が一回り大きな活字でプリントされていたのを思い出す。署に押しかけてきた時は、一方的に「自分は被害者だ」と言い募っていたのだが。

「どうなんですか」

「……はい」井川が嗄《しゃが》れ声を絞り出した。「でも、それが何か」

「あなた、何人誘ったんですか」

「二人ですよ」二人までなら罪にならないだろうとでもいうように、井川が小声で白状する。「たった二人です」

「なるほど。で、キックバックはいくらほど？」

「一人あたり十万」

「ほう」横山がふんふんとうなずき、手帳にペンを走らせる。井川が不満そうに唇を尖らせた。

「ねえ、横山さん、私は被害者なんですよ。そりゃあ勧誘して二十万ばかりもらったけど、損してる額の方が大きいんですから」

　横山が眼鏡を直し、デスクの上で両手を組み合わせた。

「どうして損したか分かりますか？」

「え？」

「あなたが他の人を勧誘したからですよ」

「何言ってるんですか」井川がきっと顔を上げて横山を睨む。横山はまったく動じなかった。「私は被害者だって言ってるでしょうが。だから警察にも駆けこんだんですよ。自分に責任があると思ったら、わざわざ警察に行ったりしないでしょう」

「いいですか、勧誘して人が増えるということは、それだけ被害者の輪が広がるということなんですよ」諭すように穏やかな口調で横山が言った。「被害者が増えたからこそ、

K社の資金繰りは破綻してきたんです。それに、あなたが勧誘した人も損しているということをお忘れなく」

井川がうなだれた。早くもギブアップである。それを見て、横山がすかさず口調を柔らかくした。

「あなたは一般会員じゃない。とすると、ある程度は組織について知っていたはずですよね。名簿みたいなものも持ってたんじゃないですか」

「名簿はありませんけど……」井川の台詞は歯切れが悪かった。「集会には何度か出ました」

「集会？」

「講習会みたいなものですよ。そこで勧誘の仕方なんかを教わるわけです。誰か一人でも勧誘すれば、今後もお願いしますっていう感じで講習会に誘われるんですよ」

「それはしょっちゅうやってたんでしょうかね」

「いや、時々じゃないかな。定期的なものじゃなかったと思いますよ」

「あなたはいつ講習会に出たんですか」

「三か月ほど前に、一度」

騙しのテクニックを教わったわけか、と私は皮肉に思った。横山は相変わらず淡々とした口調で質問を重ねる。

「その時の出席者は何人ですか」

「十五人ぐらいでしたかね」

「その中に顔見知りは？」

「いませんでした」

「井川さんねえ」横山が急に気さくな口調になった。「何でまた、こんなことに手を出したんですか？　お金に困ってるわけじゃないでしょう」

「そりゃあ」

井川は長年証券業界で働いてきた。定年間際に、それまで勤めていた証券会社が倒産して自主退職の道を選んだのだが、その後は自分で株を運用しており、現役時代よりも金を稼いでいるぐらいだと自慢話を聞かされたことがある。

「どうなんですか」横山が畳みかける。

「株ってのは、永久に儲かり続けるものじゃないんですよ。しかもこのご時世だ、一歩先も読めないでしょう」

「損でもしたんですか」

「まあねえ」渋い声で井川が答える。「刑事さんには分かってもらえないかもしれないけど、私にとって金儲けっていうのはゲイムなんですよ」

「ほう」横山が短く相槌を打つ。

「儲けた金をどう使うかじゃなくて、どうやって儲けるかという過程の方が大事なんですよ。株で損して、ちょっとゲイムから身を引こうかって思った時にK社の話を聞いた。これは新しいゲイムだって思ったんですよ。それに、K社が持ってきた話は金《きん》だった。いつ紙クズになるかもしれない株券よりも、今の時代は金の方がずっと安全ですからね」誰もが「金は安全だ」と呪文のように言う。さながら新興宗教の教義のように。

「そんなものですか」横山がさも感心したように言った。

「親方日の丸の人には分からないでしょうがね」井川が突然開き直った。「正直、今はいいですよ。でも将来は、子どもたちも面倒みてくれそうにないですからね。あと十年もすると、夫婦二人で老人ホームのお世話にならなくちゃいけないかもしれない。それだって、何千万も金がかかるんです」

「今のマンションを処分すれば何とでもなるでしょう」

「そう簡単にはいかないんですよ」井川が溜息をつく。「この年だ、いつ何があるか分からない。明日にでも倒れるかもしれないんですよ。そうなったら、頼れるのは金だけでしょうが」

「金儲けの過程が面白いんじゃなかったんですか」

「そりゃあそうです。でも私も、そろそろ稼ぐだけじゃなくて、稼いだ金に頼らなくちゃいけないような年になったんですよ」

私は二人のやり取りを黙って聞いていたが、結局井川から横へ、あるいは上へのつながりは出てこなかった。この日の取り調べで自分たちが前へ進んだのかそうでないのか、さっぱり分からなかった。ただ、土曜日を無駄にしたという思いが拭えない。

何とも冴えない気分を救ってくれたのは内藤だった。四時近く、そろそろ引き上げようかと思っていた矢先に、彼から電話がかかってきた。

「悪かったな、今日は」開口一番、内藤が詫びを入れてくる。「優美の奴が朝っぱらから迷惑かけたそうじゃないか」

「ああ、いいんだ」よくはないが、彼の手前、私は明るい声で答えた。「面倒なことには慣れてるよ」

「お詫びと言っちゃなんだが、今日、野球でも観にいかないか？」

「野球？」

「東京ドームのチケットが手に入った」

「へえ。わざわざ買ったのか」

「バアサンが持ってたんだよ」
「どうしてまた」
「俺も知らなかったけど、いい年して野球ファンなんだってさ。年に何試合かはドーム
に観に行くらしいよ」重大な秘密を打ち明けるように内藤が答える。「今日のチケット
が三枚あるんだ」
「三枚って、誰が行くんだ」急に不安を覚えながら私は訊ねた。まさか優美では。気ま
ずく別れたままなのに。
「バアサンが一緒だよ。迷惑じゃなければ、三人でどうだい」
「いや、迷惑なんかじゃない」迷惑というより、三時間もタカの横にいることを考える
と背筋が震えるような気がした。
「よし、決まりだ。今、署にいるのか?」
「ああ」
「じゃあ、五時にドームで待ち合わせよう。バッティング練習も見ようぜ。近くまで行
ったらお前の携帯に電話するから、それでいいな?」
「了解」
欠伸を嚙み殺しながら私は電話を切った。どうも、私がコントロールできないところ

で話がいろいろと進んでいる。それはある意味腹立たしいことであったが、仕方ないことなのだとすぐに諦めた。今の私には、自分の周囲の人間を思い通りに動かす力も権利もないのだから。

7

タカはドームに現れず、代わりに内藤が連れて来たのは七歳ぐらいの男の子だった。バックネット側に近いゲートの前で落ち合った時、その男の子は内藤の腕に抱きかかえられ、後頭部が背中にくっつきそうになるほど体を反らしていた。子どもの柔軟性というのは、ある種人間離れしている。

「誰だい、その子」

「甥っ子」内藤が男の子を下に下ろしながら答えた。

「甥っ子？」

秘密を打ち明けようとする者に特有のもったいぶった口調で内藤が答える。

「優美の子だよ」

「ああ」足元のタイルが急に柔らかくなり、どこまでも沈みこんで行くように感じた。

彼女は結婚していた。子どもがいる。何も不思議ではない。

「ほら、勇樹《ゆうき》、挨拶しろ」

「内藤勇樹です」何の真似か、勇樹が額に手を当てて敬礼した。私は顔が引きつるのを感じながら、同じように敬礼を返した。子どもが苦手なのだということを唐突に思い出す。苦手というか、今まで接点のなかった生き物に対してどう接していいか分からない。

「どうも」勇樹に間抜けな返事を返してから、私は内藤の顔を見上げた。

「小学生？」

「今年一年生になった」

「タカさんはどうした」

「急に用事ができてね。せっかくだから勇樹を連れて行けってさ」勇樹が内藤の脚の周囲をぐるぐると回り始めた。それに飽きると、今度は私の脚にしがみつく。私は勇樹を見下ろして強張った笑みを浮かべた——いや、顔が引きつった。

「子どもは苦手か？」内藤が面白そうな表情を浮かべて訊ねる。私は、お手上げだということを伝えるために肩をすくめた。

「慣れてないだけだ」

「おい、勇樹、このお兄ちゃんは怒らせると怖いぞ」何の真似なのか、内藤が両耳の上で人差し指を立てて見せた。勇樹がぴたりと脚を止め、じわじわと私から離れる。愛想笑いを浮かべようとして叶わず、柔らかい頰がぴくぴくと引きつった。

「よせよ」内藤に抗議しながら、私は勇樹の頭に手を突っこんで髪をくしゃくしゃにしてやった。勇樹が突然子犬のように跳ね回ってじゃれついてくる。少し尋常でない喜びように思えた。無言で内藤の顔を見やると、小さく肩をすくめて説明してくれた。

「母親とバアサンしかいない家だからな。たまに男がいると嬉しいんだろう」内藤が勇樹の手を捕まえ、ゲートに向かって歩き出す。勇樹の体はほとんど宙に浮きそうになっていた。私は二人の後を追いかけながら、この子は少しばかり人懐っこ過ぎる、と思った。嬉しいのは理解できないでもないが、何があるか分からないご時世である。人見知りするぐらいでちょうどいいのだ。母親はどんな育て方をしているのだろうと、私は心の中でひそかに優美を非難した。


つまらない試合だった。少なくとも内藤は、二回が終わった時点で欠伸を我慢しなくなった。バックネット裏のかなり良い席だったのだが、試合の退屈さを紛らすことはできないようだった。

「ひどい試合だな」スコアボードに目をやりながら、内藤が思わず本音を吐く。初回にホークスが速攻で5点を奪い、その時点で試合の趨勢が決まったかと思ったのだが、ファイターズがその裏すかさず4点を返して反撃した。これで面白くなるかと思った矢先の二回表、ホークスがまた3点を加える。派手な打ち合いとも言えるが、様々な意味で試合はすでに崩壊していた。先発投手はどちらも早々と退いていたし、どういうわけか今日は守備がまずい。両チームのショートが二つずつエラーを記録し、内藤いわく「スコアブックに記録されないエラー」も三つほどあったという。

「どうだい」三回の表、ホークスに公式に三つ目のエラーがついた後、私はにやにやしながら内藤に訊ねた。

「どうもこうも」内藤は窮屈そうに曲げた膝をさすりながら答えた。「ひどいねえ。俺、日本に来れば良かったんじゃないかな」

「日本ならやれる？」

「当たり前だ」内藤が勇樹の頭に手を置いた。「膝が駄目でもいけたんじゃないか。もっともあのころは、日本に来るなんてことは考えてもいなかったけどな。何も自分を貶《おとし》めることはないし」

「それはひどくないか？　今は日本人がどんどん大リーグに行ってる時代だぜ」

「それは上澄みの部分だけだろう」

もっともである。私は反論せず、欠伸を嚙み殺しながら試合に集中しようとした。しかし内藤は退屈さを隠そうともせず、露骨に伸びをする。「見えねえぞ」と後ろから文句を言われても気にする素振りもみせず、立ち上がって膝を曲げ伸ばした。

「ちょっと煙草吸ってくるわ。何か食い物は？」

「ポップコーン！」勇樹が目を輝かせて叫ぶ。あれはほとんど油の塊みたいなものだと言ってやろうとしたが、七歳の男の子にそんなことを言っても一言も理解できないだろうと思い直し、口を閉ざした。

「オーケイ、ポップコーンな。了、お前はどうする」

「球場の売店で売ってるものなんか食ったら、今までのトレイニングが無駄になる」

内藤の口の端が皮肉っぽく歪んだ。

「了解」

内藤が行ってしまうと、私は途端に途方に暮れた。勇樹と二人で取り残されてしまったのだ。何を話していいのかさっぱり分からなかったが、幸いなことに勇樹は退屈なゲイムに引きこまれており、私の存在を無視している。そうなると逆に、彼の注意を引きつけたくなった。

「ドームにはよく来るのか？」

「たまに」

「お母さんと一緒に?」

「ママは野球が好きじゃないんだ」残念そうに勇樹がつぶやく。「お婆ちゃんは好きなんだけど」

「君は野球は好きか?」

「うん」この回最後のアウトがなかなか取れずに四苦八苦するホークスのピッチャーに視線を据えたまま、勇樹が答える。急に思い出したように私の腕をつかんで振り向いた。「知ってる? 伯父《おじ》さんは野球の選手だったんだよ。もう少しで大リーグに入るところだったんだって」それが自分のことでもあるかのように、勇樹は目を輝かせた。

「知ってるよ。俺は伯父さんの試合をたくさん観たからね。ファンだったんだ」俺、で良かったのだろうか、教育上は僕と言うべきだったのではないだろうかと考えながら私は答えた。「すごかったんだぞ、伯父さんは。怪我しなければ、本当に大リーグに入ってたと思うよ」

「すごいよねー」勇樹が溜息をつく。さながら自分の夢の全てを内藤に託していて、それが報われなかったことを悔いるように。

「勇樹は野球はやらないのか?」

「四年生になったら学校のチームに入る。三年生まではやらせてもらえないんだ」

「そうなんだ」

「うん。でも、きっと上手くなるよ」

「そうだな。伯父さんの血を引いてるんだからな」

「血?」

「伯父さんは野球が上手かったんだから、君も上手くなるさ」

「そうだよね。上手くなるよね」

それで会話の材料は尽きた。学校の事でも聞けば話は続いたかもしれないが、無理に持たせることもないだろう。ありがたいことに勇樹は野球に夢中になっている。それにしても、七歳の子どもを相手にして、私は何を身構えているのだろう。

試合はだらだらと長引き、七回が終わったところで内藤が「もう帰ろうや」と言い出した。九時近くになり、勇樹もうとうとし始めている。同じように退屈した人たちが、だらだらとした足取りで長い階段を登り始めた。試合をしているのは選手なのに、客の方がよほど疲れているように見える。

「悪かったな、今日は」水道橋の駅に向かう道を、人波に揉まれて歩きながら内藤が謝った。勇樹は彼の背中ですでに寝息をたてている。

「いや、面白かったよ」

「嘘つけ」内藤がぴしゃりと決めつけた。「あんな試合、面白いわけないだろう。それに、あの外野席でトランペット吹いてる奴ら、あいつらは何なんだ？」

「あれが日本的な応援なんだよ」

「やっぱり日本で野球をやらなくてよかったよ」内藤がしみじみした口調で言った。

「あれが応援か？　あんなにうるさくされたら選手だって集中できないぜ」

「まあ、そうだな」私は言葉を切り、次の質問を捜した。結局、聞くべきことは一つしかない。

「優美さん、こんな大きな子どもがいたのか」

「ああ」勇樹をおぶい直してから内藤が言った。「別に変じゃないだろう。結婚してたんだからさ」

「そうだな」私はアスファルトを見下ろした。夜になって少し冷えこみ、Tシャツ一枚ではさすがに寒い。ライディングジャケットを肩に羽織った。内藤が声を低くして話し始めたが、ともすると私たちの周囲を埋め尽くした野球帰りの客のざわめきにかき消されてしまいそうだった。

「あいつ、大学にいる時に結婚したんだよ。それですぐにこいつが産まれてさ」

「ずいぶん早い」

「そうでもないよ。アメリカでは珍しくないぜ。その相手っていうのが、同じ大学に通ってた弁護士志望の奴でね」

「へえ」

「目標通り、弁護士にはなったんだ。ロスでも大きな事務所で働いて、可愛い子どもも生まれて順風満帆ってところだったんだが——」内藤が言葉を切る。話が佳境に入りつつあるのだということはすぐに分かった。「こいつがとんでもない奴でね。段々本性が出てきたのか、何かがきっかけで変わっちまったのか分からないけど、急に優美に暴力をふるうようになったんだ」

　突然、全てが一本の糸でつながった。夫の暴力、離婚、幼い子を抱えたまま、将来の見通しも立たずに両親の母国へ戻って来る——しかし、何か変だ。戻るべきだったのは、両親と兄がいるニューヨークだったのではないか。私は内藤の説明を待った。

「中国系の奴だったんだけど、段々暴力がエスカレートしてさ。何度も警察を呼んだんだけど、うまく解決できなかった。その男、最後は優美を刺したんだぜ」

「刺した？」

内藤が、苦いものを無理に飲み下すように渋面を作った。

「刺したって言っても腿だから、命に係わるようなことじゃない。でも、それで全てがぶち壊しになっちまったのさ。奴は逮捕されて、離婚も成立した。優美はたんまり金をせしめて自由になったってわけだ」

「そいつは今どうしてるんだ？　その、彼女の旦那は」

「ロスの闇は深い」意味ありげに言って、内藤が指を一本立てて見せた。「落ちても落ちても、その先にまだ落ちる場所がある。逮捕されて、そいつは職も信用も失った。女房にも子どもにも逃げられて金もむしり取られた。俺が最後に聞いた話じゃ、ホームレス同然の生活をしてるらしいよ。それで、時々自分のケツを売りながら何とか毎日をしのいでるそうだ。それで生きてるって言えるかどうかは分からんがね」

「優美さんはそれを知ってるのか」

「知らんだろう」勇樹に聞かれるのを恐れるように、内藤が声を低くした。「知る必要もない。俺はロス市警にいる知り合いから聞いたんだが、あいつの耳に入れても仕方ないしな。この件の教訓が何だか分かるか？　悪い奴は、法律が罰しなくてもいつかは痛い目に遭うってことだよ。ワルは静かにベッドの上で死ねないんだ」

「だけど彼女、どうして日本に来たんだ？　離婚して子どもを抱えて、最初は両親に頼るのが普通じゃないかな」

「ああ」内藤が目を細める。「両親とも死んだんだよ。交通事故でね。あいつがロスの大学に行くちょっと前だった」

「マジかよ」

「あれ、言わなかったっけ?」内藤が首を傾げる。「そうか、ちょうど俺が膝を怪我して落ちこんでる時だったからな。お前にも連絡し忘れてたんだ」

「そんな大事なこと、何で教えてくれなかったんだ」

「昔の話だよ。もういいじゃないか」柔らかい言い方だったが、内藤はそれ以上の質問を拒絶するように私から目を逸らした。


週明け、私と横山は名前も知らないネタ元がくれた名簿に名前が載っている関係者に次々と当たっていった。当然ながら、地区リーダーほど口が堅く、慎重になる。私はこの事件の複雑さをようやく理解できるようになった。勧誘されて金を払いながら、配当をもらえない人間は被害者になる。しかし、他の人間を勧誘すれば今度は立場が逆転して加害者になるのだ。

「この手の事件はここが難しいんだ」木曜日の夕方、聞きこみを終えて署に帰る車の中で横山がぽつりとつぶやいた。「一般的に、ねずみ講なんかの場合、末端の会員はあくまで被害者だ。だけど、こういうピラミッド状の組織ができあがっている場合、会員を加害者として立件したケースはないでもない」

「線引きが難しいですね」

横山の頭が小さく揺れた。

「一般会員はセーフだが、地区リーダーになるとボーダーラインだな。井川みたいに、勧誘して引き入れたのが二人だけなんて人間は見逃すしかないと思う。確実に立件できる相手を確定しなくちゃいけない」一旦言葉を切り、横山が煙草に火を点けた。狭い車内に煙が満ちる。私はこれ見よがしに窓を巻き下ろしてやったが、横山は気にする素振りも見せなかった。「そろそろ応援が必要だ。本部が入ってくるのはもう少し後でいいと思うが、とりあえず署内で人を都合してもらおう」

「そうですね」

「何か不満そうだな」

「いや」事件は急速に拡大しつつある。二人だけで何とかできるものではないと分かっていたが、他人に事件を奪われてしまうような気がしたのも事実だ。横山はそれを功名心と呼ぶかもしれないが。

署に戻ると、デスクの上にメモが置いてあった。携帯電話の番号と「太田」という名前が殴り書きされている。

「一時間ぐらい前に電話があった」隣の席の刑事が教えてくれた。「急いでる様子じゃなかったから、お前の携帯は鳴らさなかったけど」

心当たりのない名前だったが、誰であるかは何となく予想がついた。私は横山にメモを見せ、自分の推測を話した。

「あのタレコミ屋か」横山が不満気に鼻を鳴らす。「何で俺じゃなくてお前にかかってくるんだ」

「この前こいつが電話してきた時に、俺が名乗ったからでしょう」

「電話してみろ。俺はこの番号を調べてみるから」横山が手帳に電話番号を書きつけ、自分のデスクに座った。私は携帯電話を持って、空いている取り調べ室に入った。

電話はすぐにつながった。

「太田《おおた》さんですね」

「誰？」突き刺すように鋭い声だった。

「青山署の鳴沢です。一時間ぐらい前にお電話いただきましたね」

「ああ」太田の声から警戒感がわずかに薄れる。「あんたか」

「この前はどうも」非常に不自然な接触だったが、一応礼は言っておいた。今では、この太田という男が不必要なまでに用心していたのも理解できる。あのリストは間違いなく内部資料であり、太田がK社の関係者であることは間違いない。太田は身の安全を確保するために、可能な限り自分の正体は隠しておきたいのだろう。

「リストはどうだった」

「正確でしたね」私は慎重に言葉を選んだ。刺激してはいけない。不愉快な気分にさせてもいけない。「ただ、あれが全部じゃないでしょう。他にも同じようなリストをお持ちなんじゃないですか」

「全部は必要ないだろう」

「どうしてですか」

「何千人分も立件できるのかね」

リストを前に横山と交わした会話を思い出す。被害者は何人になるのか。被害総額はどこまで膨れ上がるのか。窓際に回り、ブラインドに指をかけた。夕陽が忍びこみ、取り調べ室の中を赤く染める。細い隙間から外を覗き見ると、青山通りの賑わいが目の前にあった。

「それは、やってみないと分かりません」

「この手の事件で、実際に裁判に引き出されるのはほんの一握りだ。それより、もっと大事なことがあるだろう」

「何ですか」

太田が舌打ちしたように聞こえた。このまま鈍いふりを続けようと私は決めた。

「分からないかね」

「教えて下さいよ」

「幹部の名前に決まってるじゃないか」

「ええ」

「会社のことをいくら調べても、表面上のことしか分からない。実際にあの会社を牛耳ってるのが誰か、それが分かれば話も早いんじゃないか」

「それはそうですね」会社の洗い出しも始めていたが、現状ではほとんど手つかずといった状態で、公式に入手できる資料以外は手元になかった。

「根が深い事件だよ、これは」

「でしょうね」

「あんたが考えてるようなことじゃない」苛々した口調で太田が言った。「これはある意味じゃ、この手の事件の集大成だ」

「集大成？」

「会社の実態が分かればあんたも納得するよ」

「そうですか」

「今夜、表に出てこない幹部の名前を教える。この前と同じ場所で、九時だ」

「今度はタクシーの運転手を使わないで下さいよ」

太田が沈黙する。まずいところを突いてしまったのだろうかと思ったが、ほどなく彼は低い声で私に告げた。

「それは、その時に考える」

電話が切れた。私は生活安全課の部屋に戻り、横山に会話の内容を告げた。

「九時だな」横山がシャツの袖をまくって腕時計を見る。

「電話番号の方はどうでした？」

「プリペイド式の携帯みたいだな。お約束だよ……鳴沢、太田の正体を突き止めないといかん」

「そうですね」

「脅す必要はないが、いつでもこっちから連絡を取れるようにしておきたい。大事なネタ元だ、一方通行はまずいだろう」

「分かってます。今夜会ったら何とか説得してみます」

「そうだな」横山が腕組みをして目をつぶった。眼鏡を外すと、掌で顔を乱暴に拭い、ほう、と一つ溜息をつく。「脅すなよ」

「脅す？」

「お前は、立ってるだけでも威圧感があるんだからさ。奴さんに会ったらせめて愛想笑いでも浮かべてみせろよ」

横山の注文は、私にはとうていできそうもないことだった。


妄想は――いや誇大化された過去の記憶は――突然襲ってくる。夢に見ることはない。しかし、ふと暇になった時間、いつの間にか忍びこんで私の心を満たし、それ一色に染め上げてしまうのだ。

私の目の前で自ら命の炎を吹き消した祖父。私が自分で奪った年上の友人の命。祖父はゆっくりと死んでいった。友人は、私の手から放たれた銃弾で一瞬にして命を失った。二つのシーンが順番に頭に浮かび上がり、次いで絡み合ってサイケデリックなシーンを新たに作り上げる。

「どうした、鳴沢」

「あ、いや」横山の声で私は現実に引き戻された。現実——沈黙が支配する青山墓地、かすかに汗の臭いが漂う覆面パトカー、手の中で潰れかけているマクドナルドのフィレオフィッシュ。タルタルソースがバンズからはみ出し、指を汚している。私は一瞬横山に恨みを抱いた。夕食をハンバーガーで済まそうと言い出したのは彼である。

「横山さんもマクドナルドで飯なんか食うんですか」

「娘が好きでね」

「へえ」彼に娘がいるとは知らなかった。それだけではなく、私はこの男のことをほとんど知らない。横山は照れる様子もなく、報告書を読み上げるように淡々と説明する。

「今小学校の二年生なんだが、ハンバーガーが大好きなんだ。休みの日の朝飯は、二人で必ず近所のマクドナルドに行く」

「そうなんですか」

「何か変かね」食べ終えたハンバーガーの包み紙をくしゃくしゃに丸め、横山が袋に押しこんだ。その袋を押し潰し、後部座席に放り捨てる。

「変じゃないけど、意外だな」

「そうか」もしかしたら横山は、私には想像もできない別の顔を持っているのかもしれない。家に帰れば年老いた母親の介護をしているとか、地元の少年サッカーチームでコーチをしているとか——いや、この男の私生活など、事件の捜査には何の関係もない。ゆっくりと頭を振って、私は湧きあがった想像を吹き消した。

　食べかけのフィレオフィッシュを袋に突っこみ、冷たいウーロン茶を飲み干してから私も袋を後部座席に放った。

「外に出てます」

「大人しくしてろよ。そうじゃなくてもお前は体がでかいんだから、相手をびびらせないようにな」

　冗談なのだと分かるまで、二秒ほどかかった。笑う代わりにしかめっ面をしてみせてから、私は車の外に出た。湿った重い風が頬を撫でて行く。空車のタクシーが続けて三台、法定速度を無視したスピードで走り抜けて行った。両手で頬を張り、欠伸を嚙み殺す。覆面パトカーを離れ、外苑西通りを北に向かってぶらぶらと歩き始めた。十メートルほど離れたところで立ち止まり、パトカーの方に向き直る。その瞬間、背中から声をかけられた。

「動かないで」

　確かに太田の声だったが、電話で聞いたのと違い、自信なさげで怯えてさえいるようであった。

「太田さん——」

「動かないで」太田が繰り返す。背後に人の気配が感じられた。

「顔を見られたくないんでね」

鏡でも持ってくれば良かった。これではタクシーの運転手からリストを渡された前回と状況は変わらない。横山は気づいているだろうか。暗い車内からこちらをうかがっているのは見えたが、太田の存在には気づいていないようだった。気づけば、何か行動を起こすはずである。

「資料は持ってきてくれたんですか」

「もちろん」

「だったら、それを渡して下さい」私は後ろ向きに手を伸ばしたが、太田はあっさりと無視した。ゆっくりと手を戻し、腕組みをしたまま太田の気配を感じ取ろうとした。だが、太田は少なくとも私から一メートルは離れているようで、吐息も動く気配も感じられなかった。

「資料はここに置いておく。一分したら、振り返って持っていってくれ」

「太田さん、こんな芝居がかったことをする必要はないんですよ」私は少しだけ彼を挑発することにした。「あなたに迷惑はかけません。協力してもらえるのはありがたいけど、せめて顔を見ながら話しましょうよ」

「あんたとゆっくり話している時間はない」太田の声が硬くなった。覆面パトカーからこの場所まで十メートル、その間に誰かを見かけただろうか。誰もいなかったはずだ。太田はどこに隠れていたのだろう。

「そんなこと言わずに、とりあえずお茶でも飲みませんか？　こう暑いと喉が渇きますからね」

「あんたの考えてることは分かっている」太田の声が、電話で聞いたのと同じように尊大で素っ気ないものになった。それに焦りや怒りが混じっている。「だけどこっちは、顔を見せるわけにはいかないんだ」

「あなた、木村商事インターナショナルの人でしょう」

ずばり切りこむと、太田が急に黙りこんだ。どこまで知ってるんだ？　俺のことを調べたのか？　そんな台詞が飛び出してくるのではないかと思ったが、彼は一瞬で落ち着きを取り戻したようだった。

「書類を置く」紙ががさという音が聞こえた。「一分したら拾ってくれ」

「そうしなかったら？」

「そうしなかったら――」太田が躊躇った。「あんたには二度と会わない」

あんたの仕返しはその程度のことかと思ったが、今の段階で太田との接点が途切れてしまうのは痛い。これ以上彼を刺激しないことにした。

「あなたに連絡したい時は、今日の電話の番号でいいんですか」

「なるべくこちらから連絡する」

「これからも会ってくれるつもりはあるんですね」

「一分だ」無機質な声で太田が繰り返した。「一分待ってくれ」

その言葉を最後に太田の気配が消える。私は秒針が一回りするまで腕時計を睨み続けた。風もなく、立っているだけで首筋がじっとりと濡れてくる。

一分十秒経ったところで振り向いた。こちらへ向かってジョギングしてくる初老の男性と目が合う。違う、この男ではないはずだ。足元を見ると、この前と同じような封筒がアスファルトの上に置いてあり、その上に石が載っていた。手袋をして封筒を取り上げ、ゆっくりと覆面パトカーに戻る。異変に気づいたのか、横山がドアを開けて歩道に降り立った。首を傾げ、眉をひそめて私に説明を求めている。太田を逃してしまった言い訳をどうしようかと考えながら、私は歩き続けた。パトカーの前まで来て封筒を振ってみせる。

「来たのか?」

「こいつを置いていきました」

「ここからは見えなかったぞ」

「小男なんでしょう。俺の陰に隠れてたんですよ」

「絶対に顔は見せないつもりだな」

「そのようですね」

封筒を差し出すと、横山が壊れ物でも扱うように慎重に受け取った。助手席に乗りこむとすぐに封を開けて中を改め、低い音で口笛を吹く。

「鳴沢、こいつは宝の山だ」

「どういうことですか」

横山が、運転席に座ったばかりの私の顔の前に紙をかざす。一ページだけで名前も少ない。この前もらった会員のリストのようなものではなさそうだった。

「お前は知らんだろうが、俺にとってはお馴染みの名前ばかりだよ」

「そうなんですか」

「詐欺師オールスターズ」なぜか嬉しそうに言って、横山が紙に目を落とす。「どいつもこいつも元気で嬉しいよ」

「どういうことですか」

「お前は、犯罪者は完全に更生できると思うか？」

「何言ってるんですか」

「俺は無理だと思うな。一度悪の味を知った人間は、絶対に抜け出せない。このリストに名前が載ってる人間はな」横山が拳を固めて紙を叩く。「昔、ねずみ講やペーパー商法で逮捕された奴らばかりだよ。しばらく大人しくしてたと思ったら、こんなことをやってやがったのか」

8

翌日の朝一番で横山が生活安全課長にかけあった結果、態勢は一気に強化された。やはり防犯畑が長かった課長の安東は、横山が「詐欺師オールスターズ」と呼んだリストを見てすぐに、事の重大性に気づいたようである。生活安全課の刑事の大半が投入されただけでなく、刑事課から池澤たちも応援に駆り出された。捜査本部の看板がかかったわけではないが、実質的には同じことだった。

十時過ぎ、招集された全員が会議室に集合した。横山がこれまでの捜査の経緯を説明する。

「……簡単に言えば、商品への出資を求めて金を集めていたようだ。問題は、実際に商品を扱っていたかどうかになる。何もない状態で金だけを集めたら詐欺での立件も視野に入れられる。それと、これは重要なことだが、昨日入手した資料で、会社の幹部にMIインターナショナルの飛田隆介《とびたりゅうすけ》、創資会の野沢光太郎《のざわこうたろう》、原幸直《はらゆきなお》がいることが分かった」

会議室を埋めた刑事たちの間から、ほう、という声が上がった。昨夜横山から説明を受けて、私もこの三人が何者であるかを知っていた。MIインターナショナルは金や宝石を使ったペーパー商法の会社で、十年ほど前に五千人近い会員から五十億円以上を集めて社会問題になった。飛田は副社長の肩書きでこの事件の中心にいた人物だが、三年の実刑判決を受けて服役、最近出所したという。創資会はバブル経済の時代、八〇年代半ばに摘発された戦後最大級のねずみ講のグループで、野沢も原も幹部として逮捕されていた。

悪の味を知った人間は絶対に抜け出せない。横山の台詞が耳に蘇る。

「我々にとってはお馴染みの面々だが、どうやらまた悪さをしているらしいな」横山の台詞には、皮肉がたっぷりまぶされていた。「とりあえず下準備は進めてきたから、ここからさらに手を広げていこう」

そこから安東が話を引き継ぎ、事情聴取の割り振りをした。横山は統括として全体の取りまとめをすることになり、私は池澤と組まされた。

「よろしくお願いしますよ、鳴沢さん」捜査会議が終わると、相変わらず馴れ馴れしい口調で池澤が話しかけてくる。私は手帳に目を落として彼の視線を避けた。

「ああ」

「面白そうな事件じゃないですか」

「こっちはただの駒だからね、面白いもクソもないよ」これから訪ねて行く人間の名前と住所を頭の中で反芻する。「じゃあ、行くか」

「行きましょうか、金の亡者どもの顔を拝みに」

気のきいた台詞のつもりかもしれないが、実情を知らない以上は単なる空回りである。鼻を鳴らしてやったが、池澤は私の苛立ちに気づく様子もなかった。この事件では被害者と加害者の間に厳密に線を引くのは難しい。それを理解せず、ひとからげに会員を「金の亡者」と見ていたら、事情聴取はうまくいくはずもない。こいつにはひたすらメモを取らせるだけにしようと決めた。

私たちが最初に会いに行ったのは、板橋にある建設会社で営業をしている男だった。別の会員から名前を割り出した男で、地区リーダーの一人である。横山言うところの

「ボーダーライン」上の人間だ。私たちが連絡を入れた時は最初驚き、次に「会いたい」という申し出を何とか断ろうとあれこれ言葉をこねくり回していたが、少し強い言葉で「申し出」を「要請」に格上げすると、結局は折れた。もう柔らかく説得しているような状況ではなくなっている。

「しかし、どうなんですかね。実際に幹部までたどり着くのは大変なんじゃないですか。会社の人間だけじゃなくて、会員も逮捕しないといけないだろうし」地下鉄を乗り継いで行く間、池澤がしきりに私に質問を投げかけた。途中から捜査に投入された場合、流れに追いつくために少しでも多くの情報を仕入れたがるのは刑事の本能だが、この男はあまりにもしつこ過ぎるし、喋り方が露骨だ。

「電車の中で余計なことを喋るなよ」私は声を落として忠告した。「人に聞かれたらまずい話なんだぞ」

「ああ、そうっすね」そう答えたものの、池澤は人の忠告を端から無視していた。「だけど儲かるものなんですね。だからこういう事件は跡を絶たないんでしょう」

「俺は知らんよ」私は素っ気なく顔をそむけた。地下鉄の中はがらがらで誰かに話を聞かれる心配はないが、池澤の無神経さが癇に障る。

「そうか、鳴沢さんも生活安全課はここが初めてですもんね」

「そうだ」

「多摩署でも刑事課だったんでしょう」

「ああ」

「それにしても、多摩の事件は大変でしたね。どんな感じなんですか」気にする様子もなく、池澤が身を乗り出す。「人を撃つのって、やっぱりびびりますか」

「大したことはない」

「本当に？」池澤が大袈裟に眉をひそめる。「そんなものですか」

「ああ」

「俺だったら、警察を辞めちゃうかもしれないですね」池澤がわざとらしい深刻な声で言う。私は、この男の首を絞め上げてやりたいという強い衝動と必死に戦った。

「でも、撃たなければ殺されてたんでしょう？」

「そうだな」実際、相手の放った弾丸は私の耳の上をかすっていったのだ。死を逃れることができたのは、ほんの数センチの差でしかない。

「まったく怖いですよね。最近の日本はどうなっちまったんだか」

「いい加減黙れよ。それは警察にも責任があるんだぜ」

痛いところを突かれたと思ったのか、池澤が腕組みをして黙りこんだ。

それ以上この話題が続くこともなく、地下鉄は目的地の蓮根《はすね》駅に着いた。腰を上げて足早に歩き出すと、池澤が慌てる様子もなく後に付いてくる。駅を出て、志村坂下の交差点を目指して高島通りを歩き出した。約束の場所につくまで、池澤は一度も私の横に並ぼうとしなかった。もしかしたらこいつの目的は、私を監視することなのかもしれない。あるいは怒らせ、一線を越えさせて私の経歴にバツ印をつけることか。誰かが私の警察官としてのキャリアに終止符を打とうとして、池澤を手先に使っているのかもしれない。

まさか。それに、警察官を辞めさせられても、それが何だというのだ。人生まで終わるわけではない。

ないはずだ。

約束の喫茶店は、高島通りを百メートルほど歩いたところにあった。古いマンションの一階にある昔ながらの喫茶店で、外から覗き見た限りでは客の姿は見えなかった。

「来てますかね」地下鉄を降りてから初めて池澤が口を開く。

「とりあえず入ろう」

これから会う相手、坂田加州雄《さかたかずお》は、この近くにある小さな建設会社に勤めている。外で会うなら三十分ほど時間が取れると指定してきたのが、この喫茶店だった。

やたら明るく軽い雰囲気のカフェに押されて、この種の喫茶店は東京では絶滅寸前である。私は新潟に住んでいる時、祖父に連れられてよく行った喫茶店を思い出した。黒光りするカウンター、立ちこめる濃いコーヒーの香り、抑えた音量で流れるクラシック音楽。私にとって喫茶店とはそういうものであり、この店に入った途端に、時の流れが巻き戻されたような気分になった。

ドアを開け、店内を見回す。巨大なゴムの鉢植えの陰になった席に、男が座っていた。どれだけ早く灰にできるかを誰かと競うように煙草をふかし、合間に音をたててアイスコーヒーを啜っている。お絞りで額を拭った後、私たちに気づいて顎の辺りを強張らせた。どうも私は、どこから誰が見ても刑事にしか見えないらしい。四人がけのテーブルで、私と池澤は彼の向かいに座った。

「坂田さんですね」池澤に喋らせないように、私は先に口を開いた。坂田がうなずいたが、ひりひりするような緊張感はいつの間にか消えている。池澤が手帳を広げるわずかな間に、坂田を観察した。小柄な男で、髪を短く刈りこんでいた。顔に刻まれた皺が、四十四歳という実年齢よりも幾分年上であるような印象を与える。グレイのスーツは安物のようで、汗を吸って少しばかりくたびれていた。青い縞模様のワイシャツの第一ボタンを外し、ネクタイをだらしなく緩めている。

「お聞きしたいのは木村商事インターナショナルの件です」私が一気に本題に切りこむと、坂田がぴくりと肩を震わせた。ワイシャツのポケットから煙草を取り出し、こちらを自分のペースに引きこもうとするようにゆっくりと火を点ける。

「木村商事インターナショナル」案外甲高い声で坂田が繰り返す。「それが何か」

「あなた、そこの会員ですね」

「ああ、そうですよ」気軽な口調で認めて、坂田が煙草の灰を叩き落す。「あそこがどうかしたんですか」

どうもおかしい。電話であれだけ会うのを渋っていたのだから、もう少し警戒するのが普通だろう。私は慎重に話を進めた。

「あなたもK社と契約したんですよね。モノは何だったんですか？　金《きん》ですか、それとも健康食品ですか」

「金ですけど、それが何か」

「配当金はもらいましたか」

「ええ、ちゃんとね」坂田が眉根を寄せた。「何か問題でも？」

「出資金は出したままで、配当も受けていないと言っている人たちがいましてね」

「そりゃあ、仕方ないじゃないですか」坂田が開き直ったように脚を組み、煙草を吹かす。「こいつはギャンブルみたいなものなんだから、損することもあれば得することもある。金を出した人は、そんなことは分かってるはずですよ」

「損してる人の方が多いようですよ」

「そうかなあ」聞いてもいないのに、坂田が急にべらべらと喋り出した。「私は五百万出してます。最初の配当で五十万戻ってきた。商売で一割の儲けなんて簡単に出るもんじゃないんですよ。だから、これから出資金を増やそうかと思ってるぐらいです」

「なけなしの金をはたいた人も少なくないんですよ。老後の生活資金を増やそうと思って、タンス貯金を吐き出した人もいる」

坂田が肩をすくめ、あんたは何も分かっちゃいないな、といった表情を浮かべる。

「そもそもそういう人は、こういうことに手を出しちゃいけないんですよ。リスクがあるのは当然でしょう。リスクもなしで金儲けなんて甘い話があるわけがない」

「しかし、そういう人を勧誘しているから会員が増えるわけでしょう。あなたも十人ほど引っ張りこんでいますよね」

「引っ張りこむって……」坂田が苦笑する。「それじゃまるで、犯罪じゃないですか」

犯罪なのだということを彼の頭に染みこませるためにしばらく沈黙を貫いていると、坂田の顔が次第に曇り出した。池澤がすかさず口を挟む。

「絶対に儲かるとか保証したんじゃないでしょうね」

「いや」坂田が口を引き結ぶ。やがて意を決したように話し始めた。「俺はそんなことは言わなかった。上手い儲け話があるんだけど乗らないかって誘っただけでね。絶対にとか、必ずとか、そんなことは一言も言っていない」

　それが全ての免罪符になるとでもいうように、坂田が自信たっぷりの表情を浮かべて腕組みをする。おそらく勧誘マニュアルにも、そういうことはひときわ大きな字で書いてあるに違いない。「絶対」とか「必ず」という保証は与えないこと。

「あなたが勧誘した人たちの名前を教えて下さい」実際はこの男については何も分かっていない。坂田に勧誘されたという被害者の一人が、彼が「十人ほど出資者を集めた」と言っていたのを思い出しただけである。私が手帳を広げると、坂田が急に落ち着きなく視線を彷徨わせ始めた。

「何でそんなこと聞くんですか」

「その人たちにも事情を聴きたいんです。あなたの言っていることが間違いないかどうか、確かめないと」

「やめて下さいよ」坂田が慌てて顔の前で手を振る。「警察が動いてるなんてことが分かったら、こっちの信用はぶち壊しだ。会社にばれるとどうなるか分からないし」

「実際に生活をぶち壊されてる人もいるんですよ。信用もクソもないでしょう」私が畳みかけると、坂田は諦めたように溜息をついた。鞄から手帳を取り出し、何人かの名前と連絡先を告げる。

「最初に勧誘しただけで、その後はK社の関係ではこの人たちとの接点はないですからね。私は何も悪いことはしてないですよ。聞いてもらえば分かります」

坂田の弁明について、私は論評を差し控えた。少し思い知らせてやろうと思い「いつでも連絡を取れるようにしておいて下さい。東京から出ないように」と釘を刺す。だが、喋ったことで自分の責任はなくなったとでも思ったのか、坂田がまた調子に乗って話し始めた。

「だいたいね、一発大穴を当てて金儲けしようなんてのは、それこそ素人の考えなんですよ」

「あなたはずいぶん慣れてるようですね」皮肉をぶつけてやったが、坂田は表情一つ変えずに煙草を吹かすだけだった。

「バブルのころは結構儲けさせてもらったからね。あのころはいろいろな投資話があったから。特に株の関係は詳しくなりましたよ」坂田が口を開けて笑うと、煙草のヤニで黄色くなった歯が覗いた。「ただし、俺は無理しない。あっちで十万、こっちで二十万てな具合でね。投資は無理しないことが大事なんです。それでもこつこつやっていけば、長い間にはそれなりの金になる」

「そうやって溜めた金を、K社に突っこんだんですか」

坂田がぐいと身を乗り出す。

「男には勝負しなくちゃいけない時もあるんですよ。不況で金が動いてない時こそ、思い切ったことをしなくちゃ。刑事さんもどうですか？　あの会社、なかなか儲けさせてくれますよ」

私は彼の顔の前で手帳を閉じ、冷たく睨みつけながら警告した。

「実際にそういう勧誘の仕方をしていたとなると、今度は取り調べ室でお会いすることになるかもしれませんね」

頭から水をかけられたように坂田の顔が蒼褪めた。

「えらく強引でしたね」帰りの地下鉄の中で池澤が切り出した。

「そうか？」

「殺しの捜査だったらあれでいいかもしれないけど、今回は違うでしょう。相手をびびらせたらまずいでしょう」

「連中を金の亡者呼ばわりしたのはお前じゃないか」

そんなことは忘れたとでも言いたげに、池澤が肩をすくめる。横目で睨みつけてやったが動じる気配もない。

次の事情聴取のために、私たちはそのまま地下鉄に乗った。板橋本町で降りて地上に出ると、思わず顔をしかめるほどの強烈な排気ガスの臭いが襲いかかってくる。中山道と環七の交差点、東京で一番空気が汚いと言われる場所だ。

目指す相手の家は、川越街道から一本裏道に入った古い住宅街の中にある床屋だった。何度か道に迷った末に「古谷理髪店」の看板を見つけ、店内に客がいないのを確認してから入る。主人の古谷《ふるや》智《さとる》が硬い笑顔で迎えてくれた。予《あらかじ》め訪問は知らせてあったのだが、それが分かっていてもリラックスできるものではないだろう。

古谷は店の奥にある小部屋に私たちを案内した。休憩室兼倉庫として使っているようで、椅子が二脚、それに小型のレンジ台の上に十四型のテレビが置いてある。テレビの横にはポットと急須、それに湯呑みが三つ。古谷がテレビを消し、立ったまま私たちに深々と頭を下げた。すっかり銀色になった髪を七三に分け、分け目からはピンク色の地肌が覗いている。顔は艶々《つやつや》と若々しいが、染みが浮き出た手の甲が、六十五歳という年齢を感じさせた。

「どうもご苦労様です」丁寧に頭を下げて古谷が椅子を勧める。私はそれを断った。

「先にお座り下さい」

「いや、それじゃ……」

「古谷さん、落ち着いて話をしましょう」私が言うと、彼もようやく納得して椅子に腰かけ、背筋を伸ばした。それを見届けてから、私も椅子を引いて座る。

「どうもすいません」古谷がいきなり頭を下げる。声は頼りなく、膝の上に置いた手は小刻みに震えていた。

「頭を上げて下さい」リラックスさせようと、私は努めて軽い調子で言った。「これは別に取り調べでも何でもないんです。ちょっと事情を伺いたいだけですから」

「私はとんでもないことをしてしまったんじゃないでしょうか」

「とんでもないことって、どんなことですか？」

「あの会社ですよ」吐き捨てるように言い、古谷が拳を固める。「木村商事インターナショナル。私はあいつらに騙されたんだ。違いますか」

「そうですね」私は相槌を打って、とんでもないこととは何なのだと逆に聞き返した。

居心地悪そうに、古谷が膝に置いた手を握っては開く。

「結果的に私も人を騙したことになるんですよね」

古谷がぽつぽつと話し始めた。同業者の組合で知り合った昔馴染みの人間から誘われて出資者となったこと、百万円を出資して一月《ひとつき》後には十万円が配当されたので、これはいい小遣い稼ぎだと思い、近所の人間を三人勧誘したこと。しかしその後配当はなく、出資金の返還を求めてもK社はのらりくらりと返答を引き伸ばした。慌てた古谷は、せめて自分が勧誘した三人には金を返すようにK社にかけ合ったが、複雑な契約書を突きつけられてそれはできないと拒否されたという。どうやら契約書には、虫眼鏡を使わないと読めないような細かい文字で、出資金は最低でも六か月は返還しないという条項が入っていたらしい。

私は眉を吊り上げ、立ったままの池澤に目線で合図を送る。彼がすばやくうなずいた。これは詐欺を構成する一項になる可能性がある。古谷を緊張させないよう、私は事務的な口調で言った。

「後で契約書を見せてもらえますか。参考にしたいんです」

「ええ、もちろん」

「古谷さんの出資金はどうしたんですか」

「返してもらってません。六か月経っていないの一点張りでね」

「配当を除いた出資金の分が損害額になりますね」

「いや、それが」血色のいい古谷の顔が曇った。目線を下に落としたまま、爪をいじり出す。「私が紹介した三人とぎくしゃくしちまいましてね。仕方ないから、私が三人に出資金の分を返したんですよ」

「K社の代わりに、ということですね」

「だって、仕方ないでしょう」古谷が初めて憤りを見せた。「あの会社はインチキですよ。配当どころか、何だかんだ言って出資金も返さないつもりなんでしょう。こっちは友だちの信用をなくしたんですよ。せめて金でも返さないと、誠意を見せられないじゃないですか。この年で、金の問題でこんなに悩むことになるとは思わなかったけど」

「持ち出しになったんじゃないですか」

私の指摘に、古谷が力なくうなずく。急に年を取り、喋る気力も失ってしまったようだった。たっぷり一分ほども自分の手を見下ろしていたが、ようやくかすれた声で話を再開する。

「二百万ほどね」

「それは大金だ」

相槌を打つと、古谷がすがるような目つきで私を見た。機械仕掛けのようにぎくしゃくとうなずいてから、ゆっくりと唾を呑みこむ。池澤が無言で急須を手に取り、お茶の用意を始めた。古谷と私にそれぞれ湯呑みを手渡し、自分は手ぶらでドアの近くに陣取る。

「暑い時は熱いお茶がいいんじゃないですかね」池澤が勧めると、古谷はうなずいて音をたてながら茶を啜った。ああ、と声を漏らして湯呑みを両手で包みこむ。

「最低でも百万ぐらいは出資しないと、配当金も小さいんですよ。だから三人とも百万ずつ金を出して……」

「その金が戻ってこないから、あなたが補塡《ほてん》したわけですね」

私が確認すると、古谷が力なくうなだれる。

「金は返したけど、それだけで人間関係が元に戻るものじゃないですよね。今でも気まずいままなんですよ。女房も怒って口もきいてくれなくなるし。まったく、ひどい目に遭いました」

「でも古谷さんは、ぬかるみにはまる前に抜け出したわけですから」

「いや……」こちらの目を避けるように古谷が床を見る。

「何か問題でも？」

私が訊ねる声に、店のドアが開く音が被さった。古谷がびくりと体を震わせ、店に飛び出して行く。

「やあ、古谷さん、どうも」横柄な声が休憩室にまで聞こえてきた。「それでどうなんですか。そろそろ返してもらわないと、金利がどんどん膨れ上がりますよ」

「店に来られたら困ります」古谷が力なく抵抗したが、相手はまったく意に介さない様子だった。

「だって古谷さん、他に行く場所なんかないでしょう。ここしかないんでしょう？　この店を取り上げられたら困りますよね」

「それは……」

「こっちも困るんだよなあ。あんた、何歳なの？　この年で家がなくなって商売ができなくなったらどうするつもりなんですか。惨めだよねえ。さっさと金を返せば、そんな辛い目に遭うこともないでしょうが。こっちは無理言ってるわけじゃない。契約通りに金を返してもらいたいだけなんですよ」

　古谷がかすれ声で反論する。

「そんなこと言っても、無茶苦茶な利子じゃないですか。百万借りただけで翌週には利子が十五万って、どういう計算なんですか」

「そういうことになってるの。契約は契約でしょうが。あんたも分かって借りたんでしょう」相手の男の声が次第に乱暴になってきた。「あんたも、家族に迷惑がかかったら困るでしょう？　ねえ、払うものは払った方がいいですよ。払えないいって言うんだったら、他から借りて返せばいい。こっちはそれでも一向に構わないんだから」

私は無意識のうちに立ち上がり、店に出て行った。訪ねて来た男は一人。半袖のシャツにネクタイをきちんと締めた若い男だったが、目つきがどこか虚ろだ。左手を拳に固め、脅すように客用の椅子の背をがんがん叩く。私に気づくと、その手の動きを止めて睨みつけた——訂正だ。誰が見ても私は刑事にしか見えないと思っていたが、中には鈍い人間もいる。

「それぐらいにしておけよ」

「何だい、あんた」

「警察だ」

男が濁った目をはっと見開く。愛想笑いを浮かべようとしたのか、口の端に皺が寄った。

「古谷さん、困りますねえ」急に柔らかい声になって話しかける。「警察に相談するような話じゃないでしょう」

「署に来てもらおうか」私は一歩を踏み出した。若い男が後ずさりする。「あんたのやってることは脅迫だよ。金利がどうこう言うよりも、その件で話を聞こうか」

せいぜい突っ張って見せようというつもりか、男が首を振って足早に店を出ようとした。私は追い打ちをかけた。

「あんたの名前も会社の名前も分かってる。あんまり乱暴なことをすると、あんただけの責任じゃ済まなくなるぞ。上に迷惑をかけたら、逮捕されるより辛いことになるんじゃないか」

男が口の中で何かぶつぶつとつぶやき、店を出て行った。追いかけて絞り上げてやっても良かったが、古谷ががっくりと床に膝をついて崩れ落ちそうになったので、そちらを助けるのが先決だった。

「大丈夫ですか、古谷さん」

古谷の喉仏が大きく上下した。目が潤んでいる。

「今の若い男、ヤミ金融の人間でしょう？　そんなものにまで手を出してたんですか」

「仕方なかったんですよ。友だちに金を返さなくちゃいけなかったし。私の自由になる金なんて、たかが知れてますからね」

「この件、私はどうにもできませんけど、所轄署か弁護士にでも相談してみたらどうですか。あの連中、どこかで切り離さないと骨までしゃぶりますよ」

「すいません、すいません」古谷が涙声で何度も頭を下げる。「ご迷惑ばかりおかけして」

古谷はどれだけ頭を下げたのだろう。長年この街で地道に商売をしてきた人間の人生が崩れかけている。急がないと、彼は足場を失い、砂に埋もれて窒息してしまう。

駅前に戻り、私と池澤は蕎麦屋に入って遅い昼食を取った。池澤はカレー南蛮、私はとろろ蕎麦。池澤が一口蕎麦をすすって、途端に額に汗を浮かべる。

「この暑いのに、よくそんなものが食えるな」

「さっき、暑い時には熱いものがいいって言ったでしょう。辛いものと熱いものが、俺にとって夏のスタミナ源なんですよ」

「あんまり汗臭いと会う人に嫌われるぜ」

池澤が肩をすくめる。

「もう十分汗をかいてるじゃないですか。今さら格好つけたって手遅れですよ」

私はするすると喉越しの良い蕎麦を手繰《たぐ》りながら、こういう食事もどうなのだろうと考えた。青山署に異動して、ジョギングの代わりにジム通いを始めるようになってから、以前よりも食事のことを気にするようになった。本当は蕎麦など食べている場合ではない。たんぱく質だ。私には良質なたんぱく質が必要である。

「古谷さんみたいに、ヤミ金融に手を出した人もけっこう多いんじゃないですかね」蕎麦を食べ終えると、池澤が深刻な表情で言った。

「そうかもしれない」

「踏み倒しちまえばいいのに」

「そうもいかんだろう」

「何だか、ああいう連中を見てると虫唾《むしず》が走るんですよ。さっきの男、引っ張って少し痛めつけてやれば良かったですね」

「あいつは百匹いるゴキブリの一匹なんだよ。あいつだけ逮捕しても何にもならないだろう」

憂鬱な会話を打ち切るように、私の携帯電話が鳴り出した。通話ボタンを押しながら店の外に出る。

「鳴沢」

「横山さん」横山の声は、背筋を凍らせるような冷たさだった。「どうしました」

「今どこにいる」

「板橋です。二人目の事情聴取が終わったところです」

「悪いが、すぐに現場に行ってくれ」

「現場?」

「自殺だ。大沢利二《おおさわとしじ》が自殺した」
頭の中の引き出しをひっくり返す必要はなかった。大沢利二。あの日、署に押しかけてきた老人の一人である。小柄で丸顔の、人の良さそうな男だった。目の前が急に暗くなり、夏の昼下がりに冷たい風が吹き渡るように感じた。

大沢利二は、世田谷と渋谷の境に妻と二人で住んでいた。古びた賃貸アパートで、私と横山が事情聴取に訪れた時、妻が恥ずかしそうに畳の擦り切れたところに座布団を置いたのを覚えている。地下鉄を降りると、私はぎりぎりと歯を嚙み締めながら現場へ急いだ。強い陽射しが頭を焼くのに、汗も出ない。さすがに池澤も黙りこくっていた。

アパートの前にはパトカーが二台、それに救急車が停まっており、赤色灯が夕闇の迫り始めた街を毒々しく染めていた。私たちが到着するのが合図になっていたかのように、救急車の赤色灯が消える。

救急車の用件は終わったのだ。

「鳴沢」呼ばれて顔を上げると、二階にある大沢の部屋のドアが開き、そこから顔を出した横山が小さく手招きしている。私は手すりにすがるようにして外階段を登り、部屋の前で横山と落ち合った。池澤も黙って後についている。横山が顎を固く引き締め、小さくうなずいた。

「首を吊った」端的な説明を聞いた途端、私の胃は縮み上がった。靴を脱いで狭い家に入ると、中では鑑識の連中が作業をしていた。邪魔にならないように体を横にしてすり抜け、自殺現場だという六畳の畳部屋に入る。死の名残を感じさせるものは、窓際の畳にできた小便の黒い染みだけだった。

「カーテンレールに紐を引っかけたんだ」横山が窓に向けて顎をしゃくる。見ると、細いカーテンレールは大きく歪んでいた。もう少し暴れていればレールが外れ、死に至らなかったはずである。乾ききった唇を舐め、私は部屋の様子を頭に叩きこんだ。そう、まさにこの部屋で大沢から話を聴いたのだった。妻の治子《はるこ》がお茶を入れてくれたが、恐縮しきって何度も頭を下げたのは彼女の方だった。まったく、この年になって恥ずかしい、世間様に顔向けできません、と。

大沢は長年勤めた鉄工所を退職し、老後のちょっとした財テクとしてK社の出資話に乗った。出資額は二百万円。他の出資者に比べれば少ないようだが、大事な貯金を取り崩した金だった。最初は配当があった。その後で新しい商品を紹介されてさらに出資額を増やしたのだが、そのうち配当がぱったりと途絶えた。怪しんで出資金を返すようK

社に要求したが断られ、慌てて警察に駆けこんで来た次第である。

「何でこんなことに……」私はやっと質問を吐き出した。横山が部屋の中を一瞥してから答える。

「借金してたらしいんだ」

「借金？」

「例の出資金の増額の話でさ。その金を捻出するのに、ヤミ金融に手を出したらしい。あっという間に多重債務になって、押し貸しもされてたみたいだな」

押し貸し——知らない間に自分の銀行口座に金が振りこまれ、返済を要求される。一度多重債務者の名簿に名前が載れば、それはさらなる負債の坂を転がり始めることを意味する。弱みを抱えた人間から金をむしり取る方法は、星の数ほどあるのだ。

だが、逃げ出す方法は幾らでもあったはずである。弁護士でも警察でもいい、どこかに駆けこめば良かったのだ。世間体を気にしていたのかもしれないが、K社の件で警察に相談できたのだから、借金も何とかできたのではないだろうか。

せめて一言相談してくれれば。事件の捜査とは別に何とかすることができたかもしれないのに。

「遺体はどうしました」声がかすれるのを意識しながら私は訊ねた。

「救急車だ。奥さんがつき添ってる」

「行きますか」

「そうだな」横山が力なくうなずく。行ってどうなるものでもない。しかし行かなければ、私はまた一つ、心に重荷を抱えこむことになるだろう。


遺体安置所で対面した大沢の遺体は、生きている時よりもずっと小さく見えた。その後で妻の治子に面会する。相変わらず恐縮しきった様子だったが、時折集中力が途切れ、こちらが話している時も私ではなく背後の壁をぼんやりと見つめていた。そして急に思い出したように頭を下げ、「申し訳ありません」を繰り返すのだった。

何度目かとなる同じ台詞を聞いた後、私は治子に告げた。

「あなたが申し訳ないなんて言う必要はないんです」申し訳ないのはこっちだと私が言う前に、治子がぽつりとつぶやいた。

「仕方ないですね」落ち着いた態度を見せることで、治子はショックと悲しみを封じこめようとしているようだった。実際には、私と会う前に涙を流しつくしてしまったのだろう。無表情なのは疲れきってしまったからに違いない。

「地下鉄で」急に治子が説明を始めた。「声をかけられたんです。三日ほど前に」

「誰にですか」横山が鋭い声で訊ねる。

「主人が金を借りた会社の人だと思うんですけど、向かいのホームから声をかけてきたんです。『美和子《みわこ》さんは元気か』って」

「美和子さんって、仙台の大学に行ってる娘さんのことですね」いったい何のことかと訝りながら私は訊ねた。二人には娘が三人いて、上の二人はもう嫁いでいるが、遅くに生まれた末っ子の美和子はまだ大学生だ。

「それを聞いて主人の顔が真っ青になったんです。向こうはそれに追い打ちをかけるみたいに『金は早く払わなくちゃ駄目だよ』って、からかうみたいな口調で続けて。それで主人はまた慌てて金策に走ったんです。ひどいですね、ヤミ金融って。すごく簡単に貸してくれるんだけど、一週間か十日するとすぐに取り立てが始まって。利子が膨れ上がって、それを払うこともできなくなったんです。それでまた別の業者から金を借りて……」

私は乾いた唇を舐めた。横山は凍りついたようにその場に立ち尽くしている。治子がぽつりと言った。

「もっと早く何とかしてもらえれば」

責めるような口調ではなかった。なかったが故に、彼女の言葉は私の胸に突き刺さる。

私はどこかのんびり構えていたのかもしれない。何も人が死んだわけではない、急がなくても事件は逃げはしないのだ、と。しかし実際には、この事件は多くの関係者の心に影を落とし、追いこんでいたに違いない。

廊下をとぼとぼ歩き始めた治子の背中を見送りながら、私は拳を握り締めた。突然夫の命を奪われた治子の悲しみが、じわじわと私に伝染してくるようだった。これから彼女は、どうやって生きていくのだろう。

これは殺人なのだ、と私は気づいた。自殺という形で人を死に追いこみ、そこまでいかなくても生活を破壊された人もいる。K社の事件は、単なる経済事件ではない。背後で誰が糸を引き、積み上げた金の上で胡坐をかいているのか、何としても見届けてやる。

第二部　発火

1

土曜日の昼過ぎ、私は初めてK社の本社を訪れた。と言っても捜索令状を振りかざして正面玄関から乗りこんだわけではなく、外から観察しているだけである。非番を潰して出てきたのだ。相手に悟られないように覆面パトカーは使わないことにしたのだが、代わりに横山が用意してきたのは彼のマイカー、いすゞの117クーぺだった。

横山という人間がますます分からなくなった。今時こんな車に乗っているのはどんな人間なのだろう。この車は、私が十代のころにはまだかなりの台数が現役で走っていたが、最近ではほとんど見かけない。横山が署の駐車場にこの車を乗り入れてきた時、言葉を失ったものだ。覆面パトカーで張りこみをすれば、相手にこちらの存在を悟られてしまうかもしれないが、逆の意味でこの車は目立ち過ぎる。前方へ向かって緩やかに落ちこむようなボンネット、うねるようにトランクへ続くサイドのラインは、地味な中古車というよりも、ちょっと目を引くクラシックカーの趣である。

横山がイグニションキーを捻ると、エンジンが咳きこむような音を立てて止まる。私は狭いシートの中で何とか体を落ち着けようと、腰をもぞもぞ動かした。着座位置が低いせいでどうにも落ち着かないが、ようやく何とか折り合いをつけることができた。

「座りにくいだろう」淡々とした声で横山が訊ねる。

「ええ」私は素直に認めた。

「車のシートの人間工学がどうのこうのと言われる前の時代の車だからな」

「横山さん、これ何年乗ってるんですか」

「十五年。大学を出てからずっとだ」

私は思わず目をむいた。

「新車で買ったんですか」

「まさか」硬い声で横山が否定する。「もともとオヤジの車でね」

「譲り受けたんですね」

「そういうこと」

「それにしても、よくもってますね」この車はたぶん、二十年ぐらい前に生産が終了しているはずだ。部品の供給も途絶えているのではないだろうか。

「別に荒っぽい乗り方をしてるわけじゃないからな。まだ七万キロしか走ってないし。日本車は頑丈だから、時々オイルを替えてやれば、放っておいても十万キロはもつようになってるんだよ」

「ずっと乗るつもりですか」

「買い換える理由がない」

「子どもさんはミニヴァンか何かの方が喜ぶでしょう」

「関係ない」横山が首を振る。「車の中に住むわけじゃないから」

私は首を振って窓を巻き下ろした。今日も残暑が厳しい。エンジンを止めているので、車内の温度はたちまち上昇し始めた。それにしても横山は何を考えているのだろう。ふつう十五年以上も同じ車に乗り続けるのは、よほどその車に愛着があるか、車のレストアが趣味という人ぐらいではないだろうか。手放す理由がないというだけでこの車に乗り続けている横山という人間は、私の理解が及ぶ存在ではない。

横山が煙草をくわえ、ハンドルを両手で抱えこむ。火はつけず、視線を左斜め前、K社の入ったビルに注いでいる。私もそちらに目を向けた。

ビルは八階建てで、六階から上が斜めに切り取られたようなデザインになっている。全面ガラス張りなのだが、中の様子はうかがえなかった。看板によると――K社の名前はないのだが――合わせて四つの会社が入っている。一階は「ハワイ風」を謳うサンドウィッチショップだが、土曜のせいかほとんど客はいない。それを言えば、麻布税務署の近くのこの辺りでは、通行人もほとんど見かけなかった。

「幹部の顔を見ておきたいんだ」横山がぽつりと言った。

「幹部って、飛田とか野沢ですよね。横山さんも見てないんですか」

「直接会ったことはない」それが大変な屈辱であるかのように横山が煙草のフィルターを強く噛む。「もちろん写真は見てるが、ずいぶん昔のものだからな。顔も変わってるだろうし、まずは自分の目で確認しないと」

「そうですね」私は座りにくいシートの上でできるだけ楽な姿勢を取ろうと努めた。

「それと、社員を捕まえたい」

「逮捕ですか」

「まさか。まだ早過ぎる。情報提供者を確保したいんだよ。太田の情報は信頼できるけど、いつでも接触できるわけじゃないからな。筋は何本あってもいい」彼の言う通りだ。私は何度も太田の携帯電話に連絡しているのだが、一度も捕まえることができずにいた。

「太田の正体を割り出せればいいんでしょうが」

「どうだろう」ハンドルに顎を乗せ、横山が細い溜息をついた。「あいつは俺たちに顔を見せるつもりはないだろう。情報は流すけど、それ以上は係わり合いになりたくないとでも思ってるんじゃないか」

「逮捕して初めてご対面ってことになるかもしれませんね」

「できればそういうことは避けたいな」横山がぼそりとつぶやいたが、私はその言葉の意味をとらえかねた。太田を逮捕したくないということなのか。情報提供者に対して何らかの便宜を図ろうというつもりかもしれない。私は何となく「癒着」や「馴れ合い」という言葉を思い浮かべた。

「今日は、他の会社は全部休みみたいだな。あのビルに出入りしているのは、K社の人間だけだろう」

「出てきたら尾行でもしてみますか」

「状況によってはな」

五分ほど沈黙の時間が過ぎた後、ビルの入り口から若い男が二人、連れ立って出てきた。二人ともワイシャツの袖を捲り上げ、ネクタイを緩めた気楽な格好である。年齢にも風貌にも似合わない金無垢のロレックスにダブルのスーツ姿で、肩で風を切って歩くような人間を想像していたのだが、いかにもこれから昼飯に向かうサラリーマンといった様子でしかなかった。二人はビルの一階にあるサンドウィッチショップに入っていった。

「鳴沢」横山が前を睨んだままぼそりと言った。「そろそろ昼飯時だな」

「はい。腹が減りましたね」

「俺もだ。ちょうどあそこにサンドウィッチ屋があるじゃないか」

「いいですね。サンドウィッチは好きなんですよ」

「そうか。だったらあそこで飯にするか」横山がドアを開ける。今の短いやり取りが彼なりのジョークだったのどうか、とっさには判断できなかった。

そのサンドウィッチショップは、ハワイ風というよりもアメリカのダイナーを東京に出現させようという意図で作られたようで、入った途端にコカコーラの巨大な丸い看板が迎えてくれた。椅子は全てラメ入りの真っ赤なビニール張りで、天井の巨大な扇風機が、エアコンで冷えた空気をかき回している。先に店に入った二人組は窓際のテーブル席に陣取り、ウェイトレスに料理を注文していた。横山は迷わず二人の隣のテーブルに向かった。

　私はメニューを眺めるふりをしながら二人の会話に耳を傾けた。何か仕事の話が出てくるのではないかと期待したのだが、話題の中心はもっぱらサッカーだった。サッカーくじを買っているらしく、スポーツ紙を入念に検討しながら、次の試合の勝敗を予想している。

「高いな」横山の不機嫌な声を聞いて、私もメニューの数字を真剣に見た。確かに高い。サンドウィッチは全て千円以上、飲み物をつけると千五百円を超えてしまう。青山署に転勤してきて困ったのがこれだ。多摩署時代に比べて、昼飯代が少なくとも五割増しである。

「この際仕方ないか」何が「この際」なのか分からないが、横山が投げやりにメニューをテーブルに置いた。ウェイトレスを呼び、ライ麦パンのターキーサンドウィッチを頼む。つけ合せはポテトサラダ、飲み物はアイスティー。私はパストラミサンドウィッチにし、チーズを抜いてもらうことにした。注文が済むと、横山が不思議そうな表情を浮かべて私に訊ねる。

「お前、ユダヤ教徒じゃないよな」

「何ですか、それ」

「確か、食べちゃいけない組み合わせとかがあったんじゃないか？　肉と乳製品は駄目とか」

「チーズは太りますから」

「そうか」

横山は持参してきた日経新聞を広げた。そうしていると、本当に銀行マンのように見える。手持ち無沙汰になった私は、窓から外を観察した。九月に入ったというのに、まだアスファルトから立ち上る熱で空気が揺らめくような陽気である。綺麗に白髪になった老女が、日傘を差しながらおぼつかない足取りで歩いて行く。背広を腕にかけた中年のサラリーマンが、額の汗をハンカチで拭いながら、足早に老女を追い越して行った。少し身を乗り出して空を眺めると、湧き上がった入道雲が一瞬太陽を覆い隠したところだった。

何だか、この夏が永遠に続きそうな気がしてきた。

料理が運ばれてきて、私は思わず顔をほころばせた。薄切りにして重ねられたパストラミは厚さ二センチほどもあり、ザワークラウトがパンからこぼれている。つけ合せには太いピクルスが一本そのままついていた。別にパストラミのサンドウィッチが死ぬほど好きなわけではないが、パンよりも具の方が厚いサンドウィッチは、何の悩みもなかったアメリカでの学生生活を思い起こさせる。香辛料のたっぷり効いた肉の味を思い出すうちに、唾が湧いてきた。

横山が折り畳んだ日経を脇に押しやり、文字を目で追いながらサンドウィッチを頬張り始めた。

「まあ、何だかな。この合併話もどうなんだろうな」突然彼が話し出したのは、最近新聞の経済面を賑わしている中堅商社同士の合併話だった。横山が持ってきた今日の日経は、一面で「基本合意」を報じている。私は「まあ、業界再編とまではいかないですよね」と適当に相槌を打っておいた。横山は普通のサラリーマン同士の会話にみせかけようとしているのかもしれないが、そこまで演技する必要があるとも思えないし、私はこの手の話題が苦手である。

急に横山の顔つきが険しくなる。隣の席にいる二人組が声を低くして、ある話題を口にした時だった。私はサンドウィッチを握り潰しそうになった。

「それにしても大沢のジイサンの自殺、参ったな」背の低い、髪の長い男が持ち出した。

「まあ、心配ないよ」ひょろりと痩せた男——私に背を向けている方だ——が気楽な調子で応じる。「遺書も残ってなかったらしいよ。バアサンが騒ぎ出せば別だけど、心配することもないんじゃないか」

「そうだな、仕方ないよな。事故みたいなものだから」

「そんなこといちいち気にしてたら、逆にこっちがおかしくなっちまうぜ。マニュアル通りにやってることなんだし、俺たちには責任はないよ。取り立てをやってるわけじゃないんだからな」

私はテーブルの端をつかんだ。爪が天板に食いこみ、指が白くなる。横山が声を出さずに口だけ動かして「よせ」と忠告する。

「しかし」

「関係ない」低い声で横山が言った。「落ち着け。こんなところで騒ぐな」

「しかし」

繰り返すと、横山が私の顔の前で新聞を広げた。そうすると私からは二人組が見えなくなる。大沢の話題はそれきりで終わったが、私は食欲を失い、サンドウィッチの残骸が汚物のように見えてきた。

二人組がゆっくりお茶を飲み終えて出て行った後、私はゆっくり息を吐き出した。怒りの目盛りがレッドゾーンからアイドリングに下がって行く。

「つまらんことでかっとするな、鳴沢」横山がグラスの底に一センチほど残ったアイスティーを飲み干した。

「何なんですか、あいつらは」私はぶらぶらと歩いて行く二人を窓越しに睨みつけた。

「いいから。下っ端連中の言ってることをいちいち気にしてたらきりがない」

「それはそうですけど、あんなことを言わせておいていいんですか。あいつら、人の命を何とも思ってないんですよ」

「あいつらは、事の重大性が分かってないだけだ」横山が煙草に火を点け、天井に煙を吹き上げる。「客が自殺したなんてこと、会社で正式に報告されるわけがないだろう。朝のミーティングで話題になるような話だと思うか？　噂で聞いて、適当なことを言ってるだけだよ」

「それとこれとは関係ない。あいつらが殺したようなものですよ」

「そうだよ。殺したのは確かにあいつらだ。でも、面と向かって嚙みついても何にもならない。奴らは自覚もないし、責任を感じてるわけでもないだろうからな。怒りはもっと後に取っておけ」静かに言葉を結んで横山が伝票を取り上げた。

「さて、もう少し粘るか」

「いいですよ」

「あの二人――」

「シンムラとワタセですね」腕を組んだまま、私は二人の名前を告げた。会話の内容から、背の低い方が新村、痩せた方が渡瀬だということは分かっていた。横山がちらりと右の目だけを見開く。感心しているのか馬鹿にしているのか、彼の本心はさっぱり読めなかった。

「家を割り出せるかな」

「今のところ難しいですね。社員の名簿がありませんから」

「そうだな。でも、いざという時のために住所は押さえておきたい」

「しばらく張りこんでみましょう。土曜日だから、そんなに遅くまで仕事してないんじゃないですか。何だったら家まで尾行してもいいし」

「そうだな」横山が欠伸を嚙み殺す。捜査班のキャップを務めている横山は、全員の報告が上がってくるまで帰らない。このところ、帰りは毎日終電になっているはずだ。一方私はそれほど忙しいわけではない。横山は私たちに必ず毎日の報告を求めてはいたが、そのためだけに署に戻る必要はないと言い渡していたからだ。

眠気と戦いながらの張りこみになった。一時間ほどすると、腹の上で手を組み、シートにだらしなく身を埋めていた横山が急に何かに気づいたように体を起こす。彼の視線を追いかけると、一人の男がメルツェデスのクーペから降りてビルに入ろうとするところだった。煙草を投げ捨て、靴で踏み潰す。額に手をかざすと、突き抜けるような夏空を忌々しそうに見上げた。

「たぶんな」

「野沢だ」断定した後で、急に自信をなくしたように横山が小声でつけ加える。

私はフロントガラス越しに目を凝らした。一見したところ、小柄な中年男である。ダブルの背広は腹の辺りがはちきれそうで、やけに小さな靴と相まって、どこかペンギンを想起させた。不機嫌そうに額の汗を拭うと、ビルの入り口に向かって一歩を踏み出す。その瞬間、びくりと体を震わせて立ち止まり、背広の内ポケットから携帯電話を取り出した。自分から話すのではなく、向こうの言い分を一方的に聞いているようで、時折相槌代わりに小さくうなずくだけである。一分ほどで話し終えると、携帯電話をポケットに落としこんで歩道を歩き出した。私たちの車の三台先に停めてある車に乗りこむと、すぐに車を発進させる。

「行こう」言って、横山がイグニションキーを回した。二十年前のエンジンに一発で火が入り、流麗なボディからは想像もできない野太い排気音が車内に入りこんで来る。乱暴に発進したメルツェデスの後ろに別の車を一台挟んで、横山は慎重に野沢を追跡した。野沢は坂の多い麻布の街をかなりのスピードで飛ばしている。この辺りの道路は違法駐車で道幅が狭くなっているが、野沢はヨット並に巨大なメルツェデスを軽自動車のように気楽に振り回していた。

「腕は衰えてないみたいだな」皮肉っぽく横山がつぶやく。

「タクシーの運転手でもしてたんですか」まぜっかえすと、横山が真顔で答えた。

「奴は車が趣味なんだよ。前の事件で逮捕された時、伊豆の別荘のガレージからフェラーリが二台、ロールスロイスが一台見つかったそうだ」

「それは趣味じゃなくて投資なんじゃないですか。それとも税金対策か」

「そうかもしれん」横山が指先でハンドルを叩いた。「結局は何でもかんでも金に収斂《しゅうれん》するわけだ」

野沢は愛育病院前の交差点で左折し、しばらく東に走って三田《みた》に入った。オーストラリア大使館の近くにある雑居ビルの前に路上駐車すると、そそくさと車を降りる。彼が姿を消した後を追って私も車を降り、ビルに入った。ロビーでエレベーターの行き先を確認する。五階で停まった。郵便受けを確認すると、五階には「エヌケー・コーポレーション」という会社が入っている。車に戻り、横山に報告した。

「もしかしたら、蛸足状態にしているのかもしれんな」窓を巻き下ろし、横山が煙草に火を点ける。

「蛸足？」

「責任を曖昧にするために、関連会社をあちこちに作るんだ。会計処理はこっちの会社、社員教育は別の会社なんていう具合にな。そうなると、全体像を解き明かすにはえらく時間がかかる」

「だけど、不可能じゃないですよね」

「その通りだ」横山がまだ長い煙草を外へ弾き飛ばす。「やる気と時間さえあれば、俺たちにできないことはない」

野沢が消えたビルを見上げる。これといった特徴もない雑居ビルで、一階は洋服の安売り店、二階から上がオフィスになっている。土曜なので人の出入りも少ない。ここで野沢は何をしているのだろう。どうやって人を騙し、一円でも多くの金を巻き上げようかと頭を絞っているのだろうか。

「横山さん、野沢の車をレッカー移動するっていうのはどうでしょう。奴を焦らせましょうよ」

「鳴沢」辛抱強い口調で横山が諭した。「俺たちはまだそこまで追いこまれてないぞ」

追いこまれていないという横山の言葉を信じて、私は夕方までに仕事を切り上げた。一旦署に戻り、荷物を片づけて部屋を出ようとした途端に携帯が鳴り出す。

「おお、悪いな」内藤だった。切羽詰った調子である。「ちょっと助けてくれないか」

「どうした」

「人手が足りないんだ」

「引っ越しでもするのか」

内藤が噴き出した。

「まさか。悪いけど、お前、これから東京ドームに行けないか」

「また野球か？」話が長くなりそうだったので、バッグをデスクに置いて腰を下ろす。

「お前は行かないのか」

「それが、話すと長くなるんだが」

「手短に頼む」

電話の向こうで内藤がくすくすと笑った。助けてくれと泣きついてきた時の切迫感はすっかり消えている。

「何だよ」

「いや、バアサンが転んで腰を打ってさ。これから病院に連れてかなくちゃならないんだ」

「笑い事じゃないだろう、それは」

「ああ、悪い悪い」さほど悪びれた口調でもなく内藤が言った。「だけど勇樹が楽しみにしててな。連れていかないのも可哀想だろう」

「母親がいるじゃないか」しばらく会っていない優美の顔を思い出しながら私は言った。別に野球を観るのは構わない。しかし勇樹の相手をしなくてはならないと思うと、少しばかりげんなりした。

「もちろん、優美も一緒に行くよ」

「だったら、俺が行く必要はないだろう」

「そう言うなって」内藤の声にからかうような調子が混じった。「チケットを無駄にしたくないんだよ。せっかくだから三人でデートしてこいよ」

もしかしたら勝手な想像かもしれないと思いながら、私は一言口を挟まずにはいられなかった。

「七海」

「ああ?」

「お前、何か変なことを考えてるんじゃないだろうな」

「変なことって?」

「だから、さ」自分の口から言うと途端に嘘っぽくなってしまう。しかも内藤は、それを私の願望だと勘違いしてしまうかもしれない。私は口をつぐんだが、内藤が勘良く切り出してきた。

「お前と優美をくっつけようとか？」こらえきれずに内藤が声を上げて笑い出した。

「それも悪くないかもしれん」

「おいおい、冗談はよせよ。彼女は事件の関係者なんだぜ」

「喧嘩ばかりしてるみたいだけど、それは気が合うからじゃないか？　俺にはお似合いに見えるけど」

「そんなことはない」私はことさらむきになって否定した。

「だったらいいじゃないか。二人とも独り者なんだし、誰にも遠慮することはないよ」

「正直言って子どもは苦手なんだ」最後の抵抗に、私は言い訳した。「こっちが苦手だって思ってたら、子どもだって嫌がるだろう。そういうの、敏感に感じるんじゃないか」

「まあまあ。そういうお前にも子ども時代はあっただろう？　忘れちまってるだけだよ。子どもの目線に立って考えれば大丈夫だって」

「何だよ、それ」

「じゃあ、よろしく頼むよ。あいつ、弁当作ってたからさ、無駄にしたらもったいないだろう。優美の奴、料理は得意だから楽しんで来いよ」

料理が上手いのは知っている、と言いかけて私は言葉を呑みこんだ。考えてみれば私たちは、刑事と事件の関係者という立場をすでにかなり逸脱してしまっている。非番の日に呼ばれてのこのこ出かけていって、朝飯までご馳走になったのだから。しかもそんな必要はないのに、オートバイのタンデムで短いツーリングまでした。

それより何より、この前優美と喧嘩別れしたままであることが引っかかっていた。あれだけ容赦なく言葉をぶつけ合った後、互いに笑みを浮かべて挨拶を交わせるのだろうか。隣で横山がまだ書類仕事をしているのも気になった。

まあいい。内藤に頼まれて勇樹につき合うだけなのだと考えることにした。それにそもそも今日の私は非番を潰しているのだ。何をしようが、誰と会おうが、後ろめたい想いをする必要はない。

まだ書類仕事をしている横山に見咎められないよう、私はこそこそと部屋を抜け出した。

ちょっと意外だったが、勇樹は私を覚えていた。

「了」叫んで勇樹が走り出した。滑りやすいタイルの通路で案の定転んだが、泣き出すこともなく私の脚にしがみついて立ち上がる。私はべたべたする勇樹の手を取って、優美の方に歩き出した。今日の勇樹は膝丈の半ズボンに真っ白なTシャツ、横向きに被ったベースボールキャップという格好だ。これで肩にバットを担げば、ノーマン・ロックウェル描くところの野球少年そのものである。

優美は巨大なバスケットを両手で下げ、戸惑ったような笑顔を浮かべていた。ドームを巻くように吹く強い風が髪を乱し、足首まであるスカートを揺らす。私が「どうも」と間の抜けた挨拶をすると、優美が髪を押さえながら会釈をした。顔を上げると、口を尖らせて勇樹に注意を与える。

「了、じゃないでしょう。鳴沢さんよ」

「了だよ」勇樹が頬を膨らませる。

「了でいいよ」私は勇樹に調子を合わせた。勇樹がへへ、と短く笑って私の脚の裏に隠れる。

「ちょっと人懐っこ過ぎるのよ」優美が苦笑しながら言い訳した。「今日は急にごめんなさい」

「タカさんは？」

「骨には異状ないみたい。入院する必要もないから、今日のところは兄貴に面倒をみてもらうことにしたの」

「大したことなくて良かった」私は腕時計に目を落とした。「もう始まる。そろそろ行かないと」

「そうね」

互いに謝罪の言葉を口にすることはなかったが、少なくとも優美の方は一時的な休戦にすることにしたようだ。少しほっとして、私は勇樹の手を握ったままゲートに向かった。最初はどこか不快に思えたその小さな手の暖かさと柔らかさが、次第に心地よいものに感じられるようになってきた。


先日の派手な打ち合いに対して、今日は淡々とした投手戦になった。しかも消化試合とあってスタンドも静かである。私たちが陣取ったバックネット裏付近の席はほぼ埋まっていたが、外野席はシートの青ばかりが目立つ。それだけに、キャッチャーミットに吸いこまれるボールの音が、一球ごとに鋭く耳に突き刺さった。

勇樹はライオンズのピッチャーの一挙手一投足を食い入るように見つめていた。まるで動作を正確にコピーして頭に叩きこもうとしているようであり、手にしたポップコーンが少しも減らない。

「勇樹はピッチャーになりたいのか」私は体を屈めて訊ねた。勇樹が視線をマウンドの方に据えたままこっくりとうなずく。

「了は？」

「俺？」

「了もピッチャーになりたいの？」

質問の意味を捉えかね、私は優美に助けを求めた。彼女は「自分で考えろ」と言わんばかりに小さく肩をすくめるだけだった。

「そうだな。ピッチャーはいいよな」

「そうだよね」

子どもの前には無限の未来が開けているし、それを否定することもないだろう。三十になった男には、これから先自分の人生を選択する余地などないということを教えても仕方がない。

「勇樹、ご飯にしようか」

優美に声をかけられ、勇樹がようやくまともに反応した。彼女を見上げると勢いよくうなずく。優美はバスケットを開けると、丁寧にラップした握り飯を勇樹に差し出した。自分の手では持て余すほどの大きな握り飯を受け取ると、勇樹が危なっかしい手つきで私に差し出した。

「はい、了」

「先に食べなよ」

「了が先」

私はまた助けを求めるように優美を見た。優美が穏やかな口調で「そうだね、先にあげようね」と言った。私は握り飯を受け取り、勇樹が自分の分を受け取ったのを見てから一緒にかぶりついた。薄い醤油味で仕上げた炊きこみ御飯の握り飯で、混ぜこんだ海苔の香りがふわりと口の中に広がる。時折転がりこんでくる鶏や油揚げがアクセントになった。先日のベイクドビーンズで彼女が料理上手だということは分かっていたつもりだったが、和食もこれほどの腕だとは想像もしていなかった。

「美味いね」誉めると、彼女が微かな笑みを浮かべてうなずく。

「鶏飯《かしわめし》よ」

「鶏飯?」

「九州の方でよく食べるらしいけど」

「あなたは九州とは何の関係もないんじゃないですか」

「料理の本を見て作ったの。うまくできてるかどうか心配だけど」

「美味いですよ」

ようやく優美の笑みが柔らかくなる。先ほどまでマウンド上のピッチャーしか目に入っていなかった勇樹は、今では握り飯に夢中になっていた。

「お茶、飲みますか？」優美がポットを取り出した。「ビールはないんだけど」

「お茶でいいですよ。酒は飲まないんで」

「そうですか」なぜか優美がほっとした表情を浮かべた。もしかしたら、夫の優美への暴力は酒が原因だったのかもしれない。

試合を観ながら食事をし、お茶を飲む。私は仕事のことをほとんど忘れていた。勇樹をからかい、優美の料理を誉め、ヒットに拍手を送る。ゆるゆると時が流れ、昼間K社の若い社員に対して感じた爆発的な怒りもいつの間にか引っこんでいた。

勇樹がトイレに立った。

「一人で行かせて大丈夫？」体を捻って背中を見送りながら、私は優美に訊ねた。

「大丈夫よ。もう小学生だし、ここは何度も来てるから。それに携帯も持ってるから、何かあったら電話してくるわ」

「携帯を持たせてるんですか」

優美が肩をすくめる。

「何があるか分からないでしょう、今の日本は。アメリカよりずっと治安はいいって聞いてたんだけど、そうでもないのね。用心に越したことはないでしょう」

警察を非難するような台詞だったが、彼女の口調は穏やかだった。

「あの」用心しながら優美が訊ねる。

「何ですか」

「もともとお酒は飲まないの？」

「昔は飲んでましたよ。学生時代とか、警察に入ったばかりの頃は。特に七海と一緒にいた頃は毎晩よく飲んでたな。でも刑事になった時にやめました」

「どうして」

「いつ呼び出しがあるか分からないから。肝心な時に酔っ払ってたら、犯人を追いかけられないでしょう」

「厳しいんだ」

今度は私が肩をすくめた。

「恥をかきたくないだけですよ」言葉を切り、質問を打ち返す。「どうしてそんなことを聞くんですか」

「え？」

「酒を飲むとか飲まないとかが、そんなに大事な話題とは思えないけど」

言葉を呑みこんだまま彼女がうつむく。自分の憶測が当たったことを私は悟った。再び話し出すまでにひどく長い時間がかかった。

どうして彼女にこんなに気を遣わなければならないのだろう。その疑問がどんな結論にたどり着くのかを考えると、私はかすかに身震いした。

2

緊迫した投手戦は1－0で決着がついた。まだ八時半、最近のプロ野球では異例に早い二時間半で試合終了だ。私はうとうとし始めた勇樹をおぶって席を立ったが、優美はドームを出た途端、急に他人行儀な口調になって「じゃあ、ここで」と言い出した。

「起きちゃうからいいですよ。家まで送りましょう」

「でも、悪いから」

「せっかくだから七海の顔も見たいし」

内藤の名前を出すと、優美は抵抗を諦めた。先日喧嘩別れした時とは一転して、今日の彼女はずっと穏やかだったが、その理由は見当もつかない。

水道橋の駅へ向かう途中でタクシーを停め、私は勇樹を抱えたまま乗りこんだ。優美は「電車でいいのに」と不満そうだったが、「起こすと可哀想だから」と私が言うと、それ以上反論しようとはしなかった。勇樹はだらしなく口を開けたまま、軽い寝息を立てている。ピッチャーになりたいという勇樹にとっては、今日のような投手戦の方が観ていて疲れるのかもしれない。勇樹を起こさないようにと思ったのかずっと黙りこくっていた優美は、タクシーが神楽坂下で左折して早稲田通りに入った時にようやく口を開いた。

「今日はありがとう」

「暇だったから」

「仕事だったんじゃないんですか」

「まあ、そうだけど」

「やっぱりね」したり顔で優美がうなずいた。

「やっぱりって？」

「あなた、休みの日でも平気で仕事してるようなタイプに見えるから」

「仕方ないですよ、事件は待ってくれないんだから。それより、河村さんはどうしてますか」

優美が顔をしかめる。せっかく忘れていたのにどうして思い出させるのだと抗議するように、盛大な溜息をついた。

「ずっとセンターにいるわ」

「ご主人は？」

「時々電話がかかってくるけど、この前みたいに直接来て暴れるようなことはなくなったわ」

「それは良かった……と言っていいのかな」私は首を捻った。優美が手を伸ばし、額にかかった勇樹の髪を人差し指でかき上げながら答える。

「悪いことじゃないと思うけど」

「そうですね。彼女、これからどうするつもりなんだろう」

「自分でもまだ決めかねてるみたいね。やっぱり、離婚するのってすごくエネルギーがいるのよ」

あなたもそうだったのか、と言いかけて私は口をつぐんだ。心に土足で踏みこむような質問であり、決して癒えていないであろう彼女の古傷を掘り起こすような真似はしたくなかったから。

「最終的には別れることになるんでしょうけど、私たちがあれこれ言っても仕方ないわ。最後は彼女が決めることだから」優美の口調は聖美のコピーのようだった。

「この件に関しては、私はもう完全に部外者ですね」

「ごめんなさい」素直な謝罪の言葉を聞いて、私は勇樹を抱いたままシートからずり落ちそうになった。優美が照れたような笑みを浮かべて続ける。

「あの時は私も焦ってたから。誰かに責任を押しつけるようなことはしたくなかったけど、無意識のうちにそうしちゃったのかもしれない」

「それは仕方ないですよ」

「そうね」

「あなたは責任を感じ過ぎてるんじゃないですか。彼女のことにしても、自分のことみたいに心配してる。それに勇樹のことだって……」

はっと気づいて私は口を閉ざした。優美の柔らかな内面を傷つけてしまったのではないかと恐れたのだが、彼女は穏やかな表情のまま、助手席のヘッドレストをぼんやりと眺めるだけだった。

「兄貴、いないわ」勇樹を寝かしつけて居間に戻ってきた優美が、戸惑いと怒りを混ぜ合わせたような表情で首を振った。

「いない？」

「出かけたみたい」

「こんな時間にですか」腕時計を見た。とっくに九時を回っている。遅い時間ではないが、怪我をしたタカを残したまま出かけるとは尋常ではない。

「タカさんは？」

「もう休んでるわ。兄貴、出る時に一声かけていったけど、行き先は教えてないのよ。もともと今日から旅行に出かけるつもりだったらしいけど」

「ああ、そんなこと言ってましたね。せっかくだからあちこちを見て回りたいって」

「でも、何もこんな時に出かけなくてもいいのにね」優美が子どもっぽく頰を膨らませた。

「タカさんの腰の怪我、大したことなかったんでしょう？　だったら仕方ないですよ。あいつにはあいつの都合があるんだろうし」

「そうね。兄貴は昔から結構いい加減なところがあるから」優美が立ち上がった。「お茶、淹れますね」

私は無言で頭を下げた。彼女がキッチンに引っこんでいる間に、二人の祖父の仏壇に線香を上げる。何だかひょうきんそうな笑みを浮かべた写真が私を見つめ返してきた。

私は、祖父の仏壇に一度も線香を上げていない。これからもそうする機会はないだろう。

「水羊羹があるけど、食べますか」優美の声で私は現実に引き戻された。

「ああ」私は曖昧に返事をした。甘いものはあまり好きではないのだが、せっかくの好意を無駄にすることもない。渋々食べたが、彼女が出してくれた水羊羹はさっぱりした甘さで、濃く渋い茶とよく合った。

「今日は本当にありがとうございました」正座したまま、優美がぺこりと頭を下げる。

「いや、こんなことで役にたつなら」

途端に優美が大きな溜息をついた。

「本当言うと、ちょっと疲れてるの」

「そうかな。元気一杯に見えるけど」

「見えるだけよ。私が離婚した話、兄貴から聞いたでしょう?」

うなずき、私は残り少なくなった茶を慎重に啜った。私は肝心の問題の周囲でぐるぐると思いを巡らせていたのだが、彼女の方でいきなり核心を突いてきたので、少しばかり動揺してしまった。

「結婚したの、二十歳の時だったの。私も子どもだったんだけど、相手の本当の姿を見抜けなかったのよね。勢いで結婚しちゃって、後で痛い目に遭ったわ」

「見抜けなかったというより、相手が変わったのかもしれない」

「だとしても、私にも責任はあるでしょう。人間は一人で変わるわけじゃないから。変わるとしたら、一番近くにいる人間の影響を受けるのが普通じゃないかしら」

「あなたじゃなくて、職場や友だちの影響だったかもしれない」

「そうね。今そんなことを考えても、何にもならないけど」優美が頬杖をついた。指で突いてやりたくなるような頬の柔らかさが際立つ。「あの子が生まれてからしばらくは、普通に暮らしてたのよ。でもいつの間にかお酒の量が増えて……」

あなたを殴るようになった、と私は頭の中で言葉を組みたてた。優美が、当時の痛みを思い出したように頬を撫でる。

「結局離婚したんだけど、あのころはきつかったわね」

「そうですか」

「あなたは？　私ばかり話してたら馬鹿みたいじゃない」

「俺？」私は自分の鼻を指差した。「話すことなんか何もないですよ」

「そうかしら。自分について話すことのない人なんていないはずだけど」

「もしかしたら、七海が何か言ってたんですか」あのお喋りめ。私はわざとらしく渋い顔をして見せた。

「あいつのちょっとだけは、人の三倍ぐらいあるからな」

「ちょっとだけね」

優美が声を上げて笑う。私は座り直して腕組みをした。静かだ。古い柱時計の音が部屋の空気をかすかに震わせ、時折吹きこむ風が風鈴を鳴らすぐらいである。夜に入って急に冷えこみ、ワイシャツを捲り上げた腕がぷつぷつと粟立つように感じた。

「親子三代の警察官で、新潟県警の刑事。そんな人がどうして東京にいるの？　日本では警察官の転職ってあまりないんでしょう」

「そうですね」

「何があったの」

そんなつもりはなかったのに、一度話し始めると私の口からはとめどなく言葉が噴き出し、途切れることがなかった。たぶん、打ち明ける相手が必要だったのだと思う。今までずっと呑みこんでいた思いは私の心を食い荒らし、人生を大きく傾けさせた。その結果、私の中に溢れていた誇りや矜持《きょうじ》の大部分はこぼれてしまったはずだ。

彼女は、本音を吐き出すのに一番適した相手だったのかもしれない。友人の妹という適当に距離のある人間だし、人の悩みを聞くのにも慣れている。優美は効果的なタイミングで相槌を打ち、私が言葉に詰まると適切な問いかけで話の流れを作り、長い物語を焦らずにゆっくりと引き出してくれた。祖父の死。父との確執、大事な友人の罪と死――凍りついていた心がゆるゆると溶け出し、その奥にある本当の自分が次第に姿を現してくるように感じた。

冷たい風に首筋を撫でられて目が覚めた。何かの気配を感じ、反射的に薄い毛布を蹴飛ばして跳ね起きる。

目の前にタカがいた。腰をかばって杖をついているが、私をじろりと一睨みすると慎重に腰を下ろし、わざわざ正座して「おはようございます」と低い声で言った。私も慌てて正座し、彼女の目を見ないようにと畳に額をすりつけた。まずい。後ろめたいことは何もないのだが、まずい。

「お泊まりになったんですか」タカの冷たい視線が私を突き刺す。

「はい、あの……」私は頭を上げながら、無意識のうちに後頭部に手をやった。激しい寝癖がついている。起き抜けだから仕方ないのだが、それさえもタカの癇に障ったかもしれない。

「失礼しました」丁寧なタカの言葉が皮肉に響く。「こんなところで、お布団も用意しないで」

「いや、とんでもないです」私はしどろもどろで答えた。

いったい何時なのだと壁の時計に目をやると、七時だった。タカぐらいの年になると、日曜の朝にゆっくり寝坊することもなくなるのだろう。

「昨夜は勇樹を野球に連れて行ってくれて、ありがとうございました。腰を痛めておりましたもので、申し訳ございません」

「休んでなくていいんですか」

「大丈夫です」タカが冷たく言い放ち、真意を探るように私をじっと見る。私は必死で言い訳を探した。

ふすまが音もなく開き、優美が入ってきてその場で凍りついた。タカが厳しい声で彼女を呼びつける。

「優美、ここにお座りなさい」

「お婆ちゃま、大丈夫なの?」彼女がかすかにおどおどした口調で応じた。そんな彼女を見るのは初めてだった。

「私のことはどうでもいいんです。そこへお座りなさい」

優美が恐る恐る私の横に腰を下ろす。私は慌てて、自分の体温がまだ残っている毛布を丸めた。

「優美、だらしないことをするんじゃありません」

「だらしないって、お婆ちゃま――」

「いいですか、鳴沢さんは親切で勇樹を野球に連れて行ってくれただけなんですよ。お礼にうちに寄っていただくのは構いませんけど、お泊まりになってもらうなら一言私に言いなさい。こそこそする必要はありません」

「いや、私が悪いんです」私は慌てて反論したが、タカは耳を貸さなかった。

「いいですか、優美、あなたも一応嫁入り前の娘なんですからね」タカの言葉は明らかに矛盾していたが、優美は反論しなかった。「この家からお嫁に行くつもりだったら、こういうだらしないことはしないでちょうだい」

「私が、調子に乗って泊まるって言ったんです」

慌てて弁明すると、タカがゆっくりと私に視線を向け、ぴしゃりと決めつけた。

「あなたは黙ってらっしゃい」

「いえ」私は深呼吸し、言葉を継いだ。「彼女に相談に乗ってもらってただけなんです。そのうち終電もなくなったんで、それで仕方なく」

「そうなの？」タカが疑わしげな視線を優美に向ける。優美は無言で、すねた子どものように唇を嚙み締めるだけだった。

「そうなんです」

「あなた、警察官でしょう。もうちょっとしっかりしてもらわないと困りますよ」

「すいません」私は頭を下げた。本意ではなかったが、優美を悪者にするわけにはいかない。「気に障ったなら帰ります。もう二度と来ません」

「そういうことを言ってるんじゃないんです」タカが平手で畳を叩くと、腰に衝撃が走ったのか、思わず顔をしかめる。

「お婆ちゃま、大丈夫？」優美が立ち上がろうとしたが、タカが手で彼女を制した。

「あなたは黙ってなさい。鳴沢さん？」

「はい」

「あなた、優美のことを真面目に考えてるんですか」

いくら何でも話が飛躍し過ぎだ。私が言葉に詰まっていると、優美が助け舟を出してくれた。

「お婆ちゃま、失礼よ」

「こういうことはちゃんとしないといけないの」

「こういうことって……」

「あ、了だ！」突然部屋に飛びこんできた勇樹が、手詰まりになった会話を引き裂いてくれた。パジャマ姿のまま私の腕の中に飛びこんでくる。私は汗で湿った髪をくしゃくしゃにしてやった。昨日まではどうにも扱いにくい不思議な存在だと思っていたのに、今は救いの神に見える。タカが小さく溜息をつき、仕方ないわね、とつぶやいた。

私は優美と素早く目配せを交わしたが、綺麗な茶色の瞳を見ただけでは、彼女が何を考えているのかさっぱり分からなかった。

「変なことになっちゃってごめんね」優美が素直に頭を下げる。結局妙な雰囲気に包まれながらも朝食までご馳走になり、家を出たのは九時過ぎだった。私を麻布十番の駅まで送って行くようにと強固に命じたのはタカだった。

「いや、俺も軽率だった。署へ行って泊まれば良かったんだよ」

「お婆ちゃまがあんなに早く起き出して来るとは思わなかったわ」

「年寄りは朝が早いんだよな」

日曜日の麻布十番は人気が少なく、低い声で話しているのに互いの声がよく聞こえた。雑式《ぞうしき》通り脇の広場では、ケヤキの巨木が強い陽射しを浴びて青々と葉を茂らせている。しかし、今朝は少しだけ秋の気配が空気に忍びこんでおり、昨日まで鬱陶しかった夏物のスーツが体にしっくり馴染んだ。優美は足首まである長いスカートにコットンのカーディガンを合わせていた。素足でサンダルを履いている。白い足が妙にまぶしい。

「お婆ちゃまが失礼なこと言ってごめんなさいね」

「失礼なことって?」

優美が立ち止まり、私を見上げる。耳が少しだけ赤くなっていた。

「真面目に考えてるのか、とか」

「ああ」

「いきなりあんなこと言われても困るわよね。でも、アメリカで結婚に失敗して、子連れで日本に逃げ帰ってきたんだから、お婆ちゃまが心配するのも無理ないわよね。でも、うちから嫁に出すとか、何を馬鹿なこと言ってるのかしら」優美がわざとらしく顔をしかめた。

「案外真面目だったりして」

「え?」

「年寄りはあまり冗談を言わないからね」

「そうね。だけど話が飛躍し過ぎよ」優美がうつむき、そっと息を吐き出す。彼女の仕草の一つ一つを見ているうちに、胸の奥の方で小さな痛みが生じた。

やがては私を押し潰さんばかりになるであろう痛みが。

「そんなことより、君にはお礼を言わないと」

「どうして」

「つまらない話を聞いてもらったから」

「つまらない人生なんてどこにもないのよ」力をこめて彼女が言った。

「今まで、誰にも話したことはなかった。話すようなことじゃないと思ったし」

「じゃあ、どうして私には話したの」

「どうしてかな」私は両手をきつく組み合わせた。「ずっと誰かに話したかったのかもしれない。でもチャンスがなかった。話したら何だか楽になったよ」

「人の役にたつのって、悪い気分じゃないわよね」優美が柔らかい笑みを浮かべる。

「だから私はセンターで働いてるのかもしれない。誰かの役にたっているっていう実感が欲しいのよね」

「俺たちの仕事も同じようなものかもしれない。でも、誰かの役にたってる実感はなかなか得られないんだよな。それに、人の不幸を見ていて幸せな気分にはなれない……それより、本当に申し訳ないと思ってるんだ。君は君でいろいろ大変なのに」

「大変じゃない人なんていないわよ」

うなずきながら、彼女の言葉がゆっくりと胸に染みこむのを感じた。人の言葉を素直に聞いたことなどいつ以来だろう。私たちは無言のまま連れ立って歩き、やがて環三通り沿いにある地下鉄の入り口まで出た。優美が立ち止まり、後ろ手を組んで私を見上げる。何かを決意したような表情が浮かんでいた。

「勇樹のことだけど」

「ああ」

「子どもは苦手？」

「苦手以前の問題だ。子どもの相手をしたことがないんだよ」

「あの子はあなたが好きみたいだけど」

私は頭を掻いて天を仰いだ。子どもは誰でも大きなものが好きだ。たぶんそれだけのことなのだろう。

「またうちに来てくれる？　勇樹に会いに」優美の笑みが少しだけ大きくなった。

「タカさんに殺されるよ」

優美が口に手を当て、耳に心地よい笑い声を抑えこんだ。

「それもそうね」

「約束はしない」私は頭の中をK社の事件に関する調書で埋め尽くそうとした。「これから忙しくなりそうだから」

「でも、私が呼べばあなたは来てくれると思う」

「よせよ」私は無理に笑みを浮かべた。「都合良く使わないでくれ」

優美が強い眼差しで私を見つめる。まるで真実を知らないのは私だけで、彼女は全てをお見通しなのだとでも言いたそうな表情だった。私は軽く目礼して会話を打ち切った。

「じゃあ――」

「ええ」

「勇樹によろしく」

「そうね」

まだ何か言いたそうな優美を残して、私は地下鉄への階段を足早に降りた。新たな一歩を踏み出すのは怖い。そして踏み出さないことが、私にとっての償いでもあった。しかし、永遠に続く罰はない。死刑を宣告されたのでない限り、無期懲役だって仮釈放があるのだ。ただ一つ困るのは、私が自分に言い渡した判決の刑期が自分でも分からないということだ。

月曜日の夕方、私は野沢の動向を監視すべく、池澤と二人でK社の前で張りこみをしていた。

六時過ぎにビルから出てきた野沢は、まず近くの月極駐車場に向かった。先日見かけたメルツェデスのクーペに乗りこむと、テレビ朝日の裏手を走って西麻布に向かう。同じような月極の駐車場にメルツェデスを乗り入れると、エンジンをかけたまま車を降り、鮮やかなカナリアイエローのポルシェを駐車スペースから出した。空いたスペースにメルツェデスを入れてからポルシェに乗りこむと、外苑西通りを走って、夕方のラッシュが始まった青山通りに入った。

「何してるんですかね」苛ついた声で言い、池澤がハンドルを指で叩く。諦めたように背中をシートに押しつけ、前方を行くポルシェの派手なリアウィングを見やる。私はポルシェのナンバーを控えながらつぶやいた。

「あの車も、どうせ会社の名義なんだろうな」

「それにしてもベンツにポルシェですか……ベンツのSLが千三百万、ポルシェターボが千七百万ってとこですよ。これで合計三千万か。あのおっさん、何歳でしたっけ」

「五十九」

「はあ」池澤が情けなく溜息をつく。「定年まで警察官を勤め上げてもあんな車に縁はないなあ」

「あぶく銭でも欲しいのか？　だったらK社で働けばいい」先日見た若い二人組の顔を

思い出しながら私は言った。

「冗談じゃないですよ」即座に否定したが、池澤の台詞は怒りや正義感に溢れたものではなく、単に反射的に口走ったようにしか聞こえなかった。

野沢の運転は乱暴だが巧みで、前を行く車を煽り、隣の車線に少しでも空きができれば突っこんで一メートルでも前に出ようとする。そのうち私たちの乗る覆面パトカーとの間に数台の車が挟まる格好になってしまった。運転している池澤が悪態をつき始めたが、私はさほど気にならなかった。白や紺の車が溢れる道路の中で、カナリアイエローのポルシェは完全に浮いており、見逃す恐れはない。それに、間に車を挟んでいれば、野沢が私たちに気づく確率は低くなる。

ポルシェは池尻から首都高速に入った。池澤が迷わず後につける。料金所から走行車線に入った途端に野沢は百二十キロまでスピードを上げ、他の車の間を縫うように南へ向かった。

「あの野郎」悪態をついて池澤がアクセルを踏む。置き去りにされることはないが、交通量の多い首都高での百二十キロは、かなり気を遣わなくてはならないスピードだ。

「どこまで行くつもりですかね」ハンドルを抱えこむようにしてトラックをパスしながら池澤がつぶやく。

「伊豆なんですか」

「伊豆？」甲高い声で言って池澤がちらりと腕時計を見た。「何で伊豆かな」

「昔、奴の別荘があったそうだ。もしかしたら今でも持ってるのかもしれない」

「ポルシェにベンツに別荘ですか。チクショウ、そういうことをしてるから警察の恨みを買うんだよ」

私は笑いを押し殺しながら車の床に足を踏ん張った。池澤の運転は次第に乱暴になり、首都高から望む街の風景が溶け出した。このペースで走り続けたらいずれ事故を起こすのではないかと心配になり始めた途端、野沢が用賀で首都高を降りた。環八を西へ走り、二四六号線を右折すると、今度は二子玉川《ふたこたまがわ》の住宅街へ入っていく。きつい坂を登り、街が一望できる高台にあるマンションの前でポルシェを停めた。池澤が坂の途中に車を停め、様子をうかがう。

「ここが奴の家ですか」

「いや、家は高輪《たかなわ》だ」

「じゃあ、愛人の家とか」

「かもな」

池澤が狭い道路を一杯に使って車の向きを変えた。この道路はマンションで行き止まりになっているから、ここで張りこんでいれば見失うことはない。

「このまま張りこみですかね」がっくりしたように池澤が言い、ガムを三枚丸めて口に放りこんだ。きついミントの香りが漂う。「俺、今夜は予定があったんだけどな」

「デートか」

「へえ」今にも笑い出しそうな口調で池澤が言った。「鳴沢さんがそんなこと言うと変な感じですね」

「どうして」

「女に縁がないみたいだから」

「そうだな」私は腹に両手を乗せ、体を捻ってサイドミラーを覗きこんだ。角度が悪く、マンションの玄関がミラーの端に映るだけである。

「聞いて下さいよ。俺の彼女ってのがどうしようもない女で——」

「お前さんの彼女の話よりも、野沢の女の話をした方がいいんじゃないかな」

池澤がちらりとバックミラーを覗き、エンジンをかけた。「そうみたいですね」と真面目な声で応じる。

ポルシェが、特徴的なぱたぱたというエンジン音を響かせながら覆面パトカーの脇をすり抜けていく。一瞬車内をうかがうと、助手席に若い女性が座っているのが見えた。

背中まで流れる長い巻き髪。白をベースに極彩色の模様が散った光沢のあるブラウス。少し鼻が大き過ぎるようにも見えたが、誰かに見せびらかすために連れ歩くには適した女性のように思えた。

「あのオッサン、ずいぶんお盛んですね」池澤が鼻を鳴らす。

「金のかかりそうな女だな」

「その金をどこで手に入れたか、気になりますねえ」

「問題はそれだな」私はバッグを探ってチョコレートバーを取り出した。多摩署で一緒だった小野寺冴が、張りこみの友にといつも持ち歩いていたものである。いつの間にか私も、バッグに常備しておくようになった。一度も食べたことはなかったが。

「食うか?」チョコレートバーを差し出してやると、池澤が「どうも」と無愛想に答えて受け取った。

「今夜はいつまでかかるか分からないからな」

「今日はイタ飯の予定だったんですけど、まさかチョコレートになっちまうとはね。後で彼女に電話していいですか?」

「痴話喧嘩だったら、俺がトイレに行っている間にしてくれよ」

野沢は東名の東京インターから御殿場《ごてんば》までを三十分で走りきった。珍しく空いていたとは言え、明らかに飛ばし過ぎである。インターチェンジを降りた時には、助手席に乗っていただけの私も手足が強張っていた。

「さて、こうなったらとことんつき合いますか」チョコレートバーを頬張りながら池澤が自棄《やけ》っぱちに吐き捨てた。私はもとよりそのつもりだった。

野沢のポルシェは一三八号線に入り、山中湖を目指して緩い上り坂を走り続けた。御殿場の市街地を抜けるとすぐに田園風景が広がり、さらに北に向かうといかにも山道という感じで闇が濃くなる。十分ほど木立の中を走った後、ポルシェは右のウィンカーを出して細い道に入った。

「何ですかね」池澤が舌打ちしてブレーキを踏み、車を道端に寄せる。私は道路の入り口に立つ看板を見やった。「手打蕎麦処　ふるさわ」のはげかけた文字がある。道路は辛うじて舗装されているが、車がすれ違えるだけの幅もないようだ。森の中の一本道で、この先に「ふるさわ」以外の何かがあるとは思えなかった。

「飯でも食うんじゃないかな」ダッシュボードの時計は八時を指している。東京からわざわざ車を飛ばして御殿場まで蕎麦を食べに来るとは。

「ああ、そう言えば蕎麦屋の看板がありましたね。これでこっちも飯にありつけるな」

池澤が念を押した。どうするか。確かに腹は減っている。かといって野沢と同じ店に入るのも軽率な気がした。

「飯にしましょうよ、鳴沢さん。今夜は何時になるか分かりませんよ」

「分かった」腹を決めた。長い夜、空腹を我慢して、集中力が散漫になるよりはましだ。

「ゆっくり行ってくれ。あまり近づくと怪しまれる」

「了解」池澤がハンドルを回し、細い道路に入っていく。ポルシェのテールランプはとうに見えなくなっていた。

三分ほど荒れた路面に揺られながら走ると、柔らかい灯りが木立の陰から漏れてきた。池澤がさらにスピードを落とし、のろのろと店の駐車場を目指す。店は茅葺屋根の古い農家を模した造りで、店の前にある駐車場には野沢のポルシェの他にはセルシオが一台、トレイルブレイザーが一台停まっているだけだった。外に出ると、山の冷気が下りてきたのか、空気がひんやりとしている。

「高い店なんですかね」心配そうに池澤が唇をすぼめる。「俺、そんなに金持ってないんですけど」

「たかが蕎麦だろう。蕎麦を食って破産した奴はいないぞ」

「たかが蕎麦でも、料亭みたいに高い店だってあるじゃないですか」

「心配だったらせいろを一枚だけ食って帰るんだな」

そうはいかないということは分かっていた。一度店に入ってしまったら、野沢が出るまで粘るしかない。ここに来る細い道の途中で待ち伏せするのはいかにも不自然なのだ。

古色蒼然とした外観に比べ、店の中はまだ新しい木の香りが漂っていた。低く抑えた音量でジャズが流れ、ひそやかな話し声がそれに混じる。落ち着いた「いらっしゃいませ」の声に迎えられ、私は店内を見渡した。テーブル席が八つ。奥には座敷もあり、開け放されたふすまの隙間から野沢が連れてきた女性の派手なブラウスが見えた。窓際の席に案内される。そこからは女性の背中しか見えなかったが、一緒にいるはずの野沢を見失うことはなさそうだった。

席に座るなり、池澤が縮緬皺《ちりめん》の表紙がついたメニューを手に取った。一ページ目に目を通し、弱々しい笑みを浮かべてつぶやく。

「せいろ一枚八百円か」

「都内の高級蕎麦屋と同じぐらいだな」

「どうしますか」

急《せ》かされ、私はざっとメニューに目を通した。野沢は長居しそうな気配だから、もり一枚では間が持たないだろう。

「飯はないんですね」

「鴨南か何かで我慢しろよ」

池澤がメニューを睨みつけ、やがて意を決したように「じゃ、俺は天ぷら蕎麦と田舎せいろで」と言った。

「俺は鴨南だ」

「ビールはなしですよね」

「当たり前だ」

注文を済ませると、私はお茶に手を伸ばした。香ばしい蕎麦茶で、唇が火傷するほど熱い。池澤が煙草を取り出し、ぼんやりと窓の外を見ながら火を点ける。ジッポの火が頼りなげに揺れ、煙草に火が点くのにしばらく時間がかかった。

突然、座敷で笑い声が爆発する。私は池澤と顔を見合わせ、聞き耳を立てた。笑い声に混じって流れてきたのは英語だった。それもかなり訛《なま》りの強い英語である。私が聞きなれた中西部の訛りではなかったが、どこかで聞いたことがある。五分ほど耳を傾けていて、ようやくどこの訛りだか気づいたのだが、それで謎が氷解したわけではなく、逆に困惑が深まるだけだった。

3

酒も飲まずに鴨南一杯で居座るのは至難の業だったが、アルコールが入るに連れ声が大きくなってきた野沢たちは、一向に帰る気配を見せなかった。

問題の英語はブルックリン訛りで、私はそれをニューヨーク出身の内藤から教わったのだった。「ファースト」が「フォイスト」になり、「トーク」は「トーアク」になる。ヌガーキャンディを口に入れたまま喋っているような粘っこい発音で、癖の強さは昔ながらの江戸弁に近いものがあるかもしれない。

「どうかしました？」四杯目のお茶を飲み干し、七本目の煙草を灰皿に押しつけた後、池澤が久し振りに口を開いた。「さっきから黙っちゃって」

「ちょっと静かにしてろ」

「野沢と一緒にいる奴が気になるんでしょう？　英語を喋ってる奴」

「今それを聞いてるんだから、静かにしてくれ」

「鳴沢さん、英語なんか分かるんですか」

「殺すぞ」というメッセージを視線にこめて池澤を睨みつける。彼はそっぽを向いて私の視線を外すと、最後の煙草をパッケージから取り出し、火を点けないまま唇の端でぶらぶらさせた。

一度覚えた言葉はそう簡単に忘れるものではないが、長い間接していないと、すぐには引き出しから出てこない。会話は切れ切れで、しかも時折はっきり聞こえてくるのはきついブルックリン訛りだけなので、話の内容までは判然としなかった。「ビジネス」という単語が何回も出てくる。もちろん英語の「ビジネス」には多種多様な意味があるのだが、やはり仕事の話をしているのだろう。

「何なんですか、いったい」声をひそめて池澤が訊ねる。

「仕事の話だろうな」

「相手は外国人ですよね？　まさか、海外にK社の支部を作る話でもしてるんじゃないでしょうね」

「どうかな」そんなことが可能なのだろうか。K社が展開しているやり口が海外でも通用するのか——たぶんするだろう。欲望に国境はない。言葉の壁は別にして、人を騙す方法は、ある程度普遍的なものなのかもしれない。

それよりも私は、この店を出るタイミングで困っていた。外では待ち伏せる場所もないから、野沢が帰る前に出るわけにはいかない。向こうが出た直後にこちらも勘定を済ますのが理想的だが、お茶のお替わりだけではさすがに居心地が悪くなってきた。

ありがたいことに閉店時間が迫っていた。店員が座敷に上がり「そろそろお時間ですが」と告げると、「おう」と野太い野沢の声が応じる。ざわざわと席を立つ音が響き、次いで例のブルックリン訛りの声がジャパニーズ・ヌードルがどうのこうのと言いながら大声で笑った。

勘定書きがこちらにも回ってきた。私たちはのろのろと財布から金を取り出しながら、野沢が店を出るのを待った。テーブルに置いた金を数えるふりをしながら、野沢たちに目をやる。野沢、連れの女性、最後にブルックリン訛りの男が座敷から出てきた。一見したところ、日本人である。あるいは中国人か韓国人か。小柄な初老の男で、上等な紺色のスリーピースを着こんでいる。すっかり白くなった髪を真ん中から分けているが、年齢を感じさせるのは髪の色だけで、顔色は良く、皺も刻まれていない。銀縁の眼鏡越しに店内を素早く見回した。怯えているわけでも誰かを怖がらせようとしているわけでもなく、そうすることが習い性になってしまっているようである。その仕草から私は、暗くなってからでないと動き出さない小動物を連想した。

野沢が金を払い、三人は店を出た。池澤をレジに行かせ、私は窓越しに三人を観察する。野沢は男の右手を包みこむように握手をし、嫌らしい笑みを浮かべて女の尻を軽く叩いた。女が乾いた表情のまま小さくうなずく。野沢が自分のポルシェに乗りこみ、ブルックリン訛りの男と野沢が連れてきた女は、運転手つきのセルシオに向かった。セルシオの運転手は、お預けをくった犬のように、食事をしている三人を待っていたわけだ。男は後部座席のドアを女のために開けてやり、自分は後から隣に乗りこんだ。

「どっちにしますか」二台の車に交互に視線を飛ばしながら、池澤が判断を求めた。

「野沢だな」

「ですね」

先にセルシオが走り出し、野沢のポルシェが続いた。池澤が車を出す。用件はもう終わったとでもいうように、野沢はゆっくりと車を走らせた。一三八号線に戻ると、北の山中湖方面を目指して急にスピードを上げる。セルシオは逆方向、御殿場の市街地へ向かった。

「野沢の奴、東京へ戻るんじゃないんですね」

「富士五湖道路から中央道に乗るつもりかもしれない」

私の予想は外れた。五分ほど走ると、野沢は左折して細い道路に車を乗り入れた。池澤がゆっくりとブレーキを踏んで道路の端に車を停める。トラックがけたたましくクラクションを鳴らし、今にも横転しそうなスピードで車線変更をして私たちの車を追い越していった。トラックのテールライトが見えなくなるのを待って窓を巻き下ろしたが、ポルシェ特有の巨大なミシンのようなエンジン音は聞こえてこなかった。

「ちょっと待ってろ」言い残して私は車を降りた。ポルシェが消えた細い道を二十メートルほど歩くと道路が左へ折れ、舗装が途切れる。その先に暗いオレンジ色の屋根が目立つ平屋建ての別荘があった。ポルシェは玄関前に斜めに停まっている。木立の陰に身を隠し、五分待ったが、動きはまったくない。秋の気配を感じさせる風が時折木の葉を揺らすだけで、自分が息をする音さえはっきり聞こえてくるほどだった。

このまま張り込みを続けるかどうか迷い始めた時、野沢が家から出てくる。背広を脱ぎ、薄い茶色のカーディガンを羽織っていた。ポルシェに乗りこんでエンジンをかけると、運転席に座ったまま何やら操作している。ほどなく、家とは別棟になっているガレージのドアがリモコンで開いた。ポルシェのライトがガレージの中を照らし出す。黒い小山のようなゲレンデヴァーゲン、それに威圧感をまき散らすように巨大なグリルのベントレーが確認できた。

野沢の車のコレクションは、総額五千万円、あるいは六千万円にもなろうかというものだ。いったい何人の出資者から騙し取った金を注ぎこんだのだろう。

私は中途で計算を諦めた。

「住所は確認できてるのか」横山が落ち着いた声で訊ねる。

「ええ。表札はありませんが」

「車のナンバーは控えてあるな」

「もちろん」私は、少しばかり憤慨した調子を声に滲ませてやった。時々横山はくどくなり過ぎる。

「ベンツにポルシェにベントレーか。相変わらずの車好きだな」

「どうしますか。野沢の奴、今夜はここに泊まるみたいですが」

「だったら帰って来いよ」そのまま朝まで居残れと命じられるのを予想していたのだが、横山はあっさりと帰還を許可した。「動きがなさそうなら、そこで張りこんでても意味はない」

「それでいいんですか」

「そんなところに一晩いてもエネルギーの無駄だ。奴の別宅が分かっただけでも収穫じゃないか。署に車を返したらそのまま帰っていいぞ。別宅のことや車の関係は俺が調べておく」

「了解です」

電話を切って、私は池澤に「戻っていいってさ」と告げた。

「ありがてえ」池澤が両手を揉み合わせる。「こんなところで朝まで張りこみなんてたまりませんからね」

「ああ」

池澤が車を出した。制限速度を無視して、緩い下り坂が続く国道を飛ばす。東名に入ると百二十キロをキープしたまま、ハンドルに軽く手を添えた。

「あーあ。今から署に寄って車を返すと終電ぎりぎりですね」言われて私は腕時計を見た。十時をだいぶ回っている。たぶん私は終電には間に合わない。まあ、いい。署に泊まれば済むことだ。

「鳴沢さん、家は多摩センターでしたよね」私の気持ちを見透かしたように池澤が言った。

「ああ」

「終電、間に合わないでしょう……ああ、そうか。山中湖まで出て、富士五湖道路から中央道で帰れば良かったんだ。そうすれば八王子で降りられましたね」

「そんなことに気を遣わなくていいよ」

「だけど、署に泊まりこみじゃ疲れるでしょう。何も事件は逃げるわけじゃないんだから、そんなに気張っても仕方ないですよ。横山さんだって、直帰しても別に怒らないでしょう」

「いいんだ」そう言ってはみたものの、他人に指摘されると、署に泊まるという考えが馬鹿らしく思えてきた。いつも湿った空気が澱んでいる仮眠室で寝た翌日は、体が重くなったような感じがする。

優美の家はどうだろう。「泊めてくれ」と頼めば彼女は断らないだろうが、明日の朝、タカから説教を食う気にはなれなかった。

「何笑ってるんですか、鳴沢さん」

「笑ってないよ」私は慌てて首を振った。

「いや、今のはスケベな笑いだったな」

「いい加減にしろ」

「はいはい」池澤が拳を口に押し当てて笑いを嚙み殺した。急に真顔になって訊ねる。

「それよりさっきの中国人だか韓国人だか、何者なんでしょうね」

「アメリカ人だよ。少なくともアメリカで生まれ育った人間だと思う」

「何で分かるんですか、そんなこと」

私は男のブルックリン訛りについて説明した。

「うーん。カムフラージュじゃないですかねえ」

「カムフラージュ？　東北生まれの人間が、アメリカに行ってわざわざ関西弁を喋るようなもんだよ。そんな面倒なことしても意味ないだろう」

「そうか。野沢のアメリカの知り合いなんでしょうね」

「たぶんな」

「K社もいよいよアメリカに進出ですか」池澤が皮肉っぽく言う。「だけど鳴沢さん、よく訛りまで分かりますね」

「アメリカに留学してた時に友だちから教わったんだ。たまたまニューヨーク出身の男でね」

「なるほど、さすがですね」池澤の口調に揶揄するような色合いが混じる。「それにしても鳴沢さんには、俺らが知らない面がたくさんあるみたいですね」

「何が言いたいんだ」

　ハンドルに手を添えたまま、池澤が器用に肩をすぼめる。

「だって、署の連中ともあまりつき合わないでしょう？　なかなか本音を言わないんだから。謎の男で通ってるんですよ」謎の男。そういう評判を立てられていることは予想できた。

「別に俺が本音を話さなくても、誰も困らないだろう」

「でも、あまりつき合いが悪いと浮いちゃうじゃないですか」

「浮いたら仕事ができないのか」

「いや、そんなわけじゃないけど」

「だったら何の問題がある？」低い声を搾り出すのと同時に、私は拳を固めてダッシュボードに叩きつけた。池澤が一瞬体を固くしたが、次の瞬間にはかすかに軽蔑するような調子を声に潜りこませる。

「突っ張ってるのもいいけど、味方が一人もいないのは辛くないですか」

「全部会社の名義だな」朝一番で顔を合わせると、書類から顔も上げずに横山が言った。

「家も車も」

「でしょうね。税金対策の意味もあるんでしょう」

「そうだな」

「何だかむかつきませんか？」

「どうして」横山が書類を積み重ねてデスクの隅に押しやった。感情を押し殺しているというより、最初から何も考えていないような口ぶりだった。反論しようとしたが、その瞬間に私のデスクの電話が鳴り出したので、鋭い一瞥をくれるだけにした。

「はい、生活安全課」

「鳴沢さんだね」

久し振りに聞く声に私は思わず体を硬くした。

「太田さん」

「具合はどうですか」

「まあまあですね」口だけ動かして電話の相手が太田であることを伝えると、横山の視線がにわかに鋭くなった。腕組みをし、私を凝視する。そうすることで電話の内容が全て聞きとれるとでも信じているかのような真剣さだった。

「それより、お会いできませんか」先手を取って私は誘いをかけた。

「そうねえ」太田が曖昧に口を濁す。

「会う用事があったから電話してきたんじゃないんですか」

「ご機嫌伺いだよ」と不機嫌に太田が吐き捨てる。「捜査の進捗《しんちょく》状況はどうかと思ってね。のんびりやってると逃げられますよ」

「ずいぶんK社の内部事情にお詳しいようですけど」

太田が急に口ごもる。そのまま電話を切られてしまうのではないかと恐れ、私は急いでつけ加えた。

「本当に会ってもらえませんか。あなたに聞きたいこともあるし、この間のお礼もしたいんですけど」

「礼なんかどうでもいい。あんたは何が知りたいんだ」

「それは会った時に話しましょう」

「俺のことを嗅ぎ回るなよ」

「嗅ぎ回ってませんよ」否定しても、太田は疑念に満ちた口調を崩さなかった。

「本当に？」

「本当です」あなたがK社の人間で、詐欺の片棒を担いでいるなら別だが、と私は心の中でつけ加えた。「だから、会って下さい。あなたの手助けが必要なんです」

「つまり、捜査は難航してるわけだ」

「なかなか突破口がつかめないんですよ。もっとK社に食いこみたい」

「そういうことなら」俺が詐欺の手口を全部教えてやる、と太田が言い出すのを期待したが、彼の口から出てきたのは別の台詞だった。「しかし、こっちは顔を見せたくないんだ。それは分かってくれてると思うが」

「もちろんです」

「どうするか……」会ったこともない太田の思案顔が目に浮かぶ。私の中にある彼のイメージは、いつも疲れて溜息を漏らしている中年男である。爪のささくれを始終神経質そうにいじっているような。

「例えばですね」会話を途切れさせないように、私は言葉を並べ立てた。「ホテルとかではどうですか」

「人目につく」

「人ごみに紛れている方が、かえって目立たないかもしれませんよ。ロビーで、背中合わせのソファに座って話をすればいいじゃないですか。そうすればあなたの顔は見えないし、実際に話をすれば、いろいろと出てくるかもしれません」

断られるだろうと思ったが、意外にも太田はこちらの話に乗ってきた。

「いいですよ。で、どこで」

「太田さんはどこがいいんですか」

一瞬躊躇った後、太田が銀座にあるホテルの名前を挙げた。

「あそこはいつも混んでるから、かえって目立たない」

「分かりました。いつがいいですか」

「早い方がいい。今日の昼は？」

「大丈夫です。それじゃあ、十二時に私が先に着いているようにします。あなたはそれから五分後に来て下さい。あなたは私の顔を知っているはずですよね」

太田は皮肉をこめた私の問いには答えず「では、十二時五分に。誰か他の人間がいるのが分かったらそのまま帰る。二度と電話もしない」と宣言して電話を切ってしまった。

「奴さんも話したいことがあるんじゃないかな」私が受話器を置くと、横山が椅子を回してこちらを向いた。

「喋るタイミングをつかめないのかもしれませんね」

「たぶんな。となると、話を引き出すのはお前さんのテクニック次第だぞ」

「他に誰かつけるんですか」

横山がまじまじと私の顔を見た。

「どうせ、誰か別の人間が来たら帰るとか言ってるんだろう？　お前は何も知らないことにしておけ。太田に嫌われないようにしないとな」

「気づかれたら、上司が勝手にやったことにしておきますよ」

「それがいいな」横山が真顔でうなずく。「じゃあ、大事なデートの前にさっさと書類仕事を片づけよう」

十二時十五分前にホテルに着いて、ロビーの一番端のソファに腰を下ろす。持ってきた新聞を広げ、ぼんやりと活字を追ううちに疑問が頭に忍びこんできた。こんな芝居がかったことをして何になるのか。そもそも太田がどうしても顔を見せたくないという理由が私には分からない。

周囲を見回さないよう、新聞に集中した。このホテルは一階の一部と二階がレストランになっており、昼食をとるサラリーマンでロビーはごったがえしている。私が座っている一角は静かな方だが、落ち着いて話ができる雰囲気でもなかった。

十二時を回った。壁の時計に自分の腕時計を合わせる。新聞を見るふりをしながら秒針の動きに目を凝らし、太田の到着を待った。十二時五分……さらに一分が経った時、周囲の空気がかすかに動いた。私は背中を緊張させ、太田の雰囲気を感じ取ろうと努めた。衣擦れの音に続き、ソファにそっと腰を下ろす軽い音が背中側で響く。向こうが声をかけてくるのを待った。

「手短に」落ち着いた低い声だった。かすかに柑橘系のコロンの匂いが漂う。

「K社の中で、誰か喋ってくれそうな人はいませんか」

「情報提供者が欲しいのか?」

「そうです。あなたなら知り合いがいるはずですよね」

「どうかな」

「どうなんですか」

「ノーコメント」感情の抜けた声だった。

「あなたが持ってきた情報は極めて正確です。関係者じゃないと、あれだけの情報は集められないでしょう」

「俺が関係者だと思ってるのか？　そんなことはどうでもいいんだ。それに、情報を集めるのは警察だって得意でしょう」

太田は会話を迷路に迷いこませようとしているようだった。

「警察だって何でもかんでも情報を集められるわけじゃないんですよ」

「あんたら、もう少し手早くやると思ってたんだがな。少しがっかりしてる」

「この手の捜査には時間がかかります」少しばかり意地になって私は反論した。

「こうやってる間にも、被害者は増えてるんだ。あいつらは、警察が捜査してることはまだ知らない。このままじゃ被害者は増える一方だ」

「だから早く捜査を進めたいんです。そのためにもあなたの協力が必要なんですよ」

「このままだらだらやってるようだったら、こっちにも考えがある」低い声に決然とした調子を滲ませながら太田が宣告した。

「どういう意味ですか」

「マスコミを動かす。あいつらは、あんたたちと違ってすぐに食いついてくるからね。証拠がなくても書くだろうし」

「そんなことをしたら事件が潰れますよ」

「分かってる」太田が小さく溜息をつく。背中合わせで喋っているので、気をつけていないと聞き逃してしまいそうだった。「これ以上被害者が出て欲しくないし、今まで被害に遭った人を助けるためにも、あの会社をきっちり潰して欲しい。そのためには警察が早く動くしかないでしょうが」

「分かってます」話が堂々巡りになってきたが、私はもう一度繰り返した。「あなたの協力で貴重な名簿も手に入りました。後は詐欺の具体的な手口を解明するだけなんです。そのためにはどうしても会社内部の事情を喋ってくれる人が必要なんだ」

「あの会社は腐ってる」突然、太田が激しい口調で吐き捨てる。「欲の皮が突っ張ってる奴が始めて、何も分からない若い連中を巻きこんだ。手先になってる若い連中には、自分が悪いことをしているという意識さえないんだ」

「じゃあ、本当に悪いのは誰なんですか」

「さあね」

「野沢ですか。飛田ですか」

「それはあんたたちが判断してくれ」

私は新聞を乱暴に折り畳んだ。太田がかすかに体を硬くする雰囲気が感じられる。

「あなたはどうしてあの会社の情報を我々に渡してくれるんですか。もしかしたら、あなたも騙されたんですか？」

「それはあんたには関係ない」

「分かりました」私は一歩引いた。これ以上しつこく聞いて太田を頑なにさせても、こちらの利にならない。「それで、先ほどの話ですが」

「少し時間をくれ」

「太田さん？」

太田が立ち上がる気配がした。

「すぐに返事はできない」

「分かってます」

「できるだけのことはする。俺の顔を見るなよ」高い位置から、彼が懇願するように言った。

「ええ」

「とにかく時間をくれ。何とかする」繰り返すと、太田の気配が急に消えた。私は振り返りたいという欲望と必死に戦いながら、折り畳まれて歪んだ新聞の見出しを見下ろした。見出しが歪んだことで、記事の内容そのものも歪んでしまったように感じた。

「まかれました」

「阿呆」

「阿呆って……」横山に冷たく叱責され、池澤が反抗するように目を細める。「仕方ないじゃないですか。奴さん、ホテルの前からすぐにタクシーを拾ったんだから」

「そこを何とかするのがこっちの仕事だろうが」横山にしては珍しく、はっきりと怒りの滲み出た口調だった。

池澤はホテルのロビーで待機して、太田を尾行する手はずになっていたが、三十秒も持たずに失敗してしまったという。この大馬鹿野郎が、と私も心の中で毒づいた。結局お前はやる気がないんだ。こんな奴を放っておいたら、どこかで捜査に大きな綻《ほころ》びが生じる。

「それでお前、太田の顔は見たのか」

私の質問に対し、池澤はあっさり肩をすくめて否定した。

「見たけど、あれじゃ役にたちませんね。顔の半分が隠れるぐらいの大きなサングラスをかけてましたから。髭も怪しかったな。つけ髭かもしれません。よほど顔を見られたくないんですね」

「もう一度会ったら分かるか」横山が追及する。

「どうですかねえ」呑気そうに池澤が頭を掻いた。「サングラスを外して髭がなかったら、自信はないですね……すんません、俺、聞きこみにいかなきゃいけないんで。これで失礼します」

横山にも私にも何かを言わせる暇《いとま》を与えず、池澤は足早に部屋を出て行った。横山が目を細め、厳しい視線を池澤の背中に投げつける。「しょうがねえ奴だ」と独り言のように言って煙草をくわえた。

「外した方がいいんじゃないですか」

「そうもいかんだろう。何しろ人手不足なんだ。今の時点で贅沢は言えない。それで、お前の方はどうだった」

私は、とうとう核心に入らなかった太田との会話の内容を横山に伝えた。

「ふむ」横山が煙草を取り上げ、掌の上で転がした。「曖昧なことばかりだな。太田がK社の人間なのは間違いないと思うが……それより、マスコミにタレこむって言ってたんだな」

「ええ」

「まずいな」横山が煙草に火を点け、不味《まず》そうに煙を吐き出した。「マスコミはこういう話には喜んで食いついてくるぞ」

「黙ってるように忠告はしておきました」

「奴さんの反応は？」

「マスコミに流したら事件が潰れるのは分かってるみたいでしたね。とにかく、K社に対する恨みは相当なものだと思います」

「なるほど。今は社員じゃないのかもしれないな」

「元社員か……辞めさせられた恨みでこんなことをしているのかもしれませんね」

「そんなところじゃないかな」横山が煙草を灰皿に押しつける。金属製の小さな灰皿はすでに一杯になっていた。「後は、奴さんが誰か会社の不満分子を紹介してくれるかどうかだ」

「当てにならない奴を頼りにするのは情けないですがね」

「鳴沢よ」私の言葉にかすかに揶揄するニュアンスが入っているのを見抜いたのか、横山が眼鏡の奥の目を細くした。「生活安全課の刑事ってのは、どれだけ情報源を持ってるかで価値が決まるんだ。薄汚い奴や胡散臭い奴ともつき合わなくちゃいけない。太田なんか、まだましな方なんだぞ。たぶんあの男は純粋な正義感から情報を提供してるんだ」

「そうですかね」反射的に私は言い返した。「もしもあの男がK社の関係者だとしたら、自分だって年寄りを騙して金を巻き上げてたわけですよ。そんな男に正義感なんかあるわけないでしょう」

「反省して、自分から会社を辞めたのかもしれん」

「悪はやめられないって、横山さんも言ってたじゃないですか。飛田だって野沢だって、痛い目に遭ってるのに、結局またこういう世界に舞い戻って来たんでしょう」

「一時的には反省する人間もいるさ」

「だったらもっと協力してくれてもいいんじゃないですかね。あの男はゲイムをしてるとしか思えない」

「ゲイムにつき合うのも刑事の仕事なんだぞ」横山が大儀そうに腰を上げる。「俺が欲しいのは結果だけなんだ。過程については何も言わない。そこをどうするか、自分で考えるのがお前の仕事だろうが」

レッグプレスのウェイトをいつもより十キロ重くして百十キロにした。すでにチェストプレス、ショルダープレスをこなして上半身の筋肉は熱くなっているが、どうにも物足りない。

シートに腰を下ろし、膝が直角に曲がるように調整する。ヘッドレストの横についた短いバーをつかんで脚に力を入れると、腿が震え、上半身がすっと上がった。きついのは最初だけで、一度脚を伸ばしてしまえば後はそれほど大変ではない。脚が伸びきったところで息を吸いながら、ゆっくりと膝を曲げていく。腹筋がぶるぶると震え、バーを握る手が汗で滑った。規則正しく呼吸することを意識しながら十五回繰り返す。最後にことさらゆっくりと膝を曲げてウェイトを一番下まで下ろし、両手をだらりと伸ばして体の力を抜いた。

上体を起こし、足元に置いたペットボトルの水を飲む。急に目の前が暗くなった。誰かが頭にタオルをかけたのだ。急いで払いのけて振り返ると、内藤がにやにや笑いながら私を見下ろしていた。

「七海」

「やってるな」

「どこ行ってたんだ、お前」

「あちこちふらふらと」

「何でここが分かった」

「俺は刑事だからね」それで全ての説明がつくだろうと言わんばかりに、内藤がにやりと笑った。「おい、お前の家に行こうぜ」

「ああ、まあ」

「何だよ、泊められないっていうのか？」

「そんなことはないけど、俺は明日も仕事なんだぜ」今夜も九時を回っている。珍しく早く帰れたので自宅近くのジムに来たのだが、生活のペースを崩したくなかった。かといって、友人の頼みを断るのも気が引ける。

「邪魔はしないよ」

内藤の一言が決め手になった。

「よし。もう一セットやってから引き上げるから。お前もやるか？」

「いや」内藤が寂しそうな笑みを浮かべて首を振る。「レッグプレスは勘弁してくれ。膝がね」

「今でも痛むのか」

「寒い時は辛いこともあるね。それに、わざわざウェイトをやって古傷を痛めつける気はしない」

「じゃあ、ちょっと待っててくれ」

「いいよ。見学してる」

内藤が一歩下がったので、私は最後の一セットを始めた。頭に血を昇らせながら考えていたのは、内藤はいったい何のために日本に来たのだろう、ということである。もしかしたら私にとって最大の謎はこの男かもしれない。

4

「いい家じゃないか」

「まあな」

「借りてるのか？」

「刑事の給料じゃ、この家は買えない」

内藤がデニムのジムバッグを床に放り出し、乱暴に音をたててソファに腰を下ろした。リビングルームの中をじろじろ眺め渡してから、右の掌で胃を押さえて顔をしかめる。

「胃潰瘍か？」

「腹が減った」

私は声を上げて笑い、キッチンに向かった。そう言えばこの男はいつでも腹を減らしていたものである。乏しい冷蔵庫の中身を確認してから、リビングルームにいる内藤に声をかける。

「お前、カレーとか食えるか？」

「ああ。母親が昔よく作ってくれた」

「カレーならすぐ用意できる」

「いいぜ」

冷凍しておいたご飯を電子レンジに入れ、レトルトのカレーを温めるために鍋で湯を沸かす。野菜室に残っていたレタスと黄ピーマンを洗ってサラダの用意を始めると、内藤がぶらりとキッチンにやってきて冷蔵庫の扉を開けた。

「ビールはないな」

「ああ」

「飲んでないのか」

「やめたんだ」

レタスを手で千切った。黄ピーマンを細く切って、レタスと一緒にサラダボウルに盛りつける。スパイス棚にベーコンビッツを見つけ、フレンチドレッシングと一緒にサラダにふりかけた。未練がましく内藤が訊ねる。

「飲まない奴に聞くだけ無駄かもしれんが、何かアルコールは？」

「酒はリカーキャビネットにいろいろ入ってる。好きなのを選んでくれ」

「了解」内藤が出て行くと、キッチンが急に広くなった。湯が沸いたので、カレーのレトルトパックを鍋に入れる。一つは激辛、もちろん内藤の胃袋をびっくりさせてやるためだ。

リカーキャビネットを漁っていた内藤が無邪気な歓声を上げる。

「ここの家主、金持ちだろう」

「そうだな。昔からのこの辺の地主だ」

「高そうな酒ばかりだけど、本当に飲んでいいのか？」

「好きにしてくれ」

内藤がキャビネットを漁っている間に、私はご飯を皿に盛りつけてカレーを回しかけた。内藤の分は凶悪そうな黒で、匂いを嗅いだだけで涙がこぼれてきそうな代物である。

「できたぞ」

「おお」

内藤がキッチンに入ってきて、私が差し出す皿を受け取った。右手に持ったグラスの中で透明感のある黄金色の液体がゆらゆらと揺れている。グラスを鼻の下に持っていくと、目を閉じて大袈裟に溜息を漏らした。

「何で飲んでないんだ？　昔は毎晩飲んでたじゃないか」

「酔っ払ってたら仕事ができない」私は優美にした説明を繰り返した。

「酒のない人生なんてつまらないだろう」

「そうでもないと思うがね」

「酒なしでよくやっていけるな。刑事の仕事に酒はつき物だぜ」

答えるのも面倒になって肩をすくめるだけにした。自分の分のカレーとサラダを持ってリビングに向かう。パイン材のテーブルに皿を置いてからキッチンにとって返し、二人分のスプーンとフォーク、それにペットボトル入りのミネラルウォーターを持ってきた。内藤が皿にスプーンを突きたててカレーを口に運ぶ。私は、土砂崩れ現場でフル回転で動くショベルカーを思い浮かべた。

「辛くないか？」

「いや、別に」内藤が皿から顔を上げる。無理をしているわけではなく、本当に辛さを感じていないようだった。

「思い切り辛いやつなんだが」

「お前、メキシコに行ったことないだろう」

「ないよ」

「あそこの食い物に慣れちまえば、この世に辛いものなんかなくなるよ」

「お前はメキシコへ行ったことがあるのか？」

「クソ野郎を追いかけてな」内藤がスプーンの先でカレーとご飯を混ぜ合わせた。「ま、半分観光みたいなものだったけど」

私はゆっくりとカレーを食べた。サラダは慎重に野菜だけを拾って齧《かじ》る。ベーコンビッツはサラダにコクを与えてくれるが、実態は脂肪の塊なのだ。

平然とした顔で内藤がカレーを食べ終え、皿を押しやった。グラスをぐるりと回し、香りを膨らませてから口に運んでゆっくりと飲む。カレーの後に生《き》のウィスキー。内藤は細かいことにこだわらない人間だ。

「ところで、何飲んでるんだ」満足そうな内藤の顔を見やりながら私は訊ねた。内藤がグラスを顔の前に掲げながら答える。

「ラフロイグ。シングルモルトウィスキー。こんな上等な酒は久し振りだ」

「ということは、ふだんは安酒ばかり飲んでるわけだな」

「まあな。でも、安酒でも刑事ならタダで飲める店がニューヨークにはたくさんある」

私が肩をすくめると、内藤が太い眉をひそめた。

「何だよ。気にいらないのか」

「日本では刑事はタダ酒は飲まない」飲んでいる人間もいるはずだが、私はそういう連中を刑事とは認めない。

「別に買収されてるわけじゃないぞ。警察官がたむろしている方が店だって安全なんだ。それにこれは習慣の違いだからな。お前だってニューヨークで刑事をやってたら、それが普通だと思うはずだよ」

「そうかね」

内藤がテーブルに両肘をつき、グラスを手で包みこんだ。グラブ並に大きな彼の手がグラスを完全に覆い隠す。私は半分ほど残ったカレーに戻った。

「優美から聞いたよ」

私は思わず口を硬く閉じた。歯がスプーンに当たり、金臭い味が広がる。ことさらゆっくりカレーを飲み下すと、薄い笑みを浮かべてやった。

「聞いたって、何を」

「お前が何をやったか」

「そうか」

「気にしてるんだな」

「いや」

「嘘つくな」真顔で内藤が詰め寄る。怒っているのか、上半身が大きく膨れているようにも見えた。「お前は変わった。昔はこんな奴じゃなかったよ」

「変わった？　当たり前じゃないか。最後にお前と会ってから十年以上も経ってるんだ。十年経っても変わらない人間がいたら、その方がおかしい。だいたい、俺がどう変わったっていうんだ」

「俺の目を見なくなった」

私は虚ろに笑った。それで彼の指摘を一笑に付したつもりだったが、内藤は納得しなかった。私も笑みを引っこめ、低い声で言い返す。

「何言ってるんだ」

「ああ、俺の言葉が悪かったのかもしれない」内藤が顔の前で手を振る。「お前は自分の殻に閉じこもってる。本音を言わない。誰も信用しない。違うか？」

「……そうだな」食欲が失せて、私はスプーンを皿の上にそっと置いた。優美に話した時は、幾分気持ちが和らいだ。しかし同じ話題でも内藤が相手だと、傷口に塩を塗りこまれるような痛みを感じる。たぶんそれは、内藤が刑事だからだろう。彼はおそらく、自分でも意識せずに私を尋問しているのだ。

「お前は人を殺した」内藤は事実を一切オブラートに包まず、私にぶつけてきた。「友だちを撃ち殺した。自分のジイサンが自殺するのを見逃した。それは殺したっていうか、手助けみたいなものか？」

「ああ」

「何て言うんだ、日本語で」

「幇助《ほうじょ》、かな」

「幇助ね」一瞬、昔のように彼がメモを取り出すのではないかと思った。内藤がゆっくりとグラスを回して私の目を見る。「一つ言っていいか」

「何だ」

ガソリンを補給するように内藤がウィスキーを舐め、私の顔を正面から覗きこんで口を開く。妙に滑らかな口調だった。

「殺される奴にはそれなりの理由がある」

「馬鹿言うな」私は吐き捨て、ペットボトルをきつく握り締めた。「被害者が悪いっていうのか」

「お前が殺した二人は被害者だったのか」

私は一瞬で反論の言葉を失った。二人とも確かに罪を犯していた。一人は積極的に、一人は消極的に。どちらもそうする理由があったにせよ、加害者の立場にあったことは間違いない。

「お前が殺した先輩だけどな」内藤がグラスを顔の前に持っていく。しばらく鼻の下でグラスを回していたが、やがてそっとテーブルに置いた。「殺さなければお前が死んでた。そうしたら俺にも二度と会えなかった。優美にもな」

優美の名前が出て、私は彼に言うべきことがあるのを思い出した。

「お前、この前の野球の時、わざとすっぽかしたな。タカさん、そんなに大した怪我じゃなかっただろう」

内藤が白い歯を見せて笑った。

「どうだよ、優美は」

「そんなこと言われても困る」腕組みをして内藤を睨みつける。

「そんなに真剣になるなって」内藤がこれ以上ないほど真剣な顔つきで言った。「いつもそんなに突っ張ってたら疲れちまうだろう。酒を飲んでもいい、女を抱いてもいい、嫌なことは忘れちまえよ」

「冗談じゃない」

「だから、むきになるなって。そういうところは全然変わってないな」

「俺にはそんなことはできない」私は激しく首を振った。

「俺は今まで二人殺してる」内藤が平板な声で打ち明けた。「一人はコロンビア人のギャングだ。こいつは俺たちに追いかけられて、チャイナタウンのど真ん中で十二歳の女の子を人質に取ろうとした。もう一人はスーパーに強盗に入った奴で、店主を撃ち殺して店に立てこもった。どっちも、殺さなければ俺が死んでたかもしれないし、関係ない一般の人が巻きこまれてたかもしれない。俺の判断は間違ってると思うか」

「いや」

「そう、間違ってない。もちろん、悩んだこともあるよ。俺たちは刑事であって裁判官じゃない。人を裁く権利はないんだからな。でも時には、裁判なんて面倒なものは抜きにして犯人に向き合わなくちゃいけない時もある。お前だって同じだろう。そんな状況になったら迷わず銃を抜け。自分を信じろ」

自分を信じろ。私はうつむいたまま、内藤の言葉を嚙み締めた。

「時間はかかる。でもお前は乗り越えられるはずだ」

「自分を赦《ゆる》せるとは思えない」

「赦す必要はないんじゃないか。自分が殺した相手の魂と一緒に生きていけよ。それができれば、お前の罪は――罪があるとしてだが――いつかは赦されると思う。どうしても駄目だったら俺のことを思い出せ。俺はお前を信じる。俺がお前を赦してやる」一気に喋ってから、内藤が急に相好《そうごう》を崩した。「で、優美はどうだい？」

内藤は、ふだん誰も使っていない寝室のキングサイズベッドの上で高いびきをかいていた。嫌いだと言うのでエアコンはつけずにおいたため、寝室は汗ばむほどの暑さになり、彼は毛布をはねのけてしまっていた。起こすには忍びなく、私は音をたてないように気をつけてドアを閉めた。

体のあちこちに疲れが残っている。昨夜は無理し過ぎた。ストレス解消のつもりで無理にウェイトを増やしてみたのだが、そんなことをしても体の凝りも心の疲れも取れないことが分かっただけだった。

キッチンで一人分の朝食を準備した。ボウルいっぱいのシリアルと、背の高いグラスに注いだ百パーセント果汁のオレンジジュース。野菜室の隅に転がっていた梨を剝いた。それと薄めに淹れたコーヒー。

コーヒーの香りに誘い出されたのか、内藤が二階から降りてきた。大きく伸びをすると、サイズの合わない私のトレイナーが一杯に引き伸ばされ、平らな腹が覗く。壁の時計にちらりと目をやり、頭を乱暴に掻いた。

「ずいぶん早いな」欠伸を嚙み殺しながら内藤が言った。

「この時間に起きないと間に合わないんだ。お前はまだ寝てればいい」

「いや、いい。俺も起きるよ」内藤がダイニングテーブルに座り、手を伸ばして私のコーヒーを取り上げ、音をたてながら飲んだ。私は立ち上がり、ポットから自分用にもう一杯注いだ。

「どうする？　俺が帰ってくるまで待ってるか」

「いや、俺も出かける」

「ゆっくりしてればいいじゃないか」

「いろいろと忙しくてね」

「忙しいって、お前何やってるんだ。だいたい、旅行に行ってたんじゃないのかよ」

無言で内藤が肩をすくめる。この男はいったい何をしているのだろう。自分のルーツの国を見たいという気持ちは分からないでもないが、昨夜も夜中の二時過ぎまで話しこんでいたのに、肝心の日本に関する感想は彼の口から一言も出てこなかった。

「何考えてるんだ」内藤が手で顎を支えながら逆に訊ねてきた。

「いや、別に。何か食うか？」

「お前は何食ってるんだ？　シリアルか。じゃあ、それでいいよ。俺も朝はあまり食わないんだ」

「自分で用意してくれ」

「了解」そう言いながら、内藤は立つ気配を見せない。黙ってカップを持ち上げ、コーヒーを一口飲んだ。私はボウルから顔を上げ、シリアルを飲みこんでから訊ねた。

「どうした」

「いや」内藤が巧みに私の視線を外す。

「お前、何か隠してるだろう」

「そんなことないよ」内藤が歯を見せて笑ったが、その笑みはどこかぎこちない。たぶん、話すつもりはないのだろう。昨夜の内藤の言葉を思い出す。お前は自分の殻に閉じこもっている——その言葉をそっくりそのままお返ししたかった。

テーブルの上に置いてあった私の携帯電話を内藤が取り上げる。

「何だい、これ」ストラップをつまんで訊ねた。

「ああ、『ピーポくん』っていうんだ」署対抗の柔道大会で青山署が優勝した時に記念で作ったものだ。

「何だよ、そりゃ」

「警視庁のマスコットだ」

「何だか妙なものを作ってるんだな。面白いね。俺にくれないか」

「まあ、いいけど」

「日本に来た記念だ」内藤は太い指を器用に操ってストラップを外した。ふと私は、本来なら昨夜聞いておくべきことがあったのを思い出した。

「この前、久し振りにブルックリン訛りを聞いたよ」

「へえ」内藤がコーヒーカップを両手で包みこむ。「よく聞き分けられたな」

「お前が教えてくれたんじゃないか。結構覚えてるもんだね」

「どこで聞いた？」

はたと困った。詳しく話せば、K社の事件について触れざるを得ない。結局、適当にぼかして説明することにした。

「今やってる事件の捜査でね。それが中国人だか韓国人だか日本人だか……でも、言葉の感じからするとネイティブのアメリカ人だと思う」

「そうか」

言ったきり、内藤が黙りこんだ。再び眠りに引きこまれそうな様子で、ぼんやりと壁を見つめる。私は黙ってシリアルを食べ、オレンジジュースを飲み干した。

「梨だ。食うか?」彼の方に皿を押しやる。結局彼は自分の分のシリアルを用意しようとはしなかった。

「ああ」虚ろな目をしたまま、内藤が梨に手を伸ばした。頑丈そうな歯が瑞々しい音をたてて梨を噛み砕く。

「これが梨か?　砂を嚙んでるみたいだな」頰を大きく膨らませたまま文句を言う。

「そうか、向こうの梨はねっとりしてるんだよな」

「まあ、これはこれで美味いよ」内藤が次の梨に手を伸ばす。微笑を浮かべていても、その目は私を見てはいなかった。

この男は何か隠している。絶対に。

「この前の女、結局何だったんですかね」池澤がぼそりとつぶやく。天ぷら屋の看板が放つ灯りが彼の顔を白く染めていた。

「女って」

「ほら、野沢が連れてた女がいたでしょう。御殿場の蕎麦屋で、あの中国人だか韓国人だかに引き渡した奴」

「接待用じゃないのか」

「なるほど」妙に感心したように池澤がうなずく。「とすると、あのオッサンはやっぱり野沢のお客さんってことになりますね」

「そうなんだろうな」

「ちょっと気になるなあ」

「今は余計なことは考えない方がいい。とりあえず目の前のことに集中しろ」

「はいはい」つまらなそうに言って池澤が肩をすくめる。雨粒が大きくなり始め、彼は舌打ちをしてビニール製の傘の下で首をすくめた。

「そろそろじゃないですか」じれたように言って池澤が腕時計に視線を落とす。

「ああ」私も自分の腕時計を見た。飛田が銀座松坂屋の裏手にあるクラブに入って三十分ほどが経つ。私と池澤は五日間ほど彼の後をつけ回し、毎日の動向をほぼ把握していた。毎晩のように盛り場を渡り歩いているのだが、そのパターンが少し変わっている。

六時過ぎに、若い社員を引き連れてK社から出てくると、最初は決まって会社近くの六本木、それから銀座に移り、最後は引き返して西麻布か赤坂辺りで締めるのが通例である。そして店を替わる度に人数は減っていくのだ。これだけはしごをしているのに、最後に元麻布にある自宅マンションに戻るのは十時過ぎと早く、いつも一人だった。飛田はどの店にも一時間といないし、酒を飲んでいる気配もない。それなのに、どこでもホステスたちの盛大な見送りを受けるのは、それなりに金を遣うからだろう。あちこちに金をばらまきに行っているようなものだ。

飛田が通う店についても調べてみたが、彼、あるいはK社とは直接関係がないようだった。どこも、座っただけで一万円札が何枚も飛んでいくような店で、飛田はバブルの時代を懐かしんで札びらを切っているのではないかと思えた。

銀座のこの店は三日間で二回目だった。入る時は若い社員を二人連れていたが、五人のホステスに見送られて出てきた時は一人になっていた。九時半。そろそろお開きにして一人暮らしの自宅に帰る時間である。

「今日もそろそろ終わりですね」池澤が小さく欠伸をした。

「ああ」

「しかし、若い連中にサービスし過ぎじゃないですかねえ。自分は全然飲まないのに、何が面白いんでしょう」

「それは本人に直接聴いてみないと分からない」

「近いうちに？」

「そうしたいな」

二人のホステスに両腕を取られた飛田が、私たちの前を通り過ぎて行く。小柄だががっしりした男で、背広を着ていても筋肉質の体型がはっきりと分かる。高校生のころは柔道の選手で、宮城県代表でインターハイに出るほどだったと横山が教えてくれたのだが、数十年前の面影は今でもうっすらと残っていた。

「行きますか」帰りますか、と言うのと同じような口調で池澤が言った。飛田は移動にいつもタクシーを使う。繁華街で覆面パトカーを違法駐車させておくわけにもいかず、私と池澤も追跡にはタクシーを使っていた。中央通りに出ると飛田はすぐにタクシーを拾った。二人のホステスにうなずきかけるとそそくさと乗りこみ、体を乗り出して運転手に行き先を命じる。池澤が後続のタクシーを停め、先に体を滑りこませた。バッジを見せ、前のタクシーを追うように命じる。

私は飛田の乗ったタクシーのテールランプを凝視した。タクシーは中央通りから晴海通りに出て左折し、JRのガードをくぐる。警視庁の前まで進み桜田通りに入るのが銀座からのいつもの帰宅のコースだが、今夜は別のルートをたどった。

「あれ」池澤が不審そうな声を上げた。「帰るんじゃないんですかね」

「もう一軒寄るつもりかもしれない」

「こりゃあ、今夜は遅くなりそうだな」溜息をつき、池澤がシートに深々と身を埋めた。

飛田の乗ったタクシーは、内堀通りを半蔵門まで進み、麴町方面へ向かって左折した。四谷まで来ると、ＪＲの駅前で停まる。飛田は背広のボタンをかけながらタクシーから降りると、用心するように周囲を見回してから歩き出し、新宿通り、さらに外堀通りを渡って、四谷のごみごみした繁華街に足を踏み入れた。

「四谷は初めてですね」池澤がぼそりとつぶやいた。

「ここは奴のシマじゃないはずだが」私は首を捻った。まだ飛田の行動パターンを全て把握できていないようだ。

「飯でも食うつもりですかね」

「こんな時間に飯を食ったらブタになる」

「また、そういう厳しいことを言って」

「待て」私は池澤の胸の前に腕を差し出し、彼の歩みを止めた。一瞬だが飛田が立ち止まってこちらを振り向く。しばらく誰かを捜すようにあちこちに視線を漂わせていたが、すぐに歩き出した。

「えらく用心してるみたいだな」池澤があらぬ方を見ながら言った。

「人に見られたくない用件なんだろう……おい、あそこに入るぞ」

飛田はもう一度左右を見渡して、雑居ビルの地下に向かう階段を下りていった。十秒ほど待ってから彼の後を追う。階段の下には鉄製のドアがあるだけで、看板も何もかかっていなかった。池澤がビルの郵便受けを調べて戻ってきたが、首を振るだけだった。

「地下の案内は出てません」

「店じゃないのかもしれない」

「じゃあ、何なんですかね」飛田はここに隠れ家を構えているのかもしれない。ざわついた四谷の喧騒が届かない地下に、彼と仲間だけが集まる部屋がある。高価な酒を静かに酌み交わしながら歓談し、ジャズに耳を傾け、夜が更けるのを待つ空間が。

「待ちますか」諦めたような口調で言って、池澤が溜息を漏らす。

「仕方ない」

私たちはビルの入り口に身を寄せた。酔客がひっきりなしに出入りし、私たちを胡散臭そうに眺めていく。その度に池澤がいちいち睨み返した。

「無視しろよ」

「ゴミを見るような目つきで見やがって」急に怒りがこみ上げてきたように、池澤が吐き捨てる。

「俺たちがゴミぐらいに思われてるのが平和な社会なんだよ」

「実際は平和じゃないでしょう」

彼が何に怒っているのか、私には見当もつかなかった。もしかしたら、今夜もデートをすっぽかしてしまったのかもしれない。

池澤が地下への入り口を覗きこんだ。

「鳴沢さん、来ますよ」

「早いな」腕時計を見ると、飛田が地下に入ってからまだ十分しか経っていない。私は雨の中に足を踏み出し、階段の前を横切った。ちらりと下を見下ろすと、ドアは開いたままで、飛田が誰かと立ち話をしている。「頼んだぞ」という言葉だけが聞こえてきた。相手も何か言ったようだが、内容までは聞き取れない。

ビルから二十メートルほど行き過ぎて振り返る。ちょうど飛田が階段を上がり切ったところで、広げた傘に顔を隠すようにして、四谷駅の方に歩き始めた。池澤が影のようにその後につき従う。私は池澤の背中を追いかけながら、飛田についてはまだ調べなければならないことが多いな、と考えていた。

「あれね、カジノですわ」

「カジノ？」横山が首を捻る。

「四谷署の連中がチェックしてます」

生活安全課の刑事、坂木征広《さかきまさひろ》がのんびりした口調で報告を始めた。坂木は本来風俗関係が専門で、K社の捜査には加わっていない。昨夜遅く私たちの報告を受けた横山が確認を頼んだところ、朝一番で結果を知らせに来たのだ。

「経営者は分からないけど、四谷署で客の割り出しにかかってるんですよ」坂木が丸い腹をゆっくりと撫でまわしながら説明した。「会員制だか何だか、面子《めんつ》はいつも同じようですがね」

「それで、飛田はそこにどう関係してくるんだ」私は昨夜の飛田の様子を思い出しながら訊ねる。周囲を警戒するような、誰かに見られるのを恐れるような態度は、何か意味ありげではあった。

「それがですねえ」坂木が不満そうに言い、音をたてて歯を吸った。「奴さん、客なのか経営してる方なのか、よく分からないんですよ」

「どういうことだ」私は質問を重ねた。

「あの店に出入りしてることは確認されてるんです。でも、いつも十分とか二十分しかいないみたいなんですね。あの店でやってるのは主にブラックジャックとルーレットらしいんですが、そんな短い時間じゃ遊べないでしょう」

「店に寄って、上がりを回収してるのかもしれない」

私の推測に同意するように坂木が小さくうなずいた。

「そうですね、それだったらすぐに引き上げる理由も分かる」

「すまんが、四谷署の連中に仁義を切って、お前も調べてみてくれ」横山が坂木に指示した。「こっちの事情も簡単に説明してな。向こうも、でかいヤマに乗れるとなったら悪い気はしないだろう」

「いいですよ」気楽な調子で言って、坂木が腰を上げる。「じゃ、何か分かったら報告しますから」

部屋を出て行く坂木の背中を見送ってから、横山がぼそりとつぶやいた。

「三つ子の魂百までって奴だな」

「何ですか、それ」

横山が今朝五本目——少なくとも灰皿には四本の吸殻が転がっている——の煙草に火を点け、不味そうに煙を吹き出す。

「飛田ってのはギャンブルが好きな男でね。ＭＩインターナショナルの事件で捕まった時は、ほとんどすっからかんだったんだ。宵越しの銭は持たないタイプなんだな」

「若い連中を連れて飲みまわってるのも、ただ金を遣うためだけですかね」

うなずきながら横山が煙草を灰皿に押しつけた。すっかり冷え切った茶を飲み干し、乱暴に音をたてて茶碗をデスクに置く。

「面倒見がいいって言えばそうなんだが、要は取り巻き連中がいないと寂しくて仕方ないんじゃないかな。しかし、カジノねえ。名前は出してないにしても、自分でやってるんじゃないかな」

「自分で経営してたら、自分は遊べないんじゃないですか」

「ギャンブルをやる人間にも二種類いると思うんだ。本気で金を儲けるために手を出す奴と、あのぎりぎりの雰囲気が好きな奴と。お前は、ギャンブルはやらない口だろうな」

「やりませんね。パチンコやマージャンにも縁がないぐらいだから」

横山が鼻を鳴らす。

「だと思ったよ。もしも生活安全課にずっといるつもりなら、牌の並べ方ぐらいは知っておいた方がいいんだがな」

私は肩をすくめた。ここの仕事が面白くないわけではないが、違和感を感じることも少なくない。馴染めるかどうかは分からないし、やはりいつかは一課に戻りたいという気持ちが強かった。

「それはともかく、飛田はギャンブルの雰囲気が好きなタイプだったんだと思う。何でもありなんだよ。それこそマージャンから競輪、競馬、競艇、カード、何でも手を出してたようだ」

「でも、それぐらいですっからかんになりますかね。インチキ商売でたっぷり儲けてたんでしょう？」

　横山が人差し指をぴんと立てて見せた。

「ラスベガスだ」

「ラスベガス？」

「そう。奴さんは逮捕されるしばらく前に、ラスベガスで一晩で二億儲けた。その翌日にそれを全部すってね。ずいぶん派手に遊んでる日本人がいるっていうんで話題になって、それが捜査の端緒にもなったそうだ」

「そうだったんですか」

「金儲けが目的でギャンブルをやるんだったら、二億儲けた時点でやめてるだろう。飛田はあのスリルや雰囲気が好きなんだよ。だから、自分でカジノを経営してみたいっていう気になるのも不思議じゃないと思う」

「そうですね」

「ある意味、やばい仕事に手を出すのも、飛田にとってはギャンブルみたいなものかもしれないな。一か八か、儲かれば濡れ手に粟だけど、失敗したら後ろに手が回る」横山が新しい煙草を手にする。朝から吸い過ぎだな、とつぶやくと、名残惜しそうにパッケージに押し戻した。

「飛田も野沢も、結局同じようなことをしてるわけですね。同じような商売をやって、同じように金を遣ってる」

「その通りだ」横山が力強くうなずく。「だから連中は、同じように尻尾を出して、同じように失敗するんだよ」

そううまくいきますかね、と反論しようとした途端、私のデスクの電話が鳴り出した。太田だ、という予感があった。私は横山と目を見合わせると、電話に出た。

5

「鳴沢さんですね」

「太田さん」予感は当たった。

「この前の件だが、何とかなります」

「そうですか」私は意識して声を抑えながら礼を言った。「助かります」

「引き合わせられる人間がいる。ただし、俺は直接紹介はできない。場所と時間を指定するから、そいつに会って下さい」

「あなたは来ないんですか」

「俺はもう、あんたには会えないと思う」太田の声が低く沈みこんだ。

「どういうことですか」

電話の向こうで太田が沈黙した。慎重に言葉を選んでいる様子がうかがえる。

「俺もやばいんだ」ようやく吐き出した太田の台詞は、切羽詰っているというより半ば諦めたような口調だった。「会社の連中が疑ってる」

「あなたはやっぱりK社の社員だったんですね」

「今さら隠しても仕方ないね。自分だけは正義の味方だなんて言うつもりはない。でも、俺なんかただの手足みたいなものなんだ。頭は別にいる。それはあんたも分かってくれると思うが」

「でも、あなたの証言があればもっと確実に早く立件できますよ」

「だから、それはできない。俺はやばいんだ」太田の口調は、脂汗がじわじわと滲み出るようなものだった。「逃げなくちゃいけない。これ以上あんたに協力はできないが、勘弁してくれ」

「太田さん、どうして我々に情報を提供する気になったんですか」

「俺は――」一瞬太田が口をつぐんだが、再び喋り始めると、堰を切ったような勢いで言葉が飛び出してきた。「俺は、女のためにこの商売を始めたんだ。どうしても手放したくない女でね。マンション、服、宝石、車。何でも買ってやった。満足させてやるためには、普通の仕事じゃ追いつかなかったんだ。ねだられたわけじゃないんだぜ。ただ俺は、女を喜ばせてやりたくて、自分から進んでこんなことをやってたんだ。おかしいか？」

「いや」男が犯罪に走る理由は多くはない。女か金か名誉、動機の九十パーセントはそのどれかに当てはまる。「それより、どうして今になって会社を告発する気になったんですか」

「息苦しくなった」

「息苦しい？」

「やばい商売だっていうのは分かってた。最初は金さえ儲かれば目を瞑ろうと思ってたけど、こんなこと、いつまでも続くわけないじゃないか。自分で知らないうちに警察の捜査が始まって、いつの間にか後ろに手が回ったなんてことになったらたまらないでしょう。それに最近、会社の方針がずいぶん荒っぽくなってね」

「ヤミ金融を使ったりしてることですか」

「ああ、まあ、その辺は俺じゃなくてこれから紹介する奴に聞いてくれ。それと、そいつのことは特別に考慮してもらえないかな」

「と言うと？」

「逮捕されないようにするとか」

「それは保証できません」

「そうか……」太田の声からがっくりと力が抜けた。風船から空気が漏れるように長い溜息を吐く。「そうだろうな。まあ、それは分かるけど、そいつもようやく勇気を出して喋る気になったんだ。少しは気を遣ってやってくれないかな」

「簡単には保証できません」

「頼むよ。大事な後輩でもあるんだ」初めて聞く、すがるような声で太田が言う。

しばらく押し問答が続いたが、結局太田が折れて、私が会うべき男の名前と面会の場所、時間を指定した。

「あなたも一緒に来たらどうですか。相談に乗りますよ」

「自分のことぐらい、自分で何とかできる。あんたらは何も保証してくれないんだろうからな」それまでの弱気は消え失せ、太田は最後通告のように皮肉な台詞を残して電話を切った。

横山に事情を説明すると、彼は「へましたな」とでも言いたげに舌打ちをした。

「そういう時は、任せて下さいって言えばいいんだよ」

「保証もできないことを、簡単に口約束はできません」

「本当に石頭だな、お前は。相手を安心させて答えを引き出すためには、少しぐらいの嘘はいいんだよ」

「そういうわけにはいかないでしょう」

「ここでは、それぐらいの融通がきかないとやっていけないぞ」

「いつまでも生活安全課にいるつもりはありませんから」急に自分の将来に対する気持ちが固まり、私は低い声で宣言した。横山が目を細め、私の真意を確かめようとするようにきつい眼差しを投げかける。私はそっと目を逸らし、今の自分の言葉にどれほどの真剣味があったのだろうと自問してみた。

その男は己の罪を恥じるようにうなだれていた。私たちが近づくのに気づくと、ゆっくりと顔を上げる。油の切れた玩具のように動きがぎこちなく、目の焦点が合うのにしばらく時間がかかった。私の後ろに横山がいるのに気づくと、急にパニックに陥ったように音を立てて椅子を引く。

「一人じゃないんですか」

「浦田《うらた》さんですね？　浦田元《はじめ》さん」質問には答えず、私は彼の名前を確認した。

「一人で来るかと思ってた」浦田が早くも諦めたように溜息をつく。

「大丈夫です」彼を安心させようと、私は笑みを浮かべた。それで彼が心を許したわけではないようだったが、少なくともこちらに敵意がないということは分かってもらえたようだった。

「座っていいですか」私が訊ねると、浦田は無言で椅子に手を差し伸べた。私が浦田の正面に、横山が斜め前に席を取る。

会話が流れ出す前に、私は素早く浦田を観察した。淡い茶系のグレンチェックの上着。白いボタンダウンのシャツを着ているがネクタイはしていない。私と同年輩といったところだろうか。油っ気のない髪は少し薄くなり、店の照明を受けて地肌が光っている。くたびれた様子ではなかったが、目が充血していた。煙草に火を点け、盛大に煙を吹き出して店内の環境をさらに悪化させる。ＪＲ錦糸町駅の近くにあるこの喫茶店は、午後九時近い時間でもほぼ満席で、客は私以外全員が煙草を吸っていた。

「太田さんのご紹介で」

私が切り出すと浦田は首を傾げた。

「太田……そうそう、太田さんね」ようやく合点が行ったというように浦田が大きくうなずいた。「そう言われてたんだ」

「太田さんと呼ぶようにって？」私が念押しすると、浦田が素早くうなずいた。「太田」が偽名だということは分かっているのだが、改めてそれを指摘されると妙な気分になってくる。

「何か食っていいですかね」浦田が探りを入れるように訊ねる。「そちらの奢《おご》りで」

「どうぞ」横山が愛想良く答える。「ところであなた、都内にお住まいですか？」

「何で」不審そうに浦田が首を傾げる。

「いや、あなたが東京都民なら、奢りっていっても結局はあなたが払う税金からってことになりますからね」

「おあいにく様」浦田が初めて硬い表情を崩した。「俺は千葉県民なんで」

「けっこうですよ」無表情に横山がうなずいた。「俺たちも何か食うか、鳴沢」

「はあ」突然話を振られ、間抜けな声を出してしまった。ふだん横山は、こんなくだけた態度は見せない。どうにも調子が狂う。

「我々も飯がまだでしてね。ご一緒させてもらってもいいですか」横山の顔には訳知りいると、うろたえる代わりに、大きく頷いた。顔には穏やかな自信の色が浮かび、口元には嬉しげな笑みが浮かんでいた。

「もちろん。一人で食っても馬鹿みたいですからね」

「じゃあ、ご相伴しましょう」横山がメニューを取り上げ、しばらく吟味に専念する。

私もそれにならった。昔ながらの喫茶店のメニューだ。スパゲティ・ナポリタンがあり、ホットサンドウィッチがあり、カレーがある。浦田は海老ピラフにコーヒーのお代わりを、横山はカレーを頼んだ。私は野菜のホットサンドウィッチにした。注文を済ませてしまうと、横山が突然身を乗り出し、悪事を相談するように下卑た口調で浦田に持ちかける。

「浦田さん、ビールでもどうですか」

「ビール？」浦田の顔がぱっと明るくなった。「いいですねえ」

浦田がウェイトレスを呼びつけている間、私は横山に「いいんですか」と小声で確かめた。横山は悪びれる様子も見せず、「もう九時じゃないか。いいんだよ」と答える。

先にビールの大瓶が運ばれてきて、浦田と横山がグラスに分け合う。私は何だか釈然としないまま、二人がグラスを干すのを見守った。

「で？」横山がグラスを置いて煙草に火を点けた。「浦田さんは本名なんでしょうね」

「そうですよ」

「会社、辞めたんでしょう」ずばりと切りこむと、浦田が目を見開く。

「何で分かりました」

「会社にいたままだと、いろいろ話しづらいですよね。辞めれば度胸も据わってくるでしょう」

「実は、一週間前に辞めました」

「そろそろやばいと思ったんじゃないですか」横山が柔らかい笑みを浮かべたまま続ける。

「まあね」浦田が肩をすくめる。「この前、自殺した人がいましたよね」

大沢の遺体につき添っていた妻の治子の顔を思い出す。崩れ落ちないように毅然と自分を支えていたその態度は、私に己の力不足を意識させた。

「あれで嫌になっちまったんですよ。会社の中では、みんな『だからどうした』って感じなんですけどね、あいつらは神経が麻痺してるんだ」

「麻痺、ね」横山が勢い良くグラスにビールを注いだ。「確かに、金は人の神経を麻痺させますからね」

「ねえ」我が意を得たりとばかりに浦田が大きくうなずく。「一件の契約で百万、千万の世界でしょう？　俺も最高で一件二千万円っていう契約を取りつけてきたことがありますよ」

「それで社員の人はどれぐらい儲かるものなんですか」横山が訊ねると、浦田がすらすらと答えた。

「歩合制でね。契約額によるんですけど、一千万を超えると一割ですね。七桁だったら五パーセントから七パーセント。もちろん基本給は別ですけど」

「じゃあ、ずいぶん稼いでたんですね。一千万円の契約なら二百万円が懐に入るわけだ」私の皮肉は通じなかった。浦田が指を折りながら記憶を呼び覚まし始める。

「そうねえ。一番多い時で月五百万ぐらいになったことがあるかな」

自分の年収と比較し、私は静かな怒りが燃え上がるのを感じたが、それは浦田には一切伝わらないようだった。横山が目線で私を制して質問を続ける。

「丸い数字でいいんですけどね、出資者は今何人ぐらいいるんですか」

「千八百……いや、二千人近いかな」

「平均の出資額は？」横山が畳みかける。

「そうねえ」浦田がビールを飲み干すと、横山が素早くグラスを満たした。浦田は泡が溢れかけたグラスを口に運んで、慌てて一啜りした。「一人あたり百万ってことはないですね。一千万はいかないと思うけど、五百万……いや、七桁の後半ぐらいにはなるんじゃないかな。だいたい、それぐらい突っこまないと配当も少ないって説得するんです。でも、俺が辞めた後に出資者の人数も少しは変わってるでしょうね」

「なるほど」横山が相槌を打つ。

「俺、逮捕されるんですか」いきなり浦田が話題を変えた。

「それは考慮しますよ」横山が曖昧に答えをぼやかしたが、浦田はそれでもほっとしたような笑みを浮かべた。

「それはそれとしてですね」横山が切り出すと、浦田がさっと身構える。

「何でしょう」

「あなたは会社を辞めた人だから、こちらもあまり無理はお願いできません。会社の書類を持ち出してくれとまでは言えませんからね。でも、これからしばらくは協力してもらいますよ。それだけは約束してもらえませんか」

「ま、それはできる範囲で」あまり自信がないようだったが、浦田が小さくうなずいて同意した。

「結構ですよ、できる範囲でね」

どうして横山はこの男をこんなに甘やかしているのだろう。協力者とはいえ、浦田は年寄りたちを騙し、金を巻き上げた人間なのだ。私は苛つく気持ちを抑えながらサンドウィッチに手を伸ばした。やたらと熱いだけで、分厚いボール紙を嚙んでいるような味気なさしか感じなかった。

「あんなやり方でいいんですか」

「何が」横山は私の憤りをあっさりとかわした。

「勤務中にビールを飲んで、これから奴をどうするかも分からないのに『考慮します』とか言って。滅茶苦茶じゃないですか」

「お前ならどうする」

「あいつだって加害者なんですよ。正面から行くべきです。今日だって、署で絞り上げても良かったんだから」

「鳴沢よ」横山が穏やかな声で告げる。ちらりと助手席を見ると、やはり落ち着いた表情が浮かんでいた。通り過ぎる街の灯が、彼の顔に複雑なまだら模様を作る。横山がゆっくりと私の方に向き直った。

「お前は、相手の気持ちを考えたことがあるか」

「いつも考えてます」

「お前はずっと一課にいた。専門は殺しだよな」

「そうです。だから、どんな時でも被害者の気持ちを――」

「加害者の気持ちを考えたことがあるか」

目の前に鋭いナイフの刃を突きつけられたような気分になり、私は無意識のうちに口を閉ざした。

「人を殺した人間の気持ちを考えたことがあるか。そいつらの気持ちになって考えてみたことがあるか」煙草に火を点け、横山がウィンドウを巻き下ろす。「人を殺した人間の精神状態はひどく不安定になっている。そういう奴を追いこむとどうなるか、そんなことが分からないわけじゃないだろう」

「だけどこれは人殺しじゃない」

「もちろんだ。だからこそ、俺たちは慎重にやってもいいんだよ。今日の浦田だって、内心は不安で仕方なかったはずだ。頭ごなしに喋れって言っても萎縮するか、そっぽを向いちまうだろうが。相手をリラックスさせるのも手の内なんだよ。そのためにはビールぐらい飲んだっていいんだ。あてにならない約束をしたっていいんだ。それで信頼関係が築ければ、こっちのものなんだよ。何よりも大事なのは、被害者を助けることなんだから」

ふと、祖父の顔を思い出した。祖父は新潟県警で捜査一課長まで勤め上げ、「仏の鳴沢」と呼ばれていた。取り調べ室で被疑者に対峙する時は相手に感情移入し、自分も本音を吐き出して巧みに供述を引き出す。そのためには多少捜査の手順が狂おうが取り調べが遅れようが気にしなかったという。「仏」というのは祖父の人柄を指したものではない。祖父の取り調べを受けた人間が完全に自供し、心から反省して「仏」になるということからつけられたあだ名である。

横山のやり方は祖父とは違う。彼は利用できるものは何でも利用しようという考えのようだ。それはそれで一つの方法ではあるだろう。しかし私から見れば、彼は捜査をゲイムのように扱っている。これが生活安全課の主流のやり方だとしたら、やはり私はいつまでもここにはいられない。

坂木がふらりと防犯の部屋に入ってきたのは、翌日の夜八時過ぎだった。額の汗をハンカチで拭うと、空いている椅子を引き寄せて座る。エアコンの低い音がするだけで、人気のない部屋はひどく静かだったが、その静寂をぶち破るように坂木が遠慮のない大声で話し始めた。

「あの件はもうすぐ一丁上がり、ですよ」

「ずいぶん早いな」誉めるわけでもなく、横山が淡々と感想を述べる。坂木は唇を尖らせて横山を恨めしそうに見たが、すぐに気を取り直して続けた。

「あそこの黒服っていうんですか、バーテンっていうんですか、とにかく若い奴を捕まえてちょっと絞ってやりました。まったく偶然なんだけど、ちょっとした知り合いだったんですよ」

「ほう」横山が相槌を打つ。話が長くなるのを予感したのか、かすかに貧乏ゆすりを始めた。

「昔六本木のホストクラブにいた奴でしてね。そのころ二十歳か二十一歳ぐらいだったんだけど、その店ではナンバーワンだったんですよ。まあ、実際いい男なんですが」

「そいつがどんな顔をしてようが関係ない」横山より先に私が痺れを切らして言った。「で、その若僧がどうした」

坂木がむっとした表情を浮かべたが、それも一瞬のことで、すぐに報告を続ける。

「シャブで捕まえたことがあるんですよ。初犯なんで執行猶予がついたんだけど、一度そういう問題を起こすと街にも居づらくなるでしょう？　六本木を出て四谷まで流れていって、昔の知り合いの伝《つて》で、今はあの店——名前なんかないんですけどね——で働いてるそうです」

「六本木から四谷か。都落ちみたいなもんだな」横山が合いの手を打つと、坂木が大袈裟に首を振った。

「金のことに関しては、そうでもないみたいですよ。あいつは雑用係で、酒やお絞りを用意したり、タクシーを呼んだり、煙草を買いに行くだけなんだけど、チップがすごいらしい。十万単位でぽんと渡す奴がいるらしいですからね」

「あぶく銭だ、惜しくもないんだろう。それで、飛田の件はどうなんだ」また貧乏ゆすりをしながら横山が先を促した。

「そいつは下っ端だからはっきり分からないと言ってるんですが、飛田は実質的なオーナーじゃないかって。週に二度ばかり顔を出すらしいんですけど、従業員には『社長』と呼ばせてるようですね。本人は遊んでいくわけじゃなくて、客に挨拶して店の様子を見ていくだけで。店でやってるのは、主にカードとルーレット。だけど四谷署の連中、舌なめずりしてますよ。かなりでかい規模で金が動いてるらしいから」

「賭博の本筋は四谷に任せるとしてだな」横山が坂木の言葉を遮った。「こっちは飛田の周辺を洗うんだ。どうせ奴はK社で稼いだ金をそこにぶちこんでるんだろうが、この材料は使える。裁判になれば心証も悪くなるだろうしな」

「じゃあ、飛田の件はこのまま俺が当たりましょう」勇んで坂木が立ち上がる。椅子がデスクに当たり、鈍い金属音が響いた。

「何か分かったらすぐに報告を入れてくれよ」横山が念を押す。

「了解です」早足で部屋を出ようとして、坂木が急に思い出したように振り返った。

「あと、ちょっと変な話を聞いたんですけど」

「何だ」私は手招きして座るよう促したが、彼はそれを無視して、やたらと大きな声でドアのところから答えた。

「ここのところ、店に中国人が出入りしてるようですよ。中国語じゃなくて英語を話してるらしいけど。何でもミスター・ワンとか呼ばれてるそうですけど、これはあまり関係ないですよね。四谷署も、外国人まではターゲットにしてないだろうし。話がややこしくなりますからね」

勢い良くドアを閉めて坂木が出て行った後、私は横山と顔を見合わせた。

「もしかしたら、お前が御殿場の蕎麦屋で見かけた男じゃないか?」

「そのバーテンだか黒服だかを引っ張ってきて締め上げてみましょうか」

「そうだな」横山が顎を撫でる。「もちろん、その中国人は何の関係もないかもしれんが……」

「もしかしたら、決め手になるかもしれません」

「もしかしたら、な。しかし、訳が分からん」横山が自分の腿を指で叩く。ゆっくりとしたリズムに己の思考を委ねたようであった。「ま、話を聞いてみるのも悪くない。後で坂木につないでもらおう。それより、明日もう一度浦田に会うんだったな」

「ええ」昨夜の不快な会合を思い出し、私は顔をしかめた。それを無視して横山が手帳を広げる。

「明日はお前一人で行ってくれ」

「横山さんは？」

「約束の時間に会議があるのを忘れてた」

「じゃあ、池澤でも連れて――」

「いや、お前一人で行ってくれ」反論を許さない厳しい口調で横山が言う。「ところで、俺には、お前が気取ってるように見えるんだが」

「まさか」

「容疑者と同じレヴェルに降りていこうとしないんだよ、お前は。そうしないと、連中が何を考えてるのか、どうして欲しいのか分からないだろう」

唇を噛むと同時に、私は横山の言葉の意味を頭の中で転がした。ひどい侮辱なのは分かっているが、はねのけるだけの材料を私は持っていない。

翌日の午後、錦糸町で再び浦田と落ち合った。先日とは別の喫茶店だったが、雰囲気は似たようなものである。人の出入りが激しく、額をくっつけるようにしないと相手の声も満足に聞こえない。しかし浦田は、その騒々しさがプライヴァシーを守ってくれると考えているようだ。ソファにだらしなく腰かけ、テーブルの下に両足を伸ばしている。

私が席につくと、彼は不審そうに目を細めた。

「横山さんは？」

「今日は来られないんですよ」

「そうですか」浦田が遠慮なしに溜息を漏らす。「あの人とは話が合うんだけどな」

「すいませんね」

私は、この男のご機嫌を取ったり、媚を売ることはできない。横山のように一緒にビールを飲むこともできない。しかし、柔らかく話しかけることはできる。たぶん祖父がそうしていたように。

「浦田さん、今三十一ですよね」

浦田は、何を言い出すんだと問いたげな顔を私に向けた。

「俺も同い年なんですよ」

弱々しい笑みを浮かべて浦田が溜息をつく。

「あんたは刑事で、俺はこんな風で。何だかねえ」

「そんなことは、たまたま偶然じゃないですか。状況が違えば、逆の立場になっていたかもしれない」

「まさか」浦田が今日初めて心からの笑顔を見せた。「俺は昔からワルでね。ガキのころからずいぶん警察にもお世話になったし、刑事になんかなるわけない」

「ワルだったって言っても、それは昔の話でしょう。今は違うはずだ」

「どうして」浦田が腕組みをして、自嘲気味に唇を捻じ曲げた。「俺はあんな会社にいた人間なんだぜ」

「今は喋る気になってる。今でもワルのつもりだったら、ずっとあの会社にいて人を騙し続けてたはずでしょう」

ぽっかりと口を開けたまま、浦田がきょろきょろと目を動かす。結局口を突いて出てきたのは「ああ、まあ」という曖昧な台詞だけだった。気を取り直して私は続けた。

「K社に入ったのは誰かに誘われたからなんですか」

「高校のころの先輩にね。みんなそんな感じですよ。あの会社は求人広告を出してたわけじゃないから、社員はみんな伝やコネで集まってきたんです」

「どんな人が多いんですか」

「いろいろだね」浦田がコップの水を一気に飲み干す。自分の分の注文をしていなかったことに気づき、私は手を上げアイスコーヒーを頼んだ。ウェイトレスが去るのを見届けてから浦田が続ける。「俺みたいにぶらぶらしてた人間もいたし、街金で仕事していた奴もいる」

「そもそも誰が始めた会社なんですか。社長の木村って人じゃないでしょう」

「らしいね」浦田が煙草に火を点け、身を乗り出す。煙が漂い出し、私は顔をしかめた。

浦田は気にする様子もなく、囁くような声で話し続ける。「あの人はお飾り。うちは金や宝石なんかも扱ってるでしょう？　社長は昔銀座の宝飾店にいて、その縁で引っ張られて来ただけらしいですよ」

「実質的に会社を動かしてるのは誰なんですか」私は飛田、野沢、原の名前を次々と挙げた。その度に浦田がうなずく。

「その三人は特別ですね。顧問って言うか、オーナーって感じかな。会社には毎日顔を出すけど、実際に自分で仕事をするわけじゃないし」

「だけど金は持ってる」

「そりゃあ、ねえ」浦田が顔をしかめた。先日は自分がいかに金を稼いだかを自慢気に話していたのだが、この三人に比べれば微々たるものだということに気づいたのだろう。

欲望に上限はない。

「その三人が、昔同じような事件を起こして逮捕されたのは知ってますね」

「ああ」浦田がコーヒーで喉を湿らせる。「社内でそんなことを大声で喋る人はいないけどね。でも、勧誘の仕方なんかの基本的なマニュアルを作ったのはあの人たちですよ。いろいろとノウハウも知ってるわけだし」

「会社の組織も複雑だって聞いてるんですけど、どうなんですか」

「それはこういうことじゃないかな」浦田が紙ナプキンをテーブルに広げ、ボールペンで図を描き始める。一番上に大きな丸。そこから何本も線を伸ばしてそれぞれの先に小さな丸を描いた。書き終えると、浦田がボールペンの先で大きな丸を叩く。「これが本社としますね。それが書類上では関係ない小さな会社とつながってる」

「ということは」私は小さな丸の一つを指差した。「これは子会社というわけじゃないんですね」

「そういうこと。何でこんなことをするか分かりますか？」

「いざという時のためのリスク分散？」

浦田がすばやくうなずく。

「だから、書類の上で会社同士の関係があるとまずいわけで。ただ、やってることは同じですよ」

「一つ訊きたいんですが」

浦田が小首を傾げた。今のところは素直に喋っているが、これがどこまで続くだろうと思いながら私は質問を続けた。

「完全な詐欺だったんじゃないですか」

浦田が喉仏を上下させる。しばらく小刻みに首を振り動かしていたが、やがて諦めたように「ああ」と短くつぶやいた。

「商品なんて最初からなかったんですね」

「昔はちゃんとあったらしいですよ」浦田が素早く弁明する。「ただ、出資者が増えてくるに連れて、商品そのものはどうでもよくなってきたわけだ。だって、出資者に実際に商品を見せる必要はなかったんだから。これこれこういう商品の販売のために出資して下さいっていうと、大抵の人は乗ってきましたよ。実際に商品を見たいっていう人のためにはそれ用のものも用意していたけど、ほとんど使わなかったんじゃないかな」

「そんなものですか」

「そんなものでした」浦田がふう、と溜息をつく。「詐欺って言われたら申し開きできないね。出資者を集めるやり方だって、ねずみ講みたいなものだし」

「新しい会員を勧誘してくればキックバックがあるわけですからね」

「それに、一度おいしい思いをすれば、俺たちの代わりに出資者を集めてくれる」

商品への出資を求めて、次々と出資者を集める。もともと商品など扱っていないわけだが、次の出資者から集めた金の一部を「配当金だ」と言ってばらまいたのだろう。そして時には「売れなかった」と言って配当を滞らせることもできる。完全な自転車操業であり、私たちが手を出さなくても、いずれ会社が立ち行かなくなるのは目に見えていた。

「出資金の取り立ても厳しかったようですね」自殺した大沢利二の顔を思い出しながら私は言った。

苦い物を飲み下したような表情を浮かべて浦田が答える。

「取り立て部隊の連中が荒っぽいのは確かで、出資が滞っている人たちのところに押しかけて行くんですよ。強引にヤミ金融に金を借りさせたりもする。ところが、どうやらそのヤミ金融っていうのも、うちと関係があるみたいでね」

「輪が閉じてるわけですか」

「そんな感じかな。金融業者の登録なんて簡単だから、うちの配下に幾つも業者があるはずなんだ。それで一つのヤミ金融で金を借りて返せなくなると、別の会社が声をかけてさらに金を貸す。これで多重債務者の出来上がりですよ。いつの間にかがんじがらめにしちまって、徹底して金を搾り取るわけだ」

「浦田さん、会社は簡単に辞められたんですか」

途端に浦田の顔が蒼褪める。

「何が言いたいんですか?」

「そんなやばい連中がいるところを、よく抜け出せたなと思って」

「人の出入りは多いんですよ。適当に金を儲けてそれでおさらばって奴も多いし、それをいちいち引き止めることはできないでしょう」

突き崩せる、と私は確信した。K社からこぼれ落ちた人間の中には、会社に不満を持っている者や良心の呵責に悩まされている者も少なくないはずだ。そういう人間を突いていけば、最後には会社の実態を全て明るみに出すことができる。

だが、それはもう少し後でいい。私はずっと気になっていたことを訊いてみた。

「太田さんなんですけどね」

「ええ」

「どうしてますか」

「いや」浦田の視線がふっと私から外れた。かえって疑念をかきたてられ、私は畳みかけた。

「まさかまずいことになってるんじゃないでしょうね」

「まずいことって」

「太田さんが、自分でそんなことを言ってましたから」

「まあ、そうかもしれない。あんたたちが動いていることを感づいている人間は、会社にいるはずですよ。そのうち、誰が情報を漏らしたんだって犯人探しが始まるでしょう」浦田が身震いしてコーヒーカップを両手で包んだ。吹雪の中に軽装で取り残されたように、唇が蒼くなっている。「俺はあんな会社、今さらどうなってもいいんだけど、俺のことは守ってくれるんでしょうね」

「最大限努力しますよ」私は横山の顔を思い浮かべながら言った。この程度の表現なら保証にはならないはずである。「あなたは大事な協力者なんだから」

「太田さんは……」

「何か？」

「いや、何でもない。ただ、太田さんの身に何かあったら、俺もびびりますよ」

「そうならないように、太田さんと接触できればと思うんですけどね」

「無理じゃないかな。太田さんはもう表には出てこないと思う」

浦田は今も太田と接触しているのではないかと私は疑った。だが浦田はそのことについては否定を続け、代わりにまったく別のことを言い出した。

「こき使われて文句ばかり言ってた奴もいるから、俺だけじゃなくてそういう連中に話を聞いてみたらどうですか」

「あなたが教えてくれればね」

「後で連絡しますよ」

彼の言葉を信じて、私は伝票に手を伸ばした。

「じゃあ、よろしくお願いしますよ」冷め切った口調で浦田が言う。お願いするのは自分の身の安全のことだけだろうが、と私は口の中で毒づいた。

この男が話す気になったのは完全に利己的な理由からだけだ。警察には捕まりたくない、かといって裏切り者としてK社に追われるのはもっと怖い。こうもりのように右と左を彷徨って、結局警察に媚を売るように情報を提供しているだけなのだ。

6

席を立とうとして、私は一つだけ質問を忘れていたことに気づいた。

「おたくの会社、中国人が出入りしてませんでしたか」

「中国人？」

「中国系アメリカ人っていうのかな」

「いや、見たことないですね」

「海外との取り引きは？」

「それはないですよ。外人さんを騙してどうするんですか。ま、また何か思い出したら連絡します。横山さんによろしくね」

浦田の目がメニューの文字を追う。私がビールを奢らなかったことを恨んでいるような目つきであった。


何があっても私は絶対に食事は抜かない。張りこみの時にはコンビニエンスストアの弁当かサンドウィッチが定番だし、移動の途中に立ち食い蕎麦や牛丼で済ませてしまうことも多いが、それでも食べないよりはましだ。いざという時腹が減って動きが鈍くなったら、間抜けの極みである。

ここ何日か、私は食事に十分以上時間をかけられなかったが、浦田に面談したこの日の夕方に限って、夕食時にぽっかりと時間が空いてしまった。池澤は出払っているし、横山のデスクには「九時帰着」のメモが残っている。浦田に対する事情聴取を直接報告したかったから、九時まで何とか時間を潰さなければならない。

ふと優美の顔が浮かんだ。五時半。今ごろ彼女は何をしているだろう。相談センターにいるのだろうか、あるいは勇樹のために夕食の支度をしているのだろうか。

話がしたい、と急に思った。

最初に相談センターに電話をかけたが、彼女はいなかった。それで少しばかりほっとする。この時間にセンターにいるとすれば、誰かの肩を抱き、涙を拭ってやっているはずだ。そんな時に食事に誘えるわけがない。

彼女の家に電話をしようとしたところで、携帯が鳴り出した。慌てて取り落としそうになったが、相手の声を聞いた途端、心臓が騒々しく跳ね上がった。

「鳴沢さん？」

「あ」無愛想な一言が飛び出してしまい、彼女に不快感を与えたのではないかと不安になった。取り繕おうとして、さらに無愛想な台詞が飛び出してしまう。「どうも」

「今、いい？　忙しいかしら」優美の方は勢いこんだ口調だった。

「三時間だけ暇ですよ」

「三時間？」

「たまたま、ぽっかりね」

「そう、だったら――」

「食事でもしませんか」

「え？」

「夕飯でも食いませんか」

「びっくりした」優美がころころと声を転がすように笑った。「私もそのつもりで電話したのよ」

「何だ。実は俺も、ちょうどあなたの家に電話しようと思ってたところなんだ。タカさんが出たらどうしようかと思って、ちょっとびびってたけど」

優美が低い声で笑った。

「お婆ちゃまが怖いの？」

「怖くないけど、何を考えてるのか分からない」

「気に入ってるみたいよ、あなたのこと」

「まさか」先日、私に説教をした時のタカの顔を思い出す。

「一度ゆっくり話してみたら？」

「冗談じゃない」

短く笑った後、彼女が本題に戻った。

「広尾に美味しい洋食屋さんがあるんだけど、そこでどうかしら」

「洋食屋ね。いいですよ」彼女から店の名前と場所を教わり、電話を切るのももどかしく、私はトイレに駆けこんだ。鏡を覗きこみ、髪を撫でつける。凶暴な顔つきに似合わぬ、にやついた笑みを浮かべた男の顔が鏡の中にあった。

ネクタイを結び直していると、池澤がトイレに入ってきて目を見開いた。

「何でお洒落してるんですか」

「身だしなみだ」私は鏡に映る池澤を見やった。ネクタイはだらしなく緩められ、大剣の先がベルトよりも十センチほど下に垂れ下がっている。「お前こそ、ちゃんとしないと彼女に嫌われるぞ」

「大きなお世話です」池澤が口を尖らせる。「お出かけですか」

「飯だ」

「あ、俺も一緒に行っていいですかね。昼を抜いちまったんで死にそうなんですよ」

「飯ぐらい一人で食え」

池澤が疑わしそうに私を見つめる。

「何だよ」

だった。

てトイレを出て行ったが、彼の疑わしそうな視線が、いつまでも背中に突き刺さるよう

「好きにしろ」もう少しで鼻歌を歌いそうになり、私は口をつぐんだ。池澤に手を振っ

「何だ、じゃあもう少し時間潰ししてれば良かったな」

「九時までに戻る。横山さんもそれまでは帰らないみたいだぞ」

「いや、別に」

優美は微妙にピンクがかった白の半袖のニットに、同じ色合いのカーディガンを合わせていた。店の照明は低く落とされているのに、彼女の周囲だけが何だか妙に眩しい。席に近づいていくうちに、小さな真珠のピアスの色が微妙に変わっていく。椅子を引いて座ると、何のわだかまりも疑問もない笑顔を私に見せてくれた。

「勇樹は？」

「今日は、友だちの誕生会に呼ばれてるの。八時過ぎには迎えに行かなくちゃいけないけど」

食事は彼女が選んでくれた。洋食屋といっても、前菜からメインディッシュ、デザートまで選べるメニューになっている。体重を——正確には体脂肪率を——調整している

のだと言うと、優美は小ぶりなフィレステーキをメインに勧めてくれた。彼女は和風のハンバーグをメインに選び、前菜は二人ともボリュウムたっぷりのサラダにした。

「ちょっと、沙織さんのことで報告したくて」

「ええ」私は内心の落胆を悟られまいと、努めて無表情を装った。沙織の話題が出てくると、話はいつも暗く深い穴に入りこむ。

「沙織さん、一人暮らしを始めたのよ」

「大丈夫なんですか?」

「たぶん」優美が手持ち無沙汰にナイフとフォークの位置を直した。「旦那さんとは離婚することになると思うわ」

「良かったって言っていいのかな」

「彼女の決断だから、私たちが評価を下すべきじゃないでしょう」

「そうですね」

前菜のサラダが運ばれてきた。ロメインレタスにスモークサーモン、クルトンを組み合わせたシーザーサラダ風である。癖の強いチーズの香りが漂うドレッシングの所々に、細かく刻んだオリーブがぽつんと浮いている。優美がさっそくサラダを突き崩し始め、私もそれにならった。レタスはしゃきしゃきして冷たく、スモークサーモンが口の中でねっとりと溶ける。舌をぴりっと刺激するドレッシングが、サーモンの生臭さを消してくれた。

「一つだけ心配なことがあって」

「何？」

「肝心の旦那さんと連絡が取れないのよ。家でも会社でもつかまらないの」

「会社でも？　それはちょっと変だ。仕事を辞めたのかな」

「そうじゃなくて、会社に電話しても誰も出ないのよ」

「会社が倒産したとか？」

「そこまで確認してないけど。今のところ、彼女はお金に困ってるわけじゃないし、自分のことで精一杯だから。いずれはきちんと話をしないといけないけど、何も今じゃなくてもいいと思うわ。彼女、仕事も始めるつもりだから忙しいのよ」

「ずいぶん急な話だ」

「結婚したばかりのころ、テーブルコーディネイトの勉強をしてたんですって。そういう技術っていうかノウハウがあれば、いつでも仕事ができるからいいわよね」優美がフォークを宙でぶらぶらさせながら頬杖をついた。

「まあ、でも、彼女が自分で頑張る気になってくれて良かった。俺は結局何もできなかったけどね」

「まあ……」優美が言葉を濁す。私とさんざんやりあったのを思い出したのだろう。

「でも、やっぱりちゃんとした仕事があると心の支えにもなるのね。今は、何だか私の方が負けちゃいそうなぐらい元気で」

「あなたとは立場が違うんだから、勝負しても仕方ないでしょう」

「時々ね、こんなことしてていいのかなって思うことがあるのよ」

「こんなことって、センターの仕事？」

優美がうなずき、最後のスモークサーモンをフォークで丁寧に折り畳んで口に運ぶ。ゆっくりと飲み下してから口を開いた。

「これから先の保証もないし、いつまでもお婆ちゃまの家にお世話になってるわけにもいかないでしょう」

「それはちょっと他人行儀過ぎると思うけど」

「勇樹のことだって、日本で育てるのとアメリカで育てるのとどっちがいいかって考える時があるのよ」

「勇樹は何て言ってるんだ？」

「どっちでもいいって」優美が寂しそうに微笑む。「あの子、自分の気持ちをあまり表に出さないのよね」

「君に気を遣ってるのかもしれない」

「私に？」優美が自分の鼻を指差した。「どういうこと？」

「うちは母親がいなくてね」私はサラダの残りを皿の片側に寄せながら言った。

「そうだったわね」

「別にそれで困ったことはないけど、考えてみればわがままを言って親を困らせた記憶がないんだ。子どもって案外親に気を遣うもんだし、それは子どもにとっては苦にならないんだよ」

「そうかな」

「そうだよ。親のことに関しては、君だって心当たりがあるんじゃないか」

急に優美が押し黙った。両親の話が出た時、内藤も同じような態度を取ったのを思い出す。強い好奇心に突き動かされたが、この話題は二人にとってはタブーなのだろうと思って質問を呑みこんだ。気を取り直したように優美が口を開く。

「何年かしたら、私の方が子離れできなくて困るかもしれないわね。突っ張ってても仕方ないから正直に言うけど、やっぱり父親は必要だと思うわ」

「そうかもしれない」必ずしもそうではないと思ったが、そのことは言わずにおいた。

「何だか嫌ね、こういうの。時々自分が惨めになる」

「どうして」

優美が両手をテーブルの上に投げ出した。

「それこそ、離婚して弱気になってる母親そのものじゃない。自分では認めたくないけど、何でもいいからすがるものが欲しくなる時があるのよ。センターにいると、自分より辛い立場の人に会うこともあるけど、だからって私が楽になるわけでもないでしょう」

「ああ」

彼女にしてはえらく遠回しな言い方だと思った。要は勇樹には父親が、彼女には頼るべき夫が必要だと言いたいのだろう、いや、それは私の想像が飛躍し過ぎか。

料理が運ばれてきて、私たちの会話は一時中断した。食べている間は、当り障りのない話題を選んで会話を続ける。私は彼女がバスケットボールのファンであること——当然のように、生まれ故郷のニューヨークを本拠地とするニックスと、大学時代を過ごしたロスの強豪レイカーズが贔屓《ひいき》だった——、背が低くて高校時代にチアリーダーに選ばれなかったことなどを知った。日本に来てから知り合った友人たちのことも話してくれたが、子育ての問題などで微妙に考えが食い違っていることで悩んでいるようだった。

それは同時に、彼女自身の行く末にも係わってくる。もしもずっと日本にいるなら、日本流の子育てを、教育を実践すべきだろう。しかしいつかアメリカに帰るなら、そんなことを気にする必要はない。

ずっと日本にいろよ、ともう少しで言いそうになった。何度も。

「でも、勇樹はちゃんとしてるじゃないか。ちゃんとしてるっていうのも変だけど」

「そうね。小学一年生にしてはしっかりしてると思うわ」

「親が心配するほどには、子どもはいろんなことを気にしてないんじゃないかな」

「でも、男の子には父親がいないとね」会話はぐるりと回って、私が踏みこむのを躊躇った地点に戻ってきた。

「関係ないんじゃないかな。父親がいても仲が悪かったら意味がない」

「ねえ」食べ終えたハンバーグの皿を横に押しやって、優美が身を乗り出す。「あなたは、お父さんと仲直りするつもりはないの」

彼女の質問が、即座に私を凍りつかせた。父親との確執についても優美には喋ったのだが、こんなところで持ち出されるとは思ってもいなかった。低い声で私は否定した。

「ない」

「いつまでも意地を張ることもないんじゃない？　たった一人の家族なんでしょう」

「親は選べないのが辛いよな」私は頭の後ろで両手を組んだ。

「あなたも親になれば変わるかもしれないわね」

言いたいことはあった。抽象的な言葉が胸の奥からぼこぼこと湧いてくる。が、私はそれらに蓋を被せた。

「また勇樹と遊びに行ってもいいかな」

「私じゃなくて?」優美がぷっと頬を膨らませる。

「秋になったらラグビーの試合にでも連れて行こうかな」

「あの子、フットボールは好きじゃないわよ」

「ラグビーはアメフトとは違うし、子どもの好みなんてちょっとしたきっかけで変わるものだよ」

「ねえ」

「何」

「私たち、面倒なことに足を踏み入れてるのかもしれないわね」

そうかもしれないと言おうとして、私は口をつぐんだ。私は何度かの痛手を忘れ、誰かを愛してはいけないという己に課した罰も忘れかけている。おずおずと握り締めた彼女の手はひどく小さく、少し力を入れれば壊れてしまいそうだった。

　横山はいつもと同じ様子だった。煙草をくゆらせながら背筋をぴんと伸ばしてデスクに向かい、ノートパソコンのキーボードを叩いている。私の顔も見ずに声をかけた。

「遅かったな」

　九時を三十分回っている。結局食事の後に優美と一緒に勇樹を迎えに行き、家まで送ってきたのでこの時間になってしまったのだ。説教を封じこめようと、浦田との面会の内容を報告する。

「別の社員か。いい線だな。浦田にビールでも奢ってやったのか」

「コーヒー二杯、二時間で聞き出しました」横山を怒らせてやろうと、私はことさら「コーヒー二杯」を強調した。

「それがお前のやり方か」

「ビールは必要ありませんでしたよ」

　ふっと、横山が唇の端を歪める。

「じゃあ、後は浦田の連絡待ちだな。何も急かすことはない。焦らせると、嫌気がさして逃げ出すかもしれないからな」

「そこまで気を遣ってやる必要があるんですか」

「そうだよ」横山が慎重に煙草の灰を叩き落とした。短くなった煙草を口元に持っていき、最後の一服を吸う。顔の前で赤信号のように煙草の火が光った。「ネタ元に人格は必要ないんだからな」

「何か釈然としませんね」

「こういう話がある」横山は煙草を灰皿に押しつけ、身を乗り出した。「昔の東京地検特捜部ってのは、大物のネタ元を使って次々と事件を挙げてた。昭和三十年代から四十年代の話だけどな。ネタ元も、まともな奴じゃない。総会屋、右翼、政治ゴロ、そういう奴らをうまく懐柔してネタを仕入れて、一つの事件を挙げると、今度はそのネタ元を捕まえる。そうやって連鎖反応的に事件を広げていったんだ。俺がサツに入るはるか昔の話だけどな」

「俺たちもそういうやり方をするわけですか」

「そういう手もあるってことだ。もちろん俺たちが相手にしてるのは、地検が狙うような大物じゃなくて、ゴミみたいな連中だけどな。だけどこういう連中を放っておくと、そのうち伝染病が広がる」

「じゃあ、浦田もそのうちに……」

「それは分からん」横山が首を振った。「浦田をどうするかは、今考える必要はない。

それより、太田の足取りは分からないのか」

「ええ。浦田は、もう表に出てこないんじゃないかって言ってましたが」

「心配だな」横山が顎を撫でる。「浦田の言葉を信じるとすると、K社の連中は、俺たちが動いていることを知っているわけだ。もちろん、犯人探しも始まるだろうな。そうなったら太田は危ない」

「殺される、とか？」

「そういうことも考慮に入れておかなくちゃいけない」

「いずれにせよ、太田はもう会社にいないと思います」

「たぶんな。うまく逃げてくれるといいんだが。警察で保護しようにも、居場所も本名も分からないとどうしようもない」

「もう少し力を入れて捜すべきじゃないですかね」

横山が唇を嚙み、腕組みをして思案した。やがて出てきた答えは、私が予想していた通りだった。

「そこまではな……人手があれば捜したいところだが、今の態勢じゃどうにもできない。本筋の捜査をないがしろにするわけにはいかないからな」

「一応、気にかけておきます。彼がいなかったらここまで早く捜査は進まなかったはずです」

「そうだな」

私は席を立ったが、一度生じた嫌な胸騒ぎは簡単には消えてくれなかった。

捜査の方針が修正された。名前が割れている被害者への聞きこみはほとんど終わっており、当面これ以上手を広げる必要はないという結論が出た。確実に立件できる被害者が数人いれば、それで十分なのだ。

今後の捜査の中心は、幹部の動向を洗うことと、勧誘の手口、それに会社の組織を解明することに絞られた。特に勧誘の手口をはっきりさせることが最優先事項である。私は横山の下につき、遊軍的な立場で状況に応じた捜査を担当することになった。

「もう一度浦田に接触してくれ」ある朝、捜査会議が終わった後で横山が私に命じた。

「奴から勧誘の手口を聞きたいし、他の社員と接触する話もある」

「電話してみます」

「頼む」

刑事たちが会議室を出て行くのを見送ってから、私は生活安全課に戻り、浦田の携帯に電話をかけた。留守電になっている。連絡して欲しいというメッセージを吹きこむと、切ってから三十秒後に電話がかかってきた。

「すいませんね」浦田の声は妙に用心深かった。「電話には出ないようにしてるんですよ」

「どうかしましたか」

「最近、誰かに見張られてるような気がしてね。無言電話もかかってくるもんだから」

私は思わず受話器を握り締めた。

「何か、直接身の危険を感じるようなことはありましたか？」

「いや、それはないけど、何だか気味が悪いでしょうが」

「浦田さん、この前お願いした、社員につないでもらう件なんですけどね」

「ああ、あの話ね。申し訳ないけど、それどころじゃないんだよ」浦田は完全に腰が引けていた。「俺、そろそろ手を引いた方がいいんじゃないかな……会社に狙われたんじゃたまらないから」

「複数の情報提供者がいた方が、リスクは分散できるでしょう」

「そうは言ってもね。今のうちにどこかへ消えた方が安全だと思うけど」

「浦田さん、腹をくくりましょうよ。せっかく協力してくれる気になったんだから、このまま最後までいきましょう。それに、ここで逃げ出したら、私はあなたを取り調べないといけなくなるかもしれない。今度は容疑者としてね」

　それで、彼もようやく気持ちを固めたようだ。今日の午後に、先日会った錦糸町の喫茶店で落ち合うことを約束する。横山に報告すると、彼はしつこく念を押した。

「あいつのことは任せて大丈夫だな」

「ええ」

「今日もビールなしでやるつもりか？」

　横山の台詞が冗談だと分かるまでしばらく時間がかかった。私は顎を引き締め、当たり前じゃないですか、と答えてやった。横山は面白そうに目を細めたが、やがて手を振って私を追い払った。

　腹をくくりましょうよ。その一言が本当に浦田の気持ちを動かしたのだろうか。彼は待ち合わせの場所に現れないのではないだろうかと、私は一抹の不安を拭い去ることができなかった。

　約束の時間を十分過ぎ、そろそろ電話しようかと思った瞬間、店の自動ドアが開いて浦田が姿を現した。ドアマットの上に立ったまま、険しい目つきで店内を見回す。その間自動ドアは開いたままで、冷房を奪われ、代わりに繁華街の騒音と熱気を浴びせられた入り口近くの客が一斉に浦田を睨みつけた。

下を向いたまま浦田が私の席までやってきて、「場所を移ろう」と切り出した。

「出ますか？」

「いや、一番奥の席に」

浦田の狙いはすぐに分かった。この店は奥に向かって細長い作りで、トイレの前にある一番奥の席からは店全体が見渡せる。ウェイトレスに断って席を移ると、浦田がようやく安堵の息を吐いた。汗が浮いた額を熱いお絞りでこする。

「そんなに心配ですか」

「気のせいなんだろうけど」無理に微笑もうとして浦田の顔が引きつる。「自分じゃ確認できないから」

浦田がタワーレコードの袋をテーブルに置いた。私が中を改めようとすると慌てて押し止める。

「後で見て下さい。中はヴィデオだから」

「ヴィデオ？」

「うちの会社、出資者に対して説明会をするんだけど、その時のヴィデオ。誰かが撮影したやつをたまたま持ってたんですよ。それと、会社の朝礼の様子を撮ったやつもある。

顔を割り出すのに使えるんじゃないかな」

「なるほど」もしかしたらこれが決定打になるかもしれない。社員や出資者の記憶を頼りに勧誘の手口を再現するのが捜査の基本だが、このヴィデオには詐欺の決定的な証拠が残っている可能性もある。

「あと、これ」浦田がジャケットの内ポケットから紙片を取り出して私の方に滑らせる。数人の名前と電話番号が書かれていた。

「社員の方ですね」

「全員辞めた人間。知り合いばかりだけど、俺の名前は出さないで欲しいんだな」

「それは分かってます」

「太田さんとは連絡取れた？」

「いや」私はメモから顔を上げて浦田を見た。壁を背にして座っているのに、誰かに追い立てられているように落ち着きがない。

「俺も電話してるんだけど、つながらないんだ」

「住所や電話番号は分かりますか。そもそも彼の本名は何なんですか」私は一気に核心を突いたが、浦田は激しく首を振って答えを拒絶した。

「それは言わない約束になってるから」

「だけど、もしも太田さんがまずいことになってたらどうしますか？　早目に手を打てば何とかなるかもしれない」

「だけど約束したからね。警察には太田さんの名前を言わないって」

「そんなこと言ってる場合じゃないと思いますよ」

「俺も、自分でもう少し捜してみますわ。何か分かったら連絡しますよ」コーヒーには口をつけないまま、浦田が立ち上がった。

「帰りますか」

「家には帰らないけどね。俺、今ホテルに泊まってるんですよ。一応用心してね。まったく、金がかかって仕方ねえや。こういうのって、警察で何とかしてくれないんですか。ちょっとぐらい援助してくれてもいいと思うけど」

「留置場ならタダですよ」

「またまた」浦田の口の端がひくひくと痙攣した。「冗談じゃない。留置場に入りたくないから警察に協力してるんでしょうが」

私はうなずいて話題を変えた。

「今日は電車ですか？」

「ええ」

「じゃあ、駅まで送りましょう」

「そう……ですね」

「電車に乗ってしまえば大丈夫ですよ。ホームでは気をつけてもらわなくちゃいけないけど」

「また、そういうことを」

「冗談です」

まだ不安そうだったが、それでも幾分元気を取り戻した様子で浦田が立ち上がる。

「連絡を絶やさないようにして下さい。なるべく早く、もう一度お会いした方がいいですね」

提案すると、浦田がとんでもないとでも言いたそうに激しく首を振った。

「もう勘弁してよ」

「そうはいかない」

「しつこいね、あんたも」

「仕事ですから」

店を出る前、私は彼に前を歩くように指示した。振り返らず、私には言葉もかけない。他人の振りをするようにと言うと、前を向いたままうなずいた。店を出たところで突然雨が降り出し、見る間に浦田のスーツの肩が黒くなる。浦田が両手を頭に載せ、足早に歩き出した。

私は彼の二メートルほど後を歩きながら、周囲を見回した。誰かが待ち伏せしていたり、後をつけているような様子はない。おそらく浦田の気のせいなのだろうと自分を納得させ、彼に遅れないように歩調を速めた。駅まではほんの五十メートル、その間に何かが起きるとは考えにくい。髪の間を雨が伝い、顔を濡らした。

ふと、何か気配を感じた。上だ。見上げると、雨の隙間から数本の鉄棒が落ちてくる。とっさに走り出し、前を行く浦田の背中を蹴飛ばした。その反動を利用して、自分は後ろに転がる。誰もいなくなった歩道の上に鉄棒が立て続けに落下し、甲高いドラムロールのような音を立てる。それに通行人の悲鳴が混じり、私の耳に突き刺さった。

浦田を引きずるようにして近くの不動産屋の店内に押しこみ、私はもう一度上を見上げた。鉄棒が降ってきたのは、間違いなくこの不動産屋が入っているビルの上階である。考える間もなく、私は非常階段に向かって走り出した。

階段を二段ずつ飛ばして駆け上がり、五階の踊り場までたどりついたところで鉄パイプを二本見つけた。窓は三十センチほど開いており、長い間掃除されていない窓枠には手形がはっきりと残っていた。指紋が取れるかどうか分からないが、とにかく調べなくてはならない――それにしてもずいぶん雑なやり方だ。これはあくまで警告だったのだろう。本気で殺すつもりなら、こんなに証拠を残すわけがないし、もっと確実な方法を使うはずだ。

7

電話で横山を呼び出した。

「襲われました」

「どこで」横山の声はあくまで冷静だった。髪の毛一筋ほども表情は変わっていないに違いない。

「錦糸町駅の近くです。喫茶店で浦田に会って、駅まで送る途中でした。ビルの五階から鉄パイプが落ちてきて――」

「こっちで所轄に連絡しておく」横山が途中で遮った。「俺もすぐにそっちへ行くから、お前は浦田の身柄を確保しておいてくれ。怪我はないのか？」

　無事の確認は最後かと苦笑いしながら、二人とも大丈夫です、と答えた。電話を切り、今度はエレベーターを使って一階まで降りる。それとなく周囲を見回してみたが、怪しい人間は見当たらなかった。鉄パイプを落としてすぐに逃げたのだろう。

　不動産屋のドアを開けると、浦田はカウンターに寄りかかったまま、今にも吐きそうな蒼い顔をしていた。店員が数人、声も出さずに彼の様子を見守っている。

「大丈夫ですか？」

「背中が……」苦しそうに顔を歪めて、浦田が体を捻った。

「申し訳ない。でも、突き飛ばさないと鉄パイプが頭を直撃してましたよ」

　騒ぎを聞きつけたのか、近くの交番から制服警官が二人、駆けつけてきた。身分を明かして事情を説明した上で、現場を封鎖し、浦田を交番に連れて行くように指示する。私は現場に残り、応援が来るのを待つことにした。五分ほどして所轄署のパトカーが到着したので、鑑識の係員を連れて五階の踊り場へ引き返す。

「これじゃあ指紋は取れないね」沢田《さわだ》と名乗った係長が、窓枠を一目見て断言した。

「無理ですか」

「手袋をはめてたみたいだな。たぶん、鉄パイプにも指紋は残ってないだろう」沢田が、踊り場に放置されたままの鉄パイプを一瞥して言った。

「この鉄パイプからは何もたどれないでしょうね」

「それは期待しない方がいいね。こんなもの、どこでも手に入る。ここはこっちで調べておくから、あんたは下へ行っててくれ。しかし、いったい何事なんだ？」

「それはこれから調べます」

横山の携帯に電話を入れると、すでに署を出てこちらに向かっているという。交番で落ち合うことにした。

「鳴沢よ」雑音が多い電話の向こうで、横山が無念そうにつぶやいた。

「はい？」

「これはもう、うちだけで何とかできる問題じゃなくなったな。一段落したら、課長に相談して本部に正式に報告を上げよう。それに、鉄パイプの件はそっちの所轄にやってもらうしかない」

「そうですね」

結局美味しいところを持っていかれるのか。しかし、それに対する憤りよりも、今は自分を——正確には浦田を——殺そうとした人間に対する怒りが上回った。

交番で水を飲ませてもらって、浦田はようやく落ち着きを取り戻したようだった。しきりに掌で顔をこすっていたが、手が震えるようなことはない。雨は一段と強くなり、現場と交番を何度も往復した私は全身がずぶ濡れになっていたが、ハンカチで濡れた髪をこするぐらいしかできなかった。悪寒が背中を這い上がってくる。

「何だったんですか、いったい」浦田が唇を震わせながら訊ねた。

「あなたこそ、何か心当たりはないんですか。誰かに見張られてるような感じがするって言ってたでしょう」

「ああ」浦田が鼻梁をつまみ、目をきつく閉じた。

「それが誰なのか分かりませんか」

「いや」何かを隠しているわけではなく、本当に知らない様子である。「気のせいかもしれないし……実際に誰かを見たわけじゃないから」

「K社のバックには危ない連中もいるって言ってましたよね」

「ああ」

「具体的に分かりますか」

「いや、はっきりとは」浦田が右の頰に指を当て、ナイフで切り裂くように斜めになぞった。「いかにも筋者みたいな連中が出入りしていたけど、それもいつもってわけじゃない。ごくたまにですよ」

「そういう連中は会社に来て何をしてたんですか」

「だいたい偉い連中と話してた」

「飛田や野沢ですね」

「そう。あの人たちも、今までずいぶん危ない橋を渡ってきたんだろうねえ」

「だと思います。それはそうと、今回は、調書はちゃんと取らせてもらいますよ」

「勘弁してくれよ」浦田がちろりと唇を舐めた。「これ以上係わり合いたくないんだ。記録に名前が残るのは勘弁してくれよ」

「殺人未遂なんですよ」私は顎を引き締めた。「これで奴らを叩けるかもしれない」

「そういうことに俺を利用しないでくれ」浦田が硬い声で私の申し出を拒絶した。「命が幾つあっても足りない」

「このまま放っておいたら、また狙われますよ。次は警告だけじゃ済まないでしょう」

浦田の喉仏が大きく上下する。もう一度舌を出して唇を湿らせ、無精髭の浮き始めた顎をゆっくりと撫でた。

「協力して下さい。我々もあなたを守るためにできるだけのことをします」

浦田が額の汗を拭う。自分が足を踏み入れた泥沼の深さにようやく気づき、そこから抜け出すことができるかどうか、可能性を探しているように見えた。

今の彼には、かすかな光さえ見えていないに違いない。


殺人未遂事件に対する捜査は、直接は所轄の本所署が担当することになった。浦田に対する本所署の事情聴取につき合った後で、私は彼を署の独身寮に連れて行った。青山署は六階から上が独身寮で、空き部屋もある。何日も預かるわけにはいかないが、とりあえずは一番安全な場所だ。

落ち着いたところで、横山が刑事たちを招集した。私が浦田から預かったヴィデオを分析するためである。狭い会議室は人いきれでむしむしとしていたが、私は悪寒とかすかな吐き気を感じていた。スーツもワイシャツもまだ濡れていて、エアコンの冷気が染み入る。湿ったタオルを首筋に押し当てると、かえって寒気が強くなった。

余計な説明を省いて、横山がヴィデオを回し始めた。

ホームヴィデオでの撮影のようで、画面が少し斜めに傾いでいる上に、視界の四隅が不自然にぼやけている。テーブルの上に置いたバッグにしこんだカメラからの隠し撮りのようだ。講師役の若い男が深々と一礼する。細い顔は不自然に色が白く、シーツに垂らした血のように唇の赤さが際立つ。グレイの背広に、首に食いこむほど襟が硬そうな白いシャツ、赤い小紋を散らした深い青のタイという地味な格好だった。話し始める前に、太い油性ペンでホワイトボードに「販売革命」と書き殴る。ざわざわという声が広がったが、講師が平手でホワイトボードを叩くと、一気に静まり返った。

講師が、いかにも営業用の大きな笑みを浮かべ、背広を脱いで丁寧に畳むと、テーブルの上に置いてからマイクを取った。ワイシャツの胸につけたバッジを引っ張り「私、木村商事インターナショナルの細井《ほそい》と申します」と名乗る。ヴィデオカメラから細井までの距離は十メートルほどだろうか、モニターの中の姿は小さかったが、声は意外にはっきりと録音されていた。

「販売革命、決して大袈裟なことではありません。まず最初にそれを申し上げておきます」細井が、自分で書いた文字を強く叩いた。まだ若い。二十代後半か三十代前半といったところだろう。しかし声には自信が溢れ、いかにも場慣れしている感じだった。よく通る太い声、立て板に水の喋りがその印象をさらに強める。

「まずは不景気な話で恐縮なんですが、今の世の中、簡単に金を儲けることはできません。資産運用といっても、銀行も証券会社も当てにならない時代ですからね。かといって、ここにお集まりの皆さんは、ギャンブルに金を注ぎこんで一か八かの賭けをするようなタイプではないと私は信じています」

かすかな笑いが小波《さざなみ》のように説明会場を漂うと、細井が一人納得したようにうなずいた。その顔に浮かんでいるのは、一発で人を安心させ、信用させる笑顔——詐欺師の笑顔である。

「実際、ギャンブルで財産を築いた人はいませんからね。あれはあくまで娯楽です。ではこの時代、何が一番確実なのか、今日は皆さんと一緒に考えていきたいと思います」

細井がホワイトボードに向かった。

横に座っていた池澤が馬鹿にしたように吐き捨てる。

「皆さんと一緒に、ね。こうやって共犯意識を持たせたわけだ」

「うるさい」私が唇に指を当てると、池澤がむっつりと黙りこんで腕組みをした。

画面上では細井がホワイトボードを叩き壊さんばかりの勢いで何やら書きこんでいた。油性ペンをボードに叩きつけるようにピリオドを打ってから向き直る。集まった出資者の顔を見渡しながら、右腕はボードの上に伸ばしたままだ。

「今まで、いろいろな金儲けの方法が喧伝されました。はっきり申し上げまして、そのほとんどがいかがわしいものです。まあ、こんなことを言うのも何ですが、簡単に金が儲かるなんて言ってるのは、まず詐欺と思って間違いない。今日は私どもの商売について皆さんにご説明させていただいて、そのうえで出資いただけるかどうか判断していただきたいと思います。これから私どもの基本方針をご説明しますが、その前に一つ」細井が会場内をねめつけた。蛇のように冷たい本心が一瞬だけ透けて見える。「テープの録音やヴィデオの録画はご遠慮下さい。もちろん皆さんを信用しないわけではありませんが、私どものノウハウが外に漏れるのはまずいですからね。この業界も結構競争が厳しいもので、うまくいっている他社のノウハウは、誰でも欲しがるものなんです。そういうことでよろしいですね？」

一瞬画面がぶれ、すぐに落ち着いた。細井の姿は画面の左端に移動している。カメラの持ち主が用心してバッグを動かしたのだろう。

「私どもの仕事は、基本的にモノを売ることです。主に金《きん》を中心とした宝飾類ですが、健康食品なども扱っております。この健康食品というのがなかなか優れものでしてね、実は私も愛用しています。今一番売れ線なのがダイエット食品なんですが、実は私、半年前まで八十キロあったんですよ」

ほお、という声が会場のあちこちで上がる。画面の中の細井は、風が吹けば飛ぶというほど細くはないが、標準体重をかなり下回っているように見える。

「半年で十五キロ痩せました。服も全部作り直さなくちゃいけなくて、金はかかりましたがね……この商品は出資者割引でお求めいただけますので、是非お試し下さい。いや、本当に効きますから」

おつき合いの笑い声が引っこんだところで細井が顔を引き締め、話題を引き戻す。

「脱線しましたが、ここからが本題です。皆さんもご存知の通り、商品が生産者から消費者まで届く間には、幾つもの段階があります」喋りながら、細井がホワイトボードに書いた「生産者」という文字を指差す。「私どもは、生産者から商品を直《じか》に買いつけているわけで、そういう意味では問屋であるとも言えるのですが、実態は違います。皆さんご存知の通り、最近は流通の形態も大きく変わっておりまして、中間マージンを省いて消費者の手元に届く商品の単価を下げようという動きが盛んになっていますが、私たちの狙いもまさにそれなのです」

細井が「生産者」の文字から「消費者」の文字に向けて乱暴に線を引く。その線の真ん中辺りに大きな丸を描き、その中に「K」の字を書き加えた。

「ここが我々です。問屋でもあり、小売店でもある。ただし、私どもは店舗も在庫も持ちません。これが、私どもの最大の特徴なのです。店舗や倉庫の維持にどれだけの費用がかかるかは簡単にご想像できると思いますが、これが馬鹿にならないんですね。何しろ日本で一番高いのが土地代なんですから。

私どもは常にアンテナを張りめぐらせて、売れ筋の商品を探っています。どこで安く買えるか、競争力のある良い品がどこで手に入るか、そういうことに対する情報収集能力に関しては、その辺の商社には負けない自信があります。さて、ここからが肝《きも》なのですが、普通は商品を仕入れてどこかにストックし、状況に応じて小売店に卸すやり方が一般的です。しかし私どもはストックを持ちません。必要に応じて商品を仕入れ、それを弊社のセールスマンが直にお客様にお届けするわけです。これまで流通経路で必要とされた倉庫も店舗もいらない。それで中間マージンを大幅に削減することができるのです」

反応を探るように、細井が会場の中を見回した。声もない。満足そうにうなずいてから続ける。

「先ほども申し上げましたが、私どもがもっとも誇れるのは情報収集能力であります。生産者の情報だけでなく、消費者の動向にも気を配っていますから、どのような商品をどれだけ仕入れれば無駄なくさばけるか、かなりの確率で予想できます。というわけで、右から左へ、中間マージンを一切省いてお客様へお届けできるほかに、倉庫代がいらないという大きなメリットが生じるわけです。これが、実は相当大きいんですね。倉庫代というのは馬鹿にならない。この中にはご自分で商売をされている方もいらっしゃると思いますが、そういう方にはすぐにご理解いただけるんじゃないでしょうか」

細井がテーブルからペットボトルのミネラルウォーターを取り上げ、一口飲んだ。椅子を引いて座り「では、ここからが本題です。長くなりますので座って失礼します」と続けた。

「このようなやり方で商品を提供させていただく場合、問題になるのは運転資金です。いついかなる時に金が必要になるか、分からない。そこで必要になるのが、皆様のような出資者というわけです。出資していただいた金は、全額商品の購入に回す。そして中間マージンなしで、出た利益は皆様に還元する。もちろん、弊社でもその一部をいただくわけですが、商品そのものの販売価格をかなり低く抑えても利幅が大きいので、皆さんも私どももご利益《りやく》に与《あずか》れるというわけです。

さて、今日は一つだけ例をあげさせていただきたい。これから皆さんは私どもが扱う金や宝飾類、健康食品などに出資していただくことになるのですが、私どもが提供するのはこういう『モノ』だけではありません。サービスの提供もあるのです。ここが、同業他社との最大の違いですね。夢を追う話をさせていただきますと、現在、私どもはカリブ海でリゾート開発の計画を進めております。現在は調査段階なんですが、これは私どもの持ち出しですね。実際に開発に着手することが決まってから皆様のご出資をいただきたいのです。近年、アジアのリゾート地が注目されているのは皆様ご存知の通りで、この中にもプーケットやバリに行かれた方がいらっしゃるのではないかと思いますが、これからの注目はアメリカです。同時多発テロ以降、北米の観光客は激減しておりまして、これはアメリカ政府当局も非常に気にしているところであります。そこへ私どもが救いの手を差し伸べようというわけですね。海をテーマにした大規模なリゾート開発を行ない、そこで私どもも勝負をかけようというわけです。もちろんリスクも想定されますが、利幅もこれまでとは比べ物にならないぐらい大きい。この計画の具体的な内容ですが――」

テープはそこで終わっていた。電源かテープが切れたのだろう。溜息の波紋が会議室の中に広がる。

「ずいぶんでかい話になってきたな」横山が唸るように言った。

「これを見る限り、詐欺では無理かもしれん。危ないところはちゃんと避けてるな。何の保証もしていない」生活安全課長の安東が感想を漏らす。が、すぐに気を取り直して続けた。「ただし、預託商法としては立件できるんじゃないか」

「何ですか、預託商法って」池澤が私の方に体を傾けて訊ねる。

「高配当とか元本保証とかをうたって出資者を集める商売だよ。法律上、金を集めていいのは金融機関だけだから、無認可でそういうことをすると出資法違反になる」

「さすが」音を立てずに池澤が指を鳴らす振りをした。「鳴沢さん、すっかりこっちの仕事に馴染んでますね」

「黙れ」

もう一本のヴィデオも見たが、そこに映っていたのは単なる朝礼風景で、問題にすべきような内容は何もなかった。「今日も張り切ってカモを引っかけましょう」などという台詞は一言もない。会議はそこでお開きになった。

「鳴沢」横山に呼び止められた。激しい頭痛を我慢して振り返ると、彼が会議室の前方の椅子に腰かけたまま、だらしなく両足を投げ出しているのが見える。溜まりに溜まった疲れが、ついに堰を切って溢れ出してしまったようであった。私が彼の向かいに椅子を引いてきて座ると、掌をタオル代わりにして顔をごしごしとこする。

「急がないといかん」

「そうですね」

「連中、いきなり会社を畳むかもしれんぞ。集めるだけ金を集めてどろん、だ。そうなったらもう金は取り返せない」

「今の段階でガサをかけるなり誰かを逮捕するなりできないんですか」

横山が力なく首を振る。

「厳しいな。詐欺で立件するのが理想だが、今はまだ無理だ。となると――」

「出資法違反」

「そう。だが、このヴィデオだけじゃ、証拠としてまだ弱い。そもそも、喋っていたのがK社の人間かどうかも証明できないんだからな。今まで事情聴取した被害者の中で、こいつの顔を知っている奴がいればいいんだが。勧誘の文書なりが残ってればもっといいんだが、こいつらはそういう証拠を残すようなことはしてないだろうな」

「そう言えば、広告も打ってなかったんですよね」浦田もそのように言っていたし、私たちが調べた限りでも、K社がメディアを使って宣伝をしていた形跡はない。

「証拠を残すとまずいのは、連中もよく分かってるだろうからな。もちろん、今ガサでもすれば書類は出てくるんだろうが……鳴沢よ、別方向から攻めてみるか？」

「別方向？」

「浦田に対する殺人未遂の件だよ。本所署と協力してな」

　その言葉に、私は反射的にうなずいた。浦田を襲ったのがK社の関係者であることは間違いない。それを明らかにできれば、一気に突き崩すことができるのではないか。これまで私たちが積み重ねてきた捜査はボディブローのように相手にダメージを与えるかもしれないが、浦田の件は一発で相手を倒す強烈なアッパーカットになりうる。

「別件になりますね」

「別件だろうが何だろうがいいんだ」横山の声がわずかに高くなった。「俺たちの目的はあの会社を潰すことなんだから」

「ちょっと浦田に会ってきます」

横山の思わぬ激しさにたじろぎながら、私は椅子を引いた。彼の視線が私の背中に突き刺さる。その視線は、お前には激しさが足りないと無言で責めているようでもあった。


浦田は六畳の畳部屋の真ん中で膝をかかえ、テレビの画面にぼんやりと視線を這わせていた。私が部屋に入ると、浦田がのろのろとリモコンを取り上げてテレビの音量を絞る。スポーツニュースが始まっており、東京ドームでの試合の様子が映し出されていた。今年はあそこへ二回も行った。もう一度優美を誘うことがあるのだろうかと、頭痛の隙間を縫うようにしてぼんやりと考える。

頭を振って夢想を追い出し、私は浦田に向かってコンビニエンスストアの袋を掲げてみせた。

「腹、減りませんか」

「ああ、どうも」浦田がほっとした表情を見せる。「食いそびれてどうしようかと思ってたんですよ。勝手に外に出るのもまずいみたいだし」

「不自由だけど我慢して下さい。ここなら安全ですから」私は彼の前で胡坐をかいた。握り飯やサンドウィッチを袋から出したが、浦田が真っ先に手を伸ばしたのはペットボトルの緑茶だった。一気に三分の一ほどを飲み、長い溜息をついてから握り飯に手を伸ばしかけ、ためらって結局手を引っこめた。眉をひそめ、探るように私に問いかける。

「何か分かりましたか？」

私は肩をすくめた。

「残念ながら。あなたこそ、本当に思い当たる節はないんですか」

一瞬迷ったが、浦田は首を横に振った。それに嘘はないだろうと私は判断した。

「この件、きちんとやりますよ。協力して下さい」

「俺に何かできるとは思わないけど」浦田がお茶を口の中でぐるりと回した。「まあ、警察がそう言うなら」

これまでとは微妙に態度が変わっている。少なくとも、鉄パイプが落ちてきた直後に見せた逃げ腰は消えていた。

「カリブ海の開発の話って本当なんですか」話題を変えると、浦田はすぐに食いついてきた。

「まさか」歯を見せて笑い、すぐに真顔に戻る。「あんなこと、できるわけないでしょう。実際にやるとなったら幾らかかると思います？　一億、二億の話じゃないんですよ」

「ヴィデオを見た限りじゃ、すぐにも実現できそうな感じでしたけどね」

「無理無理」馬鹿にするように浦田が肩をすぼめる。「リゾート開発なんて、金をどぶに捨てるみたいなもんですよ。うまくいく方が珍しいんだ。日本でも、大々的に始めたのに結局潰れちゃったところがたくさんあるでしょう」

「よくご存知みたいですね」

「まあね」浦田が妙に自信ありげに白い歯を見せた。「実は昔、リゾートマンションの開発にちょっと嚙んでたことがあって。ああいうのは、結局ディヴェロッパーも客も損して終わるんですよ。リゾートなんて、日本人の精神構造に馴染まないんじゃないかな。ましてK社には、そういうノウハウを持った人間もいないんだから。あれはでっち上げですよ。完全な嘘」

「パンフレットとかは作ってなかったんですか」

「ありましたよ。写真をでかでかと使ってね。でもそれだって、どこかのホームページから勝手に落としてきた画像なんだから。インチキもここまで来るとひどいね」

そこまでインチキだというなら、詐欺での立件も視野に入れられるだろう。もちろん、この件でK社がすでに金を集めていたらの話だが。

「そのパンフレット、持ってませんか」

「家にあるかもしれないな」髭の濃くなった顎を撫でながら浦田が言った。「ちょっと捜してみないと分からないけど」

「私が家捜ししてみてもいいですかね」

「いや、ちょっと待ってよ」浦田が慌てて身を乗り出す。「他人に荒らされるのは嫌だし、一人暮らしで汚い部屋なんだ。俺が行かないと分からないよ」

「あなたはしばらく外出禁止ですよ。無事でいたいなら外へは出ないで下さい」

「しかし――」

「右隣の部屋の男は柔道三段で関節技が得意です。左隣の部屋の男は空手二段」

浦田が不満げに唇を捻じ曲げる。

「分かった、分かった。好きにしてよ。会社関連のものはまとめてあるから、それだけ取ってくればいいでしょう。他のところは手をつけないでよ」

「鍵はありますか」

「今から行くの?」浦田が大袈裟に眉を吊り上げる。

「早い方がいいですからね」

　ヴィトンのクラッチ・バッグから鍵を取り出しながら、浦田が呆れたように言った。

「しかし、あんたもよくやるよね。こんな時間に一生懸命仕事したって、給料が上がるわけじゃないでしょう」

　給料だけで仕事をするわけではないのだと言おうとしたが、私はうなずくだけに止めた。同じ年のこの男と私とは、決して交わることのない道を歩いている。互いの姿を見ることはできるが、声も届かないし、触れ合うことは絶対にないのだ。


　浦田の家は、浦安のビジネス街にほど近いマンションの一室だった。雨が降り続いていたが気温は下がらず、むしむしする。海風の潮臭さがかすかに鼻についた。

　鍵を開けて玄関に一歩足を踏み入れた途端、ぱっと廊下の照明が灯った。廊下の突き当たりは大理石張りのカウンターになっており、その上にはアンディ・ウォーホールの真似をして誰かが作ったシルク・スクリーンが掲げられている。ミック・ジャガーの顔が四色に塗り分けられていた。

　ふと何か異質なものを感じ、私は脱ぎかけた靴を履き直した。かすかに音がしたような気がする。気のせいか？　いや、誰かがいる。廊下の奥を凝視したまま手探りで照明を消し、暗闇に目が慣れるのを待つ。が、私の目が闇に潜む何者かを捕らえる前に、玄関のすぐ脇のドアが勢いよく開いて誰かが飛び出してきた。とっさに右手を横に広げて食い止めようとしたが、相手は素早く私の腕の下をかいくぐってドアに突進する。ドアが開き、外廊下から入ってくる灯りが一瞬相手の背中を照らし出した。男だ。薄い青のウィンドブレーカーにジーンズ、頭にはベースボールキャップを被っている。ドアの隙間から身をよじるように駆け出すと、廊下を蹴る足音が耳に飛びこんできた。私も廊下に飛び出し、男の後を追う。思ったよりも足が速く、私がトップスピードに乗るより先にエレベーターの前に到達した。運良く待っていたエレベーターに乗りこむと、すぐにドアを閉める。私が追いついた時には、エレベーターは動き始めており、結局男の顔を見ることはできなかった。

追いかけるべきかどうか迷い、手すり越しに下を見下ろした。ここは十階である。全速力で階段を駆け下りても追いつけないし、エレベーターはこれ一基しかないのだ。私は手すりから身を乗り出したまま、下の動きを観察した。三十秒ほどして、誰かが玄関ホールから出てくる。慎重に周囲の様子を見回し、小走りに道路へ出て行く。そこに停めてあった車に乗りこむと、乱暴にタイヤを軋ませながら急発進した。さすがにナンバーまでは読み取れない。

失敗だ。もう一人連れてくれば男を追いかけることができたのに。自分のうかつさを呪いながら、私は部屋に引き返した。心臓が脈打つのに呼応して、頭痛がぶり返す。灯りをつけ、体を屈めて視線を廊下の高さに持っていった。侵入者は靴のまま部屋に入ったのだろう、濡れた足跡が幾つか確認できた。空き巣ではない。空き巣なら、足跡を残すような真似はしないはずだ。靴を脱ぎ、慎重に足跡を避けながら部屋を一つ一つ改める。

玄関のすぐ脇、男が飛び出してきた部屋は物置代わりに使われているようだったが、徹底的に荒らされていた。本棚の本は全て放り出され、床には足の踏み場もない。小さなクローゼットの中の衣類も引きずり出され、死んだ獣のように床で山になっていた。一番悲惨な目に遭ったのはレコードのコレクションである。二段組のラック一杯に数百枚のレコードが入っていたようだが、全て床にぶちまけられている。割れているものもあった。損害を浦田に報告するため、私は割れたレコードのタイトルを手帳に書き出した。ジミー・クリフ、ジョー・ヒッグス、ピーター・トッシュ。レゲエばかりだ。どうやら浦田は、浦安の海にカリブ海の匂いを嗅ぐ才能を持っているようである。

寝室の被害も甚大だった。ベッドのマットレスが切り裂かれ、チェストの引き出しは全て引き出されて衣類が散らばっている。息を殺して、私はリビングルームに回った。

侵入者が何をしようとしていたのかは明らかである。何かを探していたのだ。昼間浦田を狙ったのと同じ人間、あるいはそれに類する人間の仕業に違いない。

液晶テレビは横倒しになって画面が割れ、オーディオセットは窓際の棚板から床に叩き落とされていた。隣のキッチンでは冷蔵庫の扉が開いたままで灯りが漏れている。冷蔵庫の扉を閉め、リビングルームとの境になっているカウンターの中を改めた。

ない。浦田が教えてくれた場所に、K社関係の書類は一切なかった。こんなことで彼が嘘をついたとは考えにくいから、やはり持ち去られたと見るのが自然だろう。

状況は切迫している。浦田を狙った連中は、警察がすでにK社の奥深くに入りこもうとしていることを知っているのだろう。だからこそ浦田を消そうとしたのだろうし、証拠になりそうなものを持ち出したのだ。社内でも証拠隠滅が進んでいるだろう。こうなったら手を広げるしかない。被害者にもう一度当たり直し、何か証拠になりそうなものがないか、徹底的に探す。ヴィデオを分析して決定的な一言がなかったかどうかを調べる。地味な作業だし、同時にスピードも要求される。殺人事件の捜査とはまったく異質の緊迫した雰囲気を私は味わっていた。

その前に、まず浦田に電話だ。レコードのコレクションが壊されてしまったことを知ったら、彼はどんな反応を示すだろう。自分の人生がすでに他人によって突き崩され始めているのだということを改めて意識することになるのだろうか。

8

浦田は最初ぽかんと口を開け、次いで捲り上げたシャツの袖からのぞいた腕を掻き始めた。ほどなく腕が赤くなり、太いみみず腫れが浮き上がる。放っておくと血が流れ出すまで続けそうだったので、私は彼の手をつかんで止めた。

「浦田さん」

「何でこんなことに」それだけ言うとがっくりと全身の力が抜け落ち、浦田はパイプ椅子の上で崩れ落ちた。指が白くなるほど強くスチールのデスクの天板をつかんで、ようやく自分の体重を受け止める。

「あのレコードは――」

「十五年がかりで集めた。十五年ですよ。CDじゃなくてレコードを集めるのがどれほど大変だったか分かりますか」

浦田の言葉が虚ろに響く。深夜一時、取り調べ室にいるのは私と浦田、池澤の三人だけだった。

「鳴沢さん、今夜はこれぐらいにしましょうよ」池澤が助け舟を出すように口を開いた。確かに今夜は、これ以上何もできない。明日は、現場検証に浦田を立ち会わせなければならないが、今ここに座って時間を潰している意味はない。寮の部屋に戻るよう浦田を促し、私も立ち上がったが、脚に力が入らず、ゼリーの上に立っているようにふらふらと床が揺れた。

浦田を上階にある寮の部屋へ送って下へ降りる途中、エレベーターの中で池澤がぶつぶつとこぼし始めた。

「あーあ、本当にやばいですよ」

「やばいって、何が」

「例の彼女なんですけどね」エレベーターの扉が開き、池澤が先に歩き出す。廊下にある自動販売機で缶コーヒーを買って掌の中で転がしながら、壁に背中を預けて溜息をつく。「マジで結婚しようと思ってるんですけど、最近向こうが引いちゃってるんですよ。やっぱり不規則な仕事は嫌われるのかなあ」

「そうかもしれないな」

「でも、交通や警務は面白くも何ともないだろうしなあ。俺、生活安全課も考えたことあるんですよ。刑事課よりは暇でしょう」

「忙しい時は同じだろう」

私は壁に寄りかかった。頭の芯が熱い。目がかすみ、全身から力が抜けた。

「どうかしました？」池澤がさほど心配してもいない口調で訊ねる。

「いや――」何でもないと言おうとした途端に脚の力が抜ける。背中が壁にずるずると擦れ、不快な刺激が体を駆け巡った。

「鳴沢さん？」

池澤の声が遠のく。視界がぼやけ、ほどなく暗転した。意識が急旋回しながら果てのない闇の底へ落ちていく。自分に何が起きているのかも分からなかったが、それはさほど不快な感覚ではなかった。


「過労ですな」自分が過労で倒れそうなほど目を充血させた白髪頭の医者が、あっさり宣告した。「それと風邪です。それで一気に疲れが来たんでしょう」

私は医者の説明をむっつりと聞いていた。全然関係のない人間から「お前は無能だ」と告げられているような気分になる。まったく、最近の私はどうしてしまったのか。過労？　風邪？　少し前までは縁のないものだったのに。突然、自分が三十代に足を踏み入れてしまったのだという事実に気づいて愕然とした。夏の雨に濡れたぐらいで風邪をひいてしまうとは。

「ま、一日ゆっくりするんですな。若いんだからすぐ治りますよ」

よたよたとした足取りで医者が病室を出て行く。四人部屋に入っているのは私だけだった。窓は開け放されており、夏の香りが残る朝の風が遠慮がちに入りこんで来る。誰も見舞いに来ないのかと一瞬むっとしたが、すぐに思い直した。こんなみっともない姿は見せられない。

頭を枕につけ、点滴が落ちるのを眺めているうちに本格的な眠気が襲ってくる。腹が減ったなとか、風呂に入りたいなという気持ちも一瞬頭の中をかすめたが、眠気はそれらの欲求をはるかに上回った。

目が覚めた時、顔の上に黒い陰が出来ていた。髪の毛を引っ張られ、顔が引きつる。しかし怒る気にもなれず、自分でも驚いたことに愛想笑いさえ浮かべてしまった。

優美に抱き上げられた勇樹が目の前にいた。私は点滴をしていない方の腕を伸ばし、髪の毛をくしゃくしゃにしてやった。甘い糖衣のような匂いが漂い、勇樹が顔をほころばせる。

勇樹の顔が消えると、今度は優美の顔が現れた。無理に笑みを浮かべようとしているのか、目の端が引きつっている。

「何でここにいるんだ」自分のものとは思えないかすれた声で訊ねると、優美が勇樹を椅子に座らせながら答えた。

「今朝、あなたの携帯に電話したのよ。そうしたら池澤さんって人が出て、あなたが倒れて病院に行ったっていう話だったから……池澤さんって、最初にあなたと一緒に相談センターに来てくれた人よね」

「ああ」あの野郎。余計なことを言っていなければいいのだが。

「ずいぶんいろいろ聴かれたけど、ちょっと変わってるわね、あの人」

「何か変なことでも言われたか？」

「まあ……うん、もしも今度会ったら、二か月ぐらいご飯が食べられないぐらい顎を殴ってやってもいいかな」

噴き出しかけて、私は顎に力を入れた。あの野郎、ここを出たらすぐに締め上げてやる。

「わざわざ病院まで来てくれなくてもよかったのに」

「勇樹が会いたいって言ったから」

「今日、学校は？」

「創立記念日」椅子の上で脚をぶらぶらさせながら、勇樹が不機嫌に答える。

「どうした、勇樹」

「了、今度はいつ野球に行くの」

「ああ」この前勇樹と別れた時、確かにそんな約束をした。軽い約束を子どもはいつまでも覚えているものだ。それきりになってしまっていることを、勇樹は気にしていたに違いない。目にかかる髪を鬱陶しそうにかき上げながら、私をじっと見つめる。私は勇樹に顔を近づけ、小声で告げた。

「今、仕事が忙しくてね。一段落したらまた行こう。今度は二人でな」

「いいよ」途端に勇樹の顔がぱっと明るくなる。二人で秘密を共有するのが楽しくてならないという様子だった。横では優美がにこやかに笑っているというのに。急に彼女が眉をひそめ、私に声をかけた。

「大丈夫なの？」

「過労に風邪の引き始めらしい。情けないけど、もう平気だ」点滴のパックも空になっている。ふと、暗い記憶が心を覆った。まだ夜も明けきっていなかったあの朝、祖父も点滴を受けていた。自ら毒物を点滴に混ぜた祖父は、パックが空にならないうちに静かに死んでいった。

「余計なこと考えちゃ駄目よ」私の気持ちを読み取ったように優美が言った。「今、お爺さまのこと考えてたでしょう」

「ああ」喉が渇き、張りついていた。渋い顔をしていると、優美がLLビーンのトートバッグからポカリスエットの缶を取り出して渡してくれた。何とか上体を起こし、プルタブを引き上げて喉に流しこむ。それだけで体が楽になり、もやもやと残っていた不快な気分も消えた。「点滴よりこっちの方が効くみたいだな」

「良かった」優美が穏やかな笑みを浮かべる。私はポカリスエットをゆっくりと飲みながら、目の端で勇樹の姿をとらえた。この子は両親の事情をどこまで知っているのだろう。父親が母親を殴りつけるのを見たことがあるのだろうか。いや、たぶんそんなことはないだろう。幼いころにそういう衝撃的な場面に出くわせば、嫌でも心のどこかに歪みを抱えこむことになるのだろうが、勇樹にはそういう暗い影は見えない。

私も片親だったが、私の場合、母親は亡くなったのであり、幼いながらも自分でその事実と折り合いをつけることができた。勇樹とは事情が違う。この子の気持ちをどこまで分かってやれるだろう――いや、そもそもそんなことをする必要があるのだろうか。

「入院するならいろいろ準備がいるわよね。警察の人は面倒みてくれないの？」かすかに非難めいた口調で優美が言った。

「いや、この点滴が終わったら帰ろうと思ってる」

「大丈夫なの？」

「たぶん。少し疲れてたのは確かだけど、たっぷり寝たからね」壁の時計は十二時を指している。眠気が引いていくのに合わせて、急に激しい空腹を覚えた。「ちょっと時間あるかな」

「どうして」

「署に戻る前に飯でも食いに行こうよ。三人で一緒に。勇樹、何がいい？」

「ラーメン」勇樹が甲高い声で即座に返事をする。

「ラーメン？　せっかくだからもっといいもの食おうぜ」

「この子、ラーメンが好きなのよ」優美が困ったような笑みを浮かべた。

「よし、じゃあ、とびきり美味いラーメンを食べに行こうか」

勇樹の顔がぱっと明るくなったが、優美は真剣な表情を崩さない。

「大丈夫なのね」

「飯を食ったら元気になるよ」

「分かった」自分を納得させるように優美がうなずく。あまりしつこくないのがありがたかった。

「ところで今朝は、何か用事があったんじゃないのか？」

「大したことじゃないのよ。お婆ちゃまが、ご飯でも食べに来ないかって」

「勘弁してくれよ」私は顔の前で手を打ち振った。「申し訳ないけど……」

「苦手？」

「正直言うとね」

「ホント、正直ね」優美が口に手の甲を当てて笑いを押し隠す。「でも、私には大事なお婆ちゃまなのよ」

「それが問題なんじゃないか」

私の言葉に優美が黙りこむ。仮に二人の気持ちが一つになることがあっても、二人だけの問題では済まされないのだということを改めて思い知らされた様子であった。

「おや、もう出てきたんですか」池澤が皮肉っぽく笑う。首を絞めてやろうかと思ったが辛うじて思いとどまった。

「俺の携帯、どうした」

「ああ、デスクの上にありますよ」池澤が唇の端を持ち上げて笑った。「鳴沢さん、あの娘《こ》と何かあったんですか」

「あの娘って誰だよ」

「またまた、とぼけて」

私は、鼻がくっつきそうになるほど彼の顔に近づいた。

「余計な詮索をするな」

池澤は引かなかった。私の目を真っ直ぐ見据えたまま、忠告するように言う。

「事件の関係者でしょう。まずいんじゃないですか」

「あの件はもう終わってる」

睨み合いはすぐに終わった。先に目をそらしたのは私だった。

席に戻ると、予想していた「大丈夫か」も「医者は何と言ってた」もなく、横山がいきなり本題に入った。

「浦田の部屋な、今朝調べたけど指紋は出てない。足は取れてるけど、不鮮明だ」

「でしょうね」

「K社関係の書類は全部持ち出されていたようだ」

「パンフレットの類だったら、他にも持ってる人がいるでしょう」

「まあな。手に入れるには手間がかかりそうだが」

「どうしてもというわけじゃないでしょう。今のまま裁判になっても、証言だけで勝てるんじゃないですか」

「それは無理だ。昨日も言っただろう。今ごろK社の連中は必死になって証拠を処分しているはずだ。証言だけじゃ弱い。しかも、だ」

横山が芝居がかった仕草でデスクの上に新聞を広げる。今朝から何十回と目を通しているらしく、古新聞のように皺が寄っていた。横山の指が、一直線に社会面のトップ記事を指す。

「預託商法　千人から五十億円詐取」の大見出しが躍っていた。中身を読む気にもならず、私は見出しをぼんやりと目で追った。記事の最後は「木村商事インターナショナルは、本社の取材に対し十四日夜までに回答しなかった」で結ばれている。普通なら「確認できない」とか「事実無根」という程度のコメントぐらいは入るはずだ。要するにK社は尻をまくったのだろう。無視を決めこみ、その間に証拠を隠滅するつもりなのだ。

「どこから漏れたんですか」私はぎりぎりと歯嚙みしながら訊ねた。「まさか、太田が喋ったんじゃないでしょうね」

「本部の連中だろう」横山が淡々とした口調で言った。怒りをぶちまけるのではないかと想像していたので、少しばかり拍子抜けする。これが殺人事件だったら、捜査本部は騒然となるはずだ。捜査の秘密を書かれたら、犯人に逃亡の機会を与えることにもなる。

「リークしたんですかね」

「本部に話を上げた時点で、いつかはこうなると覚悟しておくべきなんだ」横山が諦めたように首を振った。「ブンヤさんも所轄の生活安全課までは回ってこない。本部から話を取るだけだし、そこでどんな会話が交わされてるかは俺らには分からん。それにこういう場合は、弁護士が喋るのを止めることもできないからな」

しばらく前、被害者に対する事情聴取の中で、民事訴訟の準備が進んでいるという話を聞いたことがある。その筋から漏れたのだろうか。渋い表情を浮かべたまま、横山が諦めたように首を振った。

「まあ、いい。気にするな」

「潰れますよ」

「潰させないようにすればいいのさ。ブンヤさんたちは連中を逮捕できない。きっちり片をつけられるのは俺たちだけなんだ。前向きに考えようや」

「前向きって……」私が首を振ると、途端に横山が無表情の仮面を被った。

「新聞に出れば、少なくともK社はこれ以上悪さはできなくなる。それはそれでいいじゃないか。それよりこのリストを見てくれ」

横山が私のデスクに一枚のメモを滑らせた。会社の名前らしきものがずらりと並んでいる。十二番まで番号が振ってあった。住所が書いてあるものもないものもある。

「関連会社のリストですね」顔を上げ、横山に確認する。

「不完全だがな。お前がいない間に浦田に協力してもらったんだ」

「よく喋りましたね。昨夜はずいぶん落ちこんでたから、しばらく使い物にならないと思ってたけど」

「奴さんも腹を決めたんだろう。こっちの側についてないと本当に殺されるかもしれないからな。それで、このリストを補強したいんだ。とりあえずここに出てる会社について調べてくれないか」

「ええ」

横山が一瞬だけ私の顔を見る。

「少しここで座り仕事をしてろ」

「冗談じゃないですよ。体のことだったら――」

「いいから」彼が私の言葉を途中で遮る。「今まで殺しの捜査ばかりやってた男が、全然別の仕事をしてるんだ。短距離の選手がいきなりマラソンを走ろうとするようなものだろう。とにかく、外を回ってる時に倒れられたら困るからな」

顔から火の出るような思いをしながら私はうなずいた。体調はすっかり元に戻っているはずだが、これ以上恥をかくわけにはいかない。

リストを改めて検討した。十二社のうち、住所が分かっているのは七社。そのうち五社が都内で、残る二社は埼玉と千葉にあった。どこから手をつけるかと考えながらリストと睨めっこしているうちに、何かが引っかかるのを感じた。何だろう——以前に見たことがあるような気もする。まあ、いい。本当に見たことがあるならそのうち思い出すだろう。そう考えて、私はリストの会社を調べ上げる方法を検討した。

事件の最中でも当直はやってくる。殺しの捜査本部ともなれば当直は免除、警務課がダイヤの調整にてんやわんやになるというのが普通なのだが、内偵事件の場合はそうはいかない。

倒れてから三日後の日曜日、私は書類仕事をこなしながら、何とか退屈な夜をしのいでいた。三十分が過ぎるのが遅い。一時間は永遠にも思えた。無性に体を動かしたいという欲求に駆られ、防犯の部屋にあるソファの上で腕立て伏せと腹筋を二十回ずつ五セットやってみたが、腹筋がひくひくとかすかに笑うだけで汗も出ない。明日の当直明けは少し早めに帰って、ジムで思い切り汗を流そうと決めた。

電話が鳴り出した。もしや太田ではないかと一瞬期待したが、電話は下の階からだった。交通課の係長、漆沢《うるしざわ》が申し訳なさそうな声で切り出す。

「鳴沢、悪いんだけどちょっと現場に出てくれないか」

無意識に私は壁の時計を見上げた。間もなく一時になる。漆沢は本題に入らないまま、ぐずぐずと言い訳を続けた。

「例の傷害事件で刑事課の連中は手一杯なんだ。申し訳ないんだが」その事件が起きたのは二時間ほど前、午後十一時ごろだった。赤坂で、酔っ払った外国人と日本人のグループが喧嘩を始め、日本人の会社員が腹をナイフで刺された。犯人の身柄は現場で確保されたが、取り調べに手間取っているらしい。

「何ですか」

「変死だ。状況はよく分からないんだが、どうも殺しらしい。とりあえず現場は封鎖してる。おっつけ刑事課の連中が行くけど、それまで頼むよ」

そちらの方がよほど重要ではないか。現場の住所を聞くと、私は受話器を叩きつけて階段を駆け下りた。状況判断ができない人間はどこにでもいる。漆沢を心の中で罵りながら、知らぬ間に頰が緩むのを感じた。現場へ向かって覆面パトカーを走らせながら、私はようやく自分の本音を認める気になった。今まで私は、殺された被害者のために祈りを捧げ、薄汚れた殺意で汚された魂を浄化させるために走り回っているのだと信じていた。自分に言い聞かせていた。

違う。

私は殺しの捜査が好きなだけなのだ。殺人犯を追いまわしている時の、アドレナリンが全身を駆け巡る感覚を愛しているのだ。

現場は青山墓地にほど近い、細い路地だった。規制線で封鎖されており、先乗りしていた若い制服警官が、後ろ手を組んで周囲を睥睨《へいげい》している。警察学校を出たてという感じで、自分がこの場にいるという事実に興奮している様子がありありとうかがえた。規制線を越えて現場に入ろうとした時、覆面パトカーが赤色灯の灯りを毒々しく振りまきながら、つんのめるように急停車する。池澤がげんなりした様子で下り立った。そう言えばこいつも今日は当直だったのだ。優美からの電話を勝手に取られて以来ろくに話をしていなかったが、仕事となれば仕方がない。

「今夜は商売繁盛ですね。で、どうですか」声に疲労感を滲ませながら池澤が訊ねた。

「俺も今来たばかりなんだ」

「じゃあ、ぼちぼちやりますか。鑑識はまだですよね」

「ああ。さっきの事件はどうした？」

けないけど」

「身柄は確保してますから、後処理だけですよ。中国語が話せる奴を呼んでこないとい
「犯人、中国人なのか」

「そうみたいですね。俺は中国語と韓国語の聞き分けもできないけど」

規制線の中では、二人の制服警官が待機していた。二人の背後に死体がある。かすかな身震いを覚えながら、私はそちらに近づいた。近くの派出所のハコ長、大熊《おおくま》が気づいて軽く制帽に手を当てる。私は小さく頭を下げて挨拶した。

「どうですか」

「殺しだな」大熊があっさり断言した。確かにこの死体に関しては、毛筋ほどの疑いもない。電柱に寄りかかった死体の腹から噴き出した血が、腰の下に赤黒い水溜まりを作っている。右肩にも銃創があり、背広の肩口に黒い穴が開いていた。とどめを刺すように頭の一部が吹き飛ばされ、固まりかけた血で、まるでポマードを塗ったように髪がつやつやしている。

「こいつはやり過ぎだ」池澤が呆れたようにつぶやいた。彼の言う通りで、三発ぶちこむというのは穏やかなやり方ではない。傷口の大きさは、至近距離からの射撃を示唆していた。

被害者は一見したところ三十代の半ばぐらいに見えた。ペンシルストライプの背広の上下に濃い青のシャツ、ネクタイは締めていない。右の靴が脱げて血溜まりの中に転がっていた。

私は被害者の顔を正面から覗きこんだ。ふと、頭の中に妙な記憶が蘇る。具体的なものではなく、夢の記憶のように曖昧としていたが、私はどこかでこの男を見たことがある。そしてその記憶には、なぜか池澤の顔がくっついていた。

「お前、この被害者に見覚えないか」

「はあ?」私が訊ねると、池澤が呆けたような声を出した。振り返り、一段強い声で念を押した。

「どこかで見たことないか」

「ないですね」池澤が小声で、しかし自信たっぷりに言い切った。

そんなはずはない。曖昧な記憶の中で、池澤の顔だけがくっきりと見えているのだ。こいつと一緒に、ここで死んでいる男に会ったことがあるのではないだろうか。となると、K社の関係者かもしれない。出資者か。出資金を工面するためにヤミ金融に手を出し、十日に一割の高利から逃げ出そうとして、ここで撃たれたのか。

河村和郎。

その名前がいきなり頭に飛びこんで来た。沙織の夫。彼女を殴り、家を出る原因を作った男。自分で顔写真を手に入れたのだから、間違いない。撃たれて歪んだ表情が、記憶と一致しなかったのだ。

最初に考えたのは、沙織がやったのではないかということだった。二人の間の腐った糸を断ち切るために、沙織が最後の手段に訴えたのかもしれない。いや、それはあり得ない。彼女は立ち直りかけていると優美も言っていたではないか。新しい生活に向かって一歩を踏み出したのだと嬉しそうに教えてくれたではないか。何もそれを自分の手でぶち壊す必要はない。

あるいは、こんな手段を使っても過去を断ち切りたいと思うほど、夫との生活は沙織にとって忌まわしいものだったのだろうか。

通報者は、現場のすぐそばにあるファミリーレストランの客だった。食事を終えて店を出てきた時、車が急停止するブレーキ音、それに続いてタイヤがパンクするような音を立て続けに三度聞いたのだという。六本木からこちらに流れてきて深夜の腹ごしらえをしていたという若い男は、ようやく最初の興奮から抜け出たばかりのようだった。

「あれ、撃たれたんですよね」これから仲間にでも話すつもりなのだろう、男はしつこく食い下がった。素肌に張りつくような薄いコットンセーターに、わざとあちこちを逆立てた髪。神経質そうに右耳のピアスをいじっていた。私は「調べ中なので」の一点張りで回答を拒絶し、逆に質問をぶつけてこちらのペースに引きこんだ。

「その車は？」

「見たけど、遠かったから」男が規制線の内側、河村が倒れていた辺りを指差す。三十メートルほど距離がある上、街灯の灯りはいかにも頼りなかった。

「誰か外にいましたか」

「いや、パンパンっていう音が聞こえたからこっちに来てみたら、丁度車が走っていくところで」

「車種は？」

「何かなあ……普通のセダンだと思うけど、俺、車はあんまり詳しくないんだよね」

池澤が連絡先をもう一度確認し、「お帰りいただいて結構です」と告げると、男は露骨に不満そうな表情を浮かべた。

「これで終わり？」

「あなたが撃ったんじゃない限りね」池澤が言うと、男が苦い物を呑みこんだように唇を捻じ曲げた。

「冗談じゃないですよ。ねえ、俺、テレビとか出ますかね」中継車が続々とやってくるのを横目で見ながら男が言った。どこにいたのか、野次馬も集まり始めている。

「うちがテレビをコントロールしてるわけじゃないんでね」

「ふうん」私の皮肉は男には通じなかった。金銀コンビのロレックスのクロノグラフをこれ見よがしに覗きこむと、「いけね」と短く言い残して去って行く。

現場では聞きこみが始まっている。と言ってもこの辺りには民家はほとんどなく、現場から二十メートルほど離れた場所にマンションが一棟あるだけだ。レストランやブティックはあるが、この時間にはほとんど店仕舞いしている。ノックを続けても、目ぼしい成果は得られないだろう。

「それで鳴沢さん、被害者は例のDV男だったのは間違いないんですね」珍しく緊迫した声で池澤が確認する。

「双子の兄弟でもいない限りな」

「これ、例の——誰でしたっけ？」

「河村沙織さん」

「言わないといけないんでしょうね」

その役目は自分が負わなければならないだろうと私は覚悟した。

「俺が行くよ」

「そうですか？」胸のつかえが取れたように、池澤が明るい声で言った。「それにしても何なんですかね。歩いてるところを車からいきなり三発って感じですか」

「かもしれん」

「ヤクザの抗争でもない限り、こんな荒っぽいことはしないものですけどね。被害者、堅気の人間だったんですかね」

「たぶんな」

池澤の言葉が、私の記憶の底に沈んでいたある名前を引きずり出した。事実が想像を呼び、想像がある事件の骨格を描き出す。

何ということだ。私はこの男を助けることができたかもしれないのだ。

第三部　転落

1

「そうすると、殺された男があんたのネタ元だった可能性もあるんだな」

刑事課の強行班係長、牛島《うしじま》が念押しする。無言でうなずいて認めてやると、大きな手で無精髭の浮いた顔をごしごしとこすった。白目が赤い。午前四時。

何としても太田を——いや河村を捕まえておくべきだった。最後に話した時、もっと粘り強く説得すれば良かったのだ。私たちが次の情報源として浦田を囲いこんでいる間に、河村は追い詰められていたに違いない。

河村が殺されたと告げると、浦田はパニックに陥って、独身寮の部屋にある座布団や布団を所構わず投げつけ始めた。やがて力を使い果たして畳の上に座りこみ、痙攣するように体を震わせる。次は俺の番だという言葉を呪文のように何度も吐き出した。そうしてようやく、太田が河村だったことを認めたのだった。

どうしようもなかったのだ、この事件を防ぐことはできなかったのだと自分に言い聞かせてみても、ある事実を消すことはできない。

私は彼の勤務先を知っていた。

ＪＲプランニング。沙織が教えてくれた夫の勤務先の名前を、私は完全に忘れていた。次にその名前が出てきたのは、横山が渡してくれたＫ社の関連会社のリストの中である。この時に気づくべきだったのだ。

何度もチャンスはあった。せめてリストを見た時に沙織の言葉を思い出していれば、何か打つ手があったかもしれない。もちろん、河村がＫ社の関連会社で仕事をしていたとしても、彼が太田だということに直接は結びつかない。それでも何かのきっかけで事実が浮かび上がり、彼の命を守ることができたかもしれない。

この事件で、私たちは――私は多くの小さなミスを犯してきた。十年近く警察官としてやってきて、自分の捜査能力には自信を持っているつもりだったのだが、今やそんなものはゴミ箱に突っこんでしまった方がいいと思っている。役にたたないプライドは、持っているだけで心根を腐らせるのだ。

朝の六時まで待って優美の家に電話をかけた。まだ半分夢に足を突っこんだような声で電話に出てきた優美は、急に警戒心を露にした。それはそうだ。朝六時に警察官からかかってくる電話が幸運の知らせであるわけがない。

「どうしたの」

「沙織さんと連絡が取りたい」

「どうして」沙織の名前が出た途端、彼女はさらに声を硬くした。

「今は話せない」

もっとしつこく食いついてくるかと思ったが、優美はあっさりと引き下がった。私の声に染みついた硬く冷たい調子に気づいたのだと思う。彼女とこんな会話をしなければならないのが残念だった。ひどく残念だった。

「急ぐの？」

「できれば今からでも」

「分かった」電話の向こうで彼女が思案している様子がうかがえる。「連絡してみるけど、どうすればいい？」

「直接会いたいんだ。場所は彼女の都合がいいところでいい。彼女の家でも、相談センターでも、あるいは君の家でも」

「あなたはどこがいいの」

「――相談センターかな」ようやく始まった沙織の新しい生活、その舞台である一人暮らしの部屋を、惨劇の知らせで汚したくはなかった。記憶は、場所と密接につながるものである。真新しいソファに座る度、キッチンで包丁を握る度、沙織は私の言葉を思い出すだろう。「ご主人が殺されました」と。

「彼女のご主人のことね」遠慮がちに優美が訊ねる。

「彼女に直接話す。それより、君にもつき合ってもらいたいんだ」

何も質問せず、彼女は分かったとだけ答えた。厄介な役回りに巻きこまれてしまったことは理解している様子だが、それに対して不満を漏らすわけでもない。案外肝が据わった女なのだと、私は改めて感心した。

五分後、優美から折り返し電話があった。七時に相談センターで会えるという。優美は、沙織が相当取り乱していたと告げて私の説明を待ったが、私は何も言わずに電話を切った。今はまだ、彼女に打ち明けるべき段階ではない。

「被害者の奥さんのところに行くんだな」連絡を受けて署に出てきていた横山が、平板な口調で訊ねた。

「ええ」

「俺も行こう」

「いいですよ。俺一人で十分です」

「いや、俺も行く」妙に頑なな彼の態度を変えることはできそうもなく、私は彼の申し出に同意した。彼の態度は、全ての責任は自分にあると思いこんでいるようであり、私も「そうではない」と否定するだけの材料を持っていなかった。


相談センターには沙織と優美だけでなく、聖美も顔を見せていた。沙織と優美はソファに座り、優美が沙織の手をそっと握っている。少しでも力をこめたら沙織の存在がかき消えてしまうのではないかと、細心の注意を払っているようだった。聖美は落ち着きなく部屋の中を行ったり来たりしている。

「ご主人が亡くなりました」何の前置きもなく、私は裸の事実を沙織の前に投げ出した。彼女が糸のように細く唇を開き、助けを求めるように私の顔を見つめる。首を振ると、今度は視線を横山の方に動かした。横山は呼吸さえも止めているようで、肯定も否定もしない。まるで部屋に置いてある観葉植物の一つになってしまったようだった。沙織の手を握る優美の手に血管が浮き上がる。

重苦しい沈黙を聖美が破った。

「どういうことなんですか」声は低いが、落ち着いているわけではない。意識して声の調子を落とすことで、爆発しそうな怒りや疑問を辛うじて抑えこんでいるのだ。

「殺されたんです」

沙織の喉から声にならない声が漏れる。全身を強張らせ、目を伏せた。優美が必死に彼女の手を撫でるが、死亡宣告されてからすでに三時間も経った人間に心臓マッサージをする程度の効果しか上げていないようだった。優美が急に手の動きを止め、厳しい表情を浮かべる。私の袖を引いて部屋の隅に連れて行くと、小声で文句を言い始めた。

「もう少し言い方があるんじゃないの」

「どんなに回りくどくしても、いつかは本当のことを言わなくちゃならない」私は静かに言い返した。

「もう少しデリカシーとか……あんまりじゃない」

「だったら、前置きに一時間もかけて、それから本当のことを喋れって言うのか？　その方がよほど残酷じゃないか」

「やめろ、鳴沢」後ろに控えていた横山が低い声で私を制する。思ったよりも強い口調で優美に反論を叩きつけていたことに気づき、私は口をつぐんだ。

「申し訳ありません」横山が一歩前に出て深々と頭を下げた。「こういうお知らせをするのは大変辛いのですが、仕事なのでお許し下さい」

「殺されたって……」ようやく沙織が言葉を搾り出す。

「撃たれました」横山は余計な説明を一切省いた。

「まさか」優美が目を見開く。

「ご主人を殺した犯人を捕まえなくてはいけません」感情を抑えた声で横山が説明する。「そのためにも、まずご主人の遺体を確認してもらう必要があります」

「嫌」沙織がようやく言葉を吐き出した。震える唇は紫色に染まっている。

「一応、所持品から身元は確認できました。しかし、ご遺族に確認していただかなくてはなりませんし、その後でご遺体をお引き渡しする必要があります」

横山の言葉が沙織の体に染みこみ、瞬く間に彼女の体調を悪化させた。悪い病気に冒されたように体がぶるぶると震え、両腕で自分の体を抱きしめてもそれは止まらない。気を失うのではないかと私は心配したが、優美に支えられて辛うじて意識を保っていた。が、ほどなく呼吸が速く、浅くなり始める。

「ゆっくり息をして」聖美が沙織の横に跪《ひざまず》き、背中を撫でた。「大丈夫だから。ゆっくりよ」

言われた通りにしようと、沙織が何度も胸を大きく上下させる。しかし、十分な量の酸素を取りこめていないのは明らかだった。ほどなく彼女は、喉の奥の方でひゅうと風が吹き渡るような音をたてて優美の膝に倒れこんでしまった。優美が沙織の頭を抱えこんだまま、私に厳しい視線を投げかける。

「警察はどうしていつも悪い知らせしか持ってこないの？」

一時的な怒りから出た言葉ではなく、これが彼女の本音なのだろう。警察は悪魔の使者であり、常に不幸を運んでくる存在なのだ、と。

私は初めて、自分が警察官であることを悔やんだ。

予想はしていたが、荒らされた河村の部屋を見ると鼓動が早くなった。侵入者は、何かの当てがあって家捜しをしたわけではなく、徹底的に破壊しつくして、ついでに何か見つかれば良いとでも思っていたのではないだろうか。何かが持ち出されている可能性は高いが、何がなくなっているのか確認することすらできそうにない。

「鳴沢さん」池澤に呼ばれ、私はリビングルームから玄関に引き返した。彼と一緒にいた若い鑑識の係員が、キーシリンダーを調べている。

「ピッキングですね」鑑識の係員が鍵穴を指差しながら答えた。「何だか、見たことがある手口だな」

「そうなのか」

思わず詰め寄ると、鑑識の係員が驚いて一歩引いた。

「まあまあ、鳴沢さん、そう興奮しないで」池澤がなだめたが、若い係員の引きつった顔は元に戻らなかった。

署に戻る車の中で、池澤が訊ねた。

「さっきはどうしたんですか」

「どうもしてないよ」

「だけど、鑑識の若い奴、びびってたじゃないですか」

「ピッキングだぜ。何か引っかからないか」鑑識の係員は、ここ数か月管内で起こっていたピッキング盗の現場で、同じような手口を見たと説明した。犯人グループは中国人と見られているという。

「ああ、そうか。中国人ですね」急に池澤の口調が真面目になった。「いや、確かに中国人っていう共通項はあるけど、ちょっと強引過ぎませんか。ちょろちょろ姿は出てくるけど、まだ係わりがあるって決まったわけじゃないでしょう」

「例のカリブ海のリゾート開発の話があるよな。カリブ海って言えばアメリカの足元じゃないか」

「そりゃあそうだけど、そこまで話を持っていくのはちょっと無理ですよ」

「ああ」私は拳を固めて口元に持っていき、人差し指を噛んだ。つながらない。しかし、淀んだ海のところどころで、同じ顔が思わせぶりに浮かび上がるのだ。

「まあ、確かに引っかかりますけどね」池澤が不承不承認め、ハンドルを指でこつこつと叩いた。信号が青に変わると乱暴にアクセルを踏みこむ。背中がシートに押しつけられたが、私の集中力は乱されなかった。

「一番ありそうな可能性は、K社の連中が荒っぽいことをやるのに中国人を使ったってことじゃないかな」

「汚れ仕事は結局貧乏人のところへ行くんですよね」

「もちろん、手引きはK社の連中か、その周りにいる暴力団関係者がやってるんだろうがな」

「鳴沢さん、奴らは失敗しますよ」自信ありげに池澤が宣言した。

「どうして」

「K社なんて、てめえの欲のことしか考えてない連中が集まってる会社ですよ。そういう連中が、金を遣って人を雇って、こんなことをやらせる。そういうのって、何かきっかけがあれば一気に紐が解けてばらばらになりますよ。金で集まった連中なんて、金がなくなればお互い足の引っ張り合いをするだけでしょう」

「そうかもしれない」

「時間の問題ですよ」

「とすると、俺たちは連中がばらばらになった後のゴミ拾いをすればいいわけだ」

「そりゃあそうです。俺たちの仕事なんて、そもそもがゴミ拾いみたいなものじゃないですか」


「指紋は残ってないが、まず『ドラゴン』だろうな」

「『ドラゴン』？」

私が首を傾げると、盗犯の係長、藤村《ふじむら》が怪訝そうに目を細めた。

「何か変か？」

「たかが中国人の泥棒でしょう。『ドラゴン』は格好良すぎるんじゃないですか」

「そんなことはどうでもいいんだがな」自分でも馬鹿馬鹿しいと思ったのか、藤村が慌てて咳払いした。「とにかく、ここ数か月都内を荒らしまわってる『ドラゴン』の連中の手口に良く似てる」

私は、持てないほど熱い湯呑み茶碗をそろそろと口に運んだ。ピッキングのことを聴こうと刑事課に行くと、暇そうにしていた藤村が自らお茶を淹れてくれたのだ。

「ま、手口からみてほぼ間違いないな」

「そいつらの正体は分からないんですか」

「分かってりゃ捕まえてるよ」途端に藤村が唇を尖らせた。

「日本人が後ろで糸を引いてるかもしれませんね」

「そうかもしれんな。というか、最近の中国人のワルどもはみんなそんな感じだ」

「バックにいるのは暴力団ですね」

「連中にとっては新しい資金源だよ。おい、それにしても何かずいぶん面倒な事件に首を突っこんでるんだな。うまく解決したら、ご褒美にうちの課に呼んでやろうか」

その申し出をほんの少し吟味してみた。不自然に愛想の良い藤村の態度は引っかかるが、悪い話ではない。もちろん係長レベルで人事が決まるわけではないが、本来の仕事に近づくチャンスを断るべきではないだろう。が、なぜか私は曖昧な笑みを浮かべて「またまた」と誤魔化し、藤村の申し出を冗談にしてしまった。

被害者の家族と正面から向き合わなければならなかったことは何度もある。だが、今回はその重みが違った。沙織の悲しみが鋭いナイフとなって私の心に突き刺さり、その重みで自然に切っ先が奥深く入っていく。署の遺体安置所で河村の遺体と対面した沙織は、半分意識をなくしたようにずっと呆けている。河村の遺体は、午後から司法解剖に回され、その後で沙織に引き渡されることになるが、彼女がきちんと葬儀の手配をできるとは思えなかった。

聖美が沙織を車に乗せる間、私は駐車場の片隅で優美と向かい合った。

「俺のせいにしてもいい」

「何よ、それ」優美が口を尖らせて私を見上げる。

「もしも家庭内暴力が発覚した時点で何か手を打ってれば、こんなことにはならなかったかもしれない」

「今さらそんなこと言っても手遅れよ」

「そうだな……それより、彼女を放っておくわけにはいかない。ご両親に連絡を取らないと」

「しばらく私たちが面倒みるわ」

私は優美の頬に手を伸ばしかけ、引っこめた。彼女は逃げはしなかったが、その顔は引きつり、無言のうちに私を拒絶していた。

「それは、君たちの専門外のことだろう」

「でも、誰かがいてあげないと」

「君たちである必要はない。こういう時は肉親の方がいいと思う」

「乗りかかった船っていうでしょう、日本語で」

「ああ」

「朝はきついこと言ってごめんね」極めて儀礼的な口調で優美が謝った。

「いや、君の言っていることはある意味で正しい。警察と係わり合いになるのはあまり幸せなことじゃないから」

「何て言っていいか分からないけど……」寒くもないのに優美が両手を擦り合わせる。

「ちょっと冷静になりたい」

「君は十分冷静だよ」

「違うわ」

「そうかな」

「こんな時にこんなことを言うのは不謹慎だけど、私はあなたが好きだと思う」

彼女の言葉は私の胸に突き刺さり、じわじわと暖かいものが広がってきた。それに冷水をかけるように、優美が言葉を継ぐ。

「だからこそ、少し考えたいの」

「分かってる」

「それならいいわ。じゃあ」小さく頭を下げると、優美は聖美が待つ車に駆け寄っていった。私は、また大事なものをなくしたような気分になった。


成り行き上、私はK社に関する捜査からひとまず外れ、河村殺しの捜査に加わることになった。池澤はそのままK社の捜査本部に居残ったため、生活安全課と刑事課の間で、私と彼がトレードされた格好である。

河村の死体が発見されてから十数時間後、私は調べ室で改めて浦田と向き合った。浦田は辛うじて落ち着きを取り戻した様子だったが、それは表面上のことだけで、少し突けばまたパニックに陥ってしまうかもしれない。かといって放っておくわけにはいかないのだ。彼は生きている。河村は死んだ。現在はそういう状況だが、早く何とかしないと今度は浦田が遺体安置所に行くことになる。

「河村さんが太田だったことを、もっと早く教えてくれれば……」

私の恨み節に、浦田が唇を嚙んだ。

「そんなこと言っても、約束だったから」言い訳するように浦田がつぶやく。

「河村さんと同じセクションで働いたことは？」

「ありますよ。でも、営業はいつも一人で回ってたから、一緒に仕事をしたことはないんだ。河村さんは、どちらかというと営業管理の仕事が中心だったから。少なくとも俺が入ったころは、外回りよりもデスクにいる方が多かったね」

「河村さんはかなりの古株なんですね」

「たぶん、あの会社には最初からいたんじゃないかな」

「その後で、JRプランニングに移った、と」

「そう。今年になってからね」

「仕事の内容は基本的に同じですね」

「だと思う」

私は冷めた茶を口に含んだ。口蓋を湿らせてからゆっくりと飲み下し、浦田にも茶を勧めた。彼は両手で茶碗を包みこんだが、持ち上げようとすると震え、茶がこぼれてしまう。胸を上下させて溜息をつき、茶碗を机に置いて右手で蓋をするように押さえつけた。

「浦田さん、腹をくくりましょう」前にも同じようなことを言ったなと思い出しながら、私は身を乗り出して彼に告げた。「一刻を争うんですよ。もしかしたら、危ないのはあなただけじゃないかもしれない。他にも会社の情報を漏らした疑いをかけられてる人がいるかもしれないでしょう。そういう人たちまで殺されたら、いい気分じゃないですよね」

「よしてくれよ」浦田が顔をしかめる。右腕をデスクに載せて私に顔を近づけると「中国人なのか？」と訊ねた。

「何か心当たりでも？」

「妙な連中を見かけたことがあるんだ」

「前に同じことを訊いたじゃないですか。その時は、見たことがないって言ってましたよね」

浦田が顔の前で手を振った。

「隠してたわけじゃない。今まで忘れてたんですよ」

嘘ではないだろう。うなずいてやると、浦田がようやく安心したように喋り出した。

「二月《ふたつき》か三月《みつき》前だと思うけど、飛田さんに連れられて飲みに行ったことがあってさ。銀座で遊んで、あれが俺の最後の豪遊だったかな……ま、それはどうでもいいんだけど、その時飛田さんが連れてきた中に妙な連中がいたんだ」

「それがどうして中国人だって分かったんですか」

「喋ってるのを聞けば、何となく分かるでしょうが。何で飛田さんはそんな連中を連れて来るのかなって不思議に思ってね」

「飛田に直接訊かなかったんですか」

「そんなの、一晩経てば忘れますよ。それに飛田さんが若手を飲みに連れて行ってくれるって言っても、そんなに気安く話せる人じゃないし」

「何人ぐらいいたんですか」

「その時の中国人？」浦田が湯呑みを取り上げる。今度は手も震えなかった。喋っているうちに平常心を取り戻したのかもしれない。「三人、いや、四人だったかな。飛田さんが出て行く時に一緒に出て行った」

「どんな連中でした」

浦田がきつく目を瞑り、鼻梁を指でつまむ。しばらくそうやっていたが、出てきた言葉は頼りないものだった。

「全員男」

「それで？」

「みんな三十代って感じかな。貧乏くさい格好をして、全員小柄で……いや、これ以上は分からないな。俺も結構酔ってたから」

「その時一緒にいた人たちなら分かりますかね」

「ちょっと、俺は会社を辞めた人間だよ。今さら係わり合いになりたくない」

私は、彼が傍らに置いた携帯電話に目をやった。

「連絡が取れる人も、会社にまだ一人や二人はいますよね」

「ああ、まあ」

「電話をかけてくれませんか」

「冗談でしょう?」

デスクに載せた彼の腕に電話を押しつける。浦田はいやいやをするように首を振っていたが、やがて諦めたように電話を取り上げた。目指す相手を捕まえると、会話の内容を私に隠すように、電話を掌で包みながら話し始める。

「ああ、俺、浦田。うん、久し振り。ちょっと教えて欲しいんだけどさ」

待った。だらだらと長引く彼の会話が、何か有益な結論を引き出してくれるのではないかと密かに思いながら。


私が再びワンという中国系アメリカ人の名前を聞いたのは、河村が殺された翌日のことだった。その情報を持ってきたのは坂木である。

「四谷署の連中と一緒にへばりついてやりましたよ」へばりついていたという割に坂木の顔には疲労が見えず、むしろ前に会った時よりも血色が良くなった感じだった。事件から栄養を貰うタイプの刑事なのだろう。「決定的じゃないけど、例の中国人のことも多少は分かりました」

「よし」横山が手帳を広げた。「話せ」

「まず、名前はトミー・ワン」

「アメリカ人か？」ブルックリン訛りを思い出しながら、私は身を乗り出して訊ねた。

「その可能性が高いけど、断定はできませんね。トミー・ワンってのは通称じゃないかな。まだ本名を割り出すまでは行かないんですよ。そこまで分かれば、上を通じて照会することもできるけど」

「鳴沢の見立てではアメリカ人なんだな」横山が念を押す。

「中国系アメリカ人。生まれ育ちはニューヨークのブルックリンですね、たぶん。もちろん、俺が見た人間と同一人物かどうかは分からないけど」

「はい、いいですか」自分の説明を邪魔されたと思ったのか、苛々した口調で坂木が割りこんだ。「ホテルにでも泊まってくれてれば名前を割り出すことはできるんですが、残念ながら飛田や野沢の家を泊まり歩いてるようです。それで、例のカジノに二日に一度は出入りしているようですね。中の様子は分からないけど、まあお義理で勝たせてもらってるんじゃないかな。だいたいご機嫌で出てくるから」

トミー・ワンは、ニューヨークにいる時もしばしばアトランティック・シティに出かけているのかもしれない。東海岸のさびれたラスベガスだ。

「女は」横山が質問を継ぐ。

「それもね」坂木の頬が緩んだ。「そっちは野沢の担当みたいなんだけど、まあ、お盛んでしてね。銀座辺りで女を調達してるみたいだけど、これも二日に一度のペースです」

「そいつがアメリカ人だとして」呆れたように手帳を放り出し、横山が煙草に火を点けた。「いったい何しに来てるんだ。さんざん遊んで、それ以外に商談してる様子もないんだろう」

「そうですねえ」坂木が手帳をめくる。「一日のパターンはだいたいこんな感じなんですよ。まず、飛田か野沢の家を昼過ぎに出てくる。それから日の高いうちはあちこちで物見遊山。一昨日なんかディズニーシーに行ってたな。それで夜からがお楽しみの時間って感じですね。酒を飲んでるか、女としけこんでるか、例のカジノにいるか。まあ、まともに仕事している様子じゃないですね」

「もう少し突っこめないのか」私が思わず非難がましく言うと、坂木がむっとして言い返した。

「鳴沢さんには分からないかもしれないけど、こういう捜査ってのは難しいんですよ。そりゃあ俺らはトミー・何とかって奴のことを調べてるけど、それはあくまでカジノの捜査の副産物なんですからね」

「だらだらやってると逃げられちまうぞ」

「冗談じゃない、鳴沢さんは俺らのノウハウを知らないだけなんだ」

「やめろ、二人とも」横山が間に入った。表情は凍りついており、私も坂木も口を閉ざさざるを得なかった。横山が坂木の方を向いて訊ねる。

「で、カジノの手入れの方はいつごろになりそうなんだ」

「内偵にあと一週間」坂木が右手の人差し指を真っ直ぐに立ててみせた。「そこから先はタイミングですね。K社本体の方はどうなんですか」

「一週間か……」横山が腕を組み、ぼんやりと壁を見つめた。やがて意を決したように、音をたてて両手を膝に置く。「K社の方も一週間で何とかするしかないだろうな。ずれるとどっちの事件も潰れる。そうでなくてもK社が証拠隠滅をしてるのは間違いないんだから、急がなくちゃいかん。鳴沢」

「はい」

「そっちの方はどうなんだ」

「飛田が中国人グループを接待していたのは間違いないようです。そう頻繁じゃありませんが、一度や二度ってことはない。子飼いの連中に餌をやってたって感じでしょう」

「汚れ仕事専門に雇っておいたわけか」横山がうなずく。「連中、今ごろはもう中国に帰ってるかもしれん。十分な金をもらってな。そっちの件でK社を締め上げるのは難しいか？」

「いや」横山の話を聞きながら私は自分の爪先を見つめていたが、ふと思いついて顔を上げた。「何とかします」

「勝算でもあるのか」

「考えます」自分の判断を信じろ。まだ判断を下せる状態ではなかったが、そうせざるを得ない状況に追いこまれたらまず自分を信じてみようと、私は密かに決心した。

七海、お前もそう言っていたな。

2

聞きこみの結果、河村を襲った犯人グループが使っていた車のナンバーが割れた。事件当日、白いセダンがタイヤを鳴らして現場から走り去るのを、近くのマンションの住民が自宅の窓から見ていたのだ。コンピュータソフト会社の技術者だというその男から事情聴取できたのは事件の二日後だったが――事件翌日は泊まりこみで仕事をしていたという――、なぜそちらから連絡してくれなかったのかと問い詰めると、「どうして連絡する必要があるんですか」と切り返された。まるで警察に連絡することが非常識だとでも言いたそうな態度だった。

車は練馬ナンバーの白いマークⅡで、予想していた通り盗難車だった。私は刑事課の米山《よねやま》という若い刑事と一緒に被害者の自宅に聞きこみに行った。米山はいかにも剣道で鍛えていそうな背筋のぴんと伸びた男で、地肌が透けるほど短い角刈りにしている。車中ではほとんど口を開かず、何かを暗記する必要に迫られているように手帳に視線を据えたまま、何事かぶつぶつとつぶやき続けていた。

被害者は松永充《まつながみつる》、五十二歳。西武池袋線の江古田《えこだ》駅近くで喫茶店を経営している。

妻と二人、昼間はずっと店にいるというので、店で話を聞くことにした。鬢《びん》に白いものが混じった長髪をポニーテールにまとめた松永は、店を妻に任せて、私たちと一緒に一番奥のテーブル席に腰を落ち着けた。盗難車の捜査だと改めて告げると、目を丸くして身を乗り出し、自分から話し出す。

「それがねえ、真昼間にやられたんですよ」憮然とした口調だった。

「昼間、家には誰もいらっしゃらないんですか」

私が訊ねると、松永が渋い顔をした。どうやら私が非難したと受け取ったらしい。

「ふだんはね。息子は大学に行ってるし。だけどそもそも、真昼間にやられるなんて思わないでしょう」

「届け出たのが五日前ですよね。夜の十時だから、お店を閉めてから気づいたんですね」米山が質問を引き継いだ。

「家に帰ったらガレージ――ガレージって言ってもかまぼこ型のやつね――から車がなくなっててね。息子が乗っていったのかと思ったら、家にいるじゃないですか。何も知らないって言うし、こりゃあやられたな、と」

その車が何に使われたのか言うつもりはなかった。人殺しが乗り回していたと知ったら、ショックは倍増するだろう。

松永が私たちの名刺を改め、疑わしそうに眉をひそめた。

「青山署って、お二人ともこっちの警察の方じゃないんですか」

「ええ」私は小声で認めた。

「何でわざわざ練馬まで」

「いろいろありまして」それで誤魔化せるのではないかと思ったが、松永はなおも食い下がってきた。

「私の車、どうしたんですか」

「盗まれた後、ある事件で使われた可能性があるんです」白《しら》を切りとおすわけにもいかず、私は事実の一端を明かした。

「事件って……」松永の顔が曇る。「何があったんですか、いったい」

「それは捜査の秘密ですので」すかさず米山が助け舟を出した。案外気がきく。

「車、戻ってこないでしょうねえ」松永が溜息をつき、コップの水を一気に飲み干した。

「最近この辺も泥棒が多いんですよ。一月ほど前に、うちの近所でも立て続けにやられましてね。みんなピッキングで、中国人らしいんだけど。車をやられたのはうちだけなんですけど、あれも中国人じゃないのかな」

かちりとパーツがはまった。

「何か分かったらこちらからも連絡しますよ」私は水にも手をつけないまま立ち上がった。米山も後に続く。松永が腕組みをしたまま精一杯の皮肉を吐いた。

「しかし、泥棒も捕まらないんじゃ、他の事件なんて解決できないでしょう」

「お言葉ですが」米山が突然反論した。「窃盗犯の捜査はそんなに簡単なものじゃありません」

　静かな緊張感が漂い始める。松永が何か言いたそうに口をもごもごさせていたが、結局押し黙ってしまった。米山の言葉は脅しではなく、刑事としての矜持から自然に出た言葉だと私は信じたかった。

　帰りの車の中でも米山は黙りこくっていた。突然話し始めたのは、新目白通りを右折して外苑東通りに入ってからである。

「鳴沢さん、ちょっといいですか」

「何だ」

「こんなこと訊いていいのかどうか」

「遠慮するなよ」

「あの事件の後……どんな気分でした」

前を走っているスカイラインのテールランプがぼやけてくる。刃物を突きたてられたように胃が痛み出した。ハンドルを右手で握り、左手を拳に固めて強く胃を押さえる。しばらくそうしていると、何とか痛みは遠のいて行った。私の様子を見ていた米山が、慌てて質問を撤回する。

「すいません、失礼でした」

「いや、いいんだ」深呼吸すると、スカイラインのテールランプがはっきりと見えてきた。「何でそんなこと聞きたいんだ」

どこか人生を舐めてかかっているような池澤に対し、米山は定規で測ったように生真面目な男のようだ。ふざけて、あるいはただ私をからかうためにこんな質問をするとは思えない。

「実は俺、容疑者に大怪我させたんです」

「そうなのか」

車が赤信号で停まった。それまで助手席で背筋をぴんと伸ばしていた米山が、腿の間に両手を挟みこんで背中を丸める。

「ここに来る前、亀戸《かめいど》にいた時なんですけど、強殺の犯人を追っていて、捕まえる時に投げ飛ばしちまったんですよ」

「それで」

「向こうは頭を打ちましてね」米山が自分の後頭部を叩いた。「打ち所が悪かったんですね。右目が見えなくなって……回復しないそうなんです」

「そうか」

「ずいぶん悩みました」米山が言うと、人殺しを自白しているように深刻な調子に聞こえる。「そこまでしなくても逮捕できたんじゃないかって」

「どういう状況だったんだ」

米山が腹の上で手を組み、目を瞑ったまま話し始める。

「亀戸の街中でした。繁華街のすぐ近くで、追っていた犯人が女のアパートに隠れているのを張りこんでたんです。夜の十時ぐらいになって表に出てきたんで声をかけたら、いきなり逃げ出して……刃物を持ったまま、繁華街の方に走っていったんですよ」

その情景がありありと目に浮かぶ。追い詰められ、逃げるためなら人を傷つけることも厭わない犯人。誰一人傷つけることなく身柄を押さえたいと願い、焦って追いかける米山たち。

「結局自分が追いついたんですけど、取り押さえる時に払い腰をかけたんです。向こうも暴れたんで、変な体勢のまま無理に投げたら、頭から道路に」

「自分の耳のすぐ横で、アスファルトに頭がぶち当たる音がしました」米山の声は冷静だったが、かすかに震えていた。

「それで」

「なあ」私はハンドルを両手で抱えこんだまま信号を凝視した。

「はい」

「他に怪我人はいなかったんだろう」

「ええ」

「通行人に怪我させたくないから、そうやって無理に投げ飛ばしたんだよな」

「そうです」

「じゃあ、いいじゃないか。怪我人を出さない。犯人を確保する。二つの目的があって、お前はどっちも成功させたんだから」

「しかし、怪我は……」

「それは単なる結果だ」俺は何を言っているのだと自問しながら、私は米山を諭していた。「自分の決断を信じろよ」

「しかし」

「分かるよ。嫌な気分だろう。お前は俺より嫌な思いをしてるんじゃないか」

「そんなことないでしょう」強い口調で言ったものの、米山の口からそれに続く言葉は出てこなかった。

「実感がないんだ」私は嘘をついた。引金を絞った指に残った痛いまでの感覚。銃弾が立て続けに飛び出した時の衝撃。目の前で友の命が消えていくのを見ているしかなかったこと。全ては強烈な記憶となって頭の中に居座っている。「もしもお前みたいに自分で直接手を出していたら、もっと違う感じかもしれない。拳銃だと、撃ったのは分かるけど、人を殺した実感がないんだ。何だかテレビでも見ているみたいだったな」

「まさか」かすかに震える声で米山が否定しようとした。

「いや、そうなんだ。だからお前の方がずっとしんどいんじゃないかな。ところでその犯人、どうなった」

「この前、公判で死刑を求刑されました。二人殺してますから」

「どうせ吊るされるなら、片目が見えないぐらいどうってことないじゃないか」

「そんなに簡単には割り切れませんよ」

「割り切る必要はないさ。自信を持てよ。お前の判断は間違ってない」

「そうですかね」

「そうだよ。お前が違うって言っても、俺はお前の判断を支持する。いつでも俺が信じてるって思えよ。もしも誰かに文句でも言われたら、俺のせいにでもしておけばいいじゃないか」

私も内藤と同じようなことを言っている。刑事の気持ちには国境も年齢もないのだろう。どんな社会であれ、人の自由を奪う権利を持った人間には共通した悩み――あるいは罪の意識――があるに違いない。

それにしても、こんな相談を持ちかけられるとは。あの経験も無駄ではなかったのかもしれない。少なくとも米山の横顔は、少しだけ穏やかになっていた。

立場が変わったわけではない。状況が変わっただけだ。そう説明しても浦田は納得しようとしない。夕方から始めた事情聴取では、「俺を犯人扱いするのか」と突然いきり立った。

「誰もそんなこと言ってないでしょう」私はなだめたが、浦田は充血した目を大きく見開いて抗議した。

「こんな時間から取り調べってのがそもそもおかしいんじゃないか」

「取り調べじゃなくて事情聴取ですよ。全然違う」訂正しながら、突然無性に煙草が欲しくなった。吸いたいというわけではなく、煙を彼の顔に吹きかけてやりたくなったのだ。「あなた、我々に協力するように河村さんから説得されたんですよね」

「ああ」

「どんな風に連絡があったんですか」

「電話がかかってきて、どうせ暇なんだろうから、ちょっとやって欲しいことがあるって。確かに俺はあの会社を辞めてから失業保険で食いつないでぶらぶらしてたけど、たまげましたよ。前も言ったけど、河村さんとはそんなに親しいわけじゃなかったから」

「具体的に何て言われたんですか」

「あれはねえ……」浦田があらぬ方を向いて顎を掻いた。「そうそう、お前も会社には不満があるだろうから、サツに協力してやれよって。幹部連中を痛い目に遭わせてやりたいだろうってね」

「どんな不満なんですか。今までのあなたの話だと、会社にひどい目に遭わされたような印象はないけど」

「ノルマだよ、ノルマ」

「具体的には？」

「額じゃないんだ。少なくとも月に二人、新規に出資者を集めないと罰金がある」

「罰金？」

「そう」浦田の目から光が消えた。「最初は十万、その次は二十万ってどんどん増えて行くんだ。ひどければ給料がそっくり持っていかれるし、それでも足りなければヤミ金融に金を借りさせても払わせる」

「あなたもそんな目に遭ったんですか」

「俺はないけどね……いや、ノルマに達しなかったことはあるけど、その時は自腹を切ったんだ。友だちの名義だけ借りて、一口十万とか二十万、最低限の出資金を俺が出してね。持ち出しにはなるけど、罰金を払わされて会社に目をつけられるよりはましでしょう。俺が知ってる中で、最高三百万払わされた奴がいるよ。そいつもヤミ金融から金を借りて、会社にも電話がかかってくるようになっちまってね。取り立ての電話かと思うと、今度は別のところから融資の誘いが入ってくるわけ。ヤミ金融の連中なんてそんなものでしょう？　名簿がどんどん出回って、とにかく貸して回収しまくれってことだろうから。一度捕まると、逃げ場がないよね。そいつ、その後で会社を辞めたけど、今はどうしてるかな……」

「もしかしたらそのヤミ金融っていうのは、出資者に利用させていたのと同じような会社なんじゃないですか。K社に関係のあるような会社」

「そうかもしれない」浦田の喉仏がごくりと動いた。

「K社で働くのはリスクが大き過ぎるような気もしますけどね」

「そりゃあそうだ。それで、最終的に損をするのは自分じゃないかって気づいてさ。ちょっとは冷静になったわけですよ」

「飴と鞭っていうことかな」私が言うと、浦田がようやく落ち着きを取り戻したのか、煙草に火を点けて深く煙を吸いこんだ。

「なかなかそれに気づかないんだけどね。最初は急に大金が入ってくるから、舞い上がっちゃうんですよ。そのうち契約が取れなくなって、それじゃお前が金を払えって話になって、蒼くなるわけ」

「河村さんは、どうして我々に協力する気になったんでしょうね」

「責任感じてるの？」浦田が肘をついてデスクの上に身を乗り出す。その態度は気に食わなかったが、彼の質問は一発で私の急所を突いた。

「……多少は」

「河村さんも余計なことをしたよね。黙ってればこんなことにはならなかったのにさ」

私は浦田の手首をつかんだ。柔らかい果物を握り潰すようにじわじわと力を加える。

「黙ってるのは卑怯なことなんだ。沈黙してるだけで犯罪に加担することにもなる」

「ちょっと」抗議し始めた浦田の顔がすぐに蒼くなる。「分かったたって……分かったから」

「鳴沢」取り調べ室の隅に控えていた先輩の刑事が渋い顔を見せる。私はゆっくりと手の力を抜き、呼吸を整えた。

「今のは見なかったことにしておくからな」先輩刑事が短い忠告を飛ばした。私は両手をがっしりと組み合わせ、そこに顎を乗せて浦田と向き合った。

「俺に乱暴していいのかよ」浦田が手を振りながら抗議する。

「いい加減にして下さいよ。回り道してる暇はないんだ」

初めてそのことを知ったとでもいうように浦田が大きく目を見開いた。唇を歪めて首を振り、手首をゆっくりとさする。

「で、何の話だっけ」

「河村さんがどうして警察に協力する気になったかっていう話ですよ」

「ああ、それね」灰皿の煙草を取り上げ、浦田が深々と一服する。「正直言って分からない。そもそも河村さんは管理部門で出世コースに乗ってたから、俺らみたいなぺいぺいの営業とは立場が違ってたし」

「だったらますます分からないな。管理部門にいたら、一つ一つの契約のことでそんなに悩む必要はないでしょう。あなたみたいに会社に恨みを抱くとは思えませんけどね」

「河村さんも昔は営業をやってたからね。でも、そのころは罰金なんていう制度はなかったはずですよ。ここ二年ぐらいで急に締めつけが厳しくなったんだ」

いよいよもって河村の考えが分からなくなった。一つ考えられるのは、営業マンたちの行動を逐一知る立場にいた河村が、徐々に良心の痛みを感じ始めたのではないかということだ。あるいは過去に自分がしてきたことの意味に気づいたのか。

「そう言えばさ、もしかしたら……」

「何ですか」

「一年ぐらい前に、同じ河村っていう名前の奴が自殺したんだよ」

「会社の人ですか」

「ああ。本社で働いてた奴。三十歳ぐらいだったかな。まさかあれ、河村さんの弟だったりして……いや、違うかなあ。顔も似てなかったし」

「確認できますか」

「それは、あんたたちが調べた方が早いんじゃないの？　兄弟かどうかなんて、警察ならすぐ分かるでしょう」

それなら筋が通らないでもない。実の弟が会社の厳しい締めつけに耐えられず――あるいは詐欺をしていたことで良心の咎めに耐えられず自殺した時、兄が会社に対して恨みを抱くのは不自然ではない。

「じゃあ、お疲れ様でした」

「何だよ」啞然として浦田が口を開けた。「終わり？　ずいぶんあっさりしてるね」

「犯人扱いするなって言ったのはあなたでしょう。あなたが犯人だったら、もっと締め上げてますよ……寮までお送りします」

私は椅子を引いて立ち上がったが、浦田はだらしなく椅子に浅く腰かけたまま、恨めしそうに私を見上げた。

「ねえ、ホテルかどこかに移っちゃ駄目なのかね。あそこ、息が詰まってさ。警察の寮なんて、いつも監視されてるみたいで気が抜けなくて」

「東京で一番安全な場所は今の部屋なんですよ。安全は金さえ出せば買えるってわけでもないでしょう」


事件から四日後、私は河村の葬儀に出席した。義務でもあったが、同時に下心があったのも事実である。K社の人間が姿を見せるのではないかと思ったのだ。

期待はあっさり裏切られた。サングラスにマスクで変装させた浦田を同道したのだが、知った顔は一人もいないという。葬儀会場で、彼は居心地悪そうにもじもじと体を動かし続け、私は何度も「落ち着いて」と声をかけてやらなければならなかった。

捜査本部事件ということで、弔問に訪れた署長以下の幹部が次々と焼香して行く。棺の前に座った沙織は無表情なままだった。署長が馬鹿丁寧にお辞儀をして、一声かけていく。「必ず犯人は逮捕します」とか言っているはずだが、その声は沙織の耳を素通りしているだろう。傍らには彼女の両親らしき初老の男女が寄り添うように座っている。寄り添うというより、二人で沙織を挟みこむことで、何とか彼女が崩れ落ちないように支えているようであった。もう一人、痩せこけた初老の女性が少し離れた場所に座っていたが、こちらは河村の母親だろうか。

沙織の後ろには優美と聖美が控えている。二人とも何かを警戒するように、絶えず視線を動かし続けていた。

私の番になった。河村の遺影に軽く黙礼する。以前見たパーティの写真とは違い、屈託なく笑っていた。人生に何の問題もなく、これから進むべき道は黄金で埋め尽くされていると信じきっているような、自信に溢れた笑みであった。

焼香を終え、沙織に向かって軽く頭を下げる。彼女は私が誰だかも覚えていない様子で、ぼんやりとうなずくだけだった。

ふと強い視線を感じて顔を巡らせると、優美が私を見つめていた。怒っているわけでもなく、悲しんでいるわけでもなく、ただ自分の存在を私の心に焼きつけようとするかのように。焼香の列を離れると、彼女がすっと近づいてきた。息遣いが感じられるほどではないが、それでも柔らかな彼女の香りが私の鼻をくすぐる。

「勇樹は元気か？」

もう少しで彼女の顔に笑みが表れそうになった。が、すぐにきつく唇を引き結んで封じこめる。

「沙織さんが、あなたに話があるって」

「俺に？」彼女に対する形式的な事情聴取は済んでいたが、捜査の上では何の役にもたたなかった。彼女はしばらく河村とは別居していたし、仕事のこともほとんど知らなかったというのだから仕方がない。彼女が何かを思い出したとは考えにくかった。となると沙織は、非難の鉾先を私に向けることで、悲しみを紛らそうとしているのかもしれない。

「今になって何だろう」

「さあ」優美が首を傾げる。とぼけているのか、本当に知らないのか、その表情からは読み取れない。「ちょっと待っててくれる？　一段落したら呼んでくるから」

「分かった」沙織は私に怒りをぶつけようとしているのだろう。それならそれで構わない。それで彼女の気が晴れるなら、少しぐらい傷を負うことも覚悟すべきだ。

一緒に来ていた米山に浦田を預け、私は受付のテントの外で待った。精進落としの席には知らない顔ばかりだったし、何となく警察に対する悪意が充満しているようにも思える。ぼんやりと時間を潰しながら、沙織のことを考えた。壊れかけた人生をやっと清算して新しい人生を歩み出そうとした途端に、夫は殺された。喜んでいいのか悲しんでいいのか、自分でも分からないのではないだろうか。もう少し時間があれば――例えばこれが、正式に離婚が決まってから一年なり二年なりが経った後だったら――気持ちの整理もついただろう。彼女が巻きこまれた事態の複雑さを思うと、かけるべき言葉が見当たらない。

三十分ほどして、沙織が優美に伴われて葬儀場から出てきた。すでに弔問客はほとんど帰っており、人気がなくなった受付のテントに場所を移して、私は彼女に座るように促した。反論も抵抗もせず、沙織はゆっくりとパイプ椅子に腰を下ろす。傍らに優美が立ち、彼女の肩にそっと手を置いた。

私は咳払いを一つして切り出した。急いでいるわけではないが、このままではいつまで経っても話が始まらない。

「何でしょうか」

「ご相談があるんです」

「相談?」妙に穏やかな沙織の声を聞きながら、私は首を傾げた。

「処分したいものがあるんです」

「処分、ですか」沙織の言葉を繰り返しながら、私は真意を探ろうと彼女の顔を観察した。だが表情は抜け落ちており、彼女が心の底に何を隠しているかは分からない。

「宝石とか時計とか——あの家も。車も」

「どうしてですか」

「持っていられませんから」どうして分からないんだとでも言いたげに、沙織が困惑した視線を私に向ける。「こんなことになったのも、元はと言えば私のせいなんですから」

「そんなことはない」

「そうなんです!」沙織が突然声を張り上げた。精進落としの席にいた人たちが驚いて振り向く。何人かは立ち上がって私を睨みつけた。何でもないということを示すために、私はゆっくり首を振って見せた。沙織が喉を大きく上下させ、軽く口を開いて息を吸いこむ。また呼吸が速くなって失神してしまうのではないかと恐れたが、優美がそっと背中をさすると落ち着きを取り戻した。

「彼は何でも買ってくれました。私が欲しいって言わなくてもプレゼントしてくれたり……どうしてそんなことをしたのかは分からないけど。そのためにあんな仕事に手を出して、こんなことになったんですよ」

私には何となく理由が分かった。「金がかかる女なんだよ」という河村の台詞が頭に焼きついている。彼は不安だったに違いない。沙織を手放したくない、その一心で、自分の愛を金という形で表現するしかなかったのだろう。

「河村さんは、情報を提供してくれていたんです。我々にとっても大事な人だったんですよ」

表情は変わらぬまま、沙織の頬を涙が伝った。

「そんなことをしなければ、こんな目には遭わなかったかもしれない」

「彼が勇気を出してくれなければ、被害者はもっと増えていたかもしれないんです」

「私には……」沙織は、自分には関係ないことだと言おうとしたのかもしれない。だが、その台詞があまりにも自分勝手だと感じて口をつぐんだのだろう。

「持ち物を処分したいんですね」私は話を元に引き戻した。

「何か、いつまでも昔のことを引きずっているみたいで。できるなら、何かの形でお返ししたいんです」

「お返しですか」

「主人の会社は、詐欺みたいなことをしていたんでしょう？　ようやく貯めたお金を騙し取られた人もいたんですよね。あの家や宝石を処分すれば、いくらかのお金にはなるでしょう？　それをそういう人たちに返してあげることはできないんでしょうか」

「申し訳ありませんが、警察としては何ともできません」

「ねえ……」優美がすがるように私を見た。私は首を振った。

「警察の仕事は犯人を捕まえることで、被害者に金を弁済する手助けをすることじゃないから」

「彼女の気持ちも分かってあげて」優美が食い下がる。

「俺には何もできないけど」うつむいたままの沙織を見ながら、私は提案した。「例えば、弁護士を紹介するっていうのはどうでしょう」

「弁護士、ですか」沙織が顔を上げる。

「いずれこの件は、民事でも裁判になるでしょう。もちろんあなたは何の関係もないけど、その時に弁護士に相談するっていう手はあるんじゃないかな」

「そう……ですね」自信なさげな声で答えながら、沙織は私の申し出を検討している様子だった。

「とにかく、少し落ち着いてからにしましょう。もちろん私も直接あなたに弁護士を紹介できるわけじゃないけど、何とかします。それでどうですか」

「分かりました」それが最善の方法だとは信じていないようだったが、それでも沙織は一応納得した様子でうなずいた。「すいません、鳴沢さんにお願いするのが筋違いだっていうことは分かってるんですけど」

「いえ」短く言って、私は次の言葉を考えた。警察官でいることは、何と窮屈なのだろう。一人の警察官としてできることはあまりにも少ない。結局適切な言葉は一つも思い浮かばず、黙って頭を下げることしかできなかった。代わりに別の疑問が頭に浮かぶ。

「こんな時にこんなことを聞くのも何ですけど、ご主人に弟さんはいましたか？」

「いえ」短く、しかしはっきりと沙織が断言する。「兄弟は……ああ、そうか」

「何か思い当たる節でも？」

「彼、実家のことはあまり話してくれなかったんですけど、子どものころにご両親が離婚してるんですよ。お母様に育てられたそうなんですけど、お父様はその後再婚して、みたいなことを言ってました。でも、それ以上聞こうとすると嫌がったんです。私も彼のお父様には会ったことがないし。もしかしたら、腹違いで兄弟がいたかもしれません」

「そうですか……今日、河村さんのご家族は？」

「お母様がいらっしゃってます。お父様は、今年の始めに亡くなられたそうで」沙織の近くに座っていた、痩せた女性の顔を思い浮かべる。憔悴しきって、風が吹けば崩れ落ちてしまいそうに見えた。

浦田の話は、単なる推測ではなかったのかもしれない。これが直接事件の解決に結びつくかどうかは分からないが、何かのきっかけになる可能性もある。私は沙織に、河村の弟のことについて調べてみてくれないか、と頼みこんだ。「こんな時に」と優美が抗議したが、沙織が急いで遮る。

「いいの」

「だけど――」優美が唇を尖らせた。

「何かしていた方がいいのよ。何もしないといろいろなことを考えちゃうし。いいです、お母様に聞いてみます」

「申し訳ない。あなたにこんなことを頼める義理じゃないんだけど」

「犯人を捕まえる役に立てば」急に沙織が唇をわななと震わせた。「でも、捕まえて欲しいのかどうか、自分でも分からないんです。結婚していた相手が殺されたっていうのに、自分が殴られたりしたことばかり思い出しちゃって……私、勝手ですよね」

「勝手じゃありませんよ。自分の気持ちをコントロールすることなんて誰にもできないんだから」

私はその言葉を、沙織にではなく優美に言ったつもりだった。優美はすぐに私の真意に気づいたようで、口を開きかけたが結局何も言わなかった。

こうやって、気持ちの芯の周辺をぐるぐる回ることにどんな意味があるのか。いつか二人でそのことについて話し合うチャンスがあるのだろうかと私はぼんやりと思った。

3

河村英二《えいじ》、享年二十八歳。

沙織が調べてくれたので、河村の弟のことはすぐに分かった。父親が再婚して生まれた腹違いの兄弟で、兄の和郎との接点はほとんどなかったらしい。ちなみに河村を一人で育てた母親は、離婚後も結婚していた時の姓を使っていたようだ。

飛び降り自殺したのはほぼ一年前で、遺書の類は発見されなかった。

「そうだねえ、自殺なのは間違いないんだけど」当時英二の自殺を処理した神田署の担当者が電話で教えてくれた。「ビルの屋上に靴が揃えてあったし、手すりには間違いなく本人の手の跡がついていた」

「そんなもの、何とでも偽装できるんじゃないですか」

「あんた、まさかこれが殺しだとでもいうのかね」相手の声が急に不機嫌になった。

「あのね、河村英二っていう男は死ぬ二か月ぐらい前から病院に通ってたの。鬱気味とかでね、ずいぶん追い詰められてたみたいだったよ。自殺を疑う状況はなかった」

「勤務先は木村商事インターナショナルという会社でしたね」

「そう。あれ、これって、この前新聞に出てた会社だよね？　おたくの方で捜査してるやつじゃない」

「ええ」

「何か関係あるの？」

「それはまだ分かりません」

「どうでもいいけど、面倒なことは勘弁して欲しいねえ。今さら殺しだったなんてことになったら……それは、おたくも分かるでしょう」

「分かりますけど、そんなことを言うべきじゃないですね」

「何だって？」

「警察官に『穏便に』とか『適当に』ということは許されないんですよ」

電話の相手が黙りこむ。私は、足を棒にして街を歩き回ることをとうの昔に忘れた中年太りの男が、デスクでのんびりと耳掃除している様子を思い浮かべた。

「現場を教えてもらえませんか」

「おいおい、蒸し返すのかよ」彼はなおも警戒する様子を崩さなかった。

「そういうわけじゃないですけど、現場ぐらい見ておきたいんで」

「あんた、妙なことを気にする人だね。そういうの、感傷的って言うんじゃないかな」

呆れたように言いながら、とにかく私との電話を早く終わらせたかったのか、彼は現場の住所を教えてくれた。

感傷的？　そうかもしれない。そこに行けば、今はこの世にいない兄弟の声が聞けるような気がしたのだ。


現場の雑居ビルはすでに閉鎖されていた。テナントは全て撤退しており、一階のロビーにもシャッターが下りている。近くにある管理会社に電話を入れて、無理矢理鍵を開けてもらった。暑さにぼうっとしたような若い社員を伴い、屋上に向かって非常階段を上がる。

「ここ、取り壊しになるんですか」

振り向いて私が訊ねると、若い社員は「さあ」と答えた。もう息が上がっている。

「こんな幽霊ビルのまま残しておいても仕方ないでしょう」

「この後をどうするかが決まってないんですよ。そんな状態で取り壊すわけにはいかないでしょう。壊すだけだって金がかかるんだから」

「なるほど」

階段には外の熱気がそのまま閉じこめられているようで、屋上にたどり着くころには額に汗が滲み始めた。若い社員を屋上への出口に残して、私は一人で外に出た。

熱気をはらんだ風が吹き渡り、髪を乱していく。額にかかる髪をかき上げながら、私は給水塔を通り過ぎ、英二が飛び降りたという現場に向かった。手すりの向こうには幅三十センチほどのコンクリートの張り出しがあるだけである。英二はこの足場に立って長い時間逡巡していたのだろうか。それとも鉄棒でもするように手すりを一気に飛び越したのだろうか。体を乗り出して下を覗きこむ。数十メートル下、英二が叩きつけられた場所は通行量の少ない裏道だ。とは言っても、歩行者が巻きこまれずに済んだのは偶然の幸運である。飛び降り自殺というのは、他人を巻きこむ可能性があるという意味で非常に迷惑な死に方なのだ。

吹き上げてくる熱い風に頰を叩かれ、私はぼんやりとした結論に達した。河村英二は何故死んだのか、その答えを探り出すことが、同時に兄の死の理由を突き止めることにもなるはずだ。

私と米山は、河村の家をもう一度捜索することにした。今回は沙織も同行している。彼女はようやく落ち着きを取り戻していたが、ダイニングテーブルに腰を下ろしたまま、私たちの動きを見守るだけだった。

寝室から始め、まず沙織のジュエリーボックスを確認した。私は宝石については不案内なのだが、もしもこの中にあるものが全て本物だとしたら、それだけでかなりの額になるはずだ。指輪、ネックレス、ピアス。時計も彼女のものだけで十本ほどあった。池澤が指摘していたフランク・ミューラーが二本。その他にも金銀コンビのロレックスにトノー型のカルティエ、ブルガリと、高級時計店の店頭を飾るブランド物の時計が揃っている。一方河村は、自分が身につけるものにはほとんど気を遣っていなかったようだ。殺された時に左手首にはめていたのはケースが曇り始めたセイコーだったし、家にもシチズンのデジタルウォッチが一つあるだけだった。

クローゼットの中も同じだった。圧倒的に沙織の服が多い。三着あった河村の夏のスーツはどれも地味なグレイか紺色で、国産の安いブランド品ばかりだった。

「鳴沢さん」

「ああ？」

米山の方を向くと、彼が困惑した視線で見返してきた。

「すいません、何を探すんですか」

「分からん」遺書だろう。少なくとも私はそれを期待していた。

「分かりました」会話になっていなかったが、米山はそれ以上余計な質問を重ねずに、パイン材のチェストに向き直った。

ベッド下の収納引き出しの中まで捜したが、何も見つからない。河村の書斎を調べるために一旦リビングルームに引き返すと、沙織が遠慮がちに声をかけてきた。

「あの、お茶でも」

私は彼女の顔をまじまじと見つめた。弱々しいが、彼女の視線は「大丈夫だ」と主張している。ただぼんやりと座っているよりは、体を動かした方が気が紛れるということに気づいたのだろう。

「お言葉に甘えます」

米山の方を見ながら答えると、無言で彼がうなずく。沙織がキッチンに立ってコーヒーの準備を始めたが、その間も米山はリビングルームの中を調べ続けた。電話台の引き出しを改め、CDラックから全てのCDを引き出し、ケースまで開ける。私はダイニングテーブルの椅子に座って頬杖をついたまま、米山の捜索をぼんやりと見守った。

ほどなくコーヒーの香りが漂い始めた。

「ミルクも砂糖も切らしてるんです」と謝りながら、沙織がコーヒーカップを三つ、盆に載せて運んできた。テーブルの上にそっと置くと、コーヒーの入ったポットを持って戻って来る。薬の調合でもするような慎重さでコーヒーをカップに注ぎ分け、一つを私の前に置いた。

「米山、ご馳走になろう」

うなずくと、彼は散らばったCDを几帳面にラックに戻してからテーブルについた。

「何を探しているんですか」先ほどの米山と同じ質問を沙織が口にした。

「正直言って、自分でも分からないんです。会社関係の資料は、ご主人が自分で持ち出したようですしね」

「ごめんなさい」声を震わせながら沙織が頭を下げた。人差し指で髪をかき上げながら続ける。「私がもっと会社のことを知っていれば、こんな面倒なことにはならなかったはずですよね」

「普通はどこもこうじゃないですか。ご主人の仕事のことを全部知ってる奥さんなんかいないでしょう」

「そうかな……私がだらしないだけなんじゃないでしょうか」

「そんなことはありません」

私の言葉を嚙み締めるように、沙織が二度、三度と首を振る。

「時計を見ましたけど、高いものばかりですね」何とか話題を変えようと、私はわざと明るい声を出した。沙織が寂しそうに笑う。

「そうですね」

「全部河村さんからのプレゼントですか」

「ええ」沙織がミルクも砂糖も入っていないコーヒーをスプーンでかき回した。そうすることで、何か適当な言葉を思いつくと期待しているように。「鳴沢さん、つまらないことを話していいですか」

「どうぞ」

「私、子どものころは贅沢なんかとは縁がなかったんですよ」

「そうですか」葬式の時、彼女を挟むように座っていた両親の姿を思い出す。

「父親は普通のサラリーマンで、そんなに収入がいいわけじゃありませんでした。私を私立の高校にやるので精一杯だったんですよ。けっこういい学校だったんで、お小遣いとかも友だちより少なくて、いつも肩身の狭い思いをしてました。たぶん、すごくつき合いの悪い女だと思われてたんじゃないかな。帰りに喫茶店につき合うこともなかったし。昔はブランド品なんかにも全然興味がなかったんです。どうせ買えないものに興味を持ってもしかたないでしょう」

「ええ」話がどこへ転がっていくのか想像もつかないまま、私は相槌を打った。

「大学を出てから一般職で銀行に入って、そこで主人と知り合ったんですけど、彼は本当にいろいろなものをプレゼントしてくれました。結婚前ならまだしも、結婚してからもですよ。普通、釣った魚に餌はやらないものでしょう？」沙織が硬い笑みを浮かべる。

私は合いの手を入れた。

「よくそう言いますね」

「それで私も物欲に目覚めちゃったんですよ。今考えると、主人があういう商売をして儲けたお金で買ってもらったわけで、だから処分したいっていう気もあるんですけど……段々おねだりも上手になっちゃって、それが当たり前だと思ってました」

「ご主人は、自信がなかったのかもしれません」

「え？」

「こんなことを言うべきじゃないかもしれないけど、自分に自信がない男ほど、女性のために金を遣いたがるものじゃないかな」愛情を形で示すことは難しい。しかし人は時に、注ぎこんだ金の額で自分の愛の大きさを表現できるものだと思いこんでしまう。

「そう……かもしれませんね」沙織がコーヒーカップを持ち上げ、口元に運ぼうとして迷い、結局テーブルに戻した。「自分がそんなに価値のある女だとは思えないけど」

「河村さんにとって、あなたは誰よりも大事な人だったんでしょう。彼は、あなたに金を遣うことで自分の愛情を表現したんですよ」多くの宝石、時計、服。そして港区の高級住宅地に立つこのマンション。

ふと、根本的な疑問が私の頭をかすめた。今さら持ち出してもどうにもならない疑問ではあるが、一度頭に浮かぶと、どうしても確かめずにはいられなかった。

「こんなことを訊いていいかどうか分かりませんが」

「ええ」

「どうして河村さんはあなたに暴力を振るうようになったんですか。河村さんにとってあなたは、一番大事な人だったはずでしょう」

沙織が自分の頰をそっと撫でる。

「びっくりしました」私はうなずき、先を促した。「最初は、私が料理を失敗した時だったんです。たまたま彼の帰りが遅くて疲れてたんでしょうけど、食事の準備ができてないって言ったら、いきなりパーンって……」

その衝撃は私にも容易に想像できた。それまで腫れ物を扱うように大事にされてきたはずなのに、突然暴力が炸裂する。それがどの程度の痛みかということとは関係なく、夫が自分に手を上げたという事実そのものが、彼女に大きな衝撃を与えたのだろう。

「その後も、本当につまらないことで何度も殴られて……何度考えてみても、私は彼の気に障るようなことはしてなかったはずなんです。料理を失敗するなんてよくある話でしょう？　そんなことで怒るような人でもなかったんですよ」

「もしかしたら酒ですか」

「お酒は飲みましたけど、そんなに乱れる人じゃありませんでした」

「だとしたら、会社のことかな」

私の疑問を裏づけるように、沙織が小さくうなずく。

「私は本当に何も知らなかったんですけど、たぶん会社で辛いことがあって、私に当たっているんだろうと思いました。そう考えてずっと我慢してたんですけど……」

「いつまでも耐え切れるものじゃないですよね」

泣き出すのではないかと恐れたが、沙織は無表情な仮面を被り続けていた。初めて彼女に会った時、その顔に浮かんでいた無気力な表情を思い出す。幾つもの衝撃は、彼女にとってすでに過去になったのだろうか。あるいはあまりにも立て続けに衝撃的な出来事が続いた結果、未だに感覚が麻痺しているのかもしれない。

「主人が殺されたことと、何か関係があるんでしょうか」

「それは何とも言えません」

「もう少し、彼も会社のことを話してくれれば……違いますよね、私がもっと聞くべきだったんですよね」

「もうやめましょう」

沙織が首を振り、コーヒーを飲んで小さく溜息をつく。私たちの会話に加わるべきではないと判断したのか――そもそもこの家に来てから彼が喋ったのは三十秒に満たないはずだが――米山が立ち上がって書斎の捜索に向かった。

「何があったんでしょうね、会社で」沙織が訊ねる。私は小さく首を振った。

「河村さんの弟さんは自殺していました」

沙織が大きく目を見開いたが、取り乱す様子はなかった。やはり感覚が麻痺してしまっているのだろう。

「同じ会社に勤めていたんです」

「ええ……私、そんなことも知らなかったんですね」

「どういうことなんでしょう」

「さあ」沙織が小首を傾げた。

「弟さんの自殺が何か影響したのかもしれません」

「ええ」

「河村さんがあなたに暴力を振るうようになったのはいつごろなんですか」

ちょっと考えてから彼女が答えた。答えが出てこなければいいと願っているような、渋い口調だった。

「一年ぐらい前ですね」

「河村さんの弟さんは一年前に自殺しているんです」

「じゃあ、やっぱり」

重苦しい沈黙が私たちの間を流れた。それを破るように、米山が書斎から私を呼ぶ。

「鳴沢さん、ちょっと」

私は沙織に目礼してから席を立った。

書斎は三畳ほどの狭い部屋だったが、デスクが入っているので実際に動けるのはその半分ほどのスペースだけだった。米山がデスクの引き出しを開け、私が通れるように体を捻った。

「これ、見て下さい」

米山が一枚の紙片を差し出す。上下に二段、それぞれ八桁の一見無意味な数字とアルファベットの文字列が手書きで書きつけてあった。

「どこにあった」

「引き出しの上って言うんですか、ちょうどデスクの天板の裏側にテープで止めてありました。何でしょう」

「そうだな」私は文字列を凝視した。すぐに頭に浮かんだのは、何かのパスワードである。パソコン、あるいは特定のサイトにログインするためのパスワードを紙に書きつけ、目立たない場所に貼っておく人はけっこういるものだ。私は文字列を手帳に書きとめた。

「パソコンは無事だったんだな」デスクの上の薄いノートパソコンに目をやりながら私は言った。

「そうですね」

「ちょっと見てみるか」私は手袋をしてからパソコンの電源を入れ、ブラウザを立ち上げた。常時接続になっているようで、ホームページとして使っていた検索サイトが最初に現れる。ブックマークを片っ端から試していくと、そのうち当たりが出た。いきなりＩＤとパスワードを要求されたのだ。手帳を見ながら、二つの文字列を入力する。

そして、河村の「遺書」が私たちの前に現れた。

「四月十五日
今日、初めて英二に会った。最近採用の仕事もしているので、奴の履歴書を見た時に親父の名前を見つけて気づいたのだ。向こうは何も知らないと思う。今まで何をやっていたのかは知らないが、ろくなことじゃないのは間違いない。まともな人間だったらこんな会社に来るわけがないのだから」

「何なんだ、これは」強行班係長の牛島が目を細める。眼鏡をかけ直すと、私がプリントアウトした紙にもう一度視線を落とした。

「日記です」

「日記って、被害者の？　この前家を現場検証した時には見つからなかったじゃないか。見落としてたのか？」

「いや、これはあの部屋にあったんじゃないんです」

「じゃあ、どこに？」

「サーバ上に。自分のパソコンで保存しておいたファイルをサーバに移し変えたんじゃないかと思いますが」

「サーバ？」お手上げだとばかりに牛島が両手を挙げてみせる。「もうちょっと分かりやすく説明してくれよ、パソコン音痴のオヤジにも分かるように」

「河村は自分のパソコンで日記を書いていたようです」

「そこまでは分かる」

「この先を読んでもらえば分かるんですが、かなりやばい内容です。彼は自分が追われていることを知っていた。家捜しされて、パソコンの中を覗かれればこの内容がばれてしまうかもしれない。かといって削除するのは忍びない。だから、ほぼ確実に安全な保管方法を選んだんですよ」

「八月二日
今日、池《いけ》が会社を辞めた。罰金が積もり積もって五百万円ほどになった、という愚痴を聞いたことがある。昨日もヤミ金融らしいところから督促の電話がかかってきた。何とかしてやりたいが、こっちにもそこまで金を回す余裕はない。あいつは死ぬだろう。死ぬような予感がする」

牛島が頬の内側を嚙んだ。コピーは取ってあるな、と私に確認すると、黄色いマーカーペンで「池」の名前に印をつける。さながら池という人間の墓碑銘のように、紙からその名が浮き上がった。

「こいつは本当に自殺したのかね」

「この後には特にそういう記述はありませんが、調べてみる価値はあると思います」

「フルネームは分かるか？」

「調べてみます」浦田が何か知っているかもしれない。「自殺者も一人だけならいいんですけどね」

「どういうことだ」

「河村の弟も死んでいるんです」

「何だと」牛島が顔を上げる。眼鏡の奥から厳しい視線を私に浴びせかけた。「それも自殺なのか？」

「神田署の管内で、一年前に雑居ビルから飛び降り自殺してます。確認しました」あのビルの屋上を吹き渡っていた熱い風の感触を思い出した。一年前、英二が死を選んだのも暑い季節だった。アスファルトに追突するまでの数秒間、彼は空気の熱さの他に何を感じていたのだろうか。

「十月二十五日
英二がでかい出資者を捕まえてきた。一千万円。特別ボーナスも出るという。あいつは舞い上がっていたみたいだが、それでも罰金の一部が帳消しになるだけだ。あいつにはまだ会社に二百万円以上の借りがある。それを返すまでに、あと何人騙せばいいのか分かっているのだろうか。
それとなく会社の人間に聞いた話だと、英二は大学までサッカーをやっていたらしい。Jリーグのチームからも声がかかるぐらいの選手だったそうだが、卒業直前に膝の靭帯を切って話が流れた。それからいろいろと半端仕事をやってきてこの会社に流れついたようだ。まったく、人生はどこでどう狂うか分からない。何とかあいつを抜け出させてやりたいが、自分にそんな力があるとも思えない。兄弟なのだ、何でも相談してみろと打ち明けるべきなのだろうか」

「さっきのサーバとか何とかの話なんだけどな」牛島が河村の日記に視線を這わせたまま訊ねた。「何でそこなら安全なんだ」
「サーバっていうのは、ネットワークでつながったコンピュータの元締めみたいなものです。電話回線なりを通じてそこにファイルを送信して保存しておくこともできるんですが、ＩＤとパスワードを設定しておけば、自分以外の人間は引っ張り出せないんですよ。もちろん、ＩＤとパスワードが外に漏れれば見られてしまいますけどね」

「サーバを管理している人間もいるんだろう？　そういう人間に見られる恐れはないのか？」

「そんなもの、いちいちチェックしてないと思いますよ。それに、管理者が個人のファイルの内容を見ていることが分かったら、それこそ問題でしょう」

「そういうものかね」牛島が日記をデスクの上にそっと置き、冷えた茶を一口啜った。「だけど、どうしてわざわざそんなことをする必要があったのかね。人に見られたくなければ、自分のパソコンから削除しちまえばいいじゃないか」

「誰かに見せたかったんだと思います」

「誰に」

たぶん私だ。直に顔を見たことはないが、私は河村と知り合いである――太田と名乗っていた河村と。私が彼の情報を頼ったように、彼も私を頼りにしていたのではないだろうか。命を守ることを、ではない。たとえ自分が死んでも、私が真相を解き明かすことをである。

「五月七日

英二の顔色が悪い。ここ二か月、あいつは一つも契約をとっていない。今日も上司に呼ばれて散々罵倒された。あいつらのやり口は分かっている。自分が営業していたころに上司に食らった叱責を二倍にして返さないと気がすまないのだ。いつ辞めてもかまわない、代わりは幾らでもいるんだと言われた時、英二は今にも泣き出しそうだった。やはりあいつは営業には向いていない。愛想も良くないし、かといってどんな手を使っても契約を取ってくる押しの強さもないのだ。会社に対する借金は五百万まで増えている。明日にでも飲みに誘ってみよう。兄弟だと打ち明ける必要はない。英二と親しい若い奴は、英二が自分の家族を疎ましく思っているようだ、と話してくれた。オヤジは今も不動産屋をやっていて、そこそこの小銭は持っているはずだが、不仲らしい。借金の話もしていないのだろう」

「五月八日

英二と飲んだ。他の社員もいたのであまり話はできなかったが、もっとがつがついかないと駄目だと言っておいた。反応は良くない。かなり疲れているみたいだ。どうしても駄目なら辞めて逃げれば会社は追って来ないぞ、と忠告したのだが、それも耳に入らなかったようだ。

なるべく早い時期に何とかしないとまずいことになる。会社はあいつを取り立ての方に回そうとしているようだ。出資金が滞っている連中に金を吐かせるのは、うちの会社の中でも一番汚い仕事だ。ヤミ金融に手を出させ、会社や親戚にも圧力をかける。そんな仕事に回されたら、あいつは絶対潰れてしまう。英二はそういうことに耐えられるほど強くはない」

そして、本当にまずいことになったのだ。河村が弟の死について日記で触れたのは、英二がビルから飛び降りて一週間後のことだった。それまでショックで日記を書く気にならなかったのか、何か別のことに追われていたのかは分からない。

「八月八日

英二の葬式に行かなかったのは良かったのか悪かったのか。会社の人間は誰も行かなかったようだ。ひどい話だ。自分だけは行っておくべきだとも思ったが、どの面下げて行けばいいのか。行けばオヤジに会うことにもなるし、それは避けたかった。何十年も会っていなくても、オヤジには俺だと分かってしまうだろう。会社の人間として顔を出したら、それはそれで問題になる。
結局悪いのはこの会社だ。俺だって悪いと分かってやっていた。この会社は詐欺師の集団だ。いつかは会社を畳んで夜逃げしなくてはならなくなるかもしれないし、そうじゃなくても警察の手が入るかもしれない」

「九月二十一日
ようやく英二の墓参りに行った。オヤジの実家の墓に入っているのだが、何だか不思議な気がする。やはり兄弟なのだと打ち明けておいた方が良かったのではないか、そうすれば、あいつだって俺に頼ることもできたはずだ。死なずに済んだかもしれない。
今日の俺はどうかしていた。
沙織に手を上げてしまった。そんなつもりはなかったのだが、自分でも気づかないうちに殴ってしまった。英二の墓参りをして、参ってしまったのかもしれない。あいつは怖がっていたようだが、怖いのは俺の方だ。いったい俺は何をしているのか。何でこんなことになってしまったのか。何よりも大事にしてきた女を殴るとは。これであいつが出て行くとでも言い出したら、全てが終わりだ。明日、あいつが欲しがっていたフランク・ミューラーの時計を買いに行こうと思う。

でも、殴った直後は英二のことを忘れることができた、もしかしたら俺はどこかおかしいのかもしれない」

「十月十一日

今朝も沙織を殴ってしまった。あいつが選んだネクタイがワイシャツに合わないと思ったら、頭の中が真っ白になった。最近、俺を見るあいつの目つきが変わってきたように思う。もしかしたら出て行くことを考えているのか。出て行かれたら、俺は間違いなく狂ってしまう。頭を冷やすために、今夜は別々に寝ることにした。しかし、ソファでごろごろしていても全然眠れず、今こうやって日記を書いている。

沙織は特別な女だ。初めて銀行の窓口で見た時、気を失いそうになった。あんな女が自分のものになるわけがないと思ったのを覚えている。それからの俺は必死だった。俺は何のとりえもない、冴えない男だ。冴えない男が最高の女を手に入れようと思ったら、金を武器にするしかない。だからこそ、今の仕事を始めるようになった。手を汚すことも承知の上だった。何も面白いことがない人生だが、沙織と結婚できたことだけは自慢できる。俺の人生における唯一の成功だ。

そんな女を俺は殴っている。殴った後はいつも後悔して、死にたくなるほどなのに。

もしかしたら俺は、自分の大事なものを傷つけることで、自分を苦しめているのかもしれない。彼女が傷つくのは、俺にとっては最高の罰なのだから。

それにしても会社の件を何とかしたい。警察にタレこむことを本気で考える。もちろん自分の立場も悪くなるだろうが、警察も情報提供者ということなら少しは考慮してくれるのではないだろうか。

最近、上の圧力がきつくなっている。管理部門の立場から見ると、営業の連中が可哀想だ。どうもアメリカで不動産開発に関連した妙な計画を立てている節がある。この情報をどう使うかはともかく、調べなくては」

カリブ海のリゾート開発のことだろう。それにトミー・ワンという中国系アメリカ人はどう絡んでくるのか。

河村の日記にはその後も、英二を死に追いやった会社に対する恨みと、沙織に対する暴力を反省しつつ、一方でそれに対する快感を覚え始めた自分に対する戸惑いが書き連ねられていた。

「二月七日

やっぱり俺は狂っている。あんなに大事にしてきた女を殴るなんて。

正直、怖い。沙織は何も言わないが、何も言わないのがかえって心配だ。いきなり出て行ってしまったらどうしたらいいのか。俺には沙織以外に何もない。金儲けも何もかも、あいつのために始めたことだ。あいつに出会うまでの、どうにも冴えない人生を思い出す。女も金もなく、ただその日を適当に生きていくだけだった。そこから助け出してくれたのが沙織ではないか。生きていく目標もできたし、何よりあいつと暮らしていくことが嬉しかった。それなのにどうしても、沙織を殴るのをやめられない。

いっそ、死んでしまおうか。会社のことなんかどうでもいい。俺が何もしなくても、あんな会社はそのうち潰れるだろう。会社のことを考えてプレッシャーを感じるから、沙織に手を上げてしまうのだ。

あんな会社に潰されてたまるか。沙織を手放してたまるか」

「二月二十五日

今日も沙織を殴ってしまった。唇から血が出た。血が出たのは初めてだったかもしれない。何だか妙な感じがする。あんな女は自分には絶対に不釣合いだと思っていたし、周りがそう見ているのも分かっていたが、今初めて、俺は沙織を本当に支配していると実感している。俺みたいな男でも、力を使えば最高の女を支配できる。

いや、俺はやっぱりクズ野郎だ」

河村の調子が変わったのは今年の春になってからだった。沙織を殴ることに対する戸惑いと恐怖は消え、奇妙な自信が字面《じづら》に現れている。

「四月十一日

沙織が何も喋らなくなった。かといって俺を無視しているわけではない。殴っても涙も流さないし、その後ベッドに誘えば黙ってついてくる。最近は、沙織に手を上げた後はよく眠れるようになった。時々、夜中にあいつに刺されるのではないかと思うこともあるが、あいつにそんな度胸があるはずがない。それに殴った後は、必ず何かを買い与えて満足させている。結局、女なんて金でつなぎとめておけるのだ。

今の俺には何でもできるような気がする。あの最高の女を完全に支配できるようになったのだから。会社なんか潰してやる。そして沙織と二人で、どこか人目につかないところに引っ越そう」

弟を殺した会社に対する復讐の念と、妻を殴ることでねじれる愛情。二つの歪んだ気持ちが心を支配し、河村は次第に正気を失っていったのではないか。

会社を恨む気持ちは私にも分かる。だが、妻を殴ることで落ち着くというのは理解できなかった。理解できないどころか許せない。沙織の痛みと苦しみを考えたからではなく、優美のことを思ったからだ。同じように夫の暴力に苦しみ、幼い子を抱えて一度も見たことのない故国を頼らざるを得なかった彼女の苦しみを思うと、胸が潰れるような思いがする。

夫の暴力がなければ、優美は今もアメリカで結婚生活を送っていたはずだ。

その意味で私は、今ごろロスの暗い路地をうろつき回っている彼女の元夫に感謝すべきかもしれない。

4

次第に私の中で、まっとうとは言えない考えが形をとり始めた。浦田が警察に保護されていることは、彼を狙った人間も知っているはずだ。思い切って泳がせてみたらどうか。浦田を囮《おとり》にして実行犯を誘い出すのだ。

まさか。囮捜査が許されているのは極めて限られた範囲であるし、殺しの捜査でそんなことができるわけはない。

だが、何とか抑えつけようと思っても、一度心の中に住み着いたその考えは、自分の意思とは関係なくゆっくりと、しかし着実に成長していくようだった。


チャンスは向こうからやってきた。浦田がどうしても自宅に戻りたいと言い出したのだ。無理もない。着の身着のままでもう一週間近くになるのだ。独身寮に住む連中が服を貸してはいたが、そんなものをありがたがって着る人間はいない。

「金もないんだよ」浦田が泣き出しそうな顔で訴えた。

「ここにいれば金を遣うこともないでしょう」私は内心の喜びを隠すためにしかめっ面を浮かべた。

「だって、煙草を買う金もないんだぜ」

「いい機会だから禁煙すればいいじゃないですか」

「だけど、部屋も荒らされたままでしょう？　少しは片づけておかないと」

私はわざとらしく溜息をついてみせた。

「しょうがないな。とにかく、上に相談してみます」

当然、牛島は渋い表情を見せたが、私は必死になって説得した。この辺りで息抜きさせてやりましょうよ、気分良く喋らせるのにはそれぐらいのわがままを聞いてやってもいいじゃないですか、と。自分で一晩護衛をすると請け負うと、牛島も渋々同意した。

その日の夜、浦安の家まで浦田を送ることになった。帰宅は明日の午前中。それを告げると浦田は「何だか病院からの一時帰宅みたいだ」と皮肉な台詞を吐いた。私にとっては、彼の日常の方がよほど病的な生活に思えるのだが。

夕方出かける準備をしていると、生活安全課の部屋に横山がふらりと入ってきた。いっそう痩せ細り、頬には暗い影ができていたが、目だけは生気を失っていない。目礼すると、彼も小さくうなずき返した。部屋には誰もいなかったが、彼は妙に用心した様子で私を廊下に誘い出した。

「どうしましたか」

「妙な話が入ってきた」

「妙な話？」

「トミー・ワンのことなんだが」

「ええ」トミー・ワンの顔を思い出そうとしたが、頭に浮かぶ彼の顔には靄《もや》がかかっていた。一度ははっきり顔を見ているのに、なぜかその印象はぼやけている。

「奴はニューヨークのチャイニーズ・マフィアの幹部だ」

「まさか」とっさに私は否定の言葉を口にした。今まで頭の枠の中に収まっていた事件が急に膨れ上がってこぼれ出し、自分の手の届かないところまで広がってしまったように感じる。「確かなんですか」

「公式の情報じゃない。捜査四課の知り合いで、昔ニューヨーク市警に研修に行ってた奴が教えてくれたんだ」

「公式じゃなくても、そういう情報はだいたい間違ってないはずですね」

「俺もそう思う」胸の痛みを抑えようとするように、横山がネクタイをゆっくりと撫でつける。「例のカリブ海のリゾート開発の件は本物かもしれんな」

「マフィアがリゾート開発ですか。馬鹿馬鹿しい」私は鼻で笑ってやったが、横山は真剣な表情を崩さなかった。

「大きな不動産開発になると、いろんな奴が絡んでくる。利権がでかいからな。日本でも同じようなものだぞ」

「じゃあ今回は、チャイニーズ・マフィアの幹部と一緒にリゾート開発の計画を練ってるとでも言うんですか」

「それは分からん。仕事をしている様子がないのはおかしいがな」

「そもそもどうして、日本の詐欺師連中とアメリカのチャイニーズ・マフィアが関係してるんですかね。全然関係ないように思えるけど」

そんなことも分からないのかと言いたげに、横山が顔をしかめて首を振る。

「ワルは世界中どこでも同じなんだよ。一種の宗教みたいなものかもしれんな。連中は国境も人種も関係なくつながってるんだ」

ニューヨークの犯罪事情なら内藤に聞くのが一番手っ取り早いのだが、彼との連絡は途絶えたままだった。居場所を訊ねる相手は一人しかいない。気が進まなかったが、私は優美の家に電話をかけた。ぼんやりと彼女のことを考えていたので、タカが電話に出てくることは予想もしていなかった。

「お久し振りでございます」落ち着いた丁寧な口調でタカが挨拶する。私は深呼吸して何とか気持ちを落ち着けると「腰の具合はどうですか」と切り出した。まずはタカのご機嫌取りだ。

「お陰さまで……最近はお見えになりませんね」

柔らかなタカの物言いに、私は思わず苦笑いした。この前訪ねた時は、箒を持って私を叩き出さんばかりの勢いだったのに。

「今、少し忙しいんです」優美は何も話していないのだろうと思いながら、私は愛想良く答えた。「なかなか自由な時間が取れません」

「お暇になったらお寄り下さいよ」まるで孫の婚約者を気遣うような口調である。やめてくれと懇願しそうになったが、私は言葉を呑みこんだ。

「優美ですね。ちょっとお待ちを」

「いや、あの、違うんです」この前河村の葬儀で会ったのは仕方ないが、今は優美の声を聞く気になれない。その瞬間、何も優美と話さなくても必要な情報は手に入るのだと気づいた。「七海を探しているんです。今、そちらにはいませんよね」

「まあ、何ですかね、あの子は。せっかく帰ってきたと思ったのに、この家には寄りつきもしないでふらふらして」

「今どこにいるか、分かりませんか」

「そういうことも何も連絡しないいんですよ。まったく、親はどういう躾《しつけ》をしてたんでしょうねえ」

内藤の親ということは、タカの息子である。彼女の物言いには矛盾を感じたが、何も言わないことにした。怒らせるのは得策ではない。

「連絡を取る方法はありませんか」

「携帯電話を持ってるそうですから、電話してみたらどうですか。私は面倒なんで電話しないんですけどね。そもそも向こうがちゃんと連絡してくるのが礼儀だと思いますけど、どうですか」

「まったくですね」

当たりだ。ほっとすると同時に不信感が芽生える。あいつはどうして私にも連絡してこないのだろう。せっかく日本にいるのに、ゆっくり話ができたのはうちに泊まりに来た一晩だけだ。その時だって、あいつはどことなく他人行儀だった。

タカが教えてくれた電話番号を書き取って、私は受話器を置いた。口をすぼめて息を吐き出し、もう一度受話器を取り上げる。呼び出し音が三回鳴ったところで、内藤の声が電話口で破裂した。

「はい、内藤」

「七海か」背後の雑音がひどい上に、彼の声も割れている。

「了か？　脅かすなよ。この番号、どこで聞いた」

「俺は警察官だよ」内藤の真似をして言ってやると、電話の向こうで彼が底抜けの笑いを爆発させた。

「バアサンだな」

「ばれたか」

「当たり前だ。最初にそこに当たるだろう。で、何か用か」

「お前、今どこにいるんだ」

「ええと」彼の背後でかすかにアナウンスの音がした。はっきりとは聞き取れないが、駅のコンコースかどこかにいるような様子である。「ああ、高崎だ」

「高崎？　何でそんなところに」

「ちょっと北関東を回ってきた。うちの先祖はこっちの方なんだってさ」

「面白かったか？」

「いや、失敗したね。ただ墓があるだけで、今は親戚がいるわけでもないしな。それより、何の用だ」

一呼吸置いて、彼の反応をうかがうように訊ねた。

「トミー・ワン。知ってるか」

「いや、何の話だ」

内藤は嘘をついている。私は確信した。ニューヨーク市警の刑事が、チャイニーズ・マフィアの幹部の名前を知らないわけがない。専門が違うのかもしれないが、それだけでは彼が知らない理由にはならない。私だって、東京にいる広域暴力団幹部の名前ぐらいは頭に入っている。

しかし、嘘の理由を問い質す気にはなれなかった。一旦彼の言動の矛盾や嘘を追及し始めたら、それこそ今の事件を放り出さねばならなくなるだろう。それに、嘘をつくには彼なりのきちんとした理由があるのだと思いたかった。

「本当に知らないんだな」知らないという答えが返ってくることを予想しながら私は念押しした。

「知らないよ。そいつがどうかしたのか」

「まあ――」

「事件絡みだな」

「そんなところだ」

「もしかしたら、この前言ってたブルックリン訛りの男のことか」

私が黙っていると、彼は含み笑いをしながら畳みかけた。

「当たったな」

「言えないこともある」

「言わなくても、あんな話をした後だから分かるさ。隠すつもりならもう少し上手くやれよ。だけどニューヨークのチャイニーズ・マフィアがどうしたんだ。あんな連中、お前の専門じゃないだろう」

「いろいろあるさ」

「何だかはっきりしないな」

「言えないことがあるぐらい、お前には分かるだろう」

これだけ言えば納得するだろうと思ったが、今日の内藤は妙にしつこかった。

「トミー・ワンとかいう奴が日本に来てるわけか」

「それは言えない」

「お前、蕎麦屋でブルックリン訛りを聞いたって言ってただろう。それで今度はトミー・ワンとかいう名前を持ち出した。この二つを結びつけるのは難しくない」

「ノーコメント」

「はいはい、分かった」面倒臭そうに内藤が言った。「俺はトミー・ワンなんて奴は知らないけど、何でチャイニーズ・マフィアが日本に来るんだろう」

「何か臭うか？」

「いや、そういうわけじゃない。最近のアメリカのマフィアは大人しいもんだよ。締めつけも厳しくなってるし、日本に用事があるとは思えない」

「中国系もそうなのか」

「もちろん。中国人は国境に関係なく世界中に広がってるもんだけど、俺が知ってるニューヨークのチャイニーズ・マフィアってのは、そんなにスケールの大きなものじゃない」

「知ってるって、お前、トミー・ワンのことは知らないって言ったじゃないか」

「そんなに言葉尻をつかまえるなよ。一般論、刑事としての常識じゃないか。ああ、そろそろ新幹線が来るから切るわ。東京へ戻ったら、また連絡するよ」

「今日戻るのか？」

「いや、まだしばらくふらふらしてる。今度はこっちから電話するよ」

電話は一方的に切られ、疑念だけが残った。そもそもあいつは本当に高崎にいたのだろうか。


「いやー、これはひどいな」浦田が両手で頬をぴしゃりと叩いた。部屋はまだ荒らされたままの状態で、足の踏み場もない。貴重なレコードコレクションの惨状を確認している時は、涙ぐんでいるようにも見えた。あれ以来、彼が自分の部屋に足を踏み入れるのは初めてだった。

「どうしますか」

私が訊ねると、浦田は力ない笑みを浮かべる。

「どうするもこうするも……こんなの、一晩で片づくわけないね」

「片づけるつもりなら手伝いますけど」

「いや、そんな気になれないな。とりあえず座る場所と寝る場所を作りましょうか」

私たちはひっくり返されたソファやベッドを起こして、床に落ちているものを一か所に積み上げ始めた。三十分ほども力仕事を続けると、リビングルームと寝室の一部に、ようやく秩序らしきものが出現する。

一段落したところで、浦田がキッチンに入って缶ビールを三本見つけ出した。私たちの方に掲げてみせたが、私も米山も首を振ったので、あからさまにがっかりした表情を浮かべる。

「二人とも飲まないの」

「私はそもそも飲まないし、米山も勤務中は飲みません」

私が答えると、米山が同調してかすかにうなずいた。米山は飲まないわけではない。それどころか、署内一のうわばみだという噂を聞いたことがある。飲めば飲むほど背筋がしゃんとし、無口になる。全員が酔いつぶれた後で、おもむろに竹刀《しない》なしで素振りを始めるのが酔っ払った証拠だというのだが、その時搾り出される裂帛《れっぱく》のかけ声は、実戦の時よりも迫力があるらしい。

「しょうがねえな」浦田がリビングルームの床に直に座りこみ、ビールを開けた。泡が噴き出すと、慌てて口を缶に持っていく。一口啜って顔をしかめた。「ぬるい」

文句を言いながら、次の一口をたっぷり飲んだ。缶を口から離すと、小さなげっぷと一緒に息を吐き出す。すっかりリラックスした様子で、胡坐をだらしなく崩すと脚を横に投げ出した。一言も発さずに三口でビールを飲み干し、勢いよく缶を床に叩きつける。軽い、間抜けな音が響いた。それから部屋の中をゆっくりと見回して長い溜息をつく。

「どうしようもないね、こりゃ」

「荷物をまとめなくていいんですか」

私が訊ねると、唇を歪めて答える。

「あとで着替えだけまとめますよ。何だかやる気がなくなっちまったなあ」二本目のビールを開け、リズムを取るように床にこつこつと缶の底を当てる。何か許可を求めるように私と米山の顔を交互に見たが、やがて「それにしても腹が減ったな」とぽつりとつぶやいた。

「出前でも取りますか」私が言うと、浦田が首を振る。

「何か食うものぐらいあると思うけど」大儀そうに立ち上がり、浦田がキッチンに向かった。何かごそごそとやっていたが、やがてポテトチップスの袋を見つけ出し、戦利品を誇示するように笑みを浮かべた。

「賞味期限ぎりぎり」座りながら袋を開け、手を突っこむ。二、三枚を無造作につかみ出して口へ押しこんだ。ばりばりと派手な音をたてて嚙み砕き、ビールを流しこむ。機械的にその動きを繰り返していたが、やがて思い出したように「そうだ、コーヒーぐらいは淹れられるけど、どうですか」と言った。

どうせ米山と二人、交替で警戒をしなければならないのだから、眠気覚ましのコーヒーは悪くない。「いただきましょう」と答えると、やることができたので気力が蘇ってきたのか、浦田が勢い良く立ち上がってキッチンに向かった。

ほどなく、豆を挽く音と香ばしい匂いがリビングルームにも漂い出してきた。米山が私の方に顔を寄せて囁く。

「彼、だいぶ参ってるみたいですね」

「そりゃあそうだ」私は部屋の中を見回した。「自分の部屋がこんな風に荒らされたら、誰だって落ち着かないよ」

「だったらわざわざ戻ってこなくてもいいのに」表情を崩さず米山が言った。「別に、着替えなんかしなくても死にはしないんだから」

「俺も同じことを言ったんだけどね。奴さんには奴さんの考えがあるんだろう」そして私には私の考えがある。正直、私は淡い期待が潰れてがっかりしていた。ここへ来る途中にも、誰かが襲いかかってくるかもしれないと思っていたのに。この部屋で誰かが待ち伏せしているのではと夢想していたのに。

「何か隠してるような気がするんですが。どうしてもここに戻ってこなくちゃいけない理由があったとか」

私は唇に人差し指を当てて米山を黙らせた。コーヒーが出来上がり、浦田がキッチンから出てきたのだ。

「さあさあ、座って」浦田がにやにや笑いながら言った。「でかい男が二人も立ってると、狭い部屋がもっと狭くなる」

「座ろう、米山」促すと、彼は素直に従った。三人で車座になり、浦田が私たちの前にコーヒーの入ったマグカップを置く。自分は三本目の缶ビールを開けて、ちびちびと飲み続けた。

「この家、幾らしたんですか」突然米山が質問をぶつけると、浦田がビールを噴き出しそうになった。米山は喋らない役回りだと思いこんでいたのかもしれない。手の甲で口元を拭うと、まじまじと米山の顔を見つめる。

「何で急にそんなこと聞くの」

「気になりまして」

「五千万、かな」浦田はやはり腕利きの営業マン、つまり性質《たち》の悪い詐欺師なのだろう。年金暮らしの年寄りを騙して金を巻き上げ、それが形を変えてこのマンションになった。浦田がぷっと頬を膨らませる。「まあ、どうでもいいじゃない、そんなことは」

「そうですね」米山はあっさりと引き下がり、私が質問を引き継いだ。

「ずいぶん熱心に働いたんでしょうね」

私の質問は痛いところを突いたようだった。浦田が顔をしかめる。

「そりゃあ、誰だって働かなくちゃ食っていけないでしょう」開き直るように吐き出してビールを呷《あお》る。「もちろん、儲かるに越したことはないけど」

「分かりますよ」

「本当に？」馬鹿にしたように浦田が唇を舐めて私を見た。「警官なんて、仕事を始めた時に生涯の給料も全部計算できるんじゃないの？　クビになるようなことがないのは羨ましい話だけど、それはそれで面白くないでしょう」

「確かに、金儲けをしようと思う人間は警察官にはならないでしょうね」私が言うと、浦田が声を上げて笑った。

「そりゃあそうだ。申し訳ないけど、安い給料でわざわざクソに手を突っこむような仕事をするあんたらの気は知れないね」

「そう言うけど、あなたはそのクソの中にいたんですよ」

むっとして口を開きかけたが、結局浦田は何も言い返さなかった。私の言葉が、反論しようもない真実だということは分かっているのだろう。

「それにしても、こういうのも一種の才能ですね」米山が妙に感心したように言った。

「才能？」浦田が右目だけを大きく見開く。まんざらでもない様子だった。「才能って何だよ」

「こいつにすれば驚異なんですよ」私は説明してやった。「見ての通りで愛想が悪い男でしてね。あなたみたいに口が達者で商売ができる人のことは羨ましいんですよ。なあ、米山？」

米山がかすかにうなずいたようだった。私の言い方に何か不満があるようだったが、それを隠すようにコーヒーカップを口元に持っていく。

「まあ、この人の言う通りで、こういうのはある意味才能かもしれない」自慢する様子でもなく浦田が認める。「もちろんマニュアルもあったんですけど、そんなものはあまり役にたたないからね。だから自分でやり方を考えるしかなかったんだ」

「何か殺し文句でもあったんですか」

「いつも一本調子で押し切ってた人もいたみたいだけど、俺は相手によってやり方を変えてた。金儲けに興味がある人とない人だったら、全然別の対応をしなくちゃいけないでしょう。年寄りってのは暇だから、案外株なんかには詳しくてね……儲かる儲からないは別にして。俺はそっちの方はあまりよく知らなかったから、逆に講義してもらったりしてさ。人に物を教える時って、誰でもべらべら喋るもんでしょう？　それで、散々話を聞いておいて、今度はこっちが『実は』って切り出すわけですよ。株なんかよりもっとうまい金儲けがあるって」

「なるほど」私が相槌を打つと、浦田はいっそう饒舌《じょうぜつ》になって続けた。

「中には『俺は金儲けなんか興味ない』って言う人もいるでしょう？　何だか金は汚いもので、そんなことを口にするだけで自分も汚れちまうみたいに思ってる人。そういう人には、これはゲイムなんですって説明するんですよ。投資ゲイムね。うちにはいろいろな商品があるから、販売実績の報告を分析して、次にどの商品に投資するか計画するのは面白いもんですよってね。ボケ防止とは言わないけど、頭の運動になりますっていうのはけっこう殺し文句になったな」

「報告を分析」私はわざと平板な声で言った。「本当に報告してたんですか」

「ああ、もちろん。あなたの出資してくれた金はこの商品に投資されて、現在販売額はこれだけになっています、配当は来月になる予定ですってね」

「その報告は本物だったんですか」

一瞬、浦田が言葉に詰まった。言い訳を探すように、視線を宙に彷徨わせる。

「最初は全部本当だったらしいよ」結局浦田が折れて、真実の一端を明かした。「あの会社も、最初は普通に商売してたんですよ。細々とね。やり方は今と同じ。でも、いつの間にかおかしくなっちまったんだって聞いたことがある。飛田や野沢が『ブツなんてどうでもいいからとにかく金を集めろ』って号令をかけ始めたらしくてね。もちろん、配当金が来ないって騒ぎ出す人はいたみたいだけど、最初はそいつらに金をつかませて黙らせてたそうですよ。予定の配当以上の金をもらったら、誰だって文句は言わないでしょうが。でも、そういう自転車操業をしてたら、そのうち回らなくなるのは当たり前だよね。結局どんどん出資者を拡大して、新しく入ってきた金を以前の出資者に還元してっていう方法で誤魔化すしかなくなったんだ」

「その割には社員への還元もたっぷりしてたみたいですね」珍しく米山が皮肉を吐いたが、浦田はそれに正面から反論した。

「金を貰わなきゃ、誰もこんな汚れ仕事なんかしないでしょう。でも、俺だっていつも冷や冷やしてたんですよ。運が悪くて何か月か契約が取れなかったら、今まで儲けた分を吐き出して罰金を払わなくちゃいけないんだから。考えてみれば、これは一種のギャンブルだよね。誰かを騙し続けて永遠に金儲けを続けるか、どこかで運が尽きて今度は自分が搾り取られる方になるか。負けたくない連中はとにかく必死に営業するしかなかった。俺なんかもさ、せっかく家を買ったのに、帰ってくるのは週に一回か二回だけだった。後は会社に泊まりこんだりして、朝も夜もなく営業攻勢をかけてた。土日も関係なしにね」

「それだけ金を儲けて、どうしようと思ったんですか」米山がさらに突っこんだ。浦田が呆れ顔で説明する。

「だからこれは、俺らにとってはゲイムみたいなものだったんだよ。儲けるか、潰れるか。二つに一つのゲイム」

「だけどあなたは金を稼いだ」なおも米山が食い下がる。「稼いだ金でこのマンションを買った。あなたが騙した年寄り連中から巻き上げた金でね」

米山が本気で怒っているのだということに、その時初めて私は気づいた。

「おいおい、鳴沢さん、この人は何なのよ」浦田がむっつりした声で抗議する。「こっちは協力してるんだぜ？　何でこんな説教を食わなくちゃいけないんだ」

「浦田さん、どんな理屈をつけても、あなたがやっていたことは正当化できないんですよ」

私が冷たく言い放つと、浦田は舌打ちしながら首を振った。

「何だよ、二人そろって説教する気かよ」

「自殺していたのは、確かに河村さんの弟さんでした」私は話題を切り替えた。

「マジで?」浦田が背中を伸ばして座り直した。「でも、二人が話してるのも見たことないんだけど」

「義理の弟なんです。母親が違うんですよ。あなた、河村英二さんのことはよく知ってましたか?」

「まあ、普通に話すぐらいは」

「どんな人だったんですか」

「暗い奴だったな」浦田が一言で切り捨てた。「初めて会った時に、こいつは営業に向いてないと思ったよ。昔サッカーをやってたって聞いてたから、もっと明るい奴かと思ってたけど」

「怪我してやめたんですよ」

「なるほど、よくあるスポーツ選手の転落ってわけか」軽い調子で言った後、私の視線に気づいたのか浦田が慌てて皮肉な笑みを引っこめた。米山が「鳴沢さん」と警告を発しながら私の腕を押さえる。私は握り締めていた拳をゆっくりと開いた。簡単に転落などと言ってほしくない。人が転落するには百万もの理由と軌跡があるのだ。

「まあ、何だ。残念なことをしたよね」取り繕うように言ってから、浦田がはっと顔を上げる。「もしかしたら河村さん、弟が自殺したことを気にして……」

「復讐だったのかもしれませんね」私は浦田の言葉を完結させた。

「復讐のつもりで返り討ちに遭ったたってわけだ」軽い調子で言ってしまってから、浦田が慌てて顔の前で手を振る。「いや、それは言葉のあやでさ」

「分かってますよ」この男はどうしようもない。反省や後悔の念とは無縁なのだろうと私は諦めた。

「しかし、正直言ってそこまでやばい会社だとは思わなかったな」鉄パイプの直撃を受ける場面でも想像したのか、浦田の顔が蒼褪める。「人殺しまでするとはね」

「人を殺さなくちゃならないほど、大きな額の金を動かしていたということじゃないですか」

「そうなんだろうねえ。俺はあそこの財務状況を詳しくは知らないけど、結局百億単位の金が動いてるんじゃないのか」

「百億」溜息をつこうとして、私は慌てて口を閉じた。金額に驚いて溜息などつくべきではない。金を騙し取られた人の気持ちを考え、河村を殺した人間を憎み、闇の向こうで笑いを押し殺しているのが誰なのかを突き止めることに気持ちを集中すべきなのだ。

5

日付が変わったころ、浦田が大欠伸《あくび》を連発し始めた。時々事情聴取を受けるだけで何をしているわけでもないのに、やはり独身寮は居心地の良い場所ではないらしい。ずっと寝不足が続いているのだという。「いい加減寝ましょうや」という彼の提案を、私たちも受け入れることにした。

浦田が寝室に引っこんだ後、私は米山に先に寝るよう促した。「自分は大丈夫です」彼は頑なに拒否したが、どうせ交替で寝るのだからと説得して、ようやくソファに横にならせた。ソファは足が一本壊れており、彼が体を横たえると頼りなげに揺れたが、それでも一分もしないうちに米山は軽い寝息を立て始める。私はリビングルームの照明を落とし、部屋に散らばっていた雑誌の中から、古い「スポーツ・イラストレイティッド」を見つけ出してキッチンに移動した。長い夜になりそうだった。

自分のためにもう一杯コーヒーを入れ、大きなマグカップでゆっくりと飲む。朝まで米山を起こすつもりはなかった。

いつの間にか秋の気配が部屋に入りこみ、キッチンは少し冷えている。マグカップを両手で包みこみ、その暖かさが掌からじわりと体に染みこんで来るのを待った。

頭の中を整理してみる。K社の捜査はすでに大詰めだ。被害者のうち十数人については、確実に立件できるまでになっている。地検がゴーサインを出せば、すぐにでも強制捜査が始まるだろう。最終的なターゲットは、実質的に会社を牛耳っている飛田、野沢、原の三人だ。もちろんそこへ行き着くまでには幾つもの壁を越えなければならないだろうが、横山たちはそれも時間の問題だと考えているようだ。社員を逮捕すれば、三人の役回りを喋らせるのは難しくないだろう。

問題はK社の証拠隠滅の動きだ。毎日社員が出勤してはいるが、K社の営業活動は実質的にストップしているようである。関連会社のうち何社かは閉鎖され、社員が出入りしている様子もない。K社を一気に閉鎖しないのは、そんなことをすれば警察の動きを加速させるだけだということを、幹部連中がよく知っているからに違いない。

横山がふと不安を漏らしていたのを思い出す。もしかしたら隠し球があるのかもしれんな、と。ああいう連中は、逮捕されることを恐れてはいない。裁判で無罪を勝ち取るための秘密兵器を隠している可能性もある。もちろん捜査本部の最大の狙いは被害の拡大を防ぐことであり、そのためには幹部を逮捕してK社の活動をストップさせてしまえばいいわけだが、無罪判決が出たら後味が悪い。

しかし、この事件は間もなく落ち着くところに落ち着くだろう。問題は河村殺しの方だ。

全てが曖昧なままに終わってしまいそうな予感がする。実行犯が中国人グループだとしたら、とうに国外に退去しているはずだし、指示したK社の連中も、実行犯がいなければ事件を闇に葬れると思っているだろう。おそらくこのまま何事もなく夜が明け、明日の朝には私たちは署に戻る。そしてまた出口の見えない捜査を続ける日々が戻ってくるのだ。

立ち上がり、米山を起こさぬように足音を忍ばせながらリビングルームを横切って窓辺に立つ。カーテンの隙間から、闇に包まれた浦安の街を見下ろした。リビングルームの窓はビジネス街に面しているのだが、昼間は無機質で未来的な光景を作り上げる高層ビル群も、この時間帯には黒く塗りこめられた古代の塔のようにしか見えない。

ふと思った。いずれ私は捜査一課に戻る。これはあくまで腰かけの仕事なのだ——そう考えて、私は自分に生じた変化に初めて気づいた。

準備運動は、私が元の自分に戻るために必要だった猶予の時間は、終わりつつある。冷たい風がふわりと足元に漂ってくる。振り向くと、新しいダンガリーのシャツとジーンズに着替えた浦田が、寝室から忍び足で出てくるところだった。私の視線に気づくと、照れ笑いを浮かべる。唇に人差し指を当てたが、私はそれを無視して大股で彼に近づき、米山に気づかれぬように小声で問い詰めた。

「何ですか、こんな時間に」

「いや、腹が減っちまって眠れないんですよ。だって今日は、夕飯もまともに食べてないんだから」

確かにそうだ。夜に入ってからばたばたと署を出てきたので、夕食を抜いてしまったのだ。コーヒーを飲んだだけで、私はポテトチップスにも手をつけなかった。平然と寝ている米山は、署を出る前に食事を済ませたのかもしれないが、私は先ほどから、コーヒーでは埋めきれない空腹と戦っていた。

「ラーメンでもどう？　車で十分ぐらいのところに美味いラーメン屋があるんだけど」

「ラーメンねえ」こんな時間にラーメン。ふだんなら即座に拒否するところだが、今夜はその誘いに乗ることにした。万が一を考えてのことである。もしも誰かが外で待ち伏せしていたら。浦田が出てくるのを待って襲いかかってきたら。「まあ、いいですよ」

「よし、奢りましょう」

「いや、割り勘で」

「どうでもいいじゃない、そんなこと」面倒臭そうに浦田が言った。

「何でそんな細かいことにこだわるかね」

そういうことにこだわらなくなるところから金に関する感覚が麻痺していくのだと言いたかったのだが、あえて口にはしなかった。今さらこの男に説教しても始まらない。エレベーターから駐車場まで、私は周囲を警戒しながら歩いた。誰かが待ち伏せしているような気配はない。私は小さく失望の溜息を吐いたが、上機嫌の浦田の耳には入らないようだった。

ラーメン屋までは浦田の車を使うことにした。真っ赤なＢＭＷのクーペである。助手席からトリップメーターを覗くと、走行距離はまだ五千キロにも達していなかった。

「高いでしょう、この車」皮肉をまぶして訊いてみたが、浦田は「大したことないよ」とさらりと答えるだけだった。謙遜ではなく、この男が本当にそう考えているのは明らかである。一般に高級外車と言われる車を「大したことない」と切り捨ててしまう金銭感覚は、やはりどこかが狂っている。浦田は今失業中なのだ。こういう金銭感覚を修正していかないと、これから痛い目に遭うのは目に見えている。

ラーメン屋に向かう途中、浦田はバルブトロニックがどうのこうのとBMWのエンジンに対する解説を延々とまくし立てた。私は相槌を打つだけで適当に話を聞き流していたが、彼は喋るだけで満足している様子だった。元々、黙っているとおかしくなってしまうタイプなのかもしれない。話の中身は何でもいいのだろう。たとえそれが人を騙すことであっても。

とうに夜中の一時を回っているというのに、ラーメン屋はまだ賑わっていた。行列ができるほどではないが、カウンターしかない店内は満席である。まだ新しい店で、白木のカウンターにも染み一つできていなかった。

「あーあ、しかし参ったな」カウンターに両肘をついて浦田が愚痴を漏らす。

「参ってるんですか」

「当たり前でしょう。危うく殺されると思ったら、今度は監禁生活なんだから。まったく、たまらないよね」

「仕方ないですよ。落ち着くまでは我慢しましょう」

「落ち着くまでって、いったいいつになったら落ち着くんですか」

「それは何とも」

「勘弁してよ」泣きが入ったところでラーメンが出来上がった。浦田がコショウをばさばさと振りかけてから箸を割る。私はそのまま食べた。大量のすりゴマが入っているようで、塩ラーメンなのにこってりした油分が舌に残る。

「いやあ、久し振りだな」浦田が丼に食いつきそうな勢いで麺を啜る。スープを一口飲んでようやく落ち着きを取り戻し、ああ、と深い溜息を漏らした。

「帰りが遅くなるとよくここで飯を食ってたんですよ。いつもこんな時間だったなあ。夜中に食うラーメンがまた美味いんだよね」

「こんな時間に？」夜九時を過ぎての食事は、私にとって「堕落」と同義語である。

「家に帰って来る時は、いつも午前様だったから。だけど、何だか、馬鹿みたいだよね。俺、同じ年代の人間に比べると金は持ってると思うし、扶養家族もいないから稼いだ分はいくらでも自由になったんだけど、遣ってる暇がないんだよね。家とか車とかでかい買い物はしたけど、何だか金があるっていう実感がなくてさ。飲んでる暇もないし、風俗で遣ったってたかが知れてるじゃない。それで、夜中にここのラーメンを食うことにささやかな幸せを見いだしてたぐらいでね」

「それももう終わりですよ」

「そんな」笑いながら反論しようとして、浦田はふいに黙りこんだ。自分は今失業者であり、次の職の当てさえないという事実にようやく気づいたようである。

ラーメンを食べ終えて店を出たが、浦田はすぐに家に帰ろうとはしなかった。運転席に腰を落ち着けると、腹の上で手を組んだまま、フロントガラスに何か重大な事実でも書かれているかのように凝視する。

「どうかしましたか」

「ああ」浦田が煙草に火を点け、パワーウィンドウのスウィッチに手を伸ばした。車内に充満しかけた煙が外へ逃げて行く。「ちょっと心配になっちまってね」

「そうですか」

「ねえ、警察にこれ以上望んでも駄目でしょうね」

「何を望むんですか」

「いや、これからの仕事のこととかさ。何か紹介してもらうとかできないのかな。いつまでもぶらぶらしてるわけにもいかないでしょう」

「それは無理ですね。もしも私がもっとベテランの刑事で、個人的にいろいろなコネを持っているなら考えるけど、当てにしないで下さい」

「そりゃあそうだよね。あんた、俺と同い年だって言ったよね」

「ええ」

「何か、ずいぶん違う人生だよね。あんたはこれから先失業するようなことはないだろうし、仕事が嫌になって警察を飛び出すこともないでしょう」

「いや、それは分からない」

「そんなことないでしょう。それに、警察官なんてお堅い商売なんだから」

「警察官も堅い奴ばかりじゃないですよ。悪い奴の話も聞くでしょう。そんな連中のことは気にしないで自分の仕事だけをやってればいいって思っても、聞きこみの時なんかに嫌な顔をされたり皮肉を言われたりすると、虚しくなりますね」

「一部の責任は全体の責任ってことだよね」言ってしまってから、浦田は自分の言葉の重みに気づいたようだった。「ってことは、うちの会社のことは俺にも責任があるっていうわけか」

「さあ、それはどうかな」

「俺はどうなるのかな」

「どうなるって」

浦田が苛だたしげに舌を鳴らす。

「だからさ……そういうことって教えてもらえないの？　これだけ協力してるんだから、俺が逮捕されるかどうかとか、教えてくれてもいいんじゃない？」

「残念だけど、私は今K社の捜査からは外れてますから」

「そうか、俺の護衛役だったよね」

「いや、今夜はあくまで特別ですよ」

「そうか……」浦田が天を仰ぐ。そこに願いをかなえてくれる星が輝いているとでもいうように、何かを期待するような目つきだった。もちろんルーフが空を遮り、彼の希望を現実のものにする星は見えない。暗い絶望の色を目に湛えながら、彼が私をじっと見つめた。「三十にもなって何やってるんだろうね、俺は」

この男に悪気はなかったのだ、と私はその時初めて実感した。もちろん、やっていたのは悪いことなのだが、飛田や野沢のように確信犯的だったわけではないだろう。ただ金が儲かるからという単純な理由で、せっせと人を騙し続けただけなのだ。

もちろん、それで浦田の罪が許されるわけではない。「悪気がなかった」は犯罪において免罪符にはならないのだ。


異変というものは、事前に感じ取れる時もあれば、まったく気づかないうちに巻きこまれてしまうこともある。

今夜は後者だった。

何事もなく家に帰り着き、私はかすかな失望感を味わっていた。やはりあの事件は単なる警告に過ぎなかったのであり、浦田を囮に使えばいいという考えは、あまりにも浅薄かつ突飛だったのだ。

浦田が「ビール、まだあったかな」と言いながらドアの鍵を開ける。私が睨みつけると「いや、口の中が脂っぽいじゃない。ちょっとさっぱりしないと」と言い訳した。だったら水を飲めばいいのに、と言い返したが、彼は「飲まない人には分からないだろうな」といかにも残念そうにつぶやくだけだった。

靴を脱ぎ、浦田が先に立って廊下を歩き出した。リビングルームに通じるドアを開けた途端に、彼が短い悲鳴を上げる。私は彼を押しのけて部屋に入ったが、そこで見つけたのは手足を縛られ、床に転がされた米山の姿だった。頭から出血し、フローリングの床に小さな血溜まりができているが、意識はしっかりしているようだった。口にガムテープを貼られているので声を出すことはできないが、必死に頭を動かして何かを訴えようとしている。

まさか夜中にラーメンを食べたせいではないだろうが、私の注意力や集中力は散漫になっていたに違いない。米山を見た瞬間に全てを察するべきだったのだ。

クソ、まさかこんなタイミングで家の中に入りこんでくるとは。

米山の視線が指す方に顔を向けようとした途端、耳の後ろを殴られた。慣れた人間の仕業である。命まで落とすことはないが確実に気を失う。すうっと意識が遠のく中で、私は自分の隣で浦田が同じように倒れて床に衝突するのを、なす術もなく見守った。

最初、自分がすでに死んでしまったのではないかと思った。中国語の会話が聞こえてきたのだ。中国語は、それを話しているのだという程度にしか分からないが、どうして常に早口に聞こえるのだろう。そして早口であるが故に、ひどく切迫した印象を受ける。照明は裸電球一つだが、ぎゅっと瞼を閉じ、次いで薄目を開けると、次第に視界がはっきりしてきた。その光がもろに目に入った途端、頭の中で誰かが鐘を鳴らしたような轟音が鳴り響く。慌てて目を閉じ、衝撃を追い払おうとしたが、轟音は刺すような頭痛に形を変えて頭の中に居残った。

一瞬見ただけの光景を頭の中で再生する。壁がブロックの部屋は、広さが十二畳ほどだろうか。倉庫ではなく、ガレージのような感じがする。それを裏づけるのがかすかなオイルの臭いだ。人は何人いるか……これは気配だけでは分からないが、複数の違う声が聞こえるから最低でも二人はいる。二人。何とかできるだろうか。もちろん浦田は当てにならないが、米山が無事なら反撃のチャンスがあるかもしれない。

眩暈《めまい》が襲ってきた。殴られた耳の後ろ側が、鼓動に合わせてずきずきと痛む。手は後ろで縛られており、肩が引っ張られて大胸筋が引きつる。膝がガムテープで縛られており、立ち上がれそうもなかった。口を塞がれていないことだけは幸いだったが、喋りで相手を倒すことはできない。

今すぐ殺されるようなことはないだろうと自分に言い聞かせ、もう一度目を開ける。やはりガレージだった。シャッターは閉まっており、裸電球の弱々しい光が降り注いでいる。スペアタイヤが四本、壁際に積み重ねられていた。私は奥の壁に寄りかかる格好で床に座らされており、隣には浦田と米山も同じ姿勢でいる。米山は意識はあるようで、私と目が合うと無事を知らせようとしきりに瞬きして見せた。頭部の出血は止まっていたが、乾いた血が短い髪の毛の一部をポマードのように固めている。浦田は膝を胸に引き寄せ、体を丸めていた。意識はなかったが、胸が規則正しく上下しているので命に別状はなさそうだ。

私たちを監視している男は二人。どちらも小柄で、突き飛ばすことさえできれば、反撃のチャンスもありそうだ。二人が手にした拳銃を無視できればだが。

「どういうつもりだ」もしかしたら言葉が通じるかもしれないと思って話しかけたが、二人は無表情に私を見るだけだった。この二人がどうして私たちを拉致したのか、理由が分からない。浦田に関しては、証人の口を封じるという目的がある。だが、警察官を二人も拉致しては、話がややこしくなるだけだ。捜査本部に詰めている刑事が二人もいなくなったら、警察は普通の事件以上の熱を上げて解決に取り組む。

そういう常識が通用しない相手もいるということなのだろう。ここ十年で、日本の犯罪事情は大きく変わった。一つが、普通に生活しているように見える人間が突然犯罪に走る傾向が強くなったことであり、もう一つが外国人犯罪の増加だ。

この二人は、河村を殺し、浦田を襲ったのと同じグループの人間なのだろうか。だとしたら何とも無用心なことである。犯罪は何度も繰り返すと捕まる可能性が高くなるという単純な原則を分かっていないのだろうか。

いずれにせよ、外部の助けがない限り脱出は難しそうだ。私たちがいなくなったことに捜査本部が気づくのに、どれぐらい時間がかかるだろう。大体今は何時なのか。目につく所に時計はない。唯一、まだ腹が減っていないことから、拉致されてから数時間だろうと見当がつくぐらいである。

この男たちは何をするつもりなのだろう。拳銃の存在は気になるが、それをこちらに向けるような気配はない。見張っているというより、誰かを待っているような感じだった。その誰かが私に——いや、浦田に訊きたいことがあるのは明らかだ。

手が痺れている。何度か拳を握り開いているうちに、ゆっくりと感覚が戻ってきて腕全体がひどく痛んだ。このままずっと縛られていたら、肝心の時に腕が役にたちそうもない。米山の口を塞いだガムテープの端がまくれ上がり始めていた。舌と唾液を使って懸命にはがしにかかっているのだ。頰があちこちで膨らみ、皮膚に密着したガムテープの隙間から涎が垂れてコンクリートの床にこぼれる。二人組はそれをじっと見ていたが、気にならない様子だった。ここで大声を出しても、近くには聞きつける人間もいないということなのだろう。

二人組が、壁に立てかけてあった巨大なタイヤに腰かける。小声で短く言葉を交わすと、私に視線を向けた。その視線がすぐに浦田に移る。喉の奥から苦しそうな声を漏らしながら、意識を取り戻しつつあるのだ。ゆっくりと浦田の目が開く。目の焦点が合い、周囲の状況を認識するのにしばらく時間がかかったようだが、私を認めると恨めしそうな目つきで睨みつけてきた。クソ、人を缶詰状態にしておいて、結局はこのザマかよ。彼の悪態が聞こえるようだった。

これは確かに、私が望んでいた状況である。浦田を囮に使い、彼を襲った連中をもう一度おびき寄せる。しかし、ラーメンを食べて家に帰った時には警戒心をすっかり失っていたのも事実だ。どうせ連中は来ない。浦田はもう無視されているのだ、と。ひどい結末だ。私の曖昧な計画が、殺してくれと言わんばかりの状況を作り出したのだ。

何の前触れもなくドアが開く。ドアの向こうは階段になっており、そこを降りてくる男の足が見えた。二人組が慌てて立ち上がり、目礼で男を迎える。

トミー・ワン。

ワンが二人組に短く指示を飛ばすと、一人が携帯電話でどこかに連絡を入れ、二言三言話してすぐに電話を切った。次いで、浦田の胸倉を乱暴につかんで壁に寄りかからせる。浦田は気を失った振りをしようとしたが、頰を張られ、その鋭い音と衝撃で思わず目を開けてしまった。もう一発、続いてもう一発。鼻血が浦田のシャツを濡らし、恐怖で体が震え始めた。頰も切れている。頰を張った男が、右手の薬指にはめた巨大な指輪についた血を、ジーンズの腿の辺りで拭った。浦田の前髪をつかんで顔を上げると、頰を銃身で軽く叩く。浦田がくぐもった悲鳴を上げた。

男が立ち上がり、指示を求めるようにワンの顔を見やる。

「トミー・ワン」私はぼそりとつぶやいた。途端に恐怖が雷のように背筋を貫く。まるでその名前が、口にしてはいけない呪文であったかのように。

ワンが目を細めて私を睨む。が、それも一瞬のことで、次の瞬間には穏やかな笑みが浮かんだ。襟なしのシルクのシャツに薄い茶色のジャケット姿だったが、ネクタイでもしていれば、成功した中国系のビジネスマンで通りそうである。

「あんた、トミー・ワンだな」私は英語で訊ねた。ブルックリン訛りは真似られなかったが、言葉は通じたようである。ワンが眉毛一つ動かさず応じた。

「だったら？」

「何であんたが日本にいるんだ。ビジネスか？」

「それをあんたが知る必要があるのか」

「ある。俺は刑事だから」

ワンが短く声を上げて笑った。表情はまったく変わらない。

「刑事ってのは、アメリカでも日本でも同じなんだな。自分の立場を理解できない間抜けばかりだ」

「間抜け呼ばわりするのは勝手だが、俺たちを殺したら、あんたも無事では済まない」

「切り抜けるのは簡単だ」

「ここは日本だ、アメリカじゃない。あんたのご威光も通じないよ」

「そうでもないと思うが」面白そうに言ってワンが煙草を口にする。二人組の片割れがさっとライターを差し出したが、ワンはそれを無視して自分のライターを使った。オイルの臭いがうっすらと漂い、煙草の煙が立ち上がると同時に、ライターの蓋が閉まる澄んだ金属音が響く。

「俺は何とでもなる。世界中どこにでも仲間がいるからな。紛れこめば、お前らには探せない」

それは事実だろう。ここにいる二人組だって、広い意味ではワンの仲間だ。

「カリブ海のリゾート開発の件で日本に来たのか」

「あそこは注目だぞ」ひどく真面目な表情を浮かべ、ワンが顔の前で人差し指を立てる。

「日本人の客が来れば確実に金が落ちる。あんたはどう思うかね。ラテンの雰囲気は日本人には合わんかな」

「少なくとも俺には合わない」

ワンが喉の奥で笑った。

「まあ、あんたが行くことはないだろうな。それに、貧乏な警察官に来てもらっても金にならん」

「そう、俺は行かない。そもそもそんな話は嘘だからだ」

「計画を話すだけなら嘘とは言わない。そういう話もあるということだ」

「それを材料に金を集めたら、嘘をついたことにならないか」

「解釈の違いだな」ワンが肩をすくめた。白っぽいスーツの裾を気にしながらタイヤに腰を下ろすと、煙草の灰を床に叩き落とす。

「この男をどうするつもりだ」私は浦田に向けて顎をしゃくった。

「話を訊くだけだ」

「何の」

「どこまで喋ったのかをな」

「聞いたら殺す気だな」

「キル」という言葉に敏感に反応して、浦田がすがるように私を見た。声にならない声を上げると、先ほど彼を殴りつけた男が近づいて足首の辺りを蹴飛ばす。鈍い音がして、浦田が甲高い悲鳴を上げて転げ回った。

「アマチュアだな、この男は」馬鹿にしたようにワンが言う。「組織を裏切ったらどうなるか、全然分かっていない」

「大袈裟だ」今度は私が鼻で笑ってやったが、ワンは軽く受け流した。

「どんな組織にも共通しているルールは、秘密を漏らしてはいけないということだ」

「殺す気か」もう一度私は訊ねた。

「殺す価値もないがね」

「殺せば、あんたは捕まる」

「だったら、あんたたちも殺すか。まず警察の動きを聞かせてもらってからだがね」ワンの目つきが急に真剣になった。東京よりもはるかに過酷な環境で生き延びてきたこの男とブラフのかけ合いをしても勝てるとは思えないが、今は少しでも話を引き伸ばしたい。

「罪を重ねれば重ねるほど、あんたの逃げ道は少なくなる」

「甘いね、日本の刑事さんは」ワンがせせら笑った。「あんたらが殺されたことさえ分からないようにすることもできる。すりつぶして犬に食わせるとかね。切り刻んで便所に流してもいい。それより、殺したという事実が大事なんだ。組織の中にいる裏切り者への見せしめにもなるからな」

「もう警察はお前の名前を割り出しているし、今ごろ動き始めてる。俺たちは今朝のうちに東京へ戻る予定だったんだからな」

「それはそれは」ワンが煙草を足元に落とし、磨きこんだ茶色いブーツで踏み消して立ち上がる。「では、役割交代といくか」

「大物は自分で尋問しないわけだ」

「ほほう」ワンが唇を歪める。「大物扱いしてもらって恐縮至極だ」

「クズの中の大物だけどな」

ワンが拳を固める。一瞬のことだったが、若かりしころの凶暴さを想起させるには十分だった。表面上はどんなに柔らかい雰囲気を装っていても、この男の正体は単なるギャングである。人の命と金を天秤にかければ、必ず金を優先させる類の人間なのだ。考えてみれば、会話が成立しただけでも奇跡だ。

「では、また」

気取った口調で言い残してワンが自分でドアを押し開け、ゆっくりとガレージを出て行った。ひんやりとした風が階段から吹きこんで来る。その風に、私はかすかに邪悪な臭いを嗅いだ。

二人組が立ち上がる。日本語を話せそうもないこの二人が私たちを尋問するわけではないだろう。痛めつけ、プライドをへし折り、尋問役の人間に引き継ぐのがこの男たちの役割なのだ。まず浦田を、次いで米山を銃で殴りつけた。二人の体が床に崩れる。歯を嚙み締め、私は最初の衝撃を待った。耳の後ろに銃把が振り下ろされる。かすれ行く意識の中で、私はさらに大きな衝撃を感じた。轟音とともに光が差し込み、目が眩む。その眩しさが、私の意識を完全に消し去った。

6

ガレージに射しこむ陽射しに目を突かれて意識が戻ってきた。目の焦点は合ってきたが、自分が置かれた状況に関しては謎が深まるばかりだった。

浦田と米山はまだ床に転がっていた。中国人の二人組の姿は見えない。何よりも異常なのは、シャッターを突き破って私の足元まで迫っているランドクルーザーだ。眩《まばゆ》い光はシャッターの隙間から射しこみ、埃が激しく舞っている。黒いオイルの筋が何本も床に這っていた。

「米山」声をかけると米山がぴくりと動いた。「起きろ。助かったみたいだぞ」

米山がゆっくりと体を起こす。しばらく虚ろな目をしていたが、頭を激しく振って意識をはっきりさせた。

「どうしたんですか、いったい」ランドクルーザーを見て目を丸くしながら米山が訊ねる。

「分からん」

いつの間にか、私たちの自由を奪っていたテープもはがされていた。米山が口の端についた血を拭い、頭に手を伸ばして傷を確認する。一瞬だけ口をぎゅっと結んで痛みをこらえたが、大事ない様子だった。私は壁に背中を預けたままそろそろと立ち上がり、こめかみを強く揉んだ。依然として耳の後ろがずきずきと痛むが、吐き気は感じないし、目が霞むこともない。二人組が持っていた拳銃が二丁、床に落ちている。そのうち一丁を取り上げた。

ランドクルーザーの中を覗くと、ロープで縛られた二人組が後部座席に押しこめられていた。誰がやったのか分からないが、何とも手際の良い処理である。誰がやったのか――すぐに分かった。運転席に落ちていた携帯ストラップ。「優勝記念」の文字が入っている。七海が私から分捕って行ったものだ。小さなオレンジ色の人形の表情は、突き抜けたように明るい笑みである。私を馬鹿にしているようでもあった。

米山に二人組の監視と警察への連絡を任せ、私は家を調べにかかった。体当たりするようにガレージのドアを開け、階段を駆け上る。階段は短く、すぐに玄関に出た。壁がコンクリート打ちっぱなしのモダンな作りで、二階まで吹き抜けになっている。人の気配はない。私は靴のまま上がりこみ、足音を忍ばせて廊下を歩き始めた。

廊下の奥のドアを蹴りつける。足を踏ん張って拳銃を構え、リビングルームの中をぐるりと見回したが、人の気配はない。正面の窓の向こうは切り立った断崖になっており、斜面にへばりつくように生えている松の大木の隙間から海が覗いていた。波濤が朝の光を照り返し、海全体が白く煌《きらめ》いて見える。

伊豆辺りだろうか。そう言えば野沢の別宅は御殿場にあった。しかしあそこからは海は見えない。

私はリビングルームと、それに続くキッチンを調べた。エアコンが低い音をたてて冷風を送り出しているし、保温ポットの電源は入ったままだ。つい先ほどまで誰かがいたのは間違いないが、よほど慌てて逃げ出した様子である。応接セットのテーブルに置いた灰皿の上では、吸いさしの煙草からまだ煙が上がっていた。キッチンでビニール製のゴミ袋を探し出し、火を揉み消した煙草を落としこむ。

一階のバスルームとトイレを調べ、さらに二階にある四部屋にも手を伸ばしたが、人がいた気配はすっかり消えていた。もっと時間をかけて調べれば何か分かるかもしれないが、今はそうしている暇もない。

家の外に出る。監禁されていたのは、緩やかなカーブの途中にぽつんと立っている一軒屋だということが初めて分かった。ランドクルーザーは、半地下式の車庫に頭を突っこんだままである。道路の端に立って周囲を見回した。隣の家までは百メートルほど離れている。どうやらこの辺りは別荘地らしい。のどかな朝の光が満ち、鳥の鳴き声が耳を心地よく刺激する。

家の周りを調べてみた。表札の類はない。ガレージの他に、玄関脇にも車が停められるスペースがあり、柔らかい土の上にタイヤ痕が残っている。急発進したらしく、土は深くえぐれていた。どうやらトミー・ワンは、ランドクルーザーがガレージに突入した直後にここから逃げ出したようだ。

内藤に対する疑問は深まるばかりだった。あいつはどうしてこんなところに来たのか。トミー・ワンを捜していたのか。

全ての疑問が解ければ良いというわけではない。夏の陽射しの中、私はかすかに体を震わせた。

所轄の警察官が来て初めて分かったのだが、ここは伊東市の外れだった。おそらくこの別荘もK社の名義なのだろう。

パトカーに続いて駆けつけてきた所轄署の刑事課の人間に、私は所々を——実際にはかなりの部分を——省略して事情を説明した。その間に米山が青山署に連絡を入れる。騒がしい雰囲気が静かな森をじわじわと侵食していくうちに、救急車も到着した。

「そうするとこの二人が、あんたのところで追っている殺しの実行犯なのか?」内山《うちやま》と名乗った刑事課の係長が、疑わしそうな顔つきを崩さぬまま訊ねる。

「まだ事情聴取できていないから分かりませんが、そう考えるのが筋です。少なくともその連中の仲間だと思います」私は手袋をはめて、ポケットから拳銃を取り出した。「殺しで使われた拳銃かもしれない。ガレージの中にもう一丁ありますから、調べれば線条痕が一致するかもしれません」

「まったく、厄介な事件を持ちこんでくれたね」内山が舌打ちして私を睨みつけたが、私は目を逸らして無視した。もちろん、事件の全容を解き明かすことは不可能だろう。この二人の中国人が仲間の名前を売るとは思えなかったし、それがトミー・ワン、あるいはK社につながる可能性はほとんどない。それでも、河村に直接手を下した人間を処罰することはできる。

「とりあえず、どうする」内山が、パトカーの後部座席に納まった二人組の片割れを見やった。もう一人は担架に寝かされて救急車に乗りこむところだった。救急隊員が誤って手を滑らせてくれないものかと私は心の底から期待したが、結局何事も起きず、救急車はサイレンを鳴らして走り出した。一台のパトカーがその後を追う。

「怪我の治療が終わったらうちの署に連れて行きます」

「あんたの相棒は？」内山が、男を押し潰すようにパトカーの後部座席に座った米山に向けて顎をしゃくる。

「大丈夫でしょう。プライドを傷つけられてるぐらいですよ」

「あんたは平気なのかね」内山が含み笑いを漏らす。私はわざとらしい特大の笑みを浮かべてやった。

「最後に勝てば、それでいいんじゃないですか」

内山が声を出して笑い、「じゃあ、あんたは勝ったみたいだね」と言った。私はそれには答えず、別のパトカーの後部座席で毛布を被って震えている浦田に目をやった。

「彼も被害者です。大した怪我はないと思うけど、診察は受けさせて下さい」

「分かってる。もう一台救急車を呼ぶよ。じゃあ、我々は一旦署に行くとするかね」

私は内山に頭を下げ、米山が乗ったパトカーの助手席に体を滑りこませた。体を捻って振り向き、蒼い顔をしている米山に声をかける。

「怪我はどうだ」

米山が用心深く頭の傷に手を伸ばした。誰かが包帯をぐるぐる巻きにしていたが、血がにじみ出ている。

「血は止まってます」

「頭だから用心しろよ。ちゃんと治療してもらえ」

「余裕があれば」

「駄目だ。お前は病院へ行け」

私は叩きつけるように命じた。放っておけば、米山はこのまま仕事を続けるだろう。睨みつけると、ようやくこっくりとうなずいた。

内山がパトカーの窓ガラスを拳で叩く。私は窓を巻き下ろした。

「一つ、いいか」

「何でしょう」彼の質問は予想できた。答えは用意しているつもりだったが、それで彼が納得するとは思えない。気取られないように唾を呑み、内山の言葉を待つ。

「あのガレージな」

「はい」

「誰かが車で突っこんだみたいだな」

「そうみたいですね。事故じゃないかな」

「あんたらが拉致されてたガレージに、うまい具合にどこかの酔っ払いが突っこんで来たってわけか？　こんな朝早くに？」

「私は中にいたんで、外で何が起きてたかは見てません」それは間違いない。ランドクルーザーの鼻面がシャッターを突き抜けた瞬間、私は意識を失っていたのだから。余計なことは喋るまいと心に決めて、ズボンのポケットに突っこんだ小さな人形をぎゅっと握り締める。

「車を調べれば、ある程度のことは分かるんじゃないかな。盗難車じゃないかと思うんだが。それと、あの二人はあんたらが縛り上げたのか?」

私たちはしばらく厳しい視線をぶつけ合った。数年前、新潟県警にいた時の私だったら、助けてもらったという事実も忘れて内藤を糾弾していただろう。お前のやったことは明らかな違法行為であり、日本の法律で裁かれなければならない、と。しかし今の私は、共犯者の密かな喜びさえ感じていた。その秘密は米山にも明かせないが。

「俺たち以外に、あの二人を捕まえられる人間がいますか」私は端的な一言で内山の質問を封じこめようとした。彼の表情が厳しく引き締まったが、一瞬後には薄い笑みを浮かべる。

「ま、いいか。面倒なことさえ持ちこまれなければ、俺はそれでいいんだよ」

その日のうちに二人組は青山署に移された。一人はランドクルーザーが突っこんで来た時に倒れて右腕を骨折しており、もう一人、病院に運びこまれた方は左ひざを骨折した上に左の頬骨と肋骨を痛めていた——誰かに蹴り飛ばされ、さらに重い拳に貫かれたように。

私は腕を怪我をした男の取り調べを担当したのだが、夜の八時過ぎになって諦めた。完全黙秘を貫き、名前さえ名乗らない。通訳を通して「せめて名前ぐらいは言っておいた方がいい」と忠告したのだが、相手は包帯に包まれた腕をさすりながらぽかんと口を開けたまま、私を無視し続けた。こういう態度に出られると、このまま黙って引き下がるわけにはいかない。

「名前は」

「いつ日本に来た」

「パスポートは持ってるのか」

「今どこに住んでる」

通訳を介した取り調べはもどかしくもあったのだが、向こうはこちらの言うことをある程度理解しているのではないかと私は訝った。警察が聞きたがることはどこの国でも同じだし、これがこの男にとって生まれて初めての取り調べだとも思えない。たまりかねて、私はデスクに両手をついて身を乗り出した。

「トミー・ワンは怒ってるだろうな」

椅子を蹴飛ばすように男が立ち上がった。言葉が理解できたかどうかはともかく、トミー・ワンという名前は彼の頭の中で恐怖のスウィッチを入れたに違いない。私は若い通訳に顔を向け「釈放してやってもいいけど、トミー・ワンはお前の失敗を許さないだろう、と言ってやって下さい」と頼んだ。通訳が細面の顔をしかめる。

「いいんですか」

「ここを出たら殺されるって言ってもいい」

通訳が何かぶつぶつと文句を言ったが、結局彼は早口の中国語で、しかも相手に銃口を向けるような仕草さえ交えて私の言葉を翻訳してくれた。通訳の口から飛び出す言葉は、より過激に変換されていたのだろう。男の額から汗が噴き出し、自由な方の手で椅子の背を握り締めた。椅子ががたがたと音をたてて揺れる。

「効いたみたいですね」通訳が訳知り顔でにやりと笑う。

「だったらもう一発行きましょうか」私は息を吸いこみ、男の方を向いたまま脅しをかけた。「日本にいようが中国へ逃げ帰ろうが、トミー・ワンは絶対にお前を捜し出す。そうなったら……」

通訳が訳すのを聞きながら、私は右手の親指で自分の首にゆっくりと線を引いた。男が床にへたりこみ、大きく息を漏らす。私はデスクの向こうに回りこんで襟首をつかみ、男を立たせて椅子に座らせた。自分の椅子に戻り、両手を組み合わせて尖塔を作る。人差し指を叩き合わせながら、男の頭に恐怖が十分に染みこむのを待った。男が目を閉じ、空気を求めて口を大きく開けた瞬間、私はそっと話し出した。

「トミー・ワンに捕まれば間違いなく殺される。あいつは、ヘマした奴をみすみす逃がすようなことはしない。警察の方が安全だと思わないか」私の言葉を端から通訳が中国語にしていく。男の顔にゆっくりと血の気が戻ってきた。

「お前は人を一人殺している。もう一人も殺そうとした。それに俺たちを拉致した。幾らでも長い容疑のリストができるけど、それでも死刑になるとは限らない」

「そんなこと言っちゃっていいんですか」通訳が心配そうに警告した。

「いいんだ」この男は満足な笑みを浮かべ、ベッドの上で死ぬことはできない。法によって首を吊るされるか、本当にトミー・ワンに見つかって、役立たずと罵られた上で撃たれるか、それともまったく別の事件に絡んで殺されるか。いずれにせよ遠い未来の話ではないのだ。それまでは少しだけ希望を持たせてやってもいい。

私は男に笑いかけてやった。追従するように男の顔に愛想笑いが浮かぶ。私は組んでいた手をほどき、掌をデスクに載せた。

「じゃあ、最初からだ」

牛島が脂の浮いた顔をごしごしとこすり、疲れた笑みを浮かべて私に椅子を勧める。立ったままでいることにした。座ったら体が崩れ落ちてしまいそうだったから。

「吐いたか？」

「昨夜のことは」

「よしよし」牛島が嬉しそうに指を折った。「拉致監禁、公務執行妨害、傷害、銃刀法違反。とりあえずはそれで十分だろう。二拘留はつけられる」

「殺しも吐かせますよ」

「それにしてもよく喋ったな……いや、喋らせたな。例のトミー・ワンの名前を出したのか」

「切り札でした。それより、肝心のトミー・ワンはどうなんですか」

疲れたように牛島が頭を振る。

「足取りはつかめない。入国も当然偽造パスポートだろうな。もっとも、奴を捕まえても何か吐くとも思えないが。とりあえず、本庁を通じて正式にアメリカに照会してる」

「そうですか。煙草の吸殻はどうでした」

「血液型は分かったぞ。A型のRHマイナス。珍しいよな」

私は首を振った。トミー・ワンの血液型が分かっても、今は何もできない。

「あまり期待するなよ、鳴沢」牛島が立ち上がって私の肩を叩き、部屋の隅に置いてあるコーヒーサーバーの方に脚を引きずるように歩いて行った。スタイロフォームのカップを二つ持って戻って来る。コーヒーはすでに煮詰まり、そのまま飲んだら間違いなく胃をやられそうな苦い香りが立ち上ってくる。我慢して一口、さらにもう一口飲んだ。今夜はもう少し頑張らなければならない。牛島もうんざりした顔つきで渋々コーヒーを啜った。

「とりあえずは奴らを締め上げて殺しの件を吐かせるんだ」

「分かってます」

「背後関係まで調べられれば上出来だが、とにかく固いところから詰めていこう。まずは他の共犯者だ。二人だけってことはないだろう」

「そう思います」

「今日はもう休んだらどうだ」そう言われ、腰が抜けそうなほど疲れていることを改めて意識した。報告書は明日でもいい。今から家に帰って熱い風呂を浴び、体に染みこんだ疲労を洗い流す。そのあとたっぷり八時間の睡眠をとれば、明日の朝には元気になっているだろう。その後には、殺しの犯人を取り調べるという楽しい仕事が待っている。

だが、その前にやるべきことがある。まだ確定したわけではないが、犯人を捕まえたことを報告しなければならない人間がいるのだ。気が重い仕事ではあったが、私の答えを待っている人がいる。

「ちょっとやることがありますから」牛島に断り、私はエレベーターを使って屋上に上がった。電話をかけるだけならどこからでもできるのだが、一人になりたかった。

手すりにもたれ、青山通りを見下ろす。この先、宮益坂の辺りで道路工事をやっているせいで、遅い時間なのに車が数珠つなぎになっていた。熱気をはらんだ風がシャツを叩き、ネクタイをはためかせる。事件は中途半端な形で終わるだろうという予感があった。具体的に河村の殺害を指示した人間は割れるかもしれないが、そこから先K社の人間、あるいはトミー・ワンに線がつながる可能性は極めて低い。それでも、河村に直接手を下した人間が分かれば、沙織には憎むべき相手ができる。愛情を失い、離婚話を進めていた夫が殺されたという複雑な状況の中で、屹立した感情を一つだけは持つことができるのだ。憎悪という感情を。

それは決して否定されるべきものではない。誰かを憎むことで、生きていく気力が湧いてくることもあるのだから。

携帯電話を手にした時、屋上に通じるドアが開く音がした。振り向くと、煙草をくわえた横山がこちらへ歩いてくるところだった。彼は私に並んで手すりに手をかけ、煙草に火を点けてから「ラッキーだったな」とぼそりと告げる。私は苦笑いで応じるしかなかった。

「今回は、向こうから勝手に飛びこんできたみたいなものだ」

「まあ、そうですね」

まだ皮肉を吐くのかと思いきや、彼は体を反転させて手すりに背中を預けた。くわえたままの煙草から細く煙がたなびき、闇に溶けこんでいく。

「明日、ガサに入る」

「じゃあ、いよいよ——」

「切羽詰ってきたんだよ」不満そうに横山が説明した。「明日にでもまた書いてくる新聞があるみたいだしな」

「本庁の連中が喋ってるんですかね」

「それと弁護士連中だ。だけど、それを止めることはできない。いずれにせよ、明日がぎりぎりだ。お前は殺しの方で明日も忙しいと思うけど、ガサにはつき合わせてやりたかったよ」

「横山さん」

「ああ？」

質問が喉まで出かかっている。訊きにくい質問ではあったが、一段落した今なら素直に訊けそうな気がした。

「何で俺を使ってくれたんですか」

「何言ってるんだ、お前」横山の細い顎が引き締まり、心なしか声が硬くなった。

「俺は、みんなから避けられてる」

「阿呆か、お前は」横山が眼鏡の奥から私をじろりと睨んだ。「警察だって人手不足なんだ。その場にいる人間を使わないのは馬鹿だぜ」

礼を言うべきなのだろうか。しかし感謝の言葉は喉の出口で引っかかり、熱い塊となって胃の中に落ちて行くだけだった。

「まあ、あの時あの場所にいたのがお前で良かったと思う。とにかくこの事件の基礎を作ったのは俺とお前なんだからな。どうせ手柄は本庁の連中に持っていかれるんだろうが、自分のやったことには自信を持っていい……じゃあ、明日のガサを楽しみにしてろよ。それで最後には、何とかK社の事件とそっちの事件をくっつけよう」

私はやっとの思いでうなずいた。横山が煙草を持った手をひらひらと振りながら、階下への入り口に向けて歩いて行く。たなびく煙に何か暗号が隠されているのではないかと、私は闇に目を凝らした。

7

「マシンガン・トミー」

内藤からの手紙はその名前で始まっていた。律儀にも内藤は電子メールでなく、航空郵便を私の自宅に送りつけてきたのだった。

「それがトミー・ワンの通称だ。何でそんな名前がついたのかは、お前にも想像できると思う。気に食わないことがあると、すぐにマシンガンで相手を真っ二つに引き裂いてしまうような男だ。たぶん、ブロンクスの生まれだからだろう。あそこより危険な場所は地球上のどこにもない。そういうところで生まれ育てば、自分の命を守るため、ただそれだけの理由で何の迷いもなく人を殺すようになる。

あいつのことを知らないと言ったのは嘘だった。そのことについては謝る。だが、俺には俺の事情があった。俺の両親を殺したのはあいつだ」

私は思わず「馬鹿な」と声に出し、手紙をきつく握り締めた。内藤の両親はまっとうな貿易商だったはずである。その人生が、どこでチャイニーズ・マフィアと交錯したというのだろう。

「どうやらオヤジは、密輸の仕事を押しつけられそうになって、それを拒否したらしい。両親が死んだのは、最初は交通事故という話だったが、後で車のブレーキに細工された跡が見つかった。その後自分でいろいろ調べてみて、オヤジはマフィアの連中につきまとわれ、密輸の仕事を拒否し続けていたらしいということが分かった。

お前には打ち明けようかと何度も思った。だけど、余計な心配はかけたくなかった。お前は他人の痛みを自分のことのように受け止めてしまう人間だから」

そんなことはないと私は胸の中でつぶやいた。私は人の不幸を書類の上でしか理解できない男なのだ。内藤の妹である優美がそう言っていたではないか。

「ギャングが何かやっていたという噂が立てば、それはただの噂ということはない。それはお前にも分かると思う。あいつらがやったに決まっている。だけど警察が動き出すまでの具体的な証拠は見つからない。

それが、ちょうど俺が怪我をしてた時だった。ニューヨーク市警にいたオヤジの友人が教えてくれたんだ。真相はつかめないが、チャイニーズ・マフィアの連中が絡んでるらしいということを。それを聞いて、俺は刑事になろうと思った。自分の親のことだ、他人に任せてはおけない。それに、膝を壊して野球ができなくなった後だったから、何か別のもの、自分の全てを打ちこめるものを見つけなくちゃならなかった。

マシンガン・トミーは、俺が目をつけた一人だ。あいつは鉄砲玉から成り上がった男で、俺が追いかけてるチャイニーズ・マフィアの最高幹部というわけじゃないけど、汚い仕事を一手に引き受けている。実際にオヤジたちに手を下したのは奴じゃないかと俺は睨んでいる。そいつが日本に渡るという情報が入ってきたんで、追いかけてみることにした。アメリカでなく日本なら、かえって思い切ったことができる。取り巻き連中の数も少なくなっているから。それにしても、お前の口からブルックリン訛りの男の話が出てくるとは思わなかった」

俺を利用したんだな、と私はかすかな怒りを感じた。

「正直『しめた』と思った。こんな偶然もあるのかってね。日本に来てからのあいつの足取りは途中で途切れてしまったが、お前はそのうちあいつにたどり着くはずだと思った。だから俺は、お前をずっと監視していた。うまく行ったつもりだった。追いこんだつもりだったが、最後の最後で取り逃がした。

あいつとの勝負はニューヨークになるだろう。お前には迷惑をかけて悪かったと思っているが、今は取り逃がした悔しさはない。あそこまで追い詰めたんだ、必ずもう一回チャンスは来ると思う。

俺はニューヨークに戻ってきた。ワルどもが待っていてくれたようで、毎日目が回るような忙しさだ。だけど、助けが必要になったらいつでも俺を呼べ。お前のケツを助けるためだったらすぐに飛んで行く。目的を果たしたわけじゃないが、お前には大きな借りができてしまったから」

まったく勝手な奴だ。しかしなぜか、あいつに対して怒る気にはなれない。

いつでも助けてやるよ、相棒。ただしその時は、俺を騙すんじゃなくて素直に頭を下げてこい。私は何となく東の方に向かってコーヒーカップを掲げ、彼の笑顔を思い浮かべた。

K社の捜査は急展開で進んだ。家宅捜索が入った翌日から徹底した資料分析が始まり、「強制捜査」のニュースが一斉に流れた直後に、被害者が続々と名乗りをあげてきた。本庁からさらに援軍が投入され、毎日夜中まで捜査本部の灯りが消えることはなかった。家宅捜索から一週間後、異例とも言える速さでK社の幹部社員が逮捕された。登記上の社長、木村を筆頭に役員が五人。しかしその中には、実質的にK社を作り上げ、マルチ商法のノウハウを伝えた飛田や野沢は含まれていなかった。会社との明確な関わりが明らかになっていなかったためだが、横山はいけると確信しているようだった。逮捕した社員を締め上げることで、実質的に会社を仕切っていたのが誰か吐かせることができると。実際、三日後には三人とも指名手配された。容疑は詐欺。商品の仕入れも行なっていないのに出資金を集め、配当、返金などの要求に応じなかった疑いである。同時に、K社が係わっていたと見られるヤミ金融に関する調べも始まった。

一方、四谷署によるカジノの手入れも行なわれた。客も店の従業員も飛田とK社との関係を知らず、踏みこまれた時もルーレットが回っている最中だったという。飛田はその場にいなかったが、こちらからも捜査の手が伸びそうな気配だ。

家宅捜索が入ると同時に被害者弁護団が結成された。弁護士二十名からなる大規模な弁護団で、そこに名前を連ねる被害者の数は三百人近くになり、ほどなく弁護団は、「被害総額は六十億円以上になる」との声明を発表した。

ある日、たまたま昼時に署の食堂で一緒になった横山が、白けたような顔つきで言ったものである。

「六十億。これだって氷山の一角に過ぎないだろうな。名乗り出てこない人間もかなりいるはずだ」

「自分が加害者かもしれないわけですからね」

「わざわざ危ない橋を渡りたくはないだろうな」横山はたぬきうどんを半分残して、グラスの水をぐいと飲んだ。そろそろ風が冷たくなる季節で、水よりお茶が恋しい。「だけどな、鳴沢、これでいいんだ。こういう事件は殺しとは違う。犯人が見つかって自供させて、それで終わりってわけじゃない」

「被害を食い止めるのが一番大事、でしたね」

「少なくとも俺にとってはな」横山がトレイを持ってそそくさと立ち上がる。そのまま立ち去ろうとして、ふと思い出したように足を止めて振り返った。「まだやらなくちゃいけないことがあるんだが」

「何ですか」

「いや……」しばらく視線を宙に彷徨わせていたが、結局横山は言葉を呑みこむことに決めたようだった。彼の中途半端な態度が、私の胸に小さな穴を開ける。たぶん、私たちが考えているのは同じことだ。横山は「これで警察の仕事は終わりだ」と口では言っている。しかし、心に引っかかることがあるのは間違いない。

近いうちにそこへ行かなくてはならない。どうにも気の重いことだったが、避けて通ることはできないのだ。


河村殺しの捜査は長引いた。最初、簡単に落ちるかと思われた二人組は、取り調べに対して曖昧な供述を繰り返し続けたのだ。

二人とも、在留期限が切れてから一年以上も日本に居座っていた。その間様々な半端仕事や犯罪に手を染めてきたようだが、どうやらここ半年ぐらいはピッキングによる窃盗グループ「ドラゴン」の一員として盗みを重ねていたようである。

最初の拘留期限が終わるころには雑談には応じるようになったが、肝心の部分になると話の筋がぼやけてくる。トミー・ワンの名前を出したことで、一時は全面自供に追いこめるのではないかと期待したのだが、やがてその名前が持つ魔法の力も薄れてしまったようだ。ニューヨーク市警にはトミー・ワンの所在確認を依頼したのだが、こちらも期待したような答えは返ってこなかった。少なくともここ一年、公的にはトミー・ワンがアメリカを出国した形跡はなかった。

二十日間の拘留期限を待たず、地検は二人を傷害、監禁、公務執行妨害などで起訴し、同時に私たちは殺人による再逮捕に踏み切った。拘留が長引くに連れ、二人は次第に自信を失ってきたようで、河村殺害を認める供述を始めた。幸運だったのは、ガレージで二人が持っていた拳銃の一つと、河村を殺した拳銃の線条痕が一致したことである。この事実が、結果的に二人に河村殺しを認めさせる決め手になった。

それでも二人は仲間の名前も明かさなかったし、依頼人が誰だったかという肝心の問題についても口を閉ざし続けた。形だけ見れば、動機不明な殺人である。

「嫌な時代だな、鳴沢」殺人での拘留期限が切れる直前になったある日、牛島が溜息混じりに言った。「中国人を殺し屋に雇って誰かを始末させれば、絶対安全だと思う奴がどんどん出てくるぞ」

「中国に残っている家族にはたっぷり金を払ってるでしょうね」

「それとも脅しをかけてるのか。うまく行けば報酬はたんまり弾む。失敗したら、あるいは余計なことを喋ったら家族を痛い目に遭わせる。あんな奴らだって、家族のことは考えるだろう」

「吊るせますかね」

「分からん」力ない牛島の言葉の裏に、私は否定のニュアンスを感じ取った。殺されたのは一人であり、それで死刑を求刑する検察官はいない。

逮捕されたK社の幹部に対しても殺人事件での取り調べが行なわれたが、こちらは全面否定の言葉が返ってくるだけだった。何日か虚しい努力を続けた後、私は彼らの言葉に嘘はないだろうという結論に達した。結局全ての鍵を握るのはトミー・ワンである。だが、明確な依頼があってやったことではないだろう。曖昧な了解のもと、彼が不法残留の中国人を集め、必要な仕事をやらせただけのことで、K社の人間には何も伝わっていないのではないだろうか。全ては細い点線でつながっているだけであり、それを実線にすることはほとんど不可能に思える。

ニューヨークでトミー・ワンが何かへまをして、内藤の手にでも落ちない限り。

もしもそんなことがあったら、必ず事故が起きるはずだ。取り調べ室で拳銃が暴発するとか、護送中の車がトラックに突っこむとか。内藤がトミー・ワンを裁判に委ねたり、私たちの手に渡すとは思えない。

二人の中国人に対する裁判は奇妙なものになるだろう。どこかで手に入れた拳銃で、面識もない人間を何の理由もなく撃ち殺した。そんなことを主張すれば、情状面では不利になるだろうが、二人は二人で様々な計算をしているはずだ。どうせぶちこまれるのなら、それが一年でも十五年でもさほど変わりはない、殺されさえしなければいいのだと腹をくくったのかもしれない。

賢い判断とは思えなかったが、それ以上二人組を説得することはできなかった。

祖父だったらどうしていただろう。仏の鳴沢だったら、金を貰って平気で人を殺し、拉致するような人間をどうやって調べただろう。通訳を介しての取り調べは二倍の手間と時間がかかるものだが、その壁をどう乗り越えただろうか。

方法はともかく、絶対に何とかしたに違いない。二人の口を割らせ、事件の全容を明るみに出していただろう。からかうような、それでいて暖かい眼差しを注ぐ祖父の笑顔が頭に浮かぶ。祖父はきっと「まだまだだな」と言って大きな手を私の肩に置くだろう。その手の強さ、暖かさまでが私には感じられるようだった。

Ｋ社の幹部五人が起訴された。勧誘や取り立てに係わっていた社員の逮捕は二十人に及んだが、指名手配された野沢と飛田、原の三人は所在不明のままである。その数日前には、二人の中国人が殺人罪などで起訴され、河村殺しの捜査もひとまず落着していた。どちらも完全に白黒がついたわけではなかったが、私は無理矢理自分を納得させた。全ての人間が百パーセント納得するような捜査はできない。どんな事件でも細部はこぼれ落ちるものなのだ。

一段落して、私はようやく沙織に電話を入れた。彼女の声からは感情が抜け落ちていたが、「ありがとう」という台詞は素直なものだった。

「全て解決したわけじゃないんです」

「でも、実際に主人を撃った人間は逮捕された。そうでしょう？」

「そうです」

「だったら、私はそれ以上は望まないわ。たぶん、もっと複雑な事情があるんでしょうけど、問題は誰が実際に引金を引いたかよね。違いますか？」

たぶんそうなのだろうと思ったが、口には出さずにおいた。沙織にとってはこれで解決なのだ。

「もうしばらくして落ち着いたら、仕事を始めるつもりです」

「テーブルコーディネイトの？」

「ええ。私ができそうなことなんてそれしかないから」

「才能が必要な仕事ですよね」

「そうかな」彼女が小首を傾げる仕草が容易に想像できた。自信なさげに、一方で「そんなことないでしょう」という台詞を相手から引き出そうとする仕草が。

「何か、何年も経ってしまったような気がします」囁くような声で沙織が言った。「家を出たのってほんの二月ぐらい前なんだけど、ずいぶん昔のことみたい」

「ええ」

「あなたと優美さんにはお礼を言わないといけませんね」

「私は仕事でやっただけです」礼を言われる筋合いはない。逆に私は、河村を守りきれなかったのだ。心の底に住み着いた苦い思いは、生涯消えることはないだろう。

「お礼を言って済むようなことじゃないんですけど、そのうち落ち着いたらみんなで食事でもしませんか」

「そうですね」そんなことは決してないだろうと思いながら私は答えた。沙織が今一番会いたくない人間がいるとすれば、夫の死を告げた私だろう。「いずれ、そのうち」

「他に私ができることでお礼って言えば……そうですね、結婚式で綺麗なテーブルをセッティングすることぐらいかな」

「結婚式の予定なんてありませんよ」私は声を上げて笑った。内心の動揺を押し隠すための笑いであり、自分でもコントロールできない甲高い音が出てしまった。

「え？」沙織が驚いたように言う。「あなた、優美さんとつき合ってるんじゃないの」

「誰がそんなことを」

「だって……」沙織が含み笑いを漏らした。「まあ、いいわ。彼女に会ったらよろしく言っておいてね。それとも私が何か言っておきましょうか。今でも時々会うから」

「冗談じゃない。お断りします」何が冗談じゃないのかも分からないまま私は会話を打ち切り、受話器をそっと置いた。


沙織に電話してから二日後、横山が行き先も言わずに私を誘った。目的は分かっている。二人とも心にひっかかりを感じていた場所、世田谷と渋谷の境にある大沢利二のアパートだ。途中ほとんど会話はなく、私は車の運転に専念した。横山は虚ろな目をしたままフロントガラスを睨みつけるだけで、何を考えているのかさっぱり読めない。

妻の治子は家にいた。一回り体が小さくなってしまった感じがするが、それでも辛うじて笑みを浮かべ、私たちを出迎えてくれる。横山が深々と頭を下げ、最初に小さな仏壇に線香を上げた。私もそれに続く。集合写真から拡大したものなのか、大沢の遺影は少しぼやけ、表情が読み取りにくい。怒っているようにも、薄ら笑いを浮かべているようにも見えた。

仏壇の前で、横山が治子の正面に座った。額が畳に触れそうになるまで頭を下げ、そのまま静止する。私も彼にならって頭を下げ、治子が「顔を上げて下さい」と言うまでそうしていた。

「捜査が一段落したので、今日はご報告に参りました」横山が低い声で告げる。治子は感情を失ったように虚ろな表情でうなずくだけだった。

「ご主人を追いこんだ会社の連中は起訴されました。間もなく裁判も始まります」

「新聞で読んでました」

うなずいて横山が続ける。

「もう少し早く何とかしていればと、それだけが心残りです」

「いろいろ考えたんです、私も」治子が淡々とした口調で言った。「誰かに責任を押しつけたくて。警察が悪いんだって考えたこともあります。あなたの言う通りで、もっと早く手を打ってくれれば主人も死なずに済んだかもしれません」

「おっしゃる通りです」横山がまた深々と頭を下げる。

「仕方ないんですよね」溜息と一緒に治子が言葉を押し出した。「最終的に悪いのは自分なんだから。ちょっとお金になると思って欲を出したのが失敗だったんですよね」

「ご主人だけじゃありません。騙されていた人は他にもたくさんいたんです」

「ええ」治子がふっと顔を背ける。横山の言葉は慰めになっていないようだった。

「大沢さん、間もなく民事の裁判も始まります」私は話を継いだ。「警察官の私が言うのも変だけど、裁判に参加されたらどうですか。時間はかかるでしょうが、ある程度はお金を取り戻せるかもしれません」

「それも考えましたけど、もういいんです」治子が力ない笑みを浮かべる。「主人が残した借金は、方々に頭を下げて何とか返済しました。子どもたちにも親戚にも迷惑はかけたけど、みんな分かってくれたから……今さらまたあの事件に首を突っこんで、嫌なことを思い出したくないんです」

　会話が途切れ、冷たい空気が流れた。それを断ち切るように、治子が明るい表情を見せる。

「何もわざわざ来てくださらなくても良かったのに」

「けじめですから」むしろ自分にけじめをつけるように言って横山が立ち上がった。もう一度深く頭を下げ「これで失礼します」と告げる。

「お茶でも」気乗りしない声で治子が勧めたが、その時にはすでに私も立ち上がっていた。二人でもう一度「失礼します」と言い、アパートを辞去した。

全て終わったはずなのに、私の胸にはぽっかりと白い穴が空き、それを埋めることはできそうになかった。

永遠に。

署に帰り着いたのは夕方だった。無言のまま車を駐車場に返し、玄関に向かう。

「ああ、言い忘れてた」階段に足をかけた瞬間、横山が思い出したように振り向いた。

「お前、来月から刑事課だ」

「聞いてませんよ」思いもかけないニュースに、私は凍りついたように立ち止まった。

「今日決まったそうだ」

「そうなんですか」

「何だ」因縁をつけるように、横山が私の顔をねめまわす。「何か不満なのか？　元々そっちが本職だろう」

「俺は生活安全課には向いてませんでしたか」

「そんなこともないが、誰にだって本分ってものがある。今回はずいぶん助けてもらったが、俺はお前の本分は刑事課の仕事にあると思うよ。ああ、それから、俺から聞いたってことは黙ってろよ。人事には、一応順番ってものがあるからな」

「分かってます」

刑事課に戻る。いつかその日が来た時、地に足がつかなくなるほど浮かれてしまうのではないかと想像していたのだが、実際にはそんなことはなかった。靴底はしっかりと階段を踏みしめ、硬く冷たい感触が消えることもない。

「横山さん」名前を呼ばれ、横山が振り返る。私のすぐ後ろに古谷智が立っていた。K社の事件に友人を巻きこんでしまい、信用をなくしたと言ってしょげ返っていた理髪店の店主である。私と池澤が事情聴取をしたのだが、その後横山も会っていたはずだ。

「古谷さん」横山が踵を返して階段を下りた。古谷が深々と頭を下げる。顔を上げた時、目の端には涙が溜まっていた。

「ありがとうございました、本当に。溜飲が下がりましたよ」

「裁判の方はどうですか」

「ええ、金を取り戻せるかどうかは分からないけど、やってみるつもりです」古谷が力強くうなずく。この男も原告団に名前を連ねたのだ。「とりあえずお礼が言っておきたくて。とにかく、あの連中が捕まってすっとしましたよ」

横山は無言でうなずくだけだった。

「古谷さん、例のヤミ……」

「ああ、あれですか」古谷が慌てて私の言葉を遮った。「大丈夫です。あなたのお陰ですよ。あれで思い切って弁護士にも相談できました。今は何も言ってきません」

「それは良かった」

古谷が小さく首を振る。

「私もね、こんな年になって欲を出して、反省しました。でも、死ぬ前に一つ利口になれて良かった。友だちとも仲直りできたし、女房も何とか許してくれました。これから先何年生きられるか分からないけど、地道に商売をしますよ」古谷が歩み寄り、両手で横山の手を包みこんだ。握手ではなく、彼の暖かさを己の体に取りこもうとするような仕草だった。振り向くと、私の手も握って上下させる。そこでエネルギーが切れたように動きが止まり、両手をだらりと脇に垂らした。

「今日は本当にお礼まで」

横山がうなずく。古谷を見送った彼の目にうっすらと涙の膜が張っていた。声をかけようとしたが、横山が先に話し出した。

「いろいろあっても、俺は警察官になって良かったと思う。こういう瞬間がある限り、辞められないよな」そう言って、突然大きな笑みを浮かべる。この男が笑うのを初めて見たような気がしたが、それは間違いなく己の仕事や生き様に強い自信を抱いている人間だけが持つことのできる、確信に満ちた笑顔だった。

それはたぶん、長い間私が失っていた笑みでもある。

その日は定時で切り上げた。これから先、私の生活はまた変わってくるだろう。一つだけはっきりしているのは、河村殺しの捜査は私の中では終わらないということだ。中国人グループの背後にいるトミー・ワンの存在が消えない限り。そしてその向こうには内藤の顔が見える。

七海、お前の手を血で汚すわけにはいかない。復讐は人殺しの理由にならないのだ。少なくとも刑事にとっては。

しかし、それもこれも明日からの話である。大きく背伸びしてから署を出ると、私は夕陽に染め上げられた青山通りに足を踏み入れた。青山一丁目の駅を目指してぶらぶら歩きながら、何かを忘れているような気分になる。

優美だ。

これから彼女に会いに行くというのはどうだろう。時間はたっぷりある。勇樹にグラブでも買っていってやるか。オイルを染みこませて自分の手に合った癖をつければ、これから先何年でも使える本格的なグラブを。背筋が伸びるようなタカの説教も懐かしく思えてきた。

優美は言っていた。どうして警察はいつも嫌な話ばかり持ってくるのかと。そうではないと教えてあげたい。気づくと私は、ここ二年ほど忘れていたことをしていた。胸を張って顔を上げ、確かな目的に向かって歩き出したのだ。目的――そう、優美に花を買っていこう。

新装版解説

三島政幸

「堂場《どうば》瞬一《しゅんいち》さんの『熱欲』の解説を書いていただけませんか?」

二〇一九年秋のある日、中央公論新社の営業担当氏から電話があった。

私は自他共に認めるミステリマニアである。書店員という立場でありながら、文庫解説をいくつか書いてきたこともある。今回もそういう流れで私に声がかかったのかも知れない。

しかしまずここで、正直に告白したい。今回の話をいただくまで、私は「刑事・鳴沢《なるさわ》了《りょう》シリーズ」を一作も読んでいなかったのである。

書店店頭での「警察小説」ジャンルの割合は、年々増えているような気がする。厳密な区分としては、いまでも恐らく広義の「ミステリー」の一ジャンルに過ぎないように思われるが、人気作家や人気シリーズがどんどん生まれていき、文庫新刊では毎月相当な数の作品が発売されている。

人気シリーズは一度読み始めると病《や》みつきになり、続きを読みたくなるものだ。気がつくと、シリーズ全巻を読んでしまうのだ。

書店の文庫売場では、文庫は出版社ごとに並べられているか、または「著者の五十音順」であることが多い。近年では、これらとは別に「時代小説」という括《くく》りでまとめられている書店が多くなった。そのうち、「時代小説」と同じように「警察小説」のコーナーが当たり前に見られる日も来るかも知れない。

さて、堂場瞬一氏の大ヒット警察小説「鳴沢了」シリーズだが、このたび新装版となり、さらに多くの新たな読者を魅了していくことになるだろう。その一助になるべく、本書『熱欲』の文庫解説者として私が指名されたのだが、冒頭に書いた通り、私はこのシリーズは未読だった。

とはいえ、声をかけていただくだけでも光栄なことだ。せっかくの機会だし、書店としては大きく売り出したいシリーズである。なんせ全十巻＋外伝一巻（上下巻がある関係で全十二冊）もあるのだ。実に現金な考えだが、売れると大きいのだ。というわけで文庫解説の話を引き受けた。もちろん、全く読まずに解説を書くなんて失礼にもほどがある。シリーズ第一作『雪虫』から順番に読んでいった。

読んで、驚いた。実に面白いのだ。

こんなに面白いシリーズを読んでこなかったとは、なんと勿体無いことなのだろう！

（……知っとるわ！　という総ツッコミが入りそうだ）

ところで、書店店頭で本書『熱欲』を手に取られたあなたは、シリーズ第一作『雪虫』、第二作『破弾』は既にお読みだろうか。もちろん、各作品単独でも充分面白いシリーズではあるのだが、できれば順番に読んだ上で、この『熱欲』にあたっていただきたい。今まで読んでなかったくせにそんな指図をするとは何事だ、と思われるかも知れない。しかしこのシリーズに関しては、後述する理由もあって、順番が非常に重要なのである。

主人公、鳴沢了は第一作目『雪虫』では新潟県警捜査一課の刑事として登場。シリーズを通して鳴沢自身の視点で物語が語られていく。元新興宗教の教祖だった老婆が殺されたある事件を捜査するが、本件の捜査本部長は了の父である鳴沢宗治が担当することになる。捜査するうち、五十年前に発生した事件が浮かび上がってくるのだが、そこに了の祖父である元刑事・鳴沢浩次《こうじ》が大きく関係していたのだ。

『雪虫』は警察内での鳴沢了の立ち位置や父との関係性、確執などが明かされる重要な作品であり、これらは続巻でも登場することになる。

第二作『破弾』では鳴沢は東京におり、多摩《たま》署刑事課の刑事として登場する。『雪虫』事件を経て、故郷・新潟を離れてたのだ。ここではホームレス襲撃事件を担当することになるが、一緒に捜査にあたる女性刑事・小野寺冴《おのでらさえ》の存在が重要になってくる。彼女も後の作品で登場することになるので、これもシリーズ中ではポイントになる作品である。

そして、第三作が本書『熱欲』だ。

鳴沢了はここでは青山署の生活安全課勤務になっている（左遷《させん》、なのだろうか？）。冒頭、大金を騙し取られたと訴える老人の対応に了が追われるシーンから始まる。警察内で「K社」の符号で呼ばれる「木村《きむら》商事インターナショナル」は、老人たちに出資話をもちかけ、お金を巻き上げるだけ巻き上げておいて、配当は払わず、出資金も返さず、解約しようとすると脅しをかけてくる、典型的な出資詐欺《さぎ》のマルチ商法グループだ。

本作ではシリーズの重要人物が新たに二人、初登場する。

内藤七海《ないとうななみ》。かつて了がアメリカの大学に留学していた時のルームメイトだ。大リーガーを目指したが挫折《ざせつ》し、ニューヨーク市警の刑事になっているが、帰国しており、了と再会する。

内藤優美《ゆみ》。鳴沢了が生活安全課としてＤＶ案件の対応をした際、ＮＰＯ「青山家庭相談センター」のスタッフとして了と対峙する。その後、内藤七海の妹と判明し、兄妹ぐるみの付き合いが始まる。

この二人も今後、シリーズ中で重要な役回りを演じることになる。


Ｋ社についてはその後も、騙された人々の訴えに対応しながら捜査を進めていくことになるが、ついに自殺者が出てしまう。これをきっかけに、鳴沢了の刑事魂に火がつく。これはただの詐欺事件ではない、殺人事件なのだ――。

彼は本来、生活安全課というポジションに甘んじているような刑事ではないのだ。

「違う。私は殺しの捜査が好きなだけなのだ。殺人犯を追い回している時の、アドレナリンが全身を駆け巡る感覚を愛しているのだ。」（第二部　発火より）

鳴沢了シリーズは「警察小説」であり、刑事・鳴沢了の活躍を描いた小説である。が、それ以上に、鳴沢了の「人間臭さ」を前面に押し出した、人間ドラマの要素が大きいシリーズだと思う。一般的な警察小説に見られがちな、警察内部の専門知識や専門用語、特殊な世界の解説などは最小限に抑えられ、事件そのものの展開や、人間関係の細かな描写に重きが置かれているのだ。

刑事は基本的に二人ペアで行動するので、どの事件でも相方となる刑事が登場する。例えば『破弾』では小野寺冴がパートナーである。しかし、捜査上のパートナーのみならず、周囲にいる人物が様々な形で関わっていく。それは、事件だけでなく、鳴沢了という男の人生にも大きな影響を与えていく。

本書の後半で、了が優美の言葉に衝撃を受けるシーンが印象的だ。

「『警察はどうしていつも悪い知らせしか持ってこないの？』一時的な怒りから出た言葉ではなく、これが彼女の本音なのだろう。警察は悪魔の使者であり、常に不幸を運んでくる存在なのだ、と。私は初めて、自分が警察官であることを悔やんだ。」（第三部転落より）

了は時に、悩み、苦悩しながら、刑事としても人間としても成長していく。

そんな鳴沢了の姿を、読者として見守っていく小説なのだ。さながら、「鳴沢了サーガ」と言えるだろう。シリーズの順番が重要、と書いたのは、そういう意味合いである。第四作『孤狼』以降の了の成長も、楽しみにしていただきたい。

再び、書店店頭に戻ってみる。

堂場瞬一氏は「鳴沢了シリーズ」だけでなく、数多くの刑事シリーズを世に出している。本書と同じ中公文庫では「警視庁失踪課・高城賢吾《たかしろけんご》」シリーズや「刑事の挑戦・一《いち》之瀬《のせ》拓真《たくま》」シリーズがある他に、複数の文庫レーベルからもシリーズが出ている。それら全てが大ヒットしているのだから、いかに読者の支持を集めているかが分かるだろう。書店の文庫売場が「著者五十音順」に並んでいたら、「堂場瞬一」棚はかなり大きくなっているはずだ。

今回このシリーズが新装版として発売されるにあたり、文庫解説を全国の書店員が担当していくそうだ（私もそうだし）。堂場氏が書店の現場を大事にされていることの表れだと思う。そんな鳴沢了シリーズ、未読だった私もすっかりファンになるほど、今は自信をもってお勧めできる。

騙されたと思って、ぜひ。

（みしま・まさゆき　啓文社西条店　書店員）

この作品はフィクションで、実在する個人、団体等とは一切関係ありません。

本書は『熱欲　刑事・鳴沢了』（二〇〇五年六月刊、中公文庫）を新装・改版したものです。

中公文庫

新装版《しんそうばん》
熱《ねつ》　欲《よく》
——刑事《けいじ》・鳴沢了《なるさわりょう》

2005年6月25日　初版発行
2020年3月25日　改版発行

著　者　堂《どう》場《ば》瞬一《しゅんいち》

発行者　松田陽三

発行所　中央公論新社
〒100-8152　東京都千代田区大手町1-7-1
電話　販売 03-5299-1730　編集 03-5299-1890
URL http://www.chuko.co.jp/

ＤＴＰ　ハンズ・ミケ
印　刷　三晃印刷
製　本　小泉製本

Published by CHUOKORON-SHINSHA, INC.
Printed in Japan　ISBN978-4-12-206853-7 C1193

中公文庫既刊より

各書目の下段の数字はISBNコードです。978－4－12が省略してあります。

と-25-45
新装版 雪虫 刑事・鳴沢了
堂場瞬一
俺は刑事に生まれたんだ――鳴沢了は、湯沢での殺人と五十年前の事件の関連を確信するが、署長である父は彼を事件から遠ざける。〈解説〉宇田川拓也
206821-6

と-25-41
誤断
堂場瞬一
製薬会社に勤める槙田は、副社長直々にある業務を任される。社会正義と企業利益の間で揺れ動く男たちの物語。警察小説の旗手が挑む、社会派サスペンス！
206484-3

と-25-36
ラスト・コード
堂場瞬一
父親を惨殺された十四歳の美咲は、刑事の筒井と移動中、何者かに襲撃される。犯人の目的は何か？ 熱血刑事と天才少女の逃避行が始まった！〈解説〉杉江松恋
206188-0

と-25-43
バビロンの秘文字（上）
堂場瞬一
カメラマン・鷹見の眼前で恋人の勤務先が爆破。彼女が持ち出した古代文書を狙う、CIA、ロシア、謎の過激派組織――。世界を駆けるエンタメ超大作。
206679-3

と-25-44
バビロンの秘文字（下）
堂場瞬一
激化するバビロン文書争奪戦。鷹見は襲撃者の手をかいくぐり文書解読に奔走する。四五〇〇年前に記された、世界を揺るがす真実とは？〈解説〉竹内海南江
206680-9

い-127-1
ため息に溺れる
石川智健
立川市の病院で、蔵元家の婿養子である指月の遺体が発見された。心優しき医師は、自殺か、他殺か――。見えていた世界が一変する、衝撃のラストシーン！
206533-8

い-127-2
この色を閉じ込める
石川智健
人食い伝説を残す村で殺人事件が発生。住人の口から上がった容疑者の名は、十年前に死んだ少年のものだった。恐怖度・驚愕度ナンバーワン・ミステリー。
206810-0